北大社会调查实务
Survey Operations

邱泽奇 主编
刘 月 执行主编

U0095445

中国家庭动态跟踪调查（2010）

访员培训手册

Chinese Family Panel Studies 2010
Training Manual

丁 华 顾佳峰 刘 月 孙 妍
严 洁 姚佳慧 邹艳辉 等编著

北京大学出版社
PEKING UNIVERSITY PRESS

图书在版编目(CIP)数据

中国家庭动态跟踪调查(2010)访员培训手册/孙妍等编著. —北京:北京大学出版社,2011.1

ISBN 978 - 7 - 301 - 18200 - 0

Ⅰ. ①中… Ⅱ. ①孙… Ⅲ. ①家庭生活 - 社会调查 - 中国 - 手册 Ⅳ. ①D669.1 - 62

中国版本图书馆 CIP 数据核字(2010)第 242329 号

书　　　名:	中国家庭动态跟踪调查(2010)访员培训手册
著作责任者:	孙　妍　严　洁　等编著
责 任 编 辑:	魏冬峰
标 准 书 号:	ISBN 978 - 7 - 301 - 18200 - 0/C · 0635
出 版 发 行:	北京大学出版社
地　　　址:	北京市海淀区成府路 205 号　100871
网　　　址:	http://www.pup.cn
电　　　话:	邮购部 62752015　发行部 62750672　编辑部 62752824
	出版部 62754962
电 子 邮 箱:	weidf02@ sina.com
印 刷 者:	北京大学印刷厂
经 销 者:	新华书店
	965 毫米×1300 毫米　16 开本　22.5 印张　350 千字
	2011 年 1 月第 1 版　2011 年 1 月第 1 次印刷
定　　　价:	49.00 元

目　录

第一部分　访员规范

第二部分　访问系统

第三部分　问卷内容

附　录

第一部分

访 员 规 范

第一讲

访员一般规范及访问技巧

欢迎加入访员队伍！

在社会科学研究过程中,实地访问是一项非常重要的工作,对于个人而言,也是一次非常难得的经历。让我们先来了解一下调查研究,这对访员来说是非常重要的。

访员接触到的受访者往往对调查本身存在很多疑问,如果访员对抽样调查了解得比较多,在回答这些问题时就会自然流畅,容易取得受访者的信任,能较快进入访问状态。不仅如此,对调查的了解也会使访员对自己在调查中的角色有更深刻的认识,在调查时能表现得更出色。①

1.1　调查研究的简介

1.1.1　为什么要进行调查研究

调查是指对人群中抽样得到的对象进行访问,开展相关的数据收集工作,即被挑选出来的人员就是所谓的样本。样本中的每个人都会被询问一系列相同的问题,他们的回答将被有步骤地记录下来,这样就可以从

---

① 本讲内容参考了美国密歇根大学社会研究机构调查研究中心的收入动态跟踪调查 (Panel Study of Income Dynamics,PSID)执行手册、英国社会经济研究机构的英国家庭跟踪调查 (British Household Panel Survey,BHPS)执行手册及台湾"中央研究院"调查研究专题中心的部分手册,在此对这些机构的支持表示感谢。

中推导出结论。因此,访问过程需要达到很高的质量,以确保数据收集工作是完整且可靠的。通过科学有效地开展调查工作,抽样调查得到的数据就能确保代表了总体人口。使用准确的样本,就是尽可能地避免高成本和长时间的调查过程。

作为整个项目的重要一环,访员负责调查的现场执行工作,肩负着入户访问和数据收集工作,访员的调查表现会对整个调查的数据质量和研究工作的质量产生重要而直接的影响。因此,访员的工作需要严谨地计划、准确地开展、完整地执行,只有这样,才能收集到高质量的数据。

1.1.2 调查研究有哪些类型

调查研究可以从各种角度、按照不同的标准划分为不同的类型。各种类型具有各自的特点,它们在调查方式、方法、步骤、程序和适用范围等方面都有所不同。一项调查研究应当首先根据调查目的和调查课题来选择和确定适当的调查研究类型,这样才能有效地制订调查方案,确定调查对象、调查方法和调查程序。

调查资料的收集方法有很多种,如问卷法、量表与测验法、访问法和观察法等。本书中,我们所指的都是**问卷法**。问卷法是社会调查中最常用的资料收集方法,美国社会学家艾尔·巴比称"问卷是社会调查的支柱"①。问卷的形式是一份精心设计的问题表格。它的用途主要用来测量受访者的多种行为、态度和社会特征。

调查的类型有很多种,我们主要给大家介绍两种常见的分类方法。一种是从调查的应用角度进行分类,可以分为公众的民意调查、市场调查、描述性的统计调查和社会调查四类。另一种是根据实施调查的方法进行分类,可以把调查分为自填式问卷、访问问卷和电话访问。

1.1.2.1 根据应用的角度进行分类

大家都很熟悉民意调查,民意调查最早在美国获得应用。早在1824年就被用于预测美国总统大选,这就是最初的民意调查。从此,组织部门经常对选举、公共事务和其他涉及公共利益的主题进行民意调查。②

另一种调查类型是市场调查,即调查公司在消费者市场研究领域中

---

① 参考艾尔·巴比:《社会学研究方法》,华夏出版社,第1版,2005年。
② 参考美国密西根大学 Panel Study of Income Dynamics (PSID)的访员手册。

开展的各种调查活动。每年,市场研究公司都会做大量调查,来确定消费者需求和了解市场营销项目的有效性。

描述性的统计调查经常由政府部门发起,目的是为了获得有关人口和人口密度、劳动力构成、全民健康统计等方面的大量描述性的信息,例如统计局所做的大规模调查等。

社会调查(或称社会研究调查)是社会科学家用来收集和分析人口,以及社会和经济状况方面等信息的一个主要方法,这部分信息会帮助人们更好地了解和认识所处的社会环境。

1.1.2.2 根据实施调查的方法进行分类

自填式问卷就是受访者自己完成问卷。主要有邮寄问卷和发送问卷两种。邮寄问卷是一个最常用的方法,通过邮局把问卷表格寄到受访者手中,受访者填完后仍通过邮局寄回。寄回所需的信封、地址及邮票等由研究者事先准备好,连同问卷一起寄给受访者。也可以使用发送问卷的方法,就是由研究人员将问卷送到受访者手中,并向其解释相关内容,然后把问卷留给受访者自行完成,回答者填完后再由研究者取回。发送问卷的方式既可以集中分发,也可以逐一送到家中。当然,发送问卷的方式也可以和邮寄问卷的方法结合使用。

访问问卷这种方法不是让受访者亲自阅读并填答问卷,而是由访员根据受访者的口头回答来填写的问卷。典型的访问通常是以面对面的方式来进行的。由访员收集问卷资料比起受访者自行填答问卷有一些优点。首先访问调查的方式比自填式问卷的回收率高得多。其次,访员的出现通常能减少"我不知道"和"没有意见"之类的答案。另外,访员还能对一些容易混淆的问卷项目提供相关的指导。最后,访员不但能问问题,还能观察受访者、受访者的居住条件、财产以及对研究的总体反应等。不过,这一点涉及一个伦理问题。有一些研究者反对记录对受访者的观察,因为这违反了访问中受访者同意配合的原则。在研究过程中对伦理议题保持一些敏感度还是很重要的。

电话访问即通过打电话的方式进行访问。电话访问有许多优点,按顺序来说,最大的优点是金钱和时间上的好处。在进行电话访问时,访员可以随意穿着而不会影响到受访者的回答,而且,有时在受访者未能亲眼看到访员的情况下,反而能更加诚实地去回答。电话会被轻易地挂掉,这是电话访问的一个短处。

1.1.3　社会调查是怎样发展起来的

社会调查是 19 世纪欧洲社会改革运动的结果。在法国、英国和其他的国家,慈善家和其他对社会福利感兴趣的人们开始研究监狱状况、精神病患者的治疗情况、贫困情况和其他的社会问题,为了对现状进行评估,他们开展了有针对性的社会调查活动。

早先的调查表现出随意性和主观性。经过数年的实践,通过不断地试验和实际操作,研究人员发现了更多科学和系统性的方法。统计学的发展加速了这个进程,为调查提供了工具性的指导。后来,研究人员发现,他们能够在大规模的人口研究中仅通过认真地观察一小部分代表性人群就能评估总体状况。

1.1.4　社会调查有哪些步骤

社会调查项目,一般都会有比较成型的步骤,这些步骤相互交叠,但是每一步都是调查项目的一部分,对于入户面对面访问的调查方式来说,具体步骤如下:

1.1.4.1　开发调查方案

当组织、机构、个人或者是政府想通过调查来了解一些人群的行为、意见等方面的信息,就需要根据研究目的开发调查方案以保证能顺利地达到目标。这个方案通常包括研究团队、项目成本、研究设计、资料收集方法等等。

1.1.4.2　发展研究设计

调查执行的第一个步骤就是通过给研究目标重新下定义来完善调查方案阶段的研究设计。对研究目标的科学定义是保证整个研究结果有效性的前提条件。对研究目标进行定义之后,在整个项目中,始终保持该目标的定义不变。

1.1.4.3　选择样本

接下来的步骤就是确定研究所要使用的样本,或者可以说,我们要从哪部分人群中收集信息。样本对于整个人群来说是很小的一部分,是经过仔细挑选出来的代表总体的那部分。只有保证样本能够代表总体,才能保证此项研究所得到的结论能够扩展到总体人群。

1.1.4.4　设计问卷

一旦研究员确定了他们想要从受访者那里了解的信息,就可以开始制作问卷了。在问卷设计中很多因素都要被认真地考虑,下面有些注意事项:

调查所要研究的各个重要方面是否都在问卷中体现了?

问卷是否激发了受访者的合作?

问卷是否流畅?

受访者是不是能够完全地了解这些问题?

问题是不是和调查研究的目标相一致?

1.1.4.5　试调查

在问卷开始使用前,试调查能确保信息收集的准确性和完善性。经过试调查之后,很多问题会被发现,有些问题就会明朗,另一些问题会被取代,会增加些新的问题。试调查是不能省略和忽视的一部分。通过这个步骤,可以避免很多重大的研究缺陷。

1.1.4.6　计划和管理

数据收集过程通常是整个调查中时间最长的部分,认真和恰当的计划对于取得成功至关重要。这里面包含着选择访员、确立管理制度和调查计划及目标设定、培训计划、现场管理制度等。

1.1.4.7　培训访员

每个访员都必须首先从基本的访问技巧开始学习,紧接着是基本的项目培训。在培训结束后和在真正的调查之前,访员通常会被要求完成一个或者更多的访问演练,以确保访员了解了问题设计的目的,并掌握了调查技能。

1.1.4.8　入户面访

这是数据采集的核心工作,需要访员入户访问所抽选的人员,记录他们的回答,完成一系列的访问。在整个访问过程中,研究人员、督导和调查主管应同每一位访员保持着密切的合作。每一个访问小组在工作中应该紧密合作,分担困难,相互支持。应当在访问小组中形成友爱团结的气氛,这对于访员顺利完成整个访问工作是很重要的。

1.1.4.9　质量审核和数据处理

完成访问之后,问卷需要及时送回研究人员手中。得到的访问结果将被反复审核以确保质量。若是一旦发现有作弊问卷,将对同一访员的所有问卷做作废处理。

1.1.4.10 发表数据

依据调查得到的数据,研究者可以进行研究,研究结果可用于企业决策、高校教学、政府的政策依据等等。

1.1.5 会问一些什么样的问题

调查一般会询问人们关于其习惯、态度和他们所生活的环境,以及一些个人信息(人口统计数据)的问题。

行为:调查问题基本上和人们的行为或行动相关。例如,在经济研究中经常会问消费和储蓄的问题。人们生活中的其他类型问题,诸如阅读、就医、旅游、运动和娱乐习惯等等,也是调查研究的主要内容之一。

态度:一些关于人们的信仰、意见、态度和期望的问题。

环境:比如居住的社区情况、邻里状况、居住地区资源、团体和组织的成员关系,等等。

个人的人口统计学指标:调查经常包括很多的问题,比如受访者的个人社会特征,包括性别、民族、年龄、职业、收入和教育程度等方面。这些信息可以用来解释调查中人们所表现出来的个人意见,因为拥有这些共同特征的人们往往会对问题有着相同的看法。例如,我们可以找出20—29岁的年轻人中有多少是有车的,以及这个年龄段中的车主和其他年龄的人群相比有什么不同。

1.1.6 这些调查是怎么被使用的

在收集了各种信息之后,研究员就可以处理数据得出结论。研究员将会解决例如多少、谁、怎么样和为什么的问题。例如,关于公共健身设施的调查,就会有类似下列的问题:

多少人在一年内使用公共健身设施的数目超过5次?

哪部分人正在准备使用公共健身设施(年龄,职业,等等)?

人们是**如何**使用公共健身设施的(为了消遣,参考,等等)?

为什么有的人使用公共健身设施,而有的人却不使用?

某些人对这些问题的答案是有兴趣的。例如,地方政府、健身器械供应商、当地居民,当他们在考虑提高设备的实际利用时,可以从中得到很多对他们有用的启发。对于那些研究公共服务的研究者而言,这些信息对他们了解公共建设的利用情况也是很有帮助的。

1.1.7　调查过程中的角色与分工

社会调查是一个复杂的系统工程,其中有许多承担着不同功能的角色,每一个角色都至关重要。按照社会调查的流程来讲,有以下角色:

1.1.7.1　前期设计

设计者:主要功能是研究设计,提出研究目标和主要的研究内容、设计抽样方式和调查方式;

问卷设计者:负责设计调查问卷及相应的数据采集工具;

抽样人员:负责抽取样本。

1.1.7.2　实地执行

调查执行主管:负责调查的组织和实施工作,管理访员队伍,控制访问质量;

调查督导:负责实地调查的组织和实施工作,管理本组的访员,控制访问质量;

访员:负责实地采集数据;

质量监督主管:负责监督整体的访问质量;

质量复核员:主要功能是复核访员所采集的数据,有电话复核和实地复核等方式。

1.1.7.3　后期建立数据

数据管理主管:负责数据库的建立、数据的清理、数据管理和数据服务;

数据录入员:负责录入实地访问回来的数据;

数据清理员:负责清理数据录入的错误,建立干净的数据库;

数据管理员:负责管理干净的数据库,提供各种数据使用服务。

1.1.7.4　形成研究成果

研究报告主编:负责组织人员撰写研究报告,确定研究报告的框架;

数据分析员:负责数据分析;

研究报告撰写人员:主要功能是撰写研究报告。

此外,在整个流程中,还有行政办公室和 IT 组。追踪调查,还有专门的样本维护组。

社会调查是一项复杂的工作,一切优秀成果都是基于科学的设计和高质量的数据之上,而访员是数据采集的关键,是保证数据质量的最重要的角色。

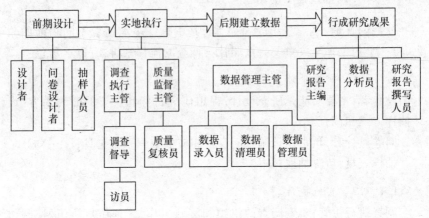

图1-1　调查流程中的角色配置

1.2　职业道德和受访者权利

1.2.1　受访者的权利

访员必须认真对待这些标准!作为职业道德的一部分,所有访员都必须严格保护受访者的权利,这些权利包括:

知情权　知情权即知情同意的权利,是指法律要求受访者知道全部和准确的信息,以便他们对参与调查做出知情决定。任何研究都必须符合法律和道德所要求的知情同意,所有项目都必须遵守国家有关法律和规定。有权拒绝指的是访谈已经开始后个人有权拒绝参加研究或拒绝回答个别问题。

隐私权　隐私权是由我国《宪法》所保护的。《宪法》第38条规定了公民的人格尊严不受侵犯,第39条规定住宅不受侵犯,第40条规定公民的通信自由和通信秘密受法律保护。违反该法的个人或组织将收到罚款。

准确陈述权　准确陈述权要求在处理和回答受访者问题时必须诚实以待。比如,如果你知道访谈将持续一个小时,你不能告诉受访者这个访谈只需要几分钟。

参与调查的所有人员都必须始终意识到保护调查参与者是一项非常

重要的责任和义务。访员作为直接与受访者接触的人,必须在所有接触中展现出高度的道德标准。

1.2.2　访员的中立立场

调查研究必须假定每个问卷的题目对于所有受访者而言都具有相同的意义,也希望从不同的受访者那里所获得的反应,都具有相同的意义,所以,访员的一切表现不应该影响受访者的知觉和意见。也就是说,访员只是问题与答案传递过程中的一个中立的媒介。中立立场特别重要。

1.2.2.1　在整个访谈过程中保持中立

大多数受访者都是热情好客的,并且在你提问时有可能会迎合你,给出他们认为你想要的答案。因此,必须特别注意的是,在你提问时,一定要时刻保持绝对的中立,绝不要给受访者任何暗示,绝不要在你的面部表情或语言中,流露出某种表情或语调,使受访者以为他们的回答是"正确的"或"错误的"。不要对受访者的回答,用语言、行动、手势等等流露出惊讶、高兴、反对等情绪。

问卷上的提问都经过仔细斟酌,没有暗示某一个答案比另一个答案更好、更合理。如果你不能按照问卷上的问题正确地进行提问,那么你就可能破坏提问中立的原则。假如你问:"您家里有电脑吗?"这是一个中立的问题。相反,假如你问:"您有电脑,不是吗?"就表明你很愿意得到"是"这样的答案。这就是我们所说的"引导性提问"。

不要提出一些引导性的问题。例如,这样的问法是错误的:"您至今没有找到工作的主要原因是什么? 是因为您是一位家庭妇女吗?"第一问句是中立的,但在第二句中访员加入了他自己的"引导性问题"。即使这位受访者没有找到工作主要是因为其他原因,但出于礼貌或受你提问的影响,她也可能会随声附和:"对,是因为我是家庭妇女。"这就是我们为什么强调要严格按照问卷上的问法进行提问的原因所在。

假如受访者的答案模糊或不清晰,为了澄清答案,往往需要提出进一步的探寻性问题,这时仍要保持中立的立场,例如:"您能解释得更多一些吗?""我刚才没听清楚,请您再重复一遍。""不要着急,请您再好好想一想。"即使受访者的答案与某一个提问无关,也不要给以提示,如问"您指的是这个吗?"因为在很多情况下,尽管他们有时所指不是这个,也将会同意你对答案所作的解释。你应当以某种方式,使受访者能够做出与问卷提问有关的回答。

1.2.2.2　不要改变问卷上提问的词和句子

访员的提问方式应是完全客观的,提问应按照问卷上原有的词句方式,不应当随意改变。如果受访者不理解,就应当逐字逐句清晰地念出来。如果受访者仍然不明白,访员可以用其他的字或词替代原来的问句,但小心千万不要改变原来问句的意思。如果访员必须对某些问题给予解释、但又不能完全确定解释是否正确时,就应当及时查阅访员手册。在一般情况下,应该尽量不要提供问卷问题之外的额外信息,如有必要也应越少越好,以便获得来自受访者的准确答案。

1.2.2.3　不要推测受访者的回答

有时人们往往会根据受访者的收入、教育水平、家庭背景,推测他们应当怎样回答。但这绝对要避免。访员应当专注于倾听受访者的回答,而不是自己猜测!不要事先将受访者设想为某种类型的人。绝不要假想受访者会说出什么,或向对方提出你的建议。应当严格按照问卷上的提示和跳答类型进行访谈。

1.2.3　保密的重要性

所有问题回答都受到国家有关法律、法规的保护,例如《民事诉讼法》第 58 条规定,对于涉及个人隐私的证据应当保密;《行政诉讼法》第 30 条对查阅涉及个人隐私的材料要保密。

. 无论是直接从访谈得来的信息,还是访问前后、访问过程中偶然获得的信息,访员都必须确保你从受访者处获得信息的保密性。所有项目规划者、管理者、技术人员以及所有实地访员必须共同承诺保证受访者的隐私。访员必须对受访者在调查中提供的资料严格保密,不应与任何人进行讨论,包括其他访员。

1.3　访员的工作使命

成为一个优秀的访员必须具备许多条件。**首要条件**是认同、充分肯定社会调查的意义。也许在一些人的眼中,做社会调查工作是打扰他人。

其实这种想法是十分错误且有害的,避免这种想法才会让你顺利进入访问的情境,成功完成访问。

很多社会调查项目具有极大的理论研究价值和极强的现实意义,可以为政策制定和学术研究提供真实的数据,使国家更健康、更快地发展。所以,对于参与其中的每位访员而言,都是一项非常有意义和有价值的经历。

访员上门调查是一种正常而有益的社会服务活动,这种服务活动有着双重意义,既是为政府、学术机构服务,同时也是为广大人民服务。因为访员是沟通政府、学术机构和广大人民之间的桥梁。通过访员的努力,政府可以更清楚地知道广大人民的真正需要和所面临的真实情况,就能制定出更加切实可行的政策,改善人民的生活水平;学术机构中的专家、学者和教授,也能依据访员调查收集上来的信息开展科学研究,提出更加有建设性的意见和建议;广大人民也可通过访员的努力和工作,提供自己真实的情况,表达自己真实的想法。

访员应该理直气壮!正如上面所说的,访员访问归根到底是为广大人民服务,也就是为了受访者服务(当然受访者并不都能理解其中的意义)。访问是一种对社会有益的工作。这种意识会使你显得正规、从容,会使受访者更容易信任你、接受你的访问。

1.4　访员的工作流程

调查的所有信息都需要由访员通过入户访问,从受访者那里获取,因此,调查的成败取决于每一位访员的工作质量。

一般而言,访员的工作流程主要包括如下几个步骤:

第一步:参加访员培训。每个访员,都必须接受系统性的培训,这是成为访员的必备条件。在访员培训过程中,学员需要学习调查项目的背景、问卷题目、访问技巧等。

第二步:进行实地访问。访员携带笔记本电脑、相关文件、资料等,到样本家庭进行入户访问。这是访员进行实地数据收集的重要工作内容,这个阶段将花费访员的大部分工作时间。

第三步:向督导汇报。这个工作和实地调查是平行展开的。访员向督导汇报工作进展,有例行汇报和非例行汇报。例行汇报是指访员在规定的时间向督导进行特定内容的汇报和沟通。非例行汇报是访员遇到任何现场情况,觉得自己处理不了,或者需要向督导解释以及求助,都可以及时和督导进行沟通。

第四步:继续访问工作。这是现场访问的继续,包括两个方面含义:其一是访员现场工作按计划进展,所以,在督导了解现场工作进度的情况下,访员按照计划进行访问工作;其二,当督导检查了访员的问卷后,发现有些问题遗漏了,或者错误的,需要补访,这种情况下,访员继续进行补访工作,以获得高质量的访问数据。

第五步:访问结束并交回所有资料。这个阶段的工作,是访员完成了所有样本家庭户之后,经过审核后,发现问卷没有问题了,这时,访员的调查工作就能结束,并交回所有与访问相关的资料。

上述五个步骤,尽管有个时间先后次序,但是有些工作是并行的以及互补的,所以,访员应当非常清楚每个阶段工作的内容,以便保质保量地完成调查工作。

访员工作流程图示如下:

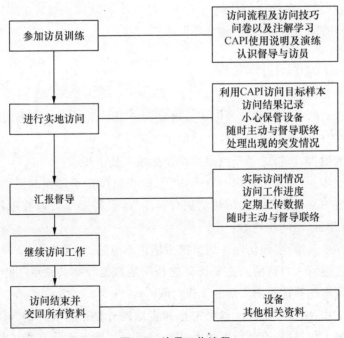

图1-2 访员工作流程

1.4.1　出发前给受访者通知函

在前往访问之前,应事先书面通知受访者。不过必要时也可由访员自行寄出或到现场投递。

1.4.2　进行实地访问

1.4.2.1　勘访样本个案

(1) 依据样本名单前往调查地区勘访,最好先全部勘巡一遍。

(2) 没人在家时,请在其信箱留言,说明来访时间及下次访问时间,也请留下联络电话及访员姓名。

(3) 若事先探察环境,觉得需要人陪伴,原则上是可以与同组的人一起合作完成,或找朋友结伴而行,但绝对不可以让未接受训练者代为访问受访者,必须由访员亲自进行访问。

1.4.2.2　样本名单记录

在使用样本名单时,必须使用事先规定的名单进行,不能私自替换。

不论访问结果如何,都应将访问结果(如是否完成,无法完成的原因等)记录在样本名单相关栏位,以便了解完成率与失败率,以及失败原因。同一个样本如果往访五次,五次都应记录。

1.4.2.3　问卷访问记录

(1) 找到样本后进行访问,并将答案翔实记录在笔记本问卷上。

(2) 问卷访问记录必须边访问边记录,不可在访问完后再行记录,以免内容错漏、潦草。

(3) 切记要记录下受访者的联系方式,以便问卷记录有错漏须更正或补充时可用电话询问。

(4) 问完所有该问的问题,离开受访者之后,请记得马上在每份问卷最后的访员自填部分的问题作确实的回答,以便我们了解访员的访问状况。

1.4.2.4　支付费用

(1) 出访时请记得携带费用支付凭证,在完成访问后,请将费用支付单送受访者签字,一式两份,受访人留一份,访员留一份。

(2) 请勿将问卷及相关单据、凭证、资料单独留在交通工具上以防丢失。

1.4.3 汇报督导

1.4.3.1 定期汇报
访员应定期向督导人员汇报进度,并依规定交回完成问卷。

1.4.3.2 主动联系
若无法如期完成或访问期间有任何困难(如位置在山区、交通不便),或临时有突发状况发生,不能继续访问时,请随时与督导保持联络,若有任何异常变动请主动告诉督导。

1.4.3.3 紧急处理
如遇紧急状况一时间无法与督导联络上,请立刻与现场调查指挥办公室联络,我们会设法协助访员解决问题。

1.4.4 整理与缴回资料

在调查工作过程中以及结束后,访员应将问卷(成功、失败问卷)、访问记录各项表格,以及所有与调查项目有关的文件整理好,在规定的时间缴回给督导。

1.5 访员的基本行为规范

1.5.1 访员的基本原则

在调查期间,访员的态度、兴趣、参与和合作是非常重要的。对访员有如下基本要求和原则:

诚实:诚实是个人品质中最重要的部分,更是调查活动的生命。诚实是访员必须具备的最基本的品质。诚实一方面表现在准确地遵守工作细则,另一方面表现在忠于访问的事实,对于访问资料的记录必须十分真实、准确、完整,不能敷衍了事。访员应诚实,值得信赖。在你选择接受做访员时,就肩负了一项神圣的责任——那就是以诚实的劳动来完成这项访问工作。

认真:认真意味着明确你的责任和工作任务。你必须很在乎你所从事的这份工作,也把做好这项工作当做一件很严肃的事情来对待。为此,一开始就必须认真地通过培训来学习相关知识和技能,并认真地学习和理解你手上的问卷和《访员手册》。

刻苦:访员的工作是一件非常辛苦的工作。访员工作意味着时间、体力、精力甚至心理上的付出,没有刻苦精神,不能吃苦耐劳,就会知难而退,完不成访问任务。刻苦是对访员非常重要的要求。

守时:为了做好这次调查,时间和日程安排是非常严格的,因此访员必须养成守时的习惯。守时意味着访员必须严格按照中心确定的工作期限来进行工作。访员必须在限定的期限内接受培训、访问、交问卷,完成工作,不能迟到。每一位访员都应当努力去争取调查的成功,并且应当每天都坚守工作岗位。

兴趣:访问工作是一项需要投入精力的工作。如果对访问工作没有兴趣,就不可能把工作做好。特别是经过几次实地访问之后,访问会变得枯燥,而且会遇到各种各样的实际困难。如果不是真正对访问工作有兴趣,造成误差的机会就会增加。

友善:对待受访者以及相关人员,态度要友善,要微笑。

1.5.2　访问调查守则

随着调查对象和内容的不同,访问原则也不同。然而,在问卷调查中,有一些共同的基本原则是访员必须遵守的,这些基本原则对保证调查成功非常重要。

1.5.2.1　外观和举止

穿着打扮常被视为一个人态度与倾向的表征,访员的穿着应与被访对象风格相似。应该整齐干净。另外,访员应该是这样一种人:首先,无论受访者的性别、年龄、家庭背景或政治观点,他都应该乐于并善于与之交往、交谈。其次,他对任何人都要富有同情心,必须要能传达一种诚恳的态度来了解受访者,不能像是在打探。优秀的访员应该能在最短的时间内判断出能让受访者感到舒服的态度和受访者最喜欢的谈话方式。

1.5.2.2　熟悉问卷和访员手册

在进行入户访问之前,访员对问卷上的所有问题都应仔细研究明白,充分理解其中的含义,在受访者提出疑问时,对问卷上问题的含义进行说明。只有充分理解和熟悉了问卷,在访问中才能够做到从容、自信、保证访问能够顺利进行。因此,访员应不断重温问卷、访员手册及其他提示,如发现有不理解的地方,应当及时解决。

熟悉问卷和访员手册对于顺利进行访问是非常重要的。请想一想,当访员经过努力使得受访者同意接受访问,而且抽出专门的时间接待访员,这时,如果访员对于所询问的问题表现得非常陌生,提问时结结巴巴、断断续续,对一些疑问无法给予及时的解决,会使受访者感觉你本身缺乏专业资格,对想要了解的问题完全没有理解,因而对访员产生不信任、甚至看不起的想法,这会极大影响访问过程的顺利进行。相反,访员如果比较熟悉问卷,会使得整个访问的过程非常流畅,大大缩短访问时间。

访员不仅应该熟悉问卷,而且需要掌握一定的技巧。问卷中有些问题虽然是必须记录的、但不一定是必须当面询问的,例如,受访者的性别。当受访者就坐在你面前接受访问时,访员再询问受访者的性别,会显得呆板、不够灵活。

1.5.2.3 与受访者建立融洽的关系

访员和受访者彼此之间起初是陌生的,所以访员的首要任务之一,就是建立良好的第一印象,然后尽快与受访者建立起一种融洽和谐的关系。受访者对你的第一印象将影响他们对调查合作的态度。因此,你必须穿着整洁,举止得体。

当你初次接触受访者时,应当尽力使对方感到轻松自然,保持一种非正式的交谈方式,不要过于严肃和紧张。首先要向受访者友好地表示问候,说明你是某机构委托的一名访员,并说明来访的目的。然后,告知对方他所提供的一切信息都将会保密。谈话中所使用的语言应简单明了。

当访员在某地开始调查之前,应尽可能与当地居委会负责人取得联系,请他们提前告知受访者。整个调查期间,你也需要随身携带相关证件,如介绍信、身份证等,以证明你的身份。访员在得到受访者的信任之后,就能很顺利地开展访问工作。

1.5.2.4 提问的注意事项

在开始进行提问的时候,访员绝不要以一种歉疚或谦卑的方式向受访者提问,比如:"您现在一定很忙吧?""您愿意抽出一点时间吗?"或"您不介意回答一些问题吧?"等等。如果你向受访者这样提问题,很可能调查没开始就遭到拒绝。你应当这样开始:"我想问您一些问题",或"我想请您谈谈您的家庭情况和职业情况"。

坦诚礼貌地回答受访者提出的所有问题。受访者在同意接受访问之前,可能会问你一些关于调查本身以及他们是如何被选中的问题。你回答这些问题时应当自然和友好。受访者还可能会关心访问将持续多长时间。假如你第一次访问时,受访者难以抽出时间,你就应说明你很乐意再次来访,并约定好下次来访的时间。

访谈切忌急躁,不要失去对访谈过程的控制,防止谈话漫无边际。提问应当注意节奏,以确保受访者能够理解你所问的问题是什么意思。每问完一个问题,应当有一个停顿,以便让受访者有足够的时间进行思考。如果受访者没有机会仔细考虑,他们就可能会说"不知道"或随便给一个回答。让受访者有时间充分考虑是非常重要的。

如果访问时有其他人在场,你就有可能得不到受访者真实的答案。所以,你应尽可能对受访者进行单独的访问,以避免其他人(如小孩儿或从外面进来的人)的干扰。因此,在正式访问之前,你应询问哪里是与受访者单独谈话的最好场合。

必要时再次强调受访者的信息将受严格保密。如果受访者对接受访问犹豫不决,或对访问后的资料用途有疑问,你就需要向他解释:访问所收集的资料将受到严格保密,个人的姓名绝不会用于任何用途。特别要注意,绝不能当着受访者的面,与其他访员谈论已经做过的访问或展示已完成的问卷。

1.5.2.5 机智地面对不愿配合的受访者

调查中会遇到这样一些情况,有些受访者可能冷淡地说:"我不知道",或给出一些无关的回答,或表现出不耐烦和冷漠的样子,或推翻他们以前说过的话,或拒绝回答。在这种情况下,你必须尽量在谈话中激起他们的兴趣,使他们明白调查只涉及他们的工作、单位和收入等情况,他们的回答对制定政策和科学研究是很重要的,不会给他们个人带来任何麻烦。

假如受访者给出的是一个无关的回答,不要粗鲁地打断他。应该首先听他说完,然后有礼貌地引导他们回到最初的问题上。在访问过程中应尽量创造一种良好的氛围,让受访者感到你是一个友善的、善解人意的和值得交谈的人,可以对你说出任何事而不会感到害羞或尴尬。

如果受访者不愿回答某个问题,要想方设法礼貌地转变对方的态度。例如,向他解释本次调查对所有人都是这么问的,并且所有的调查将被综合到一起进行分析。如果受访者仍然拒绝回答,那么就在这个问题旁注明"拒答",然后就接着问下面的问题。如果你成功地完成了访谈,在结束之前可以机智地对前面未答的问题再问一遍。如果受访者仍然拒绝合作,事后你应向督导员进行汇报。

1.5.2.6 访员的安全问题

大部分受访者是善良友好的,访员不会遇到个人安全方面的问题。但访员在外时可能还是会遇到各种突发情况和险情。下面的安全措施对于访员来说将成为非常有效的参考意见,并且时常回顾这些原则能够提升访员的安全意识。

(1)不要携带大量的钱或贵重物品。访问时不要掏出钱包或贵重物品。

(2)穿着与角色相符合的衣服,而不要精心打扮。

(3)小心保管身份证或其他身份证明。

(4)对要去的地区的地理位置、天气、交通等情况提前了解清楚。

(5)告诉家人、朋友和督导大致的访问路线。让他们知道大约多久能够返回。要牢记:除了督导以外,不要把受访者的地址透露给其他人。

(6)到了不熟悉的或者是陌生的地点,要首先熟悉一下环境。平日里要早一点出发。如果有必要,询问受访者到达该地区的最佳拜访时间。

(7)每一次调查开始之前,在和住户面对面地取得联系之前,可以先和居委会或村委会联系,并出具给当地居委会或村委会的信件。在调查过程中,和当地居委会或村委会保持联系是非常重要的。

(8)如果有任何迹象表明有毒品或吸毒行为,受访者或者其家庭成员有人表现出吸毒的迹象,访员必须迅速地提前离开,和督导说明这一情况并计划下一步。

(9)如果你觉察出你正处于危险之中时,应立即停止访谈,并且离开!告诉受访者你或你的带队老师或督导员将以后再次来访。

当访员在某个地方工作时,要首先注意人身和财产安全。

对每一个访员来说,掌握入户访问的基本技能是非常必要的。调查的所有信息都需要由访员通过入户访问从受访者那里获取,因此,调查的成败取决于每一位访员入户访问的工作质量。

一般而言,访员的工作流程主要包括如下几个步骤:参加访员培训、进行实地的入户访问、向督导汇报、继续访问工作、访问结束并交回所有资料。其中,进行实地的入户访问是指访员携带笔记本电脑、相关文件、资料等,到样本家庭进行入户访问。这是访员进行实地数据收集的重要工作内容,这个阶段将花费访员的大部分工作时间。因此,了解并掌握入户访问的技巧对于提高访员工作的质量和效率都是有极大帮助的。

1.6 联系受访者

一旦访员收到所要访问的住户名单,就可以准备访问了。这一章会教给大家很多关于如何在与受访者接触中取得良好的效果、如何同受访者进行交谈以及获得他们许可和配合的一些细节、策略和技巧等,主要包括如下三方面内容:

其一,如何进入:将教给大家如何确认受访者在家以及如何进入住宅的技巧和策略。

其二,取得联系:将教给大家怎么做才能接近受访者并与之交谈的最好方法,能够使受访者感到愉快,并且同意接受访问。

其三,吸引受访者的注意:将教给大家如何与那些一开始存在疑虑并且不愿意参加访问的受访者打交道的技巧。

1.6.1 顺利通过大门

1.6.1.1 和村、居委员会接洽

在和住户接触前,非常重要的一点是和当地村、居委员会取得联系。这样可以提升作为一名某正规机构的专业访员的合法性。此外,这也有利于当附近居民打电话询问有关情况时,当地村、居委员会就可以告诉询问者访员的合法身份,而非推销员或来附近作案的人。

我们将事先把《致村、居委员会的一封信》传给当地居委会或村委会,并事先提交在当地访问的访员名单,通知他们访员在当地出现的原因和目的。

在和当地居、村委员会接触时,访员可以打电话或者亲自去拜访样本

家庭所在辖区的居委会或村委会,要确保记下干部的姓名。在拜访村、居委员会时,要表现出身为一个专业访员的姿态和素质。同时,要随身携带身份证和访员证,以体现访员身份的合法性。

1.6.1.2 去拜访的时间

打电话联系住户的最好时机是什么? 研究表明**晚间**是和住户取得联系的最有效的时间段,特别是那些很少在家的人,**周末**是其次有效的时间段。

- 星期天—星期四的晚上　　晚上 6 点—晚上 9 点
- 星期五—星期六的晚上　　晚上 6 点—晚上 9 点
- 星期六和星期天全天　　上午 9 点—晚上 6 点
- 星期一—星期五的白天　　上午 9 点—晚上 6 点

总的来说,如果不确定能和住户取得联系的最佳时间,**在实际操作中,晚上拜访是最经常使用的**,其次是周末访问,最后是工作日联系。

在一个地区,和邻居交谈是非常有用的,可以询问和住户取得联系的最佳时间。**必须牢记的是,对待所有的住户,访员都必须时刻保持自信。和邻居交谈的时候,可以告诉他们自己来自于一个正规机构,但是必须小心不要泄露受访者的姓名以及联系受访者的原因是什么。**

不要在短时间内"过分接触"任何家庭,这一点也很重要。如果访员在与某个人在其家中接触时,出现了一些临时的状况,就要留出足够多的时间,等待一些变化,并避免出现"骚扰"之嫌。

1.6.1.3 访问路线规划

要留下充裕的时间,计划好工作进度,在地图上标出行动路线。最好从那些最难接触到的人居住的地区着手,但是也不应忽视从这些地区往返时路过的部分。还有,先从那些最容易受到天气状况影响的地区开始,要考虑到春洪、大雪灾害等可能阻断偏远地区交通的可能。

1.6.1.4 封闭式住宅楼的应对

有些受访者可能居住在有进入限制的地方,如大学的集体宿舍、有保安的公寓或公寓综合建筑、有门禁的社区等。遇到这种情况,都会为与居住于此的受访者接触带来更大的难度。然而我们发现,通过良好的观察和计划、与适当人员的接触,很少会有无法克服的问题出现。这里有一些可以帮助访员顺利进入这些地方的技巧。

- **始终**在显著位置佩戴为该次调查所发的访员证。
- 多带些项目介绍的信函和研究说明书。
- 寻找有楼房管理者字样或所有者姓名的标示牌。
- 告诉保安或门卫自己不是推销人员,而且不会挨个骚扰住户。访员应该解释清楚自己是为哪个机构工作,出示身份证明,并且告诉他们受访家庭已经在等候自己。
- 如果有必要与楼房管理者交谈,强调一下研究的重要性,以及保护隐私和机密的最严格要求。告诉管理者,访谈是完全自愿的,受访者有权自己决定是否参与研究。

正如前面提到的那样,调查现场每一种情况都具有一定的特殊性,每一种可能的途径都应该去尝试一下。在不同的场合,使用的方法会有很大差异。在大多数情况下,访员应当收集所有可能收集到的相关事实,然后及时和督导打电话沟通,讨论一下行动计划。

1.6.1.5 如何突破僵局

在接触之前,访员应做好充分的准备。一般在初次接触时,常出现僵局,遇到这种情况,需要必要的接触技巧,以下有一些经验分享:

(1)屋村进口有狗挡路

尤其在黑夜时,犬吠之声不断从区内传出来,这时的应付方法可如下:

遇到恶犬拦路,访员应留意犬是否抬头向天长"啸",如果是这样,这不过是它提醒其他的犬,有陌生人进来而已。

如果犬的尾巴下垂,且慢慢后退,则表示它已胆怯,访员可直视犬目,大踏步而过。

如果犬的尾巴下垂而且咧嘴露齿发出"呼呼"声,则表示它可能随时扑过来,面对这种情况,离开并不是办法。访员应以炯炯的目光,直视着拦路恶犬,而恶犬被盯视,尾巴慢慢有点无力地往下垂而没有任何动作时,这表示恶犬已有点胆怯,即可向前踏一步并迫令它往后退。

但访员也会在农村山坡中,遇到恶犬,不但不受目光唬吓,而更咧嘴露齿,抓地蓄力,作势扑咬过来,访员这时应运足气力,大喝一声,削弱它的气焰,并大声向屋内喊着:"屋内有没有人呀,我是××机构的访员,来专程访问您的。"屋内街坊听到犬吠声和访员的叫喊声,会出门看个究竟并同时拉住该犬。这时困难已经解决，访员可随即利用此机会，进行访问。但访员如果遇到屋内无人反应，唯有仍炯目盯着自己、即将扑过来的犬，应一面呼喝一面缓步倒退，当退到它的"领域范围"外时，问题便解决了。

（2）被门闸阻隔

若受访住户邻近有相熟的街坊，而他们又与闸内的街坊很相熟时，可请他们代为引领；也可以先访问邻近街坊，在完成访问后即说："呀，您认识这闸里面的街坊啊，平时有没有同他们打交道呀，我想问他们几个问题呢，我又不知道怎样称呼他们，我看您可不可以帮我代为通传，说我是××机构的访员，专程来探访的。"很多时，这位街坊会乐意代为引领。

（3）怀疑您的身份而不开闸

给您吃闭门羹又应如何？找相熟的街坊代为引领，或在门外高声介绍自己、工作机构及访问的目的，以缩短下次访问的社会性距离。当然，有女访员同行访问，会减低对方的怀疑。

（4）拒绝开门

在您敲门或按门铃时，受访者在观察孔后看一下后不开门。这时您应该继续敲第二次门，事实上差不多有一半人在第二次敲门的情况下开门。如果他在您第二次敲门后仍不开门，我们要求您第三次敲门。经验显示，三次敲门能使90%以上原本拒绝开门的人开门。如果连续三次敲门仍不开门，这表明住户家中无人，或者此时住户因某种特殊原因（心情不好、有重要事情在做、家中只有老人或儿童在家，不便给陌生人开门等情况）而不便开门，这时我们可以按一次未遇处理，继续访问下一家住户，一定时间后进行回访。

（5）开门后便想关门

这种情形反映出对方有怀疑心，但不是很强烈，可能是别的原因驱使他想关门，您不妨轻轻及很自然地向前踏上一小步，微微使对方的门关不上，随后脸上带着微笑望着对方，很有诚意地向他介绍自己的身份、工作机构和调查目的，促使对方无暇怀疑及潜移默化接受您的访问，完成调查。

（6）太忙了

开门听取您的解释之后，调查对象可能会表示太忙或不感兴趣。在这种情况下,您要再次说明这次调查的重要性,而且只是要他说一些有关他的简单想法。有一种方法被证明十分有效,访问时对调查对象说:"事实上我们要了解的是一些本来就有的想法,内容非常简单,比如您是否觉得现在物价上涨非常严重……"这样一下转入到问题上,许多调查对象往往会不自觉地被带入访问。

大家要坚持在态度并不友好的家庭中进行访问,是因为他们往往是代表了居民中的一个特殊群体(通常是收入比较高,职位较高的人),如果我们轻易放弃了对他们的访问,则有可能使我们得到一个偏差很大的(缺少这一群人的意见)调查结果,则样本总体的代表性会下降。

另外,一些访员在遇到拒访时会有受挫感而放弃对这种家庭的访问,有一些访员会觉得这样没面子或有些厚脸皮。我们需要清楚的是:对于一个访员来说,您最高的职业标准是成功地实施对特定受访者的访问,并为此付出您的耐心和智慧,您的能力不在于能访问几个对您友好的家庭,而在于您能够应付那些对您并不友好却最终接受您访问的家庭。

(7)开了门后不理不睬

这时不要紧,访员就以对方所专注的事情为话题,如对方正在做家务,就从谈家务开始,转引至访问。

(8)开了门后就埋怨

访员应站在他的位置上,分享他的苦恼,留意他的表情、动作、感受及总结他的感觉,接纳他的理念及想法,从而提出一些可行的解决途径,并表示访员可在这方面给予协助。

1.6.2 成功实现接触

1.6.2.1 谁是我们的受访者?

出去做访谈之前,知道谁将是访谈的对象是非常重要的。那么谁是受访者呢?为什么他们那么重要呢?

• 他们是从全国挑选出的×××个村/居委员会的××××户家庭中的成员,有老人和青年,有富人和穷人,有城市人和农村人,有男有女,他们来自不同民族和地区。

• 他们给我们带来丰富的经验和知识。

• 因为他们代表着全国各地的人,所以他们的生活差别很大。他们有的正要结婚,有的已经离婚了;他们中16岁的孩子正在学车,25岁的年轻人正在回家;他们中有人的兄弟刚发了一次心脏病,有人的母亲正赶往护理之家;他们有的刚失业,有的正要寻找新的工作。

- 他们丰富的不仅仅是我们的统计数字,最终丰富的是我们的生活。
- 他们理应受到最大限度的尊重,获得最大限度的尊严和感谢。

1.6.2.2 访谈的成功途径

一旦访员到达一个地区,就要面带微笑去拜访每一户家庭,并且相信居民是容易打交道的人。开门的人的反应可能混杂着好奇心与正式的礼貌。这种最初的兴趣,将给访员时间来表明自己身份,以排除推销员、催债人或其他户主不愿意与之交谈的陌生人的可能性。除了要证明自己是××机构的访员的身份,还要拿出随身携带的印有××机构的包(或其他物品)和一份签署过的隐私声明等资料,访员会发现这个方法是非常有效的。访员必须与开门的人建立起协作关系,以便获取所需信息。

1.6.2.3 如果无人在家

如果发现没有人在家,留一个便条是不错的方法。有多种手段可供访员在留条的时候使用。最常用的便是"对不起我来的时候您不在家"卡片。便条的内容应该包括您拜访的日期和时间、一段简短的信息以及调查机构的联系电话。再次强调,注意保护受访者的隐私,即使邻居拾到了卡片也不会得知访问的详细情况。

如果邻居家有人,可以向他们打听一下。如果没有得到任何信息,在同一天的不同时间、同一个星期的不同日子或者周末再来。

1.6.2.4 自我介绍——在第一次接触时

良好的初期接触、正确地介绍自己是工作成功的一半。自我介绍时,首先要在一两句话中表明身份、说明来意,语速不宜过快但要流畅,声音要清晰,音量要适中。初次见面,说话一定要温和客气,有礼貌。自我介绍可以同时递上访员证以表明身份和真诚的访问,而非推销产品,也能解除受访者的戒心。对于受访者的质询应着重解释调查什么、为谁做此调查、保证其提供资料的保密性。入户后,寻找合适的位置坐下,坐的位置最好是受访者的左手,与调查对象成45度,这样既便于出示问卷和卡片,又便于记录。

当确实有人在家时,介绍自己的身份和研究目的是访谈的一个非常重要的环节。声音和措辞以及面对面访谈时的衣着,都传达着访员可信度的信息。应当给人以认真严肃、令人愉快和自信的感觉。慢慢地把话说清楚,以避免产生混淆,并且给访谈定下基调。如果连自己都不想显得过于严肃,那么受访者显然更不愿意如此。在最初几分钟的接触中,必须使受访者明确以下四点:

- 您是一个**专业**的访谈者;
- 您在为一家**合法而且有着良好声誉**的机构工作,并因此与受访者接触;
- 您在收集**重要且有价值**的研究数据;
- 受访者的参与对研究的成功是**至关重要**的。

下面提供两个自我介绍的示范:

- 您好,我叫×××,我是××的访员。我们正在进行一项非常重要的研究,叫×××××调查。最近您应该已经收到过关于这项研究的介绍信,让我向您简单地说明一下。
- 您好,我叫×××,我今天过来是想要让您了解一些关于××机构的×项研究的事情。我们已经寄过一封关于这项研究的信给您,还有印象吗?

(如果对方**记得**这封信)好极了! 现在我可以回答您任何有关信里面内容的问题,然后告诉您,在您家中与您及家人进行交谈对这项研究的重要性。

(如果对方**不记得**这封信,把信交给对方)让我告诉您一些关于这项研究的信息,再解释一下研究的重要性。我很乐意回答您的任何问题。

自我介绍不仅仅在最初的接触中很重要,在随后的接触中也同样重要。在对话中,始终积极地聆听,以便能及时就对方提出的问题和关心的东西进一步作介绍。

永远不要以可能被拒绝的方式提出要求。

例如,与其这样问:

"我现在能与您交谈吗?"

或者"现在是进行访谈的合适时间吗?"

或者"现在可以开始了吗?"

不如这样说：

"我希望现在对您来说是一个合适的时间。"

或者"有人告诉我现在这个时间对您来说是很合适的。"

要一直相信此时是做访谈的最佳时间，访谈可以在接触的时候进行。

进行访问时相信受访者是友好而且有兴趣的。如果受访者表现出不友好或漠不关心，那是因为他们还不知道为什么访员要来拜访。访员的心理状态常常会影响受访者的反应。如果访员的谈话是不确定或紧张的，这种感觉会传递给受访者，受访者就会受其影响。如果访员使用的是一种令人愉快、积极而又倍感亲切的方式，这也会影响到受访者的态度。清楚自己在做什么、怎么做，这会提升在受访者心目中的可信度。**认真地聆听**受访者说的内容、语气、潜台词，然后据此回应。与他们**交谈**，而非向他们**唠叨**。如果他们相信访员对他们感兴趣，他们才会更愿意参与进来。

准备好回答问题。不同的受访者会有不同的关切点和问题。访员必须时刻准备好以平静而专业的态度，给出正确而有礼貌的回答。要做到这一点，首先必须尽量多学习与研究有关的东西，并且自己组织好解释的语言。一些受访者可能只需要一些关于访谈目的的简单解释，另外一些则可能想知道更多的细节。准备好若干个不同的解释和步骤，这样就可以根据受访者的要求进行调整。一旦问题回答完毕，不要等待他们暗示才接着说，要直接进入访谈或者受访者的问题，而不必停顿或犹豫。如果他们还有更多的问题，或者需要了解更多细节，他们会向访员询问的。

1.6.2.5 进行预约

通常，受访者不会立刻完成访谈，所以需要与他预约之后再来。当遇到这种情况的时候，把下面的技巧记在心中：

（1）一定要给现场访谈留出充裕的时间。提前计划好访谈往往是非常重要的，但受访者也会轻易地打破这一局面。

（2）如果访员要进行一次预约，那么尽量在早晨工作开始的时候，以便能在这个访谈后再进行其他的访谈，这样访员就不会出现在一个访谈进行的时候突然发现自己本应该在另一个受访者那里的情形了。

（3）如果两次预约之间的时间不够进行另外一次访谈，要准备好在这段时间里做其他工作。

（4）除非研究协议有规定，不要使用电话作为家庭调查的最初接触方式,这会使得受访者极容易拒绝访谈。不过,如果受访者建议这样做,就可以使用电话来确认预约。

(5)如果准时到了受访地,但是没有人在家,留一个"对不起我来的时候您不在家"卡片。如果能感觉受访者虽然有意合作但却心不在焉,应该留下电话号码让其打电话改约一个合适的时间,附上一些诸如"我会在星期四和星期五再来您家附近"这样的话。不过,在"对不起我来的时候您不在家"卡片上留下自己的家庭电话时,要谨慎一些。

1.6.2.6 建立融洽关系的技巧

要在访谈中取得成功,每个访员必须培养起自己独特的风格,然后与潜在的受访者以某种令人愉悦的方式互动。个人风格应着重体现一种专业感觉,并且让自己与受访者建立起一种和谐融洽的关系。下面是一些关于培养自己访谈风格的技巧。

(1)专业性使访员与众不同:社会科学调查是收集数据的一项高深专业技能。

(2)努力保持一种令人愉快的友好态度:时刻保持积极态度。切勿与受访者争论,这是很重要的。

(3)吸引对方的注意力:现在人们与诸如民意调查、市场调研、商场调查和电话调查等打交道的次数,超出了他们的愿意程度。他们只在预期会获得利益时才会听访员的建议。所以访员应该提供一些关于此研究重要性的信息,并且解释清楚研究的结果会如何使用。

(4)建立对话:我们都喜欢愉快的交谈。您说,我听;我说,您听;我们分享信息。受访者需要相信他们的观点是有价值且正确的,访员理解了他们所要表达的全部重点。要想取得这种效果,访员必须提供必要的信息,复述受访者的意见,并将这些意见或重点结合起来进行更深入解释。对话不应太长,才能更有效率。

(5)建立起对受访者的认知:每次访员与受访者接触时,都会更进一步了解他们。了解他们的日程表,以便知道拜访的合适时间;了解他们的家庭或工作事务。在了解一特定受访者后,访员就会知道如何向其解释调查对其生活的重要性了。

(6)**想好一些常见问题的答案**:受访者总是有许多方式来问"为什么是我呢?"这类问题。访员的任务不仅仅是预先想好一些常见问题,还需要知道如何提供给他们易于理解的答案。认真聆听受访者的**用语**,如习语、语气、语速等。这可以提供一些线索,来帮助访员以一种更容易引起共鸣的方式回应受访者。

(7) **使用积极的聆听手法**:聆听是一门艺术。在人们说话的时候,他们并不需要意见、建议或评价,他们只需要有人聆听。所以,认真地聆听吧,不清楚的地方要提出来,然后简要复述一下。使用**受访者的语言**来解释。下面是一些特定的技巧:

a) 不仅要聆听他们的问题,也要聆听他们的意见。

b) 注意受访者的语气和停顿。

c) 在回应受访者时,应当带着对其讲话的尊重。

d) 找出受访者停顿犹豫**背后**的原因。

e) 使用受访者的措辞。例如:"我理解您不感兴趣,但让我来解释……"

(8) 每次接触都是独特的:十个人看同样的事情,会有十种不同的看法。每次与受访者的接触,都是他们生活的一个片段。把每次接触都当成七巧板的一块。每次接触都创造了七巧板中新的一块,受访者的情况就变得很清晰。

(9) 适时是关键:受访者很想知道他们在被要求做什么、什么时候做、需要做多久。虽然有时候,要求看起来像是对他们生活的滋扰,但访员的任务就是创造一种便利的方式来使受访者同意安排时间接受访谈。

(10) 在积极的气氛中结束:只要受访者知道访员将要离开的时间,一般都会同意。如果访员感觉出了厌烦和抵抗的情绪,那么轻松地离开,等待改天再约。

(11) 为再次接触做好铺垫:如果确实没法说服受访者在某次拜访中接受访谈,访员可以说:"我会在您不那么忙的时候再联系您。"或者"下次我到这附近的时候再来。"这些话给再次接触做好了铺垫,因为它们暗示了访员对他人现在不能接受访谈的理由的尊重。

(12) 保密:再次强调这项研究的保密是有必要的。举例而言,答案只以整体的方式出现,个人姓名永远不会出现在答案上面。

(13) 时刻强调每个受访者的重要性:应该让每个受访者都觉得自己对于整个研究的成功所起的作用是至关重要的。受访者应该觉得自己是独特的,也就是说,由于整个样本系统的精确性,每一个被选择的受访者都是无可替代的。

1.6.3　有效消除顾虑和质疑

有时候,尽管访员已经尽了最大努力,但是受访者还是拒绝接受访谈,其推辞的理由可能千差万别。随着时间的过去,一个有经验的访员会有一些不同方法,以应对受访者拒绝。这些准备会在某些具体情况中提供帮助,在这些情况中,一开始都是不同程度的拒绝,但是到最后会成功地接受访问。

当访员遇到受访者很尴尬,自己不得不退出的情况时,可能需要一些帮助来实现再次接触。访员可以联系督导来帮助决定下一步的最佳策略。为什么考虑受访者的顾虑如此重要呢?主要原因是为了保持良好的合作。

入户时对象提出质询的标准答复:

即使是那些乐于接受调查的人也会提到一些问题,沉着、顺利地回答受访者提出的问题会对建立受访者对您的信任以及降低拒访率大有帮助。

表 1-1　基本问题的回答

问题	合适的答案
为什么选我? 为何是这个住址?	您的家庭是通过科学随机抽样选取的,它代表了全国家庭户。
我的回答会被保密吗? 或我对您说了些什么,您不会找我麻烦吧?	绝对保密。我们会严格遵守《中华人民共和国统计法》以及其他政策、法规,您所提供的任何信息,在未获得您许可的前提下,我们绝对保密。科学研究、政策分析以及观点评论所发布的信息,是大量问卷的汇总信息,而非您个人、家庭、社区的案例信息,不涉及您个人、家庭、社区信息的泄漏。
访谈会持续多久?	具体访谈每个人的时间是不同的,一般情况下可能持续一个小时左右。当然,具体每个人花费的时间可能或多或少有差异。如果现在您不太方便,我们当然可以改约您方便的时候再来。
我怎么知道您是××机构派来?	这是我的访员证(出示访员证),上面有中国社会科学调查中心的电话,您可以给他们打电话确认。
看起来,您的问题不少啊?	其实,这是因为我们把各种答案都已印在上面了,我们只需根据您的回答勾选一下就可以了。而您只需要把您真实的想法说出来就可以了。不是考试,这不复杂,也并不像您想象的那么长。

（续表）

问题	合适的答案
我很忙,我没有时间跟您谈。	很抱歉需占用您一些时间,但时间不会太长,而且回答起来也不难。您的意见对我们又是那么重要,所以我想最好我们现在就进入正题。
我没有文化,我也看不懂卷子。	这您不用担心,我会把问题读给您听,您听完后再发表意见,我会把您的意见记下来的。
调查,哼,调查有什么用?	也许您的意见是对的,而且看来您还是有自己的看法的。如果大家都把自己的看法说出来,这样调查结果也许就会越来越有用了。

1.7　入户访问

　　调查是个对信息的准确性要求很高的活动,许多小的问题如果被忽略,问题就可能被扩大。这一章将向访员提供有关入户调查的相关信息、方法和策略,来确保即使在面临特殊困难的情况下,访员也能按标准提出问题并出色完成入户调查任务。

1.7.1　问卷

　　在调查中所使用的问卷,主要有两种基本的问题方式:

　　其一,封闭性问题:这类问题已经设计出所有可能的答案,需要受访者选择某个或者某些答案即可。访员需要记录受访者给出的答案的编码;如遇到受访者的回答在备选答案之外的情况,请首先确认答案是否有效(所答为所问),然后记录下有效的答案(原话记录),访问结束后由项目组成员讨论后进行归类。请不要在访问过程中硬性将受访者的答案归入某一选项。

　　其二,开放性问题:这类问题事先没有设计出任何答案。访员首先需要确认受访者的答案是否有效(所答为所问)、足够具体,否则应进行追问。之后记录下完整有效的答案,但请务必记录原话,切忌对受访者的回答加以概括整理。

1.7.2 和受访者建立共识

成功的访谈是一种艺术,而不应看做一个机械的过程。每次访谈都是新的信息源,所以要让它变得有趣和令人愉悦。访谈的艺术是在实践中发展起来的,每个优秀的访员都要遵循一些基本的原则。在这里,您将会发现很多关于如何与受访者建立共识以及成功展开访谈的基本原则。作为一个访员,您的重要职责之一是与受访者建立共识。

在访谈开始之初,您和受访者彼此是陌生人。您留给受访者的第一印象将会影响到他们合作的意愿。首先要确保在自我介绍时保持礼貌。

1.7.2.1 留下良好的第一印象

第一次接触受访者时,尽量让他们放松。用精心挑选的语言,使受访者能正确进入访谈情境。用微笑打招呼如"下午好"开场,进而展开自我介绍。一个好的自我介绍可以是:

"我的名字是……。我是来自××机构的访员。我们在做一个关于中国家庭动态的调查,希望能和您聊聊,问您一些问题。"

1.7.2.2 始终保持积极的态度

不要使用道歉的方式和"您现在太忙?"这样的语言。这样的问题在您开始之前就可能招致拒绝。相反,告诉受访者,"我想问您几个问题"或"我想和您聊一会"。

1.7.2.3 必要时强调回答的保密性

当受访者犹豫回答或是询问数据用途时,请向受访者解释您所收集的数据会保密,无论用于任何目的均不会出现个人名字,所有信息将会被整合在一起。同样,您不能在受访者或其他人面前提到或展示其他受访者已经完成的问卷。

1.7.2.4 诚实回答受访者的问题

在同意接受访谈之前,受访者可能会问您一些问题,要直接并适当地回答问题。

1.7.2.5 单独访谈受访者

在访谈过程中,第三者在场会使您难以从受访者那里得到诚实、坦率的回答。因此,要与受访者单独进行访谈,受访者独自回答问题是非常重要的。

如果其他人在场,要向他解释受访者有一些问题是隐私,需要单独访谈。有时候要求独处可能会使其他人更好奇,以至于更想听;您需要有创造性。从一开始就建立起独处的环境会使受访者更专注于您的问题。

如果不可能获得独处,您不得不在他人在场时开始访谈。然而,请尽量试着将自己、受访者与其他人分离开来。

1.7.3 提问

当实施访问的时候,应该避免给人留下访问好像是一个小测试或者期中考试的印象。在访员所提出的问题或者在对受访者的回答中,确保语言和态度**不要给人留下批评的、震惊的、支持或者反对的感觉。**当阅读问卷题目时,尽量用一种平常的语调,大声朗读,保持流畅。

1.7.3.1 尽可能准确地提出问卷上出现的问题

首先,再次强调在整个访谈过程中,访员应该按照电脑屏幕/问卷显示的问题,完整、顺序地进行提问,绝对不允许以自己的方式重新组织题目的提问方式或者组织问卷的提问顺序。因为任何小小的修改都会对受访者给出的答案产生影响,所以请大家谨记。下面将向大家介绍一些提问的技巧以便获取真实可靠的形式。

(1)使用"三化"语言,使访谈在平等、友好的气氛下进行

访谈的整个过程应该像拉家常一样在平等、友好的气氛中进行,绝对不可以像查户口或审案子一样简单、生硬。营造一个愉快轻松的氛围有助于建立访员与受访者之间的信任关系,从而更愿意给出我们所需要的信息。提问时应该按照问卷中的措辞进行提问,所用的语言尽量做到通俗化、口语化、地方化。当然,这也不是一成不变的,应根据具体的实际情况做出相应的调整。

(2)清楚、委婉、从容地提问,耐心、礼貌地听

访谈过程中所提的问题,要尽可能清晰地传递给受访者,尽量做到受访者要一听就懂;说话语气要委婉,切忌审问式提问;问题提出之后,应该给受访者留出足够长的思考时间,不要急于得到答复。

受访者在回答问题时,访员不能出现不耐烦、注意力分散等的表情特征,而应该始终聚精会神地听,并时不时地用言语(例如"好的"、"谢谢"、

"您的记忆力真好")或身体语言(点头、微笑、肯定的目光等)做出必要的回应。

（3）对受访者之前提及的信息，在提问前应做出必要的回应

在调查过程中，有时候受访者会在之前的交谈中给出一些还没有提及的问题的答案。这个时候，如果您在提问时，完全忽略受访者之前提到的内容，可能会导致受访者产生不满情绪。他/她会觉得您没有认真听他/她说话，或者认为您现在所问的问题与之前的他/她所说的不是一回事。不管出现哪种状况都是我们不愿意看到的，因此，以下两种方式都可以帮助您既保持良好的访谈氛围又能获得准确的答案。

第一种方式是确认式提问。

这种问法是采取确认的方式进行提问，而不是直接读出问题。例如，受访者在之前已经提及他有 3 个孩子，此时的问题是"您有几个子女？"这时您就可以说："您刚才说过您有 3 个孩子，对吧？"

第二是运用引言过渡的提问方式。

您可以通过在问问题之前加入一些过渡的语句，对受访者之前给出的信息做出回应。例如您可以说："您之前提到……但我还想再问问您……"

不管采取哪一种回应的方式，最重要的是要向受访者传递其受重视的信息，并且确认受访者之前给出的信息是该问题的答案。但调查过程中每一题都应该按顺序提问，任何跳题行为都是不允许的。

（4）禁止诱导性提问

在访问的过程中，您应该始终保持中立的态度进行提问。在提问时，绝对不允许加入一些自己的判断或者加入一些之前访谈所收集的信息。例如，"我知道这种情况在您身上不太可能发生，但是……"，或者"之前他们都……您的情况怎么样？"这种提问方式会导致调查结果的系统性偏差。另外，以所谓的"常识"进行问卷答案录入的行为也是不允许的。所有问题的答案都要是受访对象在没有任何诱导的条件下给出的。

访谈过程中除了提问和听取回答外，有时候还需要访员做出必要的解释和追问。解释和追问实际上是提问的补充和延续，是访谈不可缺少的一部分。

由于每一道题目都会重复地对每位受访者提出，必须确保在这个过

程中不要做任何改动。不仅仅要避免慎重的词语改动,也要避免不小心的改动。不要犯认为可以通过改变问题来帮助受访者之类的错误。

1.7.3.2 缓慢地提出问题

理想的提问节奏是每秒钟两个词语。适度的节奏能给受访者时间来理解整个问题的范围和认真地组织回答。总有些原因会使访员过快地提问。也许这就是访员说话的正常语速,或者是时间的关系,甚至有时候受访者这样说:"我只有半个小时的时间,希望您能够快一点。"如果访员尝试加快速度,会迫使受访者也提高速度,这样就不能提供经过充分思考的答案。

1.7.3.3 按问卷给出的顺序依次提问

问题的顺序在设计时就考虑了其连贯性,以此来确保前面的问题不会影响受访者后面的回答。

1.7.3.4 每个问题都要根据预先设定方式来问

在回答每个问题时,受访者有时会回答另一个在访问后面会出现的问题;或者,时不时地,当问了一系列明显相似的问题时,受访者会说:"所有的问题都只要让我写下'是的'就行了。"在这种情形下,访员或许会想是不是应该跳过这些类似的问题。事实上绝对不能如此。**确保受访者对问卷上的每道题目都充分了解是访员的责任**。访员可以这样说,"我们已经谈到这里,请允许我问一个问题……"或者"我们正在询问大家关于这方面的问题,包括这上面的每一道题,我只是希望了解您对每道题目的感觉……"在有些情况下,受访者已经很清楚地回答了这些问题,访员就可以这样说:"您已经告诉我这些情况了,但是下一个问题是问……"

1.7.4 调查基本原则

1.7.4.1 访谈始终保持中立

在整个访谈的过程中,访员应该始终保持客观、中立态度,而不应有倾向性或诱导性的任何表示,以避免受访者在迎合心理的驱使下发表违心之论。

大部分人都会有礼貌地倾向于给您想听的答案,因此问问题时保持绝对的中立是相当重要的。您的表情或是声调都绝对不要被受访者认为他给了一个"正确"或"错误"的答案。对于受访者任何回应都不要表现出肯定或否定的评价,更不应去迎合对方或企图说服对方,而只能作一些中性的反应。

如果受访者提供了一个模棱两可的答案,用中立的方式试探,可以像下面一样询问:

"您能说得更多些吗?"

"我没有听清。您能再说一遍吗?"

"别着急,您需要再想想吗?"

1.7.4.2 绝不向受访者建议答案

如果受访者的答案与问题无关,不要推动受访者,比如用"我想您的意思是……是吗"这样的语言。在很多情况下,受访者同意您对他们答案的解释,甚至这其实并不是他们的真实意思。相反,您应该用试探的方法让受访者自己想到相关的答案。

1.7.4.3 巧妙地处理犹豫回答

有时受访者会说"我不知道",或给一个不相关的答案,或显得烦躁、不专心,或与他们之前所说的自相矛盾。在这种情况下,您应该试着重新激起受访者在谈话中的兴趣。比如,如果您觉得他们是害羞或害怕,试着在问下个问题前消除他们的害羞或害怕。花一点时间和他们谈论与访谈不相关的事情(如他们居住的乡镇、天气、日常生活)。

如果受访者给了不相关或过细的答案,不要突然粗暴地打断,倾听他们的谈话。然后试着温和地引导他们回到原始问题。在访谈中要保持良好的气氛。访谈最好的气氛是受访者认为访员友好、有同情心、能回应而不是威胁他们、并且能使他们感到与访员说什么都不会害羞或尴尬。之前已经提到,在控制访谈中最主要的困难是保护隐私。如果您能获得在独处区域进行访谈,这个问题就能解决了。

如果受访者犹豫或不愿回答问题,可以试着克服他的犹豫。如果您已经成功完成访谈,您可以试试在最后可不可能获得漏掉的信息,并不要为了一个答案太过迫使受访者。

1.7.4.4 不要形成预期

绝对不要根据受访者的能力和知识形成某种预期。另一方面,记住您和受访者之间的差别可以影响访谈。受访者相信您与他们不同,可能感到害怕或不信任。您应该总是用使他们放松和舒服的方式说话。

1.7.4.5 访谈时不要着急

慢慢地问问题以保证受访者理解他们被询问的问题。在您问完一个问题时,暂停一下让他们有足够的时间思考。如果受访者感到太快了或是不能形成他/她自己的观点,他们可能会回答"我不知道"或是给一个不准确答案。如果您觉得受访者只是为了赶上访谈的速度而不加思考地回答问题,您可对受访者说:"不用着急,您的观点非常重要,所以请您仔细考虑。"

1.7.5 试探

访员的工作中,最富于挑战性和最重要的部分是让受访者就问卷上提出的问题给出清晰和全面的回答。如果受访者给出了一个不完整的答案,或者给出的答案不符合题目的要求,误读了题目的要求,与主题相偏离,或者访员不明白答案的意思,这时就要求访员根据自己的职责以仔细的、中立的方式让受访者重新按照要求回到调查轨道上来。中立的技巧就是不要带有倾向性,换句话说,不要让受访者有倾向于某一种说法或者相反说法的回答。访问的质量取决于访员的试探能力和如何成功地使用这些技巧。

试探必须排除倾向性并实现如下两种功能:

其一,激发受访者和访员之间更充分的交流,因此在受访者说完之后恰当明确或者解释其所说的内容。

其二,帮助受访者集中注意力于问题的基本方面,从而帮助受访者不需要执著于问题细节,一些无用的信息可以被省略从而获得基本的、全面的回答。获得特定的满足问题设定目的的完整回答,可以说是整个访问中最困难的部分。有的受访者不善于用语言表达;另一些人则不能准确而完整地给出答案;还有些人在面对隐私问题时会感到不舒服,因为他们认为这不能接受。访员的任务就是处理这些因素,使用标准的试探性询问来鼓励和明确回答。

1.7.5.1 客观的试探性问题技巧

有些客观性技巧可以被用来激发更全面和更清晰的回答。这些技巧包括:

(1)重复问题

当受访者不能理解问题、误解的时候,看起来想不出来,或是偏离了主题,最有效的技巧就是重复刚刚提问的问题。许多受访者,在听到问题后的一秒钟,就开始回答。他们可能一开始没有听清楚,或者可能错过了重点部分。

（2）期待的停顿

当受访者已经开始回答问题但访员感觉还有更多需要说的时候,这时最简单的鼓励方法就是保持沉默。这样的停顿经常伴随着一个期待的眼神和微微点头,给受访者时间来组织他的思路。

恰当的停顿在访问的实际操作中,是非常困难的,尤其是对那些新的访员。有时候,访员认为必须说点什么,否则沉默将持续下去。但是简短的停顿在鼓励性的访问中是非常有效的,这些将成为访问技巧中的重要部分。

（3）重复受访者的回答

当受访者已经停止说话的时候简单地重复受访者的回答,是非常好的试探。这应该在访员记录回答的同时完成,这样访员能同时重复回答并记下来。重复受访者的回答能够使其思考得更深入。当然,要有选择地使用该方法。

1.7.5.2 中立试探性询问及使用

除了上述技巧之外,访员也可使用一些中立性询问来获得更清晰和全面的回答。一套标准的中立性问题或者试探能够给访员提供帮助。

考虑到应该使用哪些试探性询问,记住下列三件事:

（1）迅速识别

成功的试探性询问,需要访员迅速认识到为什么受访者的答案不符合问题的客观要求,以及如何使用客观的试探来引出需要的答案。访员知道问题设计的目的,而受访者则不清楚。

（2）使用长句

较长的句子比简短的短语会带来更多的信息。"有没有什么原因使您这样认为?"这种试探可以给受访者一点时间思考,并且引导其重要部分。"还有别的吗?"这种试探更像是引导"不是"的回答。

（3）获得受访者好感

访员必须经常考虑到受访者的感受,避免使其尴尬,说一些类似于"让我来确定一下是否正确地理解您所说的话"、"请允许我重复一下这个问题"等这些避免使受访者不舒服的试探询问。

表1-2 标准的中立性试探模式及使用

试探需要的原因	合适的试探
没有回答	重复该问题 重复其答案组
回答说"不知道"	重复这个问题 "您的想法呢?"
需要澄清	重复这个问题 重复其答案组
混淆的或不完整回答	您的意思是什么? 您怎样认为? 您能告诉我更多您对该方面的想法吗? 您能告诉我您怎么想的吗?
答案之间难以选择	哪种方式更贴近您的想法? 您想的是什么? 您期望什么?
当需一个数时给出一个范围	您认为最佳估计值多少? 哪一个更接近呢?

这里有一些关于何时及怎么样使用这些标准试探的基本原则:

第一,在受访者的要求下尽可能地重复问题或答案选项。而且,在受访者明显没有理解问题时,要尽量重复。

第二,在开放式问题和多种答案问题上,除非是手册要求不能这样处理,否则尽可能地重复问类似于"没有别的原因吗?"这样的问题(或者"有其他的方法吗?"以及类似于回答该问题情境的语言)。

第三,"您怎样认为的?"——是询问受访者关于其回答的含义和意思。

第四,"尽可能地多说一点"——是询问受访者关于其回答的展开说明。"尽可能地多说一点"或者"您怎样认为?"——在某些程度上可以互换地问,有时候可以使用不同的问句避免重复。两个问题都只能在开放式问题下使用。

第五,"哪种说法更接近呢?"——只适用于当受访者的最后答案集中在两个或者是两者之间的情况下。(例如:"您认为合理和便宜的区别是多少"或者是"2还是3")"您认为值多少钱呢?"——通常用于受访者给出一个比较大的反馈(例如"100元到200元"或者是"在1970年到1980年之间")。

第六,"您怎样认为呢?"或者"您希望是什么?"——适用于受访者的回答是"我不知道"的情况下。

3—1—2—13

1.7.5.3 关于"我不知道"回答的处理

除非问题的设计目的明确地说明不要这么做,否则当受访者回答"我不知道"时,访员必须尽可能地进行试探。

当受访者回答说"我不知道"的时候,意味着很多。例如:

- 受访者不明白或者说不理解问题,所以说"我不知道"来否认自己的不理解。
- 受访者在思考问题,说"我不知道"来缓解沉默,寻找时间继续思考。
- 受访者也许正在试图逃避正面回答或是某些问题他认为过于隐私,不方便直接告诉访员,但是出于礼貌这样说。

受访者也许并不知道或可能对题目没有真的理解。如果受访者事实上没有在询问中说很多,这本身就是一个重要的信息。这时候访员的责任就是确认这就是实际情况。换句话说,在受访者回答"我不知道",事实上他的意思是"等一下,我在想这个问题"的时候,不要理解错误。

最有效的试探技巧是重复最初的问题,首先可以问"您怎样认为呢?"

问题的重复,一个期待的停顿,或者是一个可靠的陈述("好吧,我们对您关于这件事的大体看法很有兴趣。"),随后就是中立的试探"您怎么认为的呢"——这样子会鼓励受访者继续回答。

1.7.5.4 中立试探的转换

受访者的回答中有时候是不全面的,为了做出正确的试探,要进行一个比较流畅的转换。这时候访员可以用一个开场白或者用一种中立的陈述重复该问题。重复问题是最经常和有效的试探,但是并非是唯一的技巧。使用中立开场白和试探可以使受访者感到轻松,平复情绪,继续补充其回答。

下面是一些中立开场白和试探:

- 没有人可以肯定……您是怎样认为的?
- 这些问题没有所谓的对与错……重复一下问题。
- 这些问题没有所谓的对与错;我们只是想知道大家的看法……重复一下问题。
- 我们只是想知道您怎么想的……重复一下问题。

- 请允许我重复下问题……重复一下问题。
- 总体来说……重复一下问题。
- 的确,但是……您是怎样认为的呢?

一个中立的停顿可以在下面的情况下使用:

访员:询问问题;

受访者:回答说"我不知道";

访员:停顿(例如,什么也不说);

受访者:允许时间来思考,随后补充了回答

1.7.5.5 委婉的试探性例子

我们更多地是把试探作为帮助访员和受访者交流的一种技巧,可以帮助受访者把注意力集中在基本的主题上面。但是,不当的试探很容易产生偏差。在访问的情况中,访员有时会无意地暗示某种回答比起其他的更好,或者是有某些线索会让受访者感到是他的需要,或者在做出回答时考虑到这样或那样的因素。

具体以下例来说明:

所以,您会说您怀孕得太快了,是在合适的时间或者迟于您的预期,是吗?

回答 1#:"事实上,我不清楚,是否确实有个怀孕的最佳时间?"

试探 1#:"您是怎么认为的? 您怀孕太快了,是在合适的时间还是迟于您的预期了?"

(回答 1# 是模糊的,并没有回答问题。试探是让受访者直接回答该问题。)

回答 2#:"合适的时间过去了。"

试探 2#:"所以,您怀孕太快了,是在合适时间还是迟于您的预期了?"

(回答 2#没有给出真正的时间。试探给出了可能的答案)

回答 3#:"事实上是有点快,但是时间上确实是对的。"

试探 3#:"您开始怀孕的时候感觉更像是哪种?"

(回答 3# 包括了两种可能的答案。试探找到了回答的不确定性,寻求去除一种答案。

1.7.5.6　态度上的中立性试探

当询问关于态度或想法的问题时（"您是怎么样认为的?"），访员必须特别小心，只能使用中立方法，因为访员可以很容易影响受访者的态度或者意见的表述。有时候一个答案的得出就是无意中受到了访员声音的影响。例如下面的例子：

对于个人来说，和家庭在一起共度大量的时间比事业上取得成功更重要。您是否强烈地赞同、赞同、不同意或者强烈地反对?

没有关键词被标出，所以阅读时不需要强调任何一个词。用普通的语调读出来的时候，问题中的四个答案需要被选择。但是访员阅读时，声音会有一些影响。如果强调"大量"，得到的不同意答案就会比正常的比例高很多。

1.7.6　反馈

整体来说，大多数人在最初充当受访者时都是缺乏经验的，所以访员需要教会其做出正确的行为。当受访者的表现良好时，或者说表现也不错，访员的工作就是告诉他们工作做得不错，及时反馈来激发其继续好好表现。反馈可以平均花上 30%—50% 的时间。一个好的访员总是会提醒自己：做一个合格的受访者是一项困难的任务，需要时刻鼓励他们。

受访者可以接受的表现包括：

- 认真地听完整个问题
- 当被问到每一道题目的时候能够认真地思考给出完整的回答
- 给出满足问题目标的回答
- 避免不必要的偏离

只有在表现良好的访问后，才可以给予鼓励性反馈。访员的工作是鼓励受访者积极参与，而不是有好的"内容"。

有些受访者的反馈意味着确保其答案的精确性，如同"我想确定下我听懂了"（重复答案），或者是为了确认访员已经听到了全部的信息，例如"我们刚才谈过这个，但是我希望能按照问卷上的顺序来问每一道题目"。

反馈的不同阶段可以采用多种方式结合。总体来说，长一点的休息可以安排在受访者考虑了一段比较长的时间后，或者在完成了一大段问

题后。使用受访者反馈的规则如下:

- 积极的反馈只能适用于那些表现良好的访问。
- 不好的回答后面应该有些试探性询问。
- 好的访问要给予肯定,但不是好的"内容"。
- 只使用那些标准的反馈模式。
- 简练地给出反馈,一两句话作为回应。
- 对那些更长的更多的回答给出更多的反馈。
- 紧跟在反馈后一个简短的休息可以使反馈的效果更好。

非语言的反馈也能起到良好的效果。一个简单的微笑或者是微微点头能使受访者感到愉快,能让他们觉得自己的表现不错。如果受访者拒绝回答题目,就不要微笑或者点头。如果受访者偏离了问卷上的问题,就不能用微笑或点头。如果访员鼓励跑题,那么整个访问就会无法进行下去。

1.7.7 克服异议

1.7.7.1 问题描述

大部分人都是友好的,有意愿合作,但有一些人还是会担忧、有异议或感到害怕。有时看起来是拒绝合作,可能只是表达希望获得关于研究、程序或背景进一步的信息。下面的内容会帮助您在接触时减少或消除"拒绝"。

不要引导拒绝。道歉或失败的气氛会引发拒绝。假设受访者愿意参与,友好、自信和积极的方法——果断但不冒犯——将会有良好的效果;认真倾听受访者的建议,尝试确定异议的原因,然后确定针对这些异议和担忧的回应。关于研究、程序、保密性或是时间的细节都可能回答"没有问到"的问题。有时候的方法是简单地询问"关于参与本次调查还有其他需要我解释的吗?"

如果您不能克服受访者的异议,受访者只是单纯的不同意调查,这时应礼貌地接受拒绝并感谢受访者抽空出来。不要给予受访者压力、争论甚至疏远。无论什么情况下被拒绝,始终记住要专业、有礼貌、友好。在下表中包含了一般受访者拒绝调查或访谈的原因。不同原因需要在应对上有不同的侧重。根据受访者的问题调整自己的回应是很重要的。

表 1-3　应对拒绝的方法

拒绝的原因	回应的方法
"太忙"或"没时间"	如果选定一个访谈对象,强调您将根据他们的日程来安排访谈。与受访者约定访谈时间或是方便的回访时间。
我不想政府知道我的个人信息,或我不想做调查	通过解释调查设计和管理方式打消受访者的忧虑,告诉他们调查不是侵人性的,会保护他们的个人隐私。强调我们关注的是全国范围内总体的情况,而不是个人的答案。 同时也要强调关于公共政策的调查研究非常重要。政府机构为了知道不同项目的影响需要进行大量的调查研究。强调这也是他们参与到公共政策形成过程中来的机会。
我不确定能不能保密,或我希望确定这是一个合法的研究	一定要仔细倾听访谈对象的谈话。不要自己假设他们带着不信任的表情怀疑研究的保密性,而要注意观察他们是否需要进一步的详细信息。展示访员证和授权信。
这里面的东西和我无关,不合作的态度	强调研究对于公共政策决策的重要意义,这是他们参与到公共政策制定过程中来的一次机会。
我想和我丈夫先谈谈,或您是居委会派来的吧?	受访者在考虑他人或其他机构对他参与调查的态度。告诉他们您是一个合法的调查机构访员,绝对会对他们的回答保密。对于不愿自己孩子参与调查的父母,可以向他们展示研究材料,强调让年轻人参与调查、感受自己做出贡献是有益的,特别是建立起年轻人作为成年公民的责任感。同时解释每个访谈对象参与调查的重要性,因为是在全国范围内抽样选取的,每个个体都代表着数千人,因而不能被替换。
我身体不是很舒服,我家里太乱了,我穿得不整洁	在这种情况中,由于您是临时上门访问的,所以可能正好遇到受访人不方便的时候,但下次拜访时他就同意接受访谈了。可以试着询问什么时候方面回访,并约定时间。

1.7.7.2　拒绝的原因

一般拒绝原因如下:

(1) 太忙/没时间/已经做过太多调查;

拒绝的一个原因是没有时间。现代生活非常紧迫,很多人的工作已经被过度拉长,没有休息时间。他们可能已经参加了很多的调查。您访问他们的那天,他们可能正感到没有时间做更多的事情——他们甚至可能说他们一直都没有时间。

(2)澄清保密性、合法性和样本选择;

确保清楚地倾听居民告诉您的事情——他们可能是想确信或寻找更多的信息。关于研究的合法性或是保密性如何得以保证的问题可能是他们拒绝的根源。他们对研究的解释没有听明白,需要进一步理解研究的性质。

(3)"与我无关"/不合作;

尽管这种情况很少,但有些人只是单纯地不愿合作——他们没有特殊的原因拒绝或是感觉调查与他们无关,他们没有理由合作。

(4)父母或其他家庭成员不同意;

有时人们拒绝参与只是因为外在压力控制他们的行为,而不是因为调查本身。外在压力可能是一个人,如与他们利益息息相关的配偶或家长。

(5)病重/家里混乱/没有着装完善

有些拒绝是情境性的,并不一定引起拒绝。他们拒绝可能只是因为您访谈时他们当时的环境不允许他们参与。

1.7.7.3 需要与督导讨论

有一些案例中,受访者可能由于某种原因而拒绝,您感觉可能有一些潜在的、未言明的原因,就要及时和督导沟通。

不要依靠记忆向督导陈述当时拒绝的周围环境。在被拒绝的当时就应做下笔记,这将会帮助您更充分地与督导客观地讨论拒绝。它将帮助您的督导决定是采用一封跟进信的形式,还是下次换另一个访员来解决拒访的问题。

尽管拒绝可能令人灰心,从长期来看,学着专业地而非个人化地去处理它们,将会是非常成功的方法。访谈时不要让拒绝改变您积极的态度和方式。

哪怕是最优秀的访员也可能遇到偶然的拒绝,因此没有必要怀疑自己作为访员的能力。最重要的是通过拒绝学习并在下一个家庭中重新开始。

1.7.7.4 获得参与的小技巧

要成功获得访谈,您需要发展出令自己舒服的独特方式与潜在受访

者互动。当您发展出自己的方式时,请切记下面的重要事项:

在与潜在受访者互动时积极的态度是十分关键的。您需要对自己的调查知识自信,以便创造出积极的氛围。如果您到了受访者家门口还不确定,那么潜在受访者可能会:

- 质问研究的有效性;
- 消极地看待调查并轻视其重要性;
- 更可能拒绝参与调查;
- 如果您不热情并对调查不十分了解,潜在受访者更可能没有兴趣参与;
- 获得合作的关键是坚持。比如像受访者不在家的情况,您应该在一天的不同时间和一周的不同时间上门拜访。

如果在拜访期间您不能说服潜在受访者参加,您可以说"我将在您不是很忙的时候再来"或是"我下次到附近将再来拜访"。如果他们暗示因为某人的原因而不能始终参与调查,这些话可让您与此户保持再联系。

强调调查的保密性,强调回答只会被作为整体,个人姓名绝对不会与回答联系起来。

确定每个潜在受访者都感到他/她对于整个调查的成功十分关键。

现在大部分人都很忙碌,很少有空闲时间。他们不希望白花时间回答一个很长的问卷。不要说"这些问题将持续一个小时",试着说"这些问题将持续一个小时但是对于每个人花的时间可能不同。现在让我们看怎么开始"。诚实但不要浪费时间。很多人会告诉您他们没有多余的时间,但却可能站在门口与您讨论这个调查长达 45 分钟!

最后,您必须提供相关联系方法,记录在每次调查中发生的细节。这将对您与受访者的初次甚至深入接触提供有用的信息,比如记录对方拒绝访谈的原因。在下一次接触之前复习您的资料、计划并组织您的方法。比如,如果一个潜在受访者说他/她有生病的小孩因而没有时间参与,再次接触时您可以用"我希望您的孩子好些了"开场。记住这些细节能帮助您与潜在受访者建立良好的关系。这种考虑到受访者情境的手段也是获得参与的重要方法。

1.7.8　未成年人的访问

除了调查成人外,有些项目也会调查年龄在 15 岁以下的未成年人。

完成一个未成年人的调查需要同时得到本人与他/她父母或监护人的同意。唯一例外的是独立生活的未成年人,包括不生活在家里的大学生。只有在这些案例里,您可以在没有父母同意下访谈未成年人。

如果一个未成年人被选定为访谈对象,父母/监护人可能不同意让"陌生人"问他/她问题。这时,要让其父母检查信息材料,包括授权信。如有必要,父母可以打电话给××机构,以确认您的访员身份。

表1-4　应对青年的拒绝

拒绝的原因	回应的方法
太忙或没有时间	灵活确定访谈时间,未成年人可能很忙,所以要适应他们的日程安排。谨记首先要获得父母明确同意,才可单独访谈未成年人,否则一定要有父母在房子里(可以不是在同一个房间)。 在未成年人出门之前拜访。在周末或夏天,未成年人一般晚睡,所以在他们起床但未出门之前上门访问会比较好。
没兴趣或与我无关	可以提到现金激励。未成年人通常想有额外的钱,因而如果向他说明参与调查可获得现金常常能劝服他们为访谈腾出时间。 让他们觉得调查很重要。获得未成年人参与的一个重要方法是让他们感觉到他们自身的重要性。很多未成年人都还没有独立过,因而这会是一个让他们觉得很特别的机会。让他们知道他们是无法替代的。
担心保密性	提供一个私人的空间。有些未成年人担心隐私的问题,他们不希望父母知道他们做过的事情。您需要敏锐地察觉到这点,尽量在私人空间里进行访谈,消除他们害怕父母知道的疑虑。
孩子—父母的斗争	有时候父母害怕孩子长大并试图控制这一过程。允许孩子参加调查是让他们觉得可以控制的事情。您必须首先使父母(在与未成年人接触之前)相信参与调查对孩子是有益的。如果赢得了父母的支持,他/她可能坚持让孩子参加。 有时候斗争是相反的:父母想让孩子参加,这样可使孩子拒绝,因为孩子知道这样可以激怒大人。在这种情况下,避开父母与未成年人单独谈话是有助于说服的。这会使他/她从情境而非与父母冲突来考虑参与回答问题。

1.8 安全问题

考虑安全问题的时候,我们应该避免成为犯罪的受害人。下面的安全措施对于访员来说将成为非常有效的工具,并且时常回顾这些原则能够提升访员的安全意识。访员也可和家人一同分享上面的信息,这部分建议对每一个人都是很有益的。

1.8.1 为旅行做准备

(1)准备一把雨伞、合适的外套,最好携带一个手电筒。

(2)准备一个口哨、打电话的零钱。

1.8.2 面谈之前

(1)到了不熟悉或者是陌生的地点,首先熟悉一下环境;平日里早一点出发。如果有必要,询问受访者到达该地区的最佳拜访时间。

(2)记下公用电话号码,光线充足、可能的停车的地方,公共运输工具以及提醒自己潜在的危险。

1.8.3 使用给当地村/居委会的信件

每一次调查开始之前,在和住户面对面地取得联系前,可以先和居委会或村委会联系,并出具给当地村/居委会的信件。在调查过程中,和当地村/居委会保持联系是非常重要的。

(1)必要时,访员可以和自己工作所在地区的派出所取得联系。

(2)如果必要,出示身份证复印件。给民警写下您的名字、电话号码以及××机构的电话号码。

1.8.4 离家之前做好访问的准备工作

(1)把贵重的首饰珠宝留在家中。

(2)穿着与角色相符合的衣服,而不要精心打扮。

(3)旅途中时注意周围的状况:天气、交通、所经过的区域以及时刻注意自己周围的环境。

（4）多注意自己的直觉：信任别人，但主要还是要靠自己。

（5）走路，站立以及其他的举止都会传达某种信心和目的。访员应该知道自己是专业人员，并且知道自己将要做什么。

（6）访问时不要掏出钱包或者是其他的贵重物品。

（7）告诉家人、朋友和督导大致的访问路线。让他们知道大约多久能够返回。牢记，除了督导以外，不要把受访者的地址透露给其他人。

（8）时刻佩戴访员证。记清楚口哨、零钱和手机的位置，放在书包或者口袋里的位置，确保随时能找到。

1.8.5 在访问过程中

（1）离家时，确认门和窗都是锁好的。

（2）犬。

近几年来，拥有围墙式院落和为了安全原因养犬的家庭越来越多。这些细节提示访员需要进入类似环境时，必须增强安全意识：

- 靠近一个围墙式院子时，注意查看该户是否有养犬的细节：小心有狗的标志、犬刨的洞、咀嚼类的玩具或者骨头等等。

- 无论是否看到有犬的证据，大声说话，吹口哨让犬知道访员在那里。

- 如果犬隔着院墙开始吼叫，主人并没有出来，不要走进去。留下一个致歉卡，贴在墙上，让对方知道访员来过但主人不在家，注明下次再来拜访。

- 如果没有看到犬，可以直接走进去，但不要立刻关上身后的大门。迟些时候总有机会返回再关上门。

- 牢记，即使是一只友好的犬也有可能对人咆哮，它们的职责就是看家护院。用镇定且冷静的声音和犬交谈。切忌不要在犬面前跑过，或者是迅速地跑开——这样也许会引起紧张的气氛。保持缓慢的步速，及时当着狗退回去。不要流露出恐惧的表情。

（3）如果访员感到某些区域存在危险，或者住户所在的地区不是很安全，及时告诉督导，请求协助。

（4）在某地的访问完成后，迅速离开。

1.8.6 预防措施

下列措施目的在于提醒访员在某些可能有潜在危险的场所更应该小心。

（1）工作地点：如果当地居民提醒访员注意安全，或者访员在某些地方对个人安全存在疑虑，就要和督导讨论这个问题。他们都是有着和困难打交道的丰富经验的人，能够给访员一些建议。关于如何开展访问，同时确保自身安全。下面的建议也许有用：

● 特别情况，在征得督导同意和许可下，可以在公共场所而不是受访者家中见面。

● 如果获得了督导的支持，可以和另一个访员结成小组。这就在人员数量上增加了安全性。

（2）天黑后不要在访问地点停留，除非有预约。

（3）遇到任何有安全风险的情况，找督导讨论。

1.8.7 个人安全风险

（1）如果晚上受访者对访员表现出超乎正常的亲近态度，访员应表示道歉并改约，换一天找个更早的时间去访问。如果必要的话，向督导请示，要求换一下要访问的住户；或者和另一名访员一起去。

（2）如果有任何迹象表明有毒品或者吸毒行为，或者受访者或者其家庭成员有人表现出吸食毒品的迹象，访员应尽快（提前）离开，向督导说明这一情况并计划下一步工作。

（3）把所有的意外或突发事件立刻向督导汇报。

1.8.8 安全顾问给出的其他有用的小技巧和建议

（1）在街上或者是比较暗的地方走路的情况下，身边有陌生人时，要与其保持一定的距离。

（2）如果夜间一个人行走，发现身后有人跟踪时——应该大叫"着火了"。由于好奇心，很多人就会注意到你的情况。

（3）拨打110报警电话，每一分钟都是紧急状况。

● 保持冷静；慢慢地说清楚

- 接线员会问些问题:

▶ 情况是怎么样的,目前所在的位置是哪里(例如,大楼的名称,地址和房间号是多少)。

▶ 报警人员的姓名。当单纯地报告有情况发生时,不需要说出自己的姓名,除非自己就是处于危险中的受害人。

▶ 目前正在使用的电话号码是多少。

▶ 不要挂断电话,直到110的接线员结束通话;接线员也许需要更多的信息了解情况。

- 如果掉线了,迅速重新拨打110报警电话。

(4) 随身携带督导以及研究机构其他工作人员的电话号码。出现紧急情况时,这些电话号码会非常重要。

对于我们来说,我们对于访员的安全考虑和他们本人想的一样多。当访员在某个地方工作的时候,要小心,好好研读,并且遵守上述的安全条例。如果有必要的话,向督导求助;并且和团队里其他的人员分享一些安全上的建议。这样大家才能共赢!

第二部分

访问系统

第二讲
CFPS 访问管理系统功能介绍

2.1 访问管理系统入门

2.1.1 软件功能简介

CFPS（中国家庭动态跟踪调查，China Family Panel Studies，简称CFPS）访问管理系统是一个专业的调查访问软件，它不仅可以辅助访员对受访者进行问卷调查，而且可以帮助访员管理各种访问信息。另外，通过访问管理系统，访员可以方便地与调查中心和督导建立联系，以解决在访问过程中出现的各种问题，从而实现计算机辅助调查的目的。

访问管理系统的功能主要有以下几点：

1. 问卷调查。协助访员完成受访者问卷填答工作。

2. 数据传输。及时地与调查中心实现数据的传输和交换，方便中心了解调查的进度并实现远程控制。

3. 样本管理。记录每个受访者的详细信息，包括联系地址、访问方式、完成状况、支付状况等，方便访员的工作和管理。

4. 样本调配。根据各种需要在访员之间进行访问任务的调配和转移。

5. 质量控制。记录并监督访员的电脑操作行为，提高调查质量。

2.1.2　如何登录系统

启动计算机,进入 WindowsXP 桌面,双击桌面上的"访问管理系统"图标:

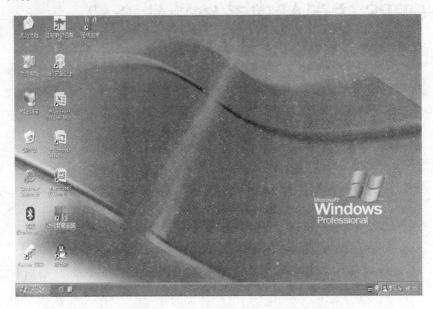

这时桌面上就会弹出一个登录访问管理系统的对话框:

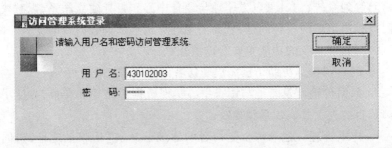

输入正确的"用户名"和"密码",然后单击"确认"按钮,就可以进入系统。

2.1.3　系统界面介绍

成功进入系统之后,会弹出如下图所示的系统界面:

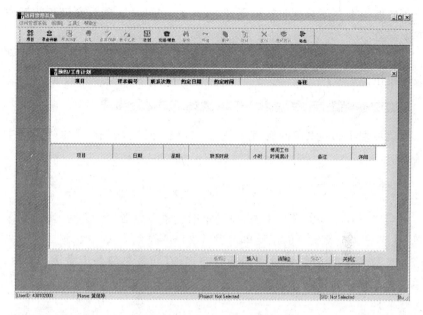

这个界面上有一个名为"预约/工作计划"的窗口,这个窗口的功能和使用方法会在本书第 3.7 节"计划"一节中介绍,在这里我们先关闭这个窗口,这样我们就进入了系统的主界面。

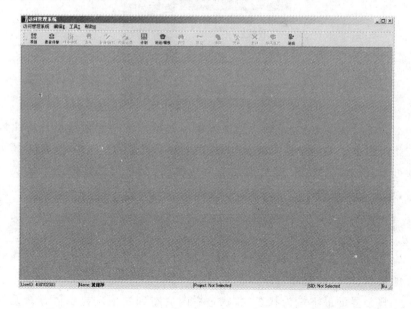

界面由上至下分别包括标题栏、菜单栏、工具栏、显示窗口和状态栏五个部分。

　　标题栏上显示了访问管理系统的图标和名称,以及最小化、最大化和关闭按钮。

访问管理系统　　　　　　　　　　　　　　　　　　　　_|□|×|

　　菜单栏中包括"访问管理系统"、"编辑"、"工具"和"帮助"四个主菜单。

访问管理系统　编辑E　工具T　帮助H

　　当鼠标移动到某菜单上时,该菜单的背景颜色会变为蓝色,单击该菜单,就能看到主菜单下的子菜单。当子菜单的颜色为灰色时,该子菜单处于未被激活状态,反之则处于激活状态,只有当该菜单处于激活状态时,单击该菜单才能进行相应的操作。访问管理系统的所有功能都可以通过菜单实现。

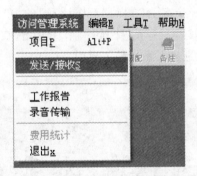

　　为了使用的方便,访问管理系统将一些常用的功能做成工具按钮放在工具栏上。与菜单栏类似,当工具栏上的工具按钮呈灰色时,该工具按钮处于未被激活状态,反之则处于激活状态,只有当工具按钮不是灰色时,单击工具按钮才能执行相应的操作。

器　　企　　　　　　　　　　　　　　　　　　　　　　　　　　　　　　　
项目　录音传输　栏目调配　备注　　　　　　计划　发送/接收　报告　　　　　　　　　　　　　　费用统计　退出

　　工具栏下的整个灰色区域为项目窗口,因为目前系统还没有选择操作的项目,所以此时项目窗口为空。

　　整个界面最下端为状态栏,状态栏内从左到右依次显示了登录系统时的用户名、访员的姓名、项目名称、操作的样本编号、系统版本号以及发送/接收的时间等信息。

| UserID: yaojiahu | Name: Jiahui Yao | Project: Not Selected | SID: Not Selected | Built: 10.04.19 | SendDate: |

2.1.4　如何退出系统

退出访问管理系统的常用方法有两个,一个是单击工具栏上的退出按钮 ![退出], 另一个是单击"访问管理系统"菜单中"退出"。两种操作在功能上是等效的。

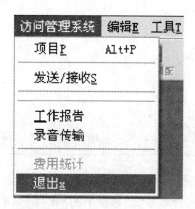

2.2　项目窗口功能及显示

2.2.1　选择项目

进入系统后的第一步操作是选择正在执行的调查项目的名称。

操作方法是单击工具栏上的项目按钮 ![项目],系统会自动弹出一个项目选择对话框,找到自己需要的项目后,双击该项目名称或者单击该项目名称将之选中,再单击"确定"按钮都可以打开这个项目。

如下图所示,在项目选择对话框中只有1个项目可供选择,我们选中该项目"中国家庭动态跟踪调查2010(测试)",然后单击"确定"按钮,打开这个项目。

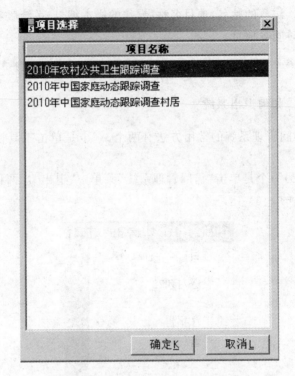

　　注意:除了可以通过单击工具栏上的项目按钮激活项目选择对话框外,还可以通过"访问管理系统"菜单中的"项目"菜单来实现这一操作。

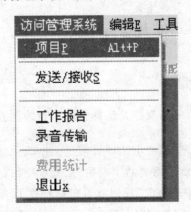

工具按钮和菜单操作在功能上是等效的。

2.2.2　项目窗口的界面介绍

打开"中国家庭动态跟踪调查 2010（测试）"这个项目之后，系统界面会变成如下图所示的情形。

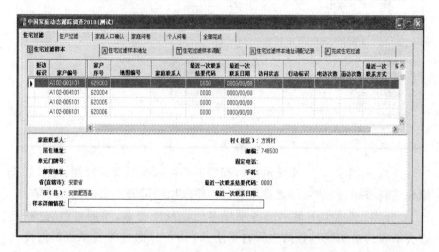

可以发现在这个时候，工具栏上的大多数工具按钮都处于激活状态，而且项目窗口中也出现了一个新的窗口，状态栏上的系统状态也发生了相应的改变。

项目窗口显示了项目所要访问的所有家庭的信息和访问状态，它共有 6 个大选项卡，分别为"住宅过滤"、"住户过滤"、"家庭成员问卷"、"家庭问卷"、"个人问卷"以及"全部完成"。每个大选项卡下面有若干个小选项卡，这些小选项卡在每个大选项卡下略有不同，但就功能来说，通常包括"样本"、"地址"、"样本调配"、"样本调配记录"以及"完成"。进入项目以后，一般的流程是按照大选项卡从左到右的顺序逐一完成各项访问任务。

2.2.2.1　样本选项卡

"样本"选项卡下面列出了所有未完成的样本，所有这些样本通过一个唯一的样本编号加以区别，在每个样本编号之后，会显示有关这个家庭的所有访问信息。

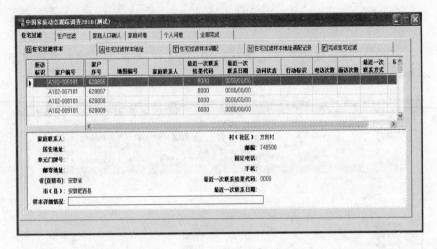

注意:样本窗口中所显示的所有样本都可以按照某种规则排序,如按家户编码排序、按结果代码排序等。排序的用法请看本书的第3.9节。

"样本"选项卡下显示的各项样本信息只能查看,不能修改,这些内容会随着访员访问过程的进行自动更新(访员每次访问后系统都需要填写联系记录,这些记录会自动更新原有的信息)。

如果需修改访问信息,需要使用"联系记录"功能,该功能将在本书的第3.6节进行介绍。

2.2.2.2 地址选项卡

"地址"选项记录的是每个受访家庭的地址信息,包括居住住址、邮寄地址和联系电话等。每个家庭仍然是通过样本编码进行区分,通过移动垂直滚动条和水平滚动条,访员可以查看受访家庭的各种地址信息。

如在"家庭成员问卷"中,地址选项卡包含如下所示的内容:

与"样本"选项卡类似,"地址"中的所有信息也可以进行排序,并且只能查看,不能修改。如果需要修改,就要使用"查看/编辑"功能,该功能将在本书第3.4节进行介绍。

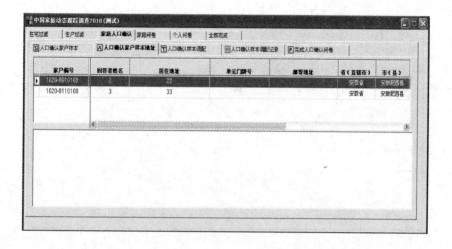

2.2.2.3 样本调配选项卡

当访员需要把一些受访家庭或受访者的访问任务转移给其他访员时,就需要使用"样本调配"功能,该功能的使用方法将会在本书第3.1节进行详细介绍。一旦访员使用了"样本调配"功能,那些将要被转移的家庭信息就会呈现在"样本调配"选项卡中,单击该选项卡可以查看这些家庭的相关信息。这些信息包括:

- 访问类型
- 样本编号
- 接收访员
- 接收督导
- 联系结果代码
- 访问状态

注意:样本在两种情况下会进入"样本调配"窗口中,第一种是访员通过系统的样本调配功能将某些样本添加到"样本调配"窗口中,另一种是系统根据样本的信息,比如对于那些外出人员,系统会自动将他们添加到样本调配的窗口中。

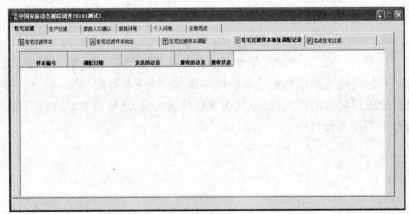

2.2.2.4 样本调配记录选项卡

"样本调配记录"选项卡中显示了所有已经被访员转移出去的受访家庭或受访者信息以及访员从其他访员处接收到的受访家庭和受访者信息。单击"样本调配记录"选项卡,我们就可以查看其中的相关内容。这些内容包括:

- 样本编号
- 调配日期
- 发送的访员
- 接收的访员
- 接收状态

当访员接收到其他访员发送来的访问任务后,系统会向发送者发出一个接收的信号,当发送者收到这个信号后,在"接收状态"这一栏中,该家庭户的状态就会以"×"标记。

2.2.2.5　完成选项卡

当样本完成了所有的访问任务后,它就会从"样本"选项卡进入"完成"选项卡中,单击该选项卡可以查看这些内容。

"完成"选项卡中显示的信息与"样本"选项卡基本一致,这里不再重复介绍。

2.3　工具按钮和菜单介绍

2.3.1　访问

访问是系统最基本的功能,选定一个样本,并单击工具栏上的 按钮,就可以执行访问的功能。

此外,还可以通过选择编辑菜单下的"访问"子菜单实现访问的功能。

注意:住宅过滤中没有问卷,所以不能点击访问。

每次访问,系统都会自动启动一个录音程序,对访问的过程进行录音:

在录音前,系统会提示访员询问受访者是否允许录音,如果受访者不同意录音,访员需要点击录音程序右上角的关闭按钮,终止录音。

需要注意的是,第一次点击访问"按钮"时,系统将直接打开问卷。

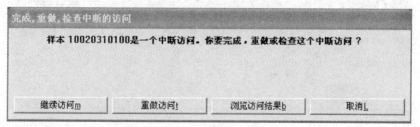

当该样本之前做过访问(不管几次),但没有完成,即发生过中断,需要继续完成时系统会出现如下所示的提示窗口。

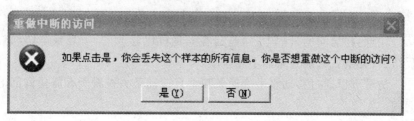

如果单击"继续访问"按钮,系统会打开之前未完成的问卷,访员可以接着上次的问卷继续访问。

如果单击"重做访问",系统会弹出提示信息,询问访员是否要重新完成问卷。如果选择"是",系统会删除之前所有访问的结果,重新开始访问。

注意:慎用此功能！因为重做问卷会丢失之前填答的所有信息！

如果单击"浏览访问结果"按钮,系统也会弹出提示信息。如果选择"是",系统将打开之前未完成的问卷,这时,访员只能核查已经填答的信息是否有误,但不能修改。

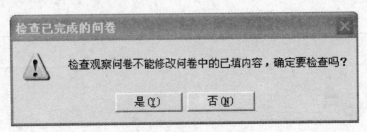

如果访员单击"取消"按钮,则直接返回项目窗口。

在系统打开问卷时,整个界面的上半部分是问题和选项,下半部分是访员填写答案的地方。访员填完一个答案并确认无误后,按回车键,系统会自动跳到下一个问题。另外访员可以通过移动方向键或鼠标单击来改变光标的位置。

注意:在访问的过程中,问题的答案是可以修改的,一旦整个访问过程结束,答案就只能查看而不能修改。

访员可以通过移动水平滚动条和垂直滚动条去查看所有需要询问的问题。

如果访问过程因为某些原因而发生了中断,访员关闭问卷窗口,系统会自动保存之前已经完成的问题答案。

不论是直接完成还是发生中断,关闭问卷窗口后,系统都会要求访员填写居住地址。

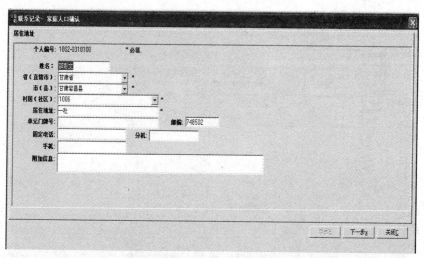

注意:加星号的文本框必填,没有特别标志的可以不填。填完这个窗口之后,单击下一步,就可以进入下一个窗口。

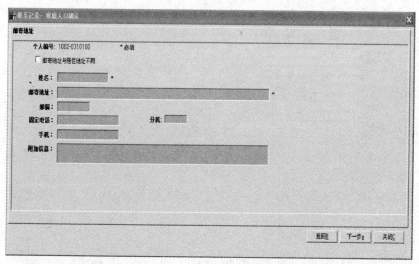

这个窗口填写的是邮寄地址,如果邮寄地址与居住地址相同,则直接

点击"下一步"按钮,如果不同,则需要先选中"邮寄地址与居住地址不同"选项,然后再填写具体的邮寄地址,与之前类似,加星号的文本框必须要填写。

注意:在完成家庭问卷和个人问卷时,访员不仅需要填写居住地址和联系地址,还要填写3个联系人的地址,填写方式与上相同,此处不再说明。

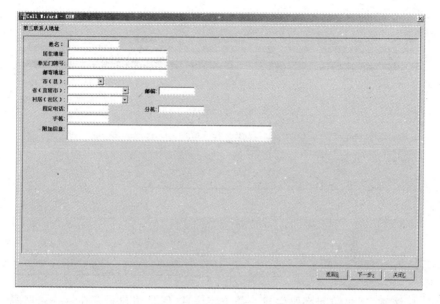

再点击下一步之后，访员在如下所示的窗口中填写访问的日期和时间，填写访问方式和结果代码。访问方式有三种：电话访问、面对面访问和邮寄访问。如果是通过电话访问，访员还必须记录电话号码和电话类型。

联系结果代码记录的是联系的结果类型，访员可以在下拉列表中选择最恰当的联系结果代码。在这些都填完之后，点击下一步，则进入联系观察问卷部分。

注意：只有在选择了某些特定的联系结果代码以后才会有后面的联系观察问卷，有些结果代码不需要填写观察部分。

系统每进行一次访问（无论是问卷中断还是全部完成），访员都需要填写有关该次访问的联系记录。填写联系记录的窗口会在访员完成访问或中断访问后自动弹出来。访员需要注意的是：第一次填写联系记录和非第一次填写访问信息在操作上会有一些区别，第一条联系记录系统会自动生成，而之后的联系记录需要点击"插入"按钮后插入。

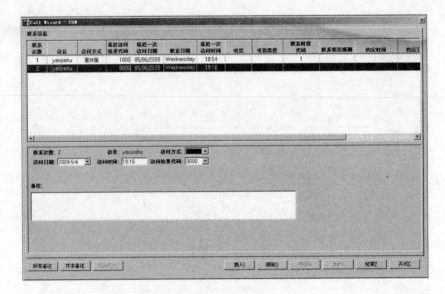

注意：每次访问都要生成一条访问信息，但是用户只有在上一条联系信息填写完整的情况下才被允许插入一条新的联系信息（包括观察部分也要填写完整），如果之前一条访问信息不完整，系统会提示，这时访员需要先完成上一条联系记录，再插入新信息。

2.3.2 样本调配

样本调配的功能是将本属于自己的访问任务转交给其他访员去完成。进行调配时，访员的基本操作步骤是：

1. 在项目窗口（样本标签下）中选中需要转移的样本。

2. 单击工具栏上的图标 样本调配，或者调用编辑菜单下的"样本调配"菜单，或者使用快捷键，调用样本调配功能。

编辑E	工具T	帮助H
访问	F2	
样本调配	F3	
撤销样本调配		
样本备注	F7	
查看/编辑V	Alt+V	
联系记录C	F10	
工作计划		
支付		

调用样本调配以后，系统会弹出如下所示的窗口。窗口中显示了需要调配出去的受访家庭或者受访者的家户编号和样本编号。

家户编号	样本编号	结果	访问状态
620007	A100107101	0000	

Transfer

◉ 按家庭调配　　○ 按样本调配

[样本调配]　　[取消L]

注意:样本调配有两种方式,第一种是按家庭调配,第二种是按样本调配。按家庭调配是将样本以家庭为单位整个调配出去,而按样本调配只调配选中的样本,与该样本同一个家庭的其他样本不会被调配。

访员在客户端调配了样本之后,样本并不会立刻就调配出去,只有在发送/接收之后,中心接收到访员的调配申请,中心同意调配以后,样本才会真正调配出去。

在发送/接收之前,访员如果发现调配错误,可以通过如下的操作进行挽救:

1. 在样本调配选项卡中,选中那些被错误调配的受访家庭或受访者;

2. 单击编辑菜单,选择"撤销样本调配"。

这样,那些错误调配出去的家庭就会重新从样本调配选项卡中转移到样本当中去。

2.3.3 发送/接收

访员通过"发送/接收"实现与调查中心的数据传输,访员可以通过两种方式启动"发送/接收":

1. 点击工具栏上的 发送/接收 图标;

2. 在"访问管理系统"菜单中选择"发送/接收"子菜单。

启动"发送/接收"之后,就会弹出名为"自我更新"的窗口,如下图所示。此后系统会自动更新,传输数据并接收新的样本。

这时,窗口中会显示一系列的更新信息,当窗口中显示同步完成时,就说明发送/接收已经完成了。这时,访员可以点击"退出",关闭该窗口。

在"发送/接收"过程中,如果系统检测到有组件或者问卷更新,会自动升级。升级成功以后,系统和问卷的版本号都会随之改变,访员可以查看这些版本号,检查自己的系统是否已经更新完毕。

系统版本号位于访问管理系统状态栏的右下角:

SID: 1020-00101　　Build: 3.12

如上图所示,英文 Build 后面的就是版本号,3.12 代表当前系统是 3 月 12 号的版本。

问卷的版本号可以在进入问卷后从问卷窗口的左下角看到:

版本日: 2010-3-14 版本时间: 15:41

如上图所示,这表示当前的问卷是 2010 年 3 月 14 日 15 点 41 分的版本。

2.3.4　样本备注

样本备注可以记录与受访者或受访家庭相关的信息。在使用样本备注之前,首先要选中需要记录的家庭,然后可以通过以下 3 种方法中的一种调用样本备注功能:

1. 单击工具栏上的 图标;
2. 在工具菜单中选择"样本备注"子菜单;

编辑E	工具T	帮助H
访问		F2
样本调配		F3
撤销样本调配		
样本备注		F7
查看/编辑V		Alt+V
联系记录C		F10
工作计划		
支付		

3. 使用快捷键 F7。

样本备注功能一经调用,就会弹出如下所示的窗口。在窗口中输入所要记录的信息,输完后,单击保存即可。

如果要返回显示窗口,可以单击"关闭"按钮。

记录在样本备注中的信息将会显示在样本标签的下半部分窗口中。

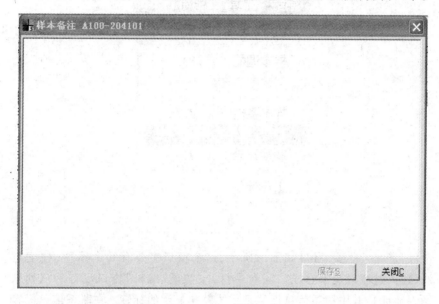

2.3.5 查看/编辑

"查看/编辑"的功能是更新受访者的联系地址信息。要使用"查看/编辑",首先必须选中需要更新的用户编号,然后通过以下 4 种方式中的一种进入"查看/编辑"窗口。

1. 单击工具栏上的 按钮;
2. 使用快捷键 ALT + V;
3. 在编辑菜单下选择"查看/编辑"子菜单;
4. 双击选中的样本编号。

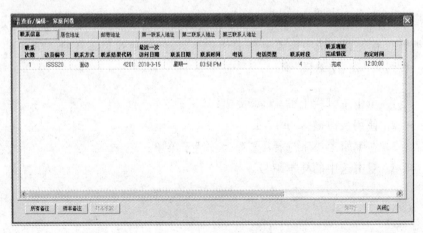

"查看/编辑"窗口如下图所示,这个窗口主要有 6 个标签(住宅过滤、住户过滤以及家庭成员问卷中打开"查看/编辑"窗口没有后三列联系人地址),其中联系信息标签是系统默认显示的标签。在联系信息标签下,用户可以查看(不能编辑)该样本的基本访问状态。

联系信息标签的左下角有一个"所有备注"按钮,单击这个按钮,访员可以查看有关这个样本的所有访问信息。

注意:这里只能查看样本的访问信息,如果要进行编辑需要使用"联系记录"功能。

第2—6 个标签记录的是该样本编号的各种地址信息,包括居住地址、邮寄地址和联系人地址。

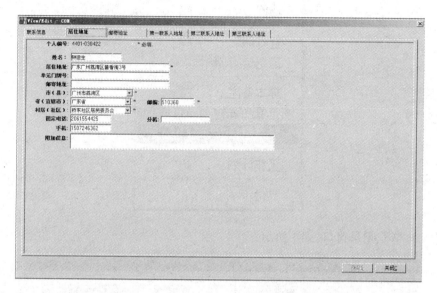

　　注意:这里的地址信息不仅可以查看,而且可以编辑,每次编辑修改之后,需要单击右下角的"保存"按钮,否则系统不会自动保存样本的地址信息。样本的地址信息更新之后,项目窗口地址标签下的相关内容会自动发生改变。

2.3.6　联系记录

　　"联系记录"的作用是记录或修改每次访员和受访者之间的联系方式和访问结果。与"查看/编辑"类似,每次使用"联系记录"都必须首先选中某个样本编号。

　　选中之后,可以通过以下 3 种方式进入联系记录窗口:

1. 单击工具栏上的 按钮;
2. 在编辑菜单中选择"联系记录"子菜单;
3. 使用快捷键 F10。

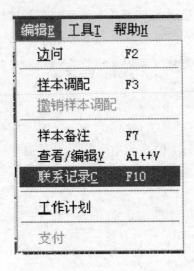

联系记录窗口,如下所示:

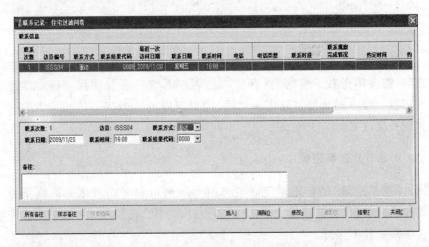

窗口的下端有 9 个按钮,这 9 个按钮的功能简介如下:

1. 所有记录。这个按钮的功能与"查看/编辑"中的所有记录类似,用来查看样本编号的所有访问信息。

2. 样本备注。打开样本备注窗口,使用方法参见 3.3"样本备注"。

3. 样本跟踪。

4. 插入。添加一条新的访问记录,访员每做一次访问都需要有一条访问记录。

5. 删除。删除一条访问记录,注意:用户只能删除最近的一条访问记录。

6. 修改。用来修改上一次访问记录的内容。

7. 返回。返回上一个窗口。

8. 下一步。进入下一个窗口。

9. 关闭。关闭"联系记录"窗口,回到项目窗口。

注意:"联系记录"窗口在之前的2.3.3节中也出现过,即访员每做完一次访问之后,系统都会提示访员填写访问信息。填写的方法在2.3.3中也作了一个简单介绍,这里列出了详细的使用步骤,请访员注意:

1. 注意每次填写时要插入一个新的记录(第一条访问记录系统会自动生成);

2. 输入准确的访问日期;

3. 输入详细的访问时间;

4. 选择确切的访问方式,如果是电话访问还需要记录电话号码和电话类型;

5. 选择合适的结果代码;

6. 如有需要,单击"样本备注",记录相关信息;

7. 单击下一步按钮,进入下一个窗口。

还需注意的是,系统会根据结果代码来判断访员是否还需要进行下一步的观察工作,如果不需要,下一步按钮会变成"完成",点击之后直接回到项目窗口。

如果需要做观察,用户在点击"下一步"后,系统会自动进入观察部分,填写观察部分与填写问卷的方法完全一致,此处不再重复说明。

用户还需注意的是,如果访问的结果是提供了最佳联系时间之类,"联系记录"窗口会自动出现两个文本框,要求访员记录约定的日期和时间。

2.3.7 计划

"计划"的作用是显示"联系记录"中记录下来的预约记录。此外,访员也可以在这里记录每周的工作时间计划。每次系统启动的时候,"预约/工作计划"窗口就会自动弹出来,提醒访员最近的工作计划。

中国家庭动态跟踪调查(2010)访员培训手册

有两种进入计划的方法：

1. 单击工具栏上的 计划 图标；
2. 在编辑菜单中选择"计划"子菜单。

编辑E	工具T	帮助H
访问	F2	
样本调配	F3	
撤销样本调配		
样本备注	F7	
查看/编辑V	Alt+V	
联系记录C	F10	
工作计划		
支付		

"预约/工作计划"窗口如下图所示：

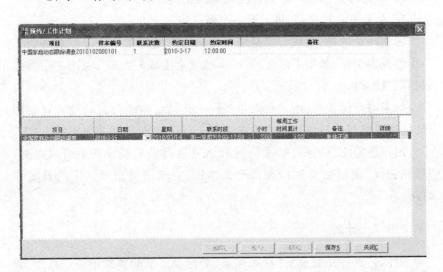

窗口的上半部分是"预约"，这里显示的是在"联系记录"当中结果代码为"约定联系时间"的样本，那些在接下来的三周内有预约的样本将会

出现在这里。"预约"子窗口显示了这些样本的项目名称、编号、预约时间等主要信息。

　　窗口的下半部分是"工作计划"窗口,它是为访员安排每周工作时间设计的。如果时间安排已经输入完毕而且不需要修改,用户可以直接单击"关闭"按钮关闭该窗口。如果时间安排还没有输入,那么在工作之前进行这一步工作是很有必要的。

　　要输入一个新的时间安排,需要单击"插入"按钮,这样,"计划"窗口中就会自动生成一条新的数据行。

　　如下图所示,我们插入了一条新的数据行。

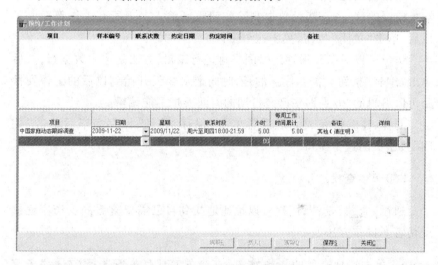

一个新的数据行需要设定以下几个内容:

1. 项目。用户可以从下拉列表框中选择恰当的项目名称。

2. 日期。用户从一个日历中选择恰当的日期,日期将会按照如下方式记录:年、月、日。

3. 星期。这一栏系统会根据之前选择的日期自动生成。

4. 联系时段。访员需要在这里选择他/她工作的时间段,访员只能选择一个时间段(即使访员将要工作的时间段与选择的并不完全吻合),注意选择的工作时间段需要反映工作的起始时间。

5. 小时。访员输入计划在上述选择的工作时间段工作的时间长度(多少小时)。

6. 累计时长。这一栏系统会自动计算访员在前一栏输入的工作时间的累加结果(一周之内)。

7. 备注。在这一栏会弹出一个下拉列表框,让访员选择时间安排多于或少于预期的原因。选项包括:身体不适、私人原因、外出度假、天气原因、其他(请注明)。

8. 详细。如果在上一栏用户选择了"其他"这一项,访员输入的原因将会显示在这里。另外在这一栏,访员还可以对之前"备注"一栏中输入的内容添加一些其他信息。

一旦输入完毕,要注意单击"保存"按钮。如果输入有误,可以选中输入错误的这一行,然后单击删除按钮重新输入。当所有工作都完成了以后,单击"关闭"按钮,关闭这个窗口。

访员可以对已经保存的时间安排进行编辑,方法是选中数据行,然后单击"编辑"按钮。需要注意的是,时间上从今天开始到以后的工作安排是可以编辑的,但是那些已经过期的时间安排不能编辑。

同样,在编辑完成之后需要单击"保存"按钮,保存完毕后单击"关闭"按钮关闭这个窗口。

2.3.8 查找

通过"查找"功能,用户可以迅速地找到自己需要查看的受访家庭或受访者。操作方法是:

1. 单击工具栏上的 按钮,或者在工具菜单下选择"查找"子菜单,都可以调用"查找"功能。

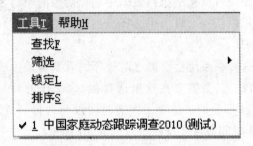

2. 调用"查找"之后,系统会弹出如下所示的对话框。

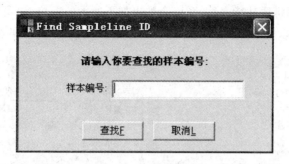

3. 在对话框中输入所要查找的家庭编号,单击"查找"按钮。系统就会自动定位到与输入的家庭编号匹配的数据行。

4. 如果系统没有找到与输入的编号相同的家庭,则会弹出如下所示的提示信息。

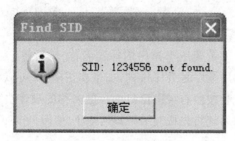

2.3.9　排序

访问管理系统允许用户按照不同的标准对显示的数据行进行排序。操作方法是:

1. 单击工具栏上的 排序 按钮,或者在工具菜单中选择"排序"子菜单都可以调用排序功能。

2. 调用排序功能之后,系统会弹出如下所示的窗口,该窗口的左边列出了所有可以用来排序的标题名称,右边显示的是正在排序的标题名称。

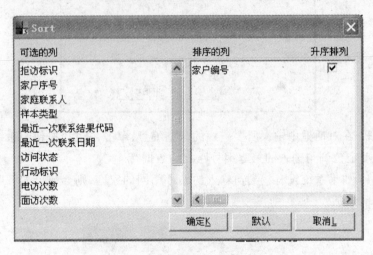

3. 选择一个你希望用来排序的标题名称,然后将它从左边拖动到右边,系统默认的排序顺序是升序排列,如果要用降序,可以将升序排列的钩去掉。另外,系统会按照右半边窗口中标题名称的顺序决定排序的层级顺序。如下图所示,系统将先按照结果日期排序,然后再按照家庭编号排序。

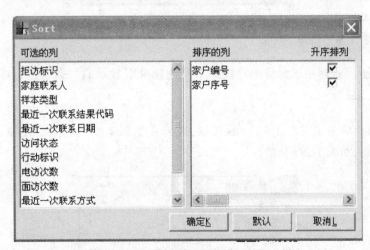

4. 一旦选择好所有的排序标准,单击"确认"按钮,系统就会按照要求显示数据。

2.3.10 锁定

锁定功能用来固定一些列,使这些列始终处在显示窗口中。也就是说,一旦某些列被锁定,即使访员滑动了滚动条,它们也不会移出用户的视线。

访问管理系统允许用户设置一些列,使它们处于锁定状态,要使用这个功能,请遵从如下操作步骤:

1. 单击工具栏上的  按钮,或者在工具菜单中选择"锁定"子菜单都可以调用锁定功能。

2. 锁定功能一经调用,就会弹出如下所示的窗口,窗口左边是已经锁定的列,窗口的右边是可以滚动的列,如果需要将某个目前滚动显示的列锁定,只需将之从右边的窗口拖动到左边的窗口。类似的,如果需要对某一列解锁,将它从左边拖动到右边就可以了。

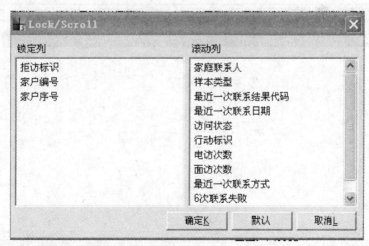

3. 当设定好了需要锁定的列和不需锁定的列之后,单击"确认"按

钮,系统就会执行相应的操作。

4. 一旦某个列被锁定,它就会出现在显示窗口的最左边,并用一条分隔栏与那些未被锁定的列隔开。

2.3.11 工作报告

用户可以通过两种方法调用工作报告:

1. 单击工具栏上的  按钮。
2. 在访问管理系统菜单中选择"工作报告"子菜单;

调用工作报告之后,系统会弹出"报告选择"窗口。

在生成报告之前,首先选中报告项目名称,然后单击确认按钮。如果想要回到之前的窗口,单击关闭按钮。

2.3.12　支付

当访员向受访者支付了访问费用以后,需要及时地填写支付信息。

对于支付功能,访员首先要注意的是,只有在家庭问卷和个人问卷的完成选项卡中的个体才能填写支付信息。在其余状态下,支付功能处于未被激活状态。

填写支付信息时,访员首先进入家庭问卷或者个人问卷的完成选项卡,选中需要添加支付信息的个案,然后点击工具栏上的支付图标

✕
支付
,或者从菜单启动支付功能。

编辑E　工具T　帮助H	
访问	F2
样本调配	F3
撤销样本调配	
样本备注	F7
查看/编辑V	Alt+V
联系记录C	F10
工作计划	
支付	

启动支付功能以后,系统会弹出"支付"窗口,如下图所示:

"支付"窗口中显示了支付对象的家户编号、应该支付的总额、已经支付的数额、未支付的数额以及此次应该支付的数额。

访员支付给受访者后,需要将实际支付的数额填写在"此次实际支付"文本框中,并填写收款人身份证号码。

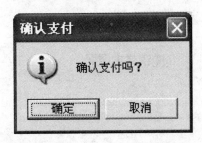

然后点击"确定支付",系统会弹出确定的窗口,点击"确定"后,支付就已经完成了。

2.3.13 费用统计

访员可以使用费用统计功能录入票据以及管理支付。

点击工具栏上的费用统计图标^{费用统计} 或者从菜单都可以调用费用统计功能。

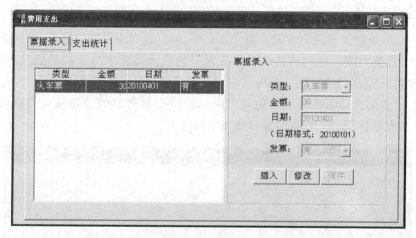

费用统计的第一个功能是录入票据，录入新票据的时候，访员需要点击窗口右半部分的"插入"按钮，如下图所示：

然后选择票据的类型，填写金额、日期，并选择有无发票。填写完毕并确认无误后，点击"保存"，系统会提示用户确认。

确认无误后,该票据就会出现在窗口左侧的票据列表中。如下图所示:

（票据录入窗口图示）

如果访员发现之前的票据录入有误,可以先选中录错的票据,然后点击"修改"按钮,这时访员就可以在窗口的右侧更新填写正确的信息,修改完毕后,点击"保存",就可以将更新的票据信息保存起来。

费用统计的另一个功能是可以让访员查看所有的费用统计。点击"支出统计"选项卡,这时窗口就如下图所示:

（支出统计窗口图示）

在这个窗口中,访员可以核对已经发放的入户费、劳务费以及访员已经花费的入户费和劳务费。

其中已花费的入户费是访员给受访者的钱,这个数额应该与访员在支付窗口中填写的总金额一致。

2.3.15　录音传输

访员需要定期将访问时的录音传输回来,传输录音的方法是点击工具栏上的录音传输图标 ，系统就会自动弹出"录音传输"的窗口,如下图所示:

点击"确定"按钮,就可以自动进行录音传输了。

请访员注意:录音传输过程中保持网络畅通,一定要在连接了 VPN 之后再传输录音文件,否则不能上传,连接 VPN 的方法见 3.3 节。录音文件可能比较大,需要的时间可能会比较长,请不要着急。

2.3.16　帮助菜单

"帮助"菜单如下图所示,总共有两个子菜单。

　　"帮助"主题子菜单可以通过"帮助"菜单进入,也可以通过快捷键F1 进入。"帮助"主题显示了访问管理系统的各项功能列表和详细的操作方法,用户可以通过该菜单了解到访问管理系统的各项基本操作。

第三部分

问卷内容

第三讲

村/居问卷

从本讲开始,我们将给大家介绍 2010 年中国家庭动态跟踪调查项目所使用的所有问卷(见第三至九讲)。在具体的讲解之前,我们先从整体上把握这些问卷的设计思路。如下图所示,根据调查对象的不同层次,分别以村/居、家庭以及个人为对象进行调查。简言之,对于抽中的村(农村社区)或者居(城市社区),我们将其整体上作为一个对象来进行访问,了解这个村/居的相关情况(本讲具体介绍);对于抽中村/居中再随机抽出的家庭户住址,将通过住宅、住户过滤问卷排除非住宅和空宅的情况,进而选中目前居住此址的某一家庭户(具体见第四、五讲);当家庭户最终被选中的时候,我们要通过家庭成员问卷筛选出其核心家庭成员作为进一步访问个人的基础,同时要准确判断出家庭主事者,请他/她回答反映家庭整体情况的家庭问卷(具体见第六、七讲);最后,对于确属该家庭户成员的个人,我们全部访问:0—15 岁的成员回答少儿问卷、16 岁及以上的成员回答成人问卷(具体见第八、九讲)。

把握如下框架,比较有利于我们理解各种问卷的内容、把握不同访问对象的特点,访问的目的会非常明确。

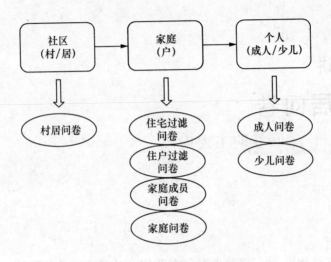

图 3-1　CFPS 项目问卷结构图

3.1　村/居问卷的访问对象

　　如上所述,当某一个村/居作为我们的调查对象时,最关键的问题是谁能帮助我们了解整个村/居的情况? 一个村/居内居住的人口可能成千,也可能上万,选择谁作为代表来回答村/居问卷中的问题、谁是最适合来回答这些问题的人? 所以,访问对象的选择显得尤为重要。从经验上来说,对该村(居)情况比较了解的是村(居)委会工作人员,尤其是主持日常管理服务工作的村长(或居委会主任),通常应该是最佳人选。当然,会计等其他社区工作人员如果因其工作内容或者服务年限而充分了解社区情况,也可以成为访问对象;另外,村/居的党支部书记、支部委员等人如果也全面掌握情况,在前两类人员无法访问的情况下也可以成为访问对象。

　　举例来说,如果某村的村长刚刚接受该村工作、还没有完全进入角色,那么在该村工作了十几年的会计或者党支部书记就是比较合适的访问对象人选。

　　有些情况下,可能一个访问对象无法回答所有的问题(即使是全面主持工作的村长/居委会主任),所以除了以他为主要受访者外,还需要第二个、第三个受访者来配合回答某些问题。举例来说,村/居问卷中有这样的问题:"E101 截至去年年底,您村/居是否有以下基础设施或经历过以下变革？1. 通电……”，主要受访者的回答是"通电"；那么接下来就会出现问题："E102 您村/居哪年通电？"如果该村/居通电的时间在新中国成立前，即使现在的村长/居委会主任也不可能有记忆，就需要找到了解相关情况的老人作为第二受访者参与回答这份问卷。当然，从访问效率的角度来说，事前选好某一个能回答全部问题的受访者是最优方案。

3.2　村/居问卷的主要内容

3.2.1　整体结构和逻辑流程

在了解问卷中的具体问题之前，我们要从总体上对问卷的设计结构进行把握、透彻地了解设计者的意图和思路，更好地理解具体问题。下图为村/居问卷的模块结构图，同时也是逻辑流程图。首先，全部十二个模块被分为两个部分：公共部分和村/居模块。公共部分指的是无论调查的社区性质是城市社区（居）还是农村社区（村），这七个模块中的问题都要被问到。每个模块有大写字母标识，举例来说，问题 B1 就是人口结构模块的第一个问题。村/居模块则是根据社区性质的不同回答相应模块的问题：其中 F 房屋价格模块仅在城市社区中了解，而 G 到 K 模块则是针对农村社区进行访问。

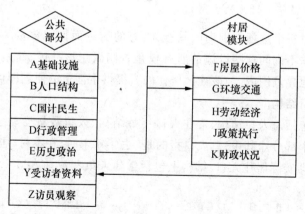

图 3-2　村/居问卷结构流程图

流程上来说，无论农村还是城市社区都从 A 基础设施模块开始问起，直到 E 历史政治模块为止开始按社区性质进行分流：居的受访者回答

F模块,村的受访者回答G到K模块,无论哪种情况结束后都返回Y受访者资料模块和Z访员观察模块,回答公共部分的问题、结束访问。

只有一种情况比较特别、需要格外注意,即最近三年发生过村改居变革的村/居。目前的城市社区如果是在2007年至今的某个时期由村改成居,社区性质发生了变化,那么不仅要问其在目前情况下的F房屋价格部分,还要追问村改居当年其作为农村社区时的情况(即询问G到K模块),全部访问所有村/居模块后再回到Y受访者资料。这种特别情况在流程图中难以显示,特此说明。

3.2.2 模块内的结构和重点内容

A 基础设施

这一部分的核心问题是:

A3 您村/居地界内是否有以下设施?【可多选】

访员注意:不论所有权是否属于村/居,只要在地界范围内就算有。

1. 小商店/小卖部/百货店　2. 幼儿园　3. 小学　4. 医院/医疗点
5. 药店　6. 庙宇/道观　7. 家族祠堂　8. 教堂/清真寺
9. 老年活动场所/老年社区服务机构　10. 敬老院/养老院
11. 体育运动场所　12. 儿童游乐场所　13. 村/居务公告栏
14. 举报箱　15. 社区网站

访员对每个选项分别询问其有无,有的话进而询问数量。需要强调的是这里并不询问这些设施的所有权是否归属于该社区,而是只要存在在该社区地界范围内、为该社区居住的人提供生活上的便利即可。

B 人口结构

主要包括总人口结构、常住人口年龄结构、人口数量变动、少数民族情况等几个部分。其中,总人口指的是"去年年末时,在本村/居居住的所有人口",即实际居住人口,结构上包括常住人口和流动人口①,数量上等

---

① 在实际工作中,常住人口主要包括三部分人口,一部分是指非本村/居户籍、在本村/居居住时间满6个月或以上的人口,第二部分是指户在人在、不论居住时间的长短,第三部分是指户在人不在、且离开本村/居不满6个月的人口。

在实际工作中,常住人口主要包括三部分人口,一部分是指非本村/居户籍、在本村/居居住时间满6个月或以上的人口,第二部分是指户在人在、不论居住时间的长短,第三部分是指户在人不在、且离开本村/居不满6个月的人口。

于二者的加和,和户籍人口[1]是不同的概念。人口统计的时点也非常重要,在 CFPS 项目中,"去年年末"指过去一个自然年的最后一天,即 2009 年 12 月 31 日。接下来,要了解常住人口的年龄结构,包括 0—15 岁的少儿和 60 岁及以上的老年人口在总人口中的比例。对于人口数量的变动,主要从两个方面来衡量:一是出生人数,二是死亡人数。最后,如果是少数民族聚居区,则填写居住人口最多的少数民族的名称。

C 国计民生

这一模块主要包括两部分问题:低保制度执行情况和当地物价水平。

最低生活保障制度是我国社会保障体系中的安全网,针对家庭人均收入达不到温饱线的家庭给予收入上的救助,主要以货币形式给予差额补助、使其达到当地规定的温饱线以保障其基本生存。该制度首先在城市中推行,1999 年开始在全国城市建立;农村低保相对较晚,但也规定 2007 年开始在全国农村推行。所以,要在受访村/居了解其哪年开始执行、上报覆盖户数和实际救济户数,以及该村/居被救助人口的平均保障水平,用来反映这一重要制度的执行情况和实施效果。

物价水平选择两类代表性的食物来衡量。猪肉是我国人口最常食用的肉类,所以大部分受访者会被询问去年和上周的最高、最低猪肉价格;如果遇到穆斯林、回族聚居区,则相应的以牛肉或者羊肉价格来反映当地物价水平。另一类全国普遍食用的食品是鸡蛋,按照同样的模式进行询问。

D 行政管理

这一模块主要包括两部分问题:村/居委员会办公人员配备、办公条件。

前者主要通过三个问题来体现:临时聘用人员[2]的人数、专职社工的人数以及村/居委工作人员总数。需要指出,工作人员总数包括前两类人在内,即包括村/居委会正式编制人员、临时聘用人员、专职社工等为村/居工作的人员,另外,大学生村官、综治委下派到社区维持治安的人员都是为该村/居服务的人员,应予以统计。

衡量办公条件的情况主要有主观评价和客观描述两个角度。主观评

① 指户籍在本村/居的人口。

② 不在村/居委会编制中的临时人员。

价需要受访者回答其感受,从很好到很差在五个等级中选择;而客观评价包括是否具备独立的办公地点和办公面积大小两个指标。

E 历史政治

这一模块主要包括两部分:村/居重大事件、民主选举情况。

村/居重大事件主要由一道题目反映:

E1【访员通过文献或访问】了解村/居的重大事件

E101 截至去年年底,您村/居是否有以下基础设施或经历过以下变革?

1. 通电　2. 通有线广播　3. 通有线/卫星电视　4. 通邮

5. 通电话　6. 有手机信号　7. 通公路　8. 通铁路　9. 通自来水

10. 通管道燃气　11. 第一个自办的企业

12. 建第一所医院/卫生所/药店　13. 实施村/居直接选举

14. 实施村改居　15. 实施包产到户

和之前我们介绍的 A3 题类似,因其是多选题需要分别询问各选项情况,进而选中的项目要回答发生的时间。同样,事件如果发生在很久之前要进行回忆,甚至是找到能回忆的人都是有难度的,需要访员耐心地帮助其回忆或者努力找到回答者。

村/居的民主选举情况,首先从最近一次选举发生的时间来考察。按照《中华人民共和国村民委员会组织法》(第 11—14 条)、《中华人民共和国城市居民委员会组织法》(第 8—9 条)的规定,村/居委员会的选举通常 3 年一次,某些地方是 5 年一次。访问中如果出现 2005 年之前的答案,就需要访员追问当时的具体情况,加以备注。另外,从投票选民比例和主任候选人数两个指标来看选举的规范性。

F 房屋价格

以上部分结束后,社区性质为城市社区则回答本部分问题。包括:历史上居委会辖区内商品房的最高价格、上个月居委会辖区内商品房的最高价格以及上个月居委会辖区内商品房的一般价格三个指标。

G 环境交通

如果受访社区的类型为农村社区,则从这一模块开始询问以下问题。

为了衡量该村地理上的交通便利情况,设计 G1 到 G3 三个题目,分别从该村到最近的集镇、本县县城或者本省省城的距离和花费的时间进行反映。需要指出的特别情况是,"距离"是指您选择最近的道路到达该集镇的距离,而不是直线距离。举例来说,从村委会所在地到最近的集镇看过去就几米远,但是要绕行几十米的路程,那么距离指的是后者。如果居委会所在地恰恰在集镇中,则填 – 8 表示不适应,后面的时间问题就不会再次询问。

为了衡量该村的环境资源情况,我们用是否属于矿产资源、是否属于自然灾害频发区[①]、拥有土地类型以及人均拥有量等几个指标来反映。土地类型包括耕地、山地、林果地、水面、牧场五种类型,其中水面指的是河、湖、塘、堰等的面积,季节性河流面积不算在内,一般而言该村的土地类型就决定其农业经济的发展模式。

H 劳动经济

本部分的结构图如下所示:

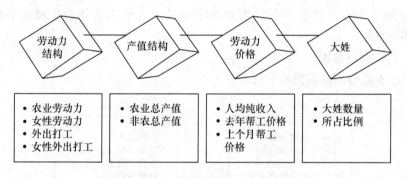

图 3-3　村/居问卷劳动经济模块结构图

其中,劳动力结构主要以各种比例体现,包括农业劳动力、女性劳动力、外出打工人员的比例等;而产值结构主要看农业和非农总产值的数量;收入情况以人均年纯收入来判断,另一个反映收入情况的是当地的帮工价格,农忙季节帮忙插秧收割或者当小工帮他人建房都属于帮工的类型。

J 政策执行

这一模块主要包括三部分内容:医疗卫生、新型农村合作医疗和计划生育国策。医疗卫生情况通过最大医疗点的面积和医疗卫生各种人员的数量来体现。需要指出,这里医疗卫生人员是指在村/居医疗点实际从事

---

① 是指每 3—5 年就发生一次水灾、风灾、干旱、地震等自然灾害的村。

医疗卫生工作的人员,包括村医、村医疗点的护士、药剂师等,也包括赤脚医生;换言之,他们的执业资格不是我们要关注的,不论其是否有执业资格,只要确实在从事医疗卫生服务工作,就要进行统计。

中国有八亿多农民,他们的医疗卫生问题一直受到党中央、国务院的高度关注。从2008年开始,在全国推行新农合制度,是党中央、国务院高度重视解决民生问题,推进新农合制度建设进入一个新的发展阶段的重大决策。CFPS项目从两个角度了解相关情况:该村开始新型农村合作医疗的时间和最近一年的参合人数。

对于计划生育这项国策,一是看其地方规定,二是看其处罚力度,并不涉及违反国策人数等敏感性问题。了解当地规定的指标包括"一个家庭允许生几胎"和"如果一户人家没有儿子,最多允许其生几胎";处罚力度指的是"超生的最低处罚金额"。这里需要注意的是,罚金的单位为<u>万元</u>、而不是通常的<u>元</u>,回答如果为3000元应录入0.3,否则会出现极不合理的数值。

K 财政状况

本部分的结构图如下所示:

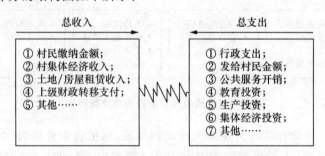

图3-4　村/居问卷财政状况模块结构图

考察集体企业的存在以及产值状况,重点是上图所示的财政收入结构、财政支出结构。了解该村2009年(或者村改居当年)总收入以及各类收入统计、总支出以及各类支出等统计数字,受访者一般会觉得过于敏感或者很难记得准确,访员需要向其解释中国家庭动态跟踪调查这一项目的科研目的和中立身份,并强调保密声明,说服受访者进行回答;如果受访者确实记不清楚,请他联系会计等相关人员查一下当年的账册,找到需要的数字。另外,访员要注意这里的逻辑检查,即分项收入的加总等于总收入、分项支出的加总等于总支出,否则 CAPI(计算机辅助面访,Computer Aided Personal Interview,简称 CAPI)系统会提示你重新检查,一直不吻合则无法继续下面的访问。

Y 受访者资料

本部分询问或者记录受访者的性别、政治面貌、受教育程度、出生日期。如果有其他受访者,则将其相同资料一一登记,最多不超过 3 名参访人。

Z 访员观察

所谓访员观察,是指访员根据自己对观察到的实际情况记录结果,而不需要进行访问,大部分是访员的主观感受和判断。村/居问卷的访员观察分为两部分:一是对社区情况的观察,二是对受访者的判断。

社区观察的内容包括社区经济状况、马路整洁程度、成员精神面貌、居民同质性程度、建筑格局、房屋拥挤程度以及被访村/居社区类型。如果只进入村/居若干次就完成观察,很容易遇到一些非常规现象扰乱视线。举例来说,如果前两次遇到的人都比较没有精神,对成员精神面貌就会给出倾向于萎靡的答案,但继续接触更多的人才会发现大部分人平时都很有朝气。可见,这些观察必须是多次观察后的结果,不能仓促判断,以避免偶然性。特别强调,"同质性"指村/居成员的社会经济状态差别不大,其程度的结果可以从很杂到很相似细分的 7 个等级中进行主观判断。社区类型是在社区性质区分为城乡两类的基础上进一步细分为四类:城市、城镇、农村、郊区。农村和以往的定义一致,通常指以村庄形态出现、主要从事农业生产的人口聚居区。城市社区则又区别为城市、城镇和郊区,其中"城市"指建制市的人口稠密区,如县级市的市区,地级市的市区;"郊区"通常指建制市的人口稠密区边缘、行政上属于建制市的人口聚居区;"城镇"通常指建制县的县政府所在地、乡镇政府所在地,行政区划的级别上较低。

受访者的观察内容包括理解能力、健康状况、衣装整洁程度、外貌、普通话熟练程度、对调查的配合程度、智力水平、待人接物水平、对调查的兴趣、对调查的疑虑、回答的可信程度以及语言表达能力等 12 项。一般而言,无论是哪一类的问卷,完成后都会对受访者进行类似的观察。这是对调查质量进行把握的一个角度。

3.3 村/居问卷的概念讲解

- **医疗点**

是指有医疗卫生人员和一定医疗设施的<u>全科</u>医疗卫生场所,如综合医院、乡镇卫生院、社区医院、村卫生室、私人诊所,但不包括牙科诊所之类的专科医院及在药店里附带开设的医疗点。

- **做饭主要燃料**

燃料的主要种类包括柴草、煤炭、煤气/液化气/天然气、太阳能、沼气、电以及其他(自行说明)。经常出现的情况是,有两种或以上主要燃料,比如做米饭用电、炒菜用煤气,二者用的一样多,那么以炒菜的为主,这种情况下答案为煤气/液化气/天然气。

- **常住人口**

这一概念我们在前文中做过注释,给出其通俗定义。和人口普查等专业人口调查相对,其专业定义是指实际经常居住在某地区一定时间(6个月以上)的人口。人口普查和抽样调查规定,常住人口主要包括:除离开本地6个月以上(不包括在国外工作或学习的人)的全部常住本地的户籍人口;户口在外地,但在本地居住6个月以上者,或离开户口地6个月以上而调查时在本地居住的人口;调查时居住在本地,但在任何地方都没有登记常住户口,如手持户口迁移证、出生证、退伍证、劳改劳教释放证等尚未办理常住户口的人,即所谓"口袋户口"的人。

- **流动人口**

也如前文注释,流动人口指户籍不在本村/居,却居住在本村/居,但在本村/居住的时间又不满6个月的人口。

- **低保户每人每月实际的保障标准**

特别需要注意,实际的保障标准并非是指当地的低保线水平,而是低保人口实际获得救助的水平。我国低保金实行差额补贴,以户为单位计算其家庭收入;如果每月家庭内人均收入水平低于当地规定的低保线(即温饱线),则给予差额救助。举例来说,三口之家如果只有父亲工作、收入每月 900 元,那么家庭人口的平均收入为 300 元;而当地的低保线为 400元,所以该户每人每月得到的实际保障金是 100 元。对于一个村/居的实

际保障标准,必须计算所有低保人口每月的平均保障水平,建议用以下公式:

$$每人每月的实际保障标准 = \frac{村／居去年全年的低保发放金额}{村／居低保覆盖人口 \times 12(月)}$$

- **专职社工**

"专职社工"是指具有"社工"专业职称如"社工师",专门从事社区助贫、扶困、济弱的专业人员。这里所说的社工师资格,是 2008 年开始的职业资格认证,并非拥有社会工作专业的教育经历就是专职社工。

- **第一个自办的企业**

容易引起歧义的地方是,自办的企业应该是村/居集体所有的企业?还是包括私营企业?我们给出的定义是这两者都包括,前提是只要村里人自己办的就算,但是外人来投资的不算。

- **包产到户**

联产承包责任制在承包形式上有两种,即包产到户和包干到户。"包产到户"指以土地等主要生产资料公有制为前提,以户为单位承包,包工、包产、包费用。按合同规定在限定的生产费用范围内完成一定的生产任务,实现承包合同指标受奖,达不到承包指标受罚。1978 年之后,这种方式在我国是比较普遍的。

- **商品房**

"商品房"指通过市场销售的,能办产权证和国土证,购买者可以自定价格出售的产权房。不包括经济适用房、两限房等类型。

- **日常交通方式**

指样本村/居的人到某一地点去最常采用的交通方式,如步行、乘汽车、乘火车、骑车等。

- **人均拥有**

从 G 环境交通部分开始,人均拥有量或者某一类型的百分比统计经常出现在对村/居情况的测量中。和总人口量的统计不同,从这里开始,我们涉及到人口的统计数字开始采用户籍人口作为分母,来反映资源占用、劳动力使用等方面的情况。例如,"人均土地面积"是指用本村的某种类型土地平均分摊到本村户籍人口的面积。

- **农业劳动力**

同"实际从事农业的劳动力",指参加农业劳动时间占劳动时间至少一半以上的劳动力人数。若农业劳动时间不足一半,但以农业为主的也算。极特殊情况下,如果农业劳动时间和非农劳动时间一样长,则考察其收入来源;如果农业收入为主要来源,也算农业劳动力。

- 无党派人士

无党派人士与群众不同,指没有参加任何党派但对社会有积极贡献和一定影响的人士,其主体是知识分子,强调的是其社会影响力。除此以外,没有参加任何党派的人,称之为"群众"。

3.4 村/居问卷的难点总结

3.4.1 做村/居问卷的合适时间?

如上所述,我们已经阐述过这样两点:一、村/居问卷一定要寻找到适合回答的人选;二、完成村/居问卷后进行的社区观察必须是多次累积的稳定结果。这就提醒我们,无论受访者的寻找判定还是社区观察的准确都需要时间。所以,不建议访员进入社区后先做村/居问卷,而是在访问的中期或者后期,已经和村/居里的工作人员建立起联系、对他们的工作情况有很清楚的认识后再选择问卷的回答者,同时也能对该村/居有比较客观的认识。这样做还有一个优势,就是和村/居的工作人员接触并熟悉后、说服他接受你的访问就相对容易得多。这是需要注意的第一点。

3.4.2 村/居人很多、大家各执己见如何处理?

虽然村/居问卷的回答者可以允许多人,但从质量和效率的角度考虑,建议大家找到比较了解村/居、能接触到统计资料的人员,由他尽量多地回答这份问卷。如果单独一个受访者无法完成,也不意味着进行集体访问,即所有参访人在一起回答问题,而应该是每个参访人到单独的房间进行访问。集体访问的结果往往是各有各的见解,访员无所适从。

3.4.3 统计数字多、受访者不耐烦如何处理?

首先,访员经过培训,事先一定要熟悉问卷的所有内容,能把握访问过程中受访者有可能出现烦躁情绪之处。从时间上讲,一般规律是 20 分钟之后就要注意调节气氛。访员自己要敏锐、有耐心,及时发现受访者的不耐烦情绪后努力帮助其消除,也可以适当地转移其注意力或者放松一下。同时,访员注意自己的追问技巧、涉及统计数字最好先请被访者有所准备。比如关于人口数量,可以预先跟受访者沟通,请他准备相关资料。

3.4.4 回忆的题目很多如何处理?

要耐心,帮助受访者仔细回忆一下,尽可能得到准确的数据;要及时地正面反馈,肯定受访者的努力,并鼓励受访者继续去回忆;对于明显不符合实际情况的,要认真试探和追问;要熟悉电脑的自动查核功能。如果受访者确实没有相关的记忆,恳请他帮忙推荐适合的参访人来回答相关问题。

3.4.5 敏感性问题如何访问?

如前所述,在事先跟受访者的沟通中,就向其表明中国家庭动态跟踪调查项目以及北京大学社会科学调查中心的中立立场、申明我们签订的保密协议具有法律效力,努力消除受访者的戒心和不耐烦情绪,同时注意自己的追问技巧。

以上是有关村/居问卷的一些基本情况和需要注意的问题,希望访员们在入户之前,一定要熟悉问卷,熟悉帮助文件和访员的注意事项。

第四讲
住宅过滤

4.1 设计意图

　　中国家庭动态跟踪调查(CFPS)是采用地图地址法构建的末端抽样框,在实地调查开始之前我们会派出绘图人员到各个样本社区绘制住宅分布图,并要求他们构建一一对应的住户列表清单。之后,我们采用随机抽样原则在住户列表地址中抽出一定数量的备访样本,并将被访样本地址信息提供给大家。虽然我们在末端样本框的构建阶段项目已经要求绘图人员通过实地走访、询问邻居、与居委会人员确认等多种方式尽力将社区内空置房屋和非家庭住户排除,但由于实际操作的难度无法保证末端抽样框的百分百准确性。因此,需要大家在开始正式访问之前根据地图、地址信息找到对应的备访样本,确认样本地址对应建筑物是居民住宅方可以开始正式的访问。我们把确认房屋类型的工作称为住宅过滤,也就是我们这一讲和大家一起学习的内容。

　　正如之前说过的,住宅过滤最主要的功能就是确认样本地址并对该地址上的建筑类型进行区分,筛选住宅样本以便开展深入访问。此外,项目组还可以运用大家在住宅过滤中收集的信息校验末端抽样框的准确性,便于后期数据权重调整。

4.2 基本概念

我们在住宅过滤中将建筑类型按照用途分为：传统住宅（简称"住宅"）、非住宅和空置房屋三大类。下面我们分别来看看三类建筑类型的定义：

（1）住宅

住宅是指人工建造的，有墙、顶、门、窗等结构，具有独立入口，供人以传统模式居住的房屋或场所。这和我们常识的理解基本一致，就是我们普通的家庭住房称为住宅。在一些大城市里由于住房紧张，在正规楼房周围会出现一些外搭建筑物，只要这些建筑物适用于普通家庭居住使用，我们也应该将其认定为住宅。反之，如果这些外搭建筑物是作厨房、车库、杂物间使用的，则不能视为住宅。

（2）非住宅

非住宅指的是按照住宅结构建造但不作为传统居住模式使用的房屋或场所，有非传统住宅和商用住宅两类。

a）非传统住宅指供人居住但不具备传统住宅特征的房屋或场所，包括工棚、学生宿舍、病房、旅馆、军营、福利院、养老院、寺庙、监狱、船屋、工厂的集体宿舍等可居住的空间。大家可以看到非传统住宅的一个统一特点就是以"群居"模式居住，所以我们大体上可以通过居住模式判定传统住宅与非传统住宅。

b）商用住宅指不用作居住，而只用作办公或经营用的房屋或场所。但需要特别注意的是这里我们强调的是仅仅用作办公或经营使用，如果某处建筑既用作商用也用作居住，也就是我们说的商住两用则应该被视为"住宅"。例如，小区内自己经营的美容院，老板晚上可能就住在美容院中，这样的建筑类型就是我们说的"商住两用"房屋，应该被定义为"住宅"。

（3）空置房屋

空置房屋是指符合住宅的定义，达到住人或使用条件，已正式移交使用，但目前无人居住的住宅。通俗讲就是没有人居住的房屋，可能出现的类型有：

a）房屋建筑按照设计要求已全部完工，达到住人和使用条件，经验收鉴定合格（或达到竣工验收标准），已正式移交使用者，但尚未入住的住宅；

b）原房主另有住处，此处待出租或者空置的住宅。

这里需要说明的是，我们判定建筑物是否为空置房屋需要以我们地图绘制的时点为依据。例如，在实地调查过程中，你发现32号没人住，这时候你需要向周围的邻居或居委会工作人员打听清楚这个房子从什么时候开始没人住的。如果没人住的时间早于我们抽样的时间，则视为"空置房屋"；反之，则需要打听清楚原来住户的去向，尽量尝试联系该备访户。

我们来看一下这个例子：我们项目今年3月份在河南某村完成地图绘制工作，5月份去调查的时候，发现抽中的建筑物没人住。向邻居打听说是住户小王一家人上周全家外出打工。对于这类情形，根据邻居的信息我们应该首先判定该处建筑物为"住宅"而不是"空置房屋"，因为在我们绘图的时点（今年3月份）这个建筑物还有人居住；其次，大家一定要尽可能向邻居了解住户小王一家人的联系方式，在村子里是不是还有别的亲戚之类的信息，并将这些信息记录下来。因为我们项目会采用异地访问或特殊时间（例如春节）访问的形式对调查季外出的家庭进行补充访问。

4.3　访问流程

大家在实地访问时根据项目组提供的地图，在地方人员的协助下到达样本地址。确认地址无误后，通过询问住宅内的住户或其他知情人员，判定样本地址上建筑物的类型。在整个住宅过滤的过程中，建筑物内的住户或使用者毫无疑问是告知建筑物使用类型的最佳信息。但邻居、村/居委会工作人员及其他确切了解建筑物用途的人员也可以成为住宅过滤信息的提供者。

大家在寻找样本地址以及确认建筑物类型的过程中，按照获取信息的程度可能会遇到以下几种结果：第一，错误地址，即我们提供给大家的地址在实际中不存在；第二，正确地址，但无法确认建筑物类型，即我们找到了样本地址，但没有人能够告诉我们建筑物使用的情况；第三，找到样本地址,并且获得了建筑物使用类型的信息。在实地调查过程中,无论大家尝试的结果如何,都需要在系统中记录下来。如果已经确认了建筑物类型则还需要进一步记录具体的类型(住宅、非住宅、空置房屋)及信息来源。

　　经实地确认为住宅的样本会直接进入住户过滤,开始判定住宅内的住户是否符合访问条件;确定为错误地址、非住宅和空置房屋的样本则会被定义为待审核样本,不可操作;如果仅仅找到了正确地址但还没有确认房屋类型的样本,则会依然保留在样本条内,需要大家再次尝试以确认建筑物类型。具体流程详见图1。

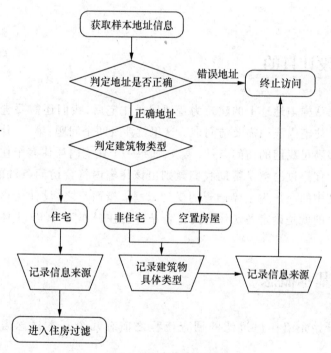

图 4-1　住宅过滤结构图

第五讲

住户过滤

5.1 设计目的

在确认样本地址上的建筑为普通居民住宅后,我们还需要进一步明确在这个住宅内我们需要访问谁。这里就涉及两个问题:第一,什么样的住户能够满足我们的访问条件;第二,如果一个住宅内居住多个住户我们访问谁? 住户过滤就是帮助我们甄别出该住宅内符合访问条件的住户,并确定其中的一户为主体调查的受访家庭。概而言之,设计住户过滤的最主要目的就是确定备访住宅内符合条件的住户作为 CFPS 主体访问的受访家庭。

5.2 基本概念

在开始介绍住户过滤的调查流程之前有几个基本概念需要大家掌握:

5.2.1 住户

住户指的是访问时居住在抽样住宅内的一个经济独立单元。这里有两点需要强调:

第一,住户不一定拥有房屋的所有权,而只需要在访问时拥有抽样住宅的全部或部分居住权即可。也就是说,我们认定住户时是按照居住权而不是所有权判定。按照这个原则,我们应该把调查当时住在住宅内的房客认定为住户,而不是这个房子的房主。

第二,住户数目的评价标准是由住宅内经济独立单元的个数决定,而住宅内经济体个体判定的工作应该由住宅内的住户自行完成。因为作为初次登门的访员,我们很难了解到住宅内所有住户之间的经济联系情况。例如,父母和子女住在一起的情形,可能是一个经济共同体也可能是两个经济共同体。我们生活中常见的一门多户的例子有:城市里的合租户,农村里分家后共同居住等,供大家参考。

5.2.2　家庭户

在确认住户数之后,我们就需要判定住宅内的住户是否符合 CFPS 的访问条件了。因为我们这个项目调查的对象是家庭户,因此先让我们一起来看看什么样的住户能被称为"家庭户"。毫无疑问,家庭户首先必须是住宅内的一个独立经济单元,其次按照规模可以将家庭户分为多人家庭户和单人家庭户两大类:

(1)多人家庭户

多人家庭户指的是由多个彼此之间有经济联系的个体,因血缘、婚姻、领养/赡养关系构建的经济共同体。例如已婚夫妻,父母子女,兄弟姐妹组成的家庭都属于多人家庭户。这个概念比较简单,在这里就不再过多强调了。

(2)单人家庭户

单人家庭户指的是仅由一个人构建的独立经济体。单人家庭户大体上可以分为两类:第一,在其他地方没有或只有一个直系亲属的独立经济体;第二,虽然在其他地方有多个直系亲属,但该个体与其他直系亲属间没有经济联系。下面我们通过几个实例加深一下对以上定义的理解。

首先,对于个体而言在社会中要么是一个独立的家庭,要么是某个家庭中的一名家庭成员。对于单身人士而言,如果在其他地方不存在有经济联系的直系亲属也就不可能归属于任何家庭,那么这个单身人士只能被认定是"单人家庭户"。常见的单人家庭户有:经济独立的单身未婚成年人,单身孤寡老人等。

接下来我们分析一下单身人士只有一个直系亲属的情形。如果单身人士和直系亲属没有经济联系,那么根据之前的介绍,该单身人士应该被认定为"单人家庭户"。但如果单身人士和他/她唯一的直系亲属有经济联系呢?根据大家已经掌握的知识,这个单身人士应该算作是自己和唯一亲属组成家庭的一名家庭成员。但请大家再仔细想一下,如果我们同时也找到了单身人士的直系亲属呢?同样由于还有经济联系的亲属存在,该直系亲属也会被认定为是家庭成员之一,如此一来两个人都会被排除在我们受访对象之外了。为了避免这种判定带来的样本损失,我们特别约定把所有只有一个直系亲属的单身人士都认定为"单人家庭户"。

以上两个例子综合起来可以归结为:在其他地方没有有经济联系的直系亲属或仅有一个直系亲属的单身人士都可被认定为"单人家庭户"。

反过来,如果抽中住宅内的某个单身居住人士,在其他地方有两个及以上与其有经济联系的直系亲属,则该单身居住人士就不会被认定为单人家庭户,而应该遵循"少数服从多数"的原则,被认定为其他多个直系亲属构成的多人家庭户中的一名家庭成员。例如,在外打工的父亲就不应被认定为是一个单人家庭户,而应该视为由妻子和孩子组成的多人家庭户中的一名家庭成员。

家庭户的判定条件已经通过计算机程序的方式设置在访问系统中了,大家只需要按照程序逐一回答每个相关问题即可。但为了确保不出现因漏填、错填信息导致的住户条件错误判断,需要大家了解一下家庭户判定的原则。

5.2.3 访问条件

正如之前提到的,CFPS 的受访对象必须是家庭户,除此外 CFPS 初访调查受访家庭还必须满足两个附加的条件:国籍和居住时间。

(1) 国籍

CFPS2010 年初访调查的受访家庭户必须是中国大陆地区的家庭户,具体而言要求受访家庭中至少有一名成员拥有中国国籍(港、澳、台除外)。需要强调的是,我们并不要求所有的家庭成员都具有中国国籍(港、澳、台除外),而只需要至少一名成员拥有中国国籍(港、澳、台除外)的条件即可。

我们来看一下这个家庭是否符合国籍的条件:李先生拥有加拿大国

籍,李太太不久前也加入了加拿大籍,但他们一个 3 岁的孩子还是中国国籍。根据我们设定的条件,这个家庭中只要有一个人有中国国籍即可,对年龄没有作任何规定。在这个家庭中因为孩子拥有中国国籍,因此符合国籍的判断条件。

（2）居住时间

由于 CFPS 初访调查选择社区作为基础抽样单元（Primary Sampling Unit）,为了避免重复抽样则要求截止访问时点受访家庭户中至少一名成员在抽样社区内居住时间满 6 个月。这里需要特别注意,我们是以最早到抽样社区居住成员在该社区内居住的时间为准。

下面有几个例子请大家判断是否符合居住时间的条件。S 小区为我们调查的小区:

案例 1:小王和小李结婚前分别在 A 小区和 S 小区居住,居住时间都在一年以上。三个月前两人结婚了,小王搬到小李居住的 S 小区。

案例 2:小刘一年前到北京工作住在 S 小区内单位提供的房子里,两个月前小刘的妻子到北京工作。两人在本小区内买了套房子,上个月从单位提供的房子中搬出,入住自己的房子。

案例 3:小张原来在 B 小区居住,上个月搬到 S 小区。

在以上三个案例中,案例 1、2 符合访问居住时间条件,案例 3 不符合居住时间条件。案例 1 中,最早到 S 小区居住的是小李,因此我们应该关注的是小李在 S 社区内居住的时间,超过 6 个月满足条件。案例 2 中,虽然小刘在 S 社区内不同住宅内居住,但我们仅在社区的层面上考察居住时间,因此也满足 6 个月的条件。案例 3 也同样因为关注在抽样社区内居住的时间,因此不符合居住时间条件。

总结一下,在判定居住时间条件时我们需要关注两点:第一,仅考虑在调查村/居居住的时间;第二,以最早到调查村/居居住成员的居住为判断依据。

回顾一下我们之前讲到的所有内容,符合 CFPS 访问条件的住户必须同时具备以下三个条件:

• 家庭户;

• 国籍条件:家中至少一名成员拥有中国国籍（港、澳、台除外）;

• 居住时间条件:截止访问时点,家中最早到抽样社区居住的人,在该抽样社区内居住的时间满 6 个月。

与家庭户判定条件实现方式相同,备访家庭所有条件判定也已经提前在访问系统设置好了,大家只要确保能够逐题正确提问、准确输入答案,电脑会自动给出符合受访条件家庭的列表供大家核对。

5.2.4　受访家庭

完成了住户是否符合访问条件判定之后,我们需要确定出 CFPS 的受访家庭,完成 CFPS 主体访问(家庭问卷、个人问卷)。如果抽样住宅内仅有一个住户满足访问条件时,该户自动成为"受访家庭";如果抽样住宅内有两户及以上的住户满足访问条件时,计算机系统会自动运行随机抽样程序,抽出其中一个住户作为"受访家庭"。

为了确保抽样的准确性,随机抽样程序设定为不可逆的。也就是说一旦进入随机抽样程序,所有之前输入的信息以及输出的结果都不可更改,所以请大家在开始抽样程序确认界面前,一定要仔细检查符合条件住户的列表是否正确。

5.3　主要内容

住户过滤问卷由四部分内容组成:住宅居住情况;住户是否符合访问条件的判定;住户房屋拥有情况;确定受访家庭。

住宅居住情况:由住宅内的住户按照经济独立的原则提供住户数的信息。

住户符合访问条件的判定:逐一询问住宅内的所有住户判定是否符合访问条件。

住户访问拥有情况:针对符合访问条件的住户会询问其在本小区内和国内其他地方拥有居住权房屋的数量。该信息主要用于后期数据权重调整。值得注意的是,仅有符合访问条件的住户需提供房屋的拥有情况。

确定受访家庭:随机选择住宅内一户符合访问条件的家庭作为受访家庭完成主体访问。

5.4　访问流程

住户过滤访问流程详见图 2:

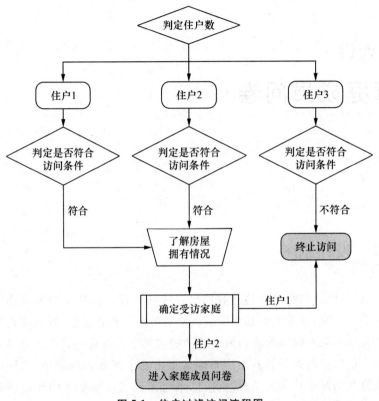

图 5-1 住户过滤访问流程图

5.5 注意事项

（1）住户数由住宅内的住户根据经济独立体存在的个数自行判断，访员不能代为判断；

（2）如果一个住宅内居住着多个住户必须分别访问每个住户，以得到准确的信息用于判定住户是否符合访问条件；

（3）单人居住的住户与其他直系亲属是否有经济联系的判定应该由其本人作判断，访员不能代为判断；

（4）一旦进入随机抽样程序，之前所有关于住户的信息不可修改，所以在出现确认页面时，请务必认真确认录入答案正确。

第六讲
家庭成员问卷

6.1 设计意图

通过住宅过滤、住户过滤我们已经确认了住宅内的一户家庭作为我们的受访家庭,接下来在开始家庭内成员的个人调查之前,我们将首先通过家庭成员问卷收集家庭内所有成员的关键个人信息及其主要直系亲属的基本信息。由此我们就能清晰地构造出这个家庭的内部结构,同时了解该家庭的基本社会关系网。此外,通过家庭成员问卷我们还能够确定家庭中不同人群在调查中的角色,哪些人应该完成哪类问卷的问题也都是在家庭成员问卷中决定的。简而言之,了解家庭基本情况、确定具体访问对象就是我们设计家庭成员问卷的主要目的。

6.2 基本概念

同样,在开始讲述家庭成员问卷之前让我们一起来学习几个基础概念:

(1) 同灶吃饭

首先,请大家注意我们这里提的"同灶吃饭"并不是指在一个锅里吃饭,它实际上是经济共同体的一个代名词。具体而言,同灶吃饭是指个体之间在一个独立经济共同体内存在的经济依存关系。同灶吃饭的人群无论个体之间是否有血缘/亲缘关系,也无论是否居住在一起。也就是说经济联系是判定是否"同灶吃饭"的唯一标准,对个体的居住状态和身份并没有特殊要求。例如,在外打工的父亲,在外上大学的儿子,住家保姆、司机等都属于家庭同灶吃饭的成员。

(2)血缘/婚姻/领养关系

血缘关系是指自己与己身从出及己身所处的血亲及血亲的亲属所构建的关系。婚姻关系指的是根据法律或事实结成的夫妻关系。领养关系指的是法律或事实拟定的血亲关系。在家庭层面上判定血缘/婚姻/领养关系主要是以某一个体是否与一个家庭内任意一名成员有此类关系为判定标准。只要与其中的一名成员有血缘/婚姻/领养关系,即被认定为与该家庭有血缘/婚姻/领养关系。

在一个家庭户中同灶吃饭的成员大体上可以分为有血缘/婚姻/领养关系的成员以及在家里工作的非血缘/婚姻/领养关系的成员(如保姆、司机等)两大类。

(3)直系与非直系亲属

我们常用的直系亲属概念是在个人层面上定义,指自己的父母和自己的子女直上直下的亲属及自己的兄弟姐妹,如父母与子女、祖父母与孙子女等。但由于CFPS家庭成员问卷是在家庭层面上访问,因此需要特别构建一个以家庭为单位判断直系与非直系的方式。下面我们一起来看看如何在家庭层面上判定直系、非直系亲属,主要有以下几个步骤:

a)确定家庭的核心层

首先,我们需要确定家庭内的代际数。若家庭内的代际数为1,则定义该层为核心层;若代际数等于2,则选择上一代为核心层;若代际数为大于2的单数,则选择中间代作为该家庭户的核心层;若家庭内部的代际数为大于2的偶数,则选择中间两代中的青壮年层(一般在30—50岁间)作为该家庭的核心层。

例如,1号家庭是由爷爷、爸爸、妈妈、儿子组成的三代之家,该家庭的核心层就是爸爸、妈妈这一对夫妻。再比如,2号家庭是由曾爷爷、爷爷、爸爸、妈妈、女儿组成的四代之家,核心层必须从爷爷和爸爸、妈妈中选择产生。再假设爷爷的年龄是45,爸爸的年龄是22,则选择爷爷作为该家庭的核心层。

b) 确定核心层的核心人员

在确定核心层之后,在一般男娶女嫁的婚姻模式下将家庭核心层中的男性成员定义为该家庭的核心人员;如果是上门女婿的婚姻模式则反之。我们还是以之前提到的三代之家1号家庭为例,在由爸爸、妈妈组成核心层的家庭中,爸爸即为该家庭的核心人员。

c) 家庭的直系亲属与非直系亲属

界定了核心人员之后,我们可以依据是否与核心人员有直系亲属关系(例如祖父母、父母、兄弟姐妹、子女、孙子女)将所有与家庭有血缘/婚姻/领养关系的成员划分为直系亲属和非直系亲属两大类。与核心人员有直系亲属关系的视为该家庭的直系亲属,其他成员则视为非直系亲属。

图3向我们展示了以家庭为单位判定直系亲属和非直系亲属的示例。在该示例中核心层为父亲和母亲,核心人员是父亲。菱形标示出的为直系亲属,而方形标示出的则为非直系亲属。

在判定核心人员直系亲属时,有三点需要特别注意:

第一,当代际间隔超过一代时,需要按照男性血亲追踪的原则。例如,以2号家庭为例,在该家庭中爷爷是家庭核心人员,爸爸(爷爷的儿子)就属于直系,妈妈就属于非直系,同时女儿(爷爷的孙女,爸爸的女儿)则属于非直系。如果以后女儿有了自己的孩子无论男女都属于非直系,因为代际关系大于1,并且为女性血亲的孩子。

第二,仅有核心人员的兄弟姐妹属于直系,其直系亲属的兄弟姐妹都属于非直系。例如以示例中为例,叔叔由于是核心人员爸爸的弟弟所以属于直系;而爷爷因为不是核心人员,所以他的兄弟姐妹都属于非直系。

第三,当核心层出现"倒插门"的婚姻形态时,只对上代关系确定有影响,对下代没有影响,依旧按照血亲追踪的原则判定是否为直系亲属。假如,示例中父母的婚姻是"倒插门"的形式,那么母亲就成为核心人员,由此外公、外婆就是直系亲属,爷爷奶奶就成了非直系亲属;而孩子依然是直系亲属,儿子的孩子依旧被认定为直系,女儿的孩子依旧被认定为非直系。

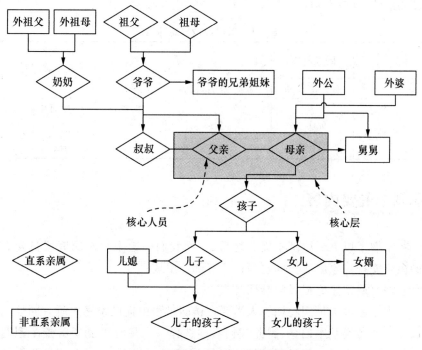

图 6-1 直系亲属与非直系亲属示例

（4）家庭成员

我们在判定某一成员是否能够被认定为家庭成员时，是将该成员的个人身份和居住时间结合在一起判断的。同灶吃饭的人中所有直系亲属无论居住时间长短都视为家庭成员；非直系亲属需要在受访家庭内连续居住时间满 3 个月（截至调查时）方能视为家庭成员；而非血缘/婚姻/领养关系的成员则需要在受访家庭内连续居住时间满 6 个月。

由此我们可以看出以上将有血缘/婚姻/领养关系的成员分为直系和非直系两大类并不会对长期在家中居住的成员身份判定造成影响，因为二者之间仅有三个月居住时间的判定差别。

（5）核心家庭成员

在界定了家庭成员之后，我们还会继续将其中和该家庭有血缘/婚姻/领养关系的成员定义为核心家庭成员，这部分人是我们重点调查的对象。

表 6-1 向我们展示了在一个家庭中不同身份的成员被认定为家庭成

员的条件,其中有血亲/婚姻/领养关系的是核心家庭成员。

表 6-1   家庭成员界定标准

	同灶吃饭	关系		居住时间 (截止访问时)
	有经济联系	血亲/婚姻/领养	亲属关系	
家庭成员	是	是	直系	没有限制
			非直系	满 3 个月
		否		满 6 个月

6.3   主要内容

掌握了以上一些基本概念之后,下面我们一起来看看家庭成员问卷的内容安排。家庭成员问卷由以下五部分组成:

(1) 确定家庭成员问卷回答人

由于家庭成员问卷回答人需要在访问过程中提供家庭内所有同灶吃饭人员的各类基本信息,因此我们必须选择一个最有可能了解整个家庭成员情况的人作为问卷回答人。具体而言,这个人必须至少满足两个硬性的条件:(1)是该家庭同灶吃饭经济共同体的成员之一;(2)与该家庭有血缘/婚姻/领养关系。这两个硬性指标已经设定在访问系统中,必须符合两个条件方能继续访问,否则需要大家返回到最初重新选择家庭成员问卷回答人。除此为了提高访问的效率、保证数据的准确性,建议大家在开始家庭成员问卷访问前还要和受访对象大致描述一下家庭成员问卷所要问的内容,确保回答人能够回答。

(2) 判定家庭成员

正如之前提到我们在判定是否是家庭成员时需要考虑个体的身份,而在界定个体身份时界定直系、非直系的分类方式不同于常见个人层面界定方式。因此需要访员在了解家庭内人员构成后,将家庭同灶吃饭的人员分为直系亲属、非直系亲属和没有血缘/婚姻/领养关系三类,并在访问系统的帮助下分别根据设定的标准判定三类人群中哪些人属于家庭成员。该部分完成后系统将自动生成一个家庭成员的列表供访员核对。请注意,判定直系、非直系的工作一定要由访员而不是受访者完成。

（3）收集家庭成员个人基本信息

家庭成员问卷一个最主要的内容就是收集所有家庭成员的基本背景资料，包括出生年月、性别、婚姻状况、受教育程度、工作情况五类。由于我们将经济共同体作为家庭成员界定的标准，因此必然会出现一些不在家庭所在地居住的成员，对于这类人群我们还要收集其目前所住地的地址和联系方式，以便于后期开展异地访问。

（4）构建、收集核心家庭成员基本社会关系网信息

对家庭中的核心家庭成员还需要通过确定他/她父母、配偶、子女构建核心家庭成员的基本社会关系网。对于在社会关系网中新出现的人员，还需要补充收集出生年月、性别、婚姻状况、受教育程度、工作情况五类基本信息。如此一来，我们就已经构建了一张和这个家庭有最直接联系的社会关系网。

（5）确定各类问卷回答人

家庭成员问卷的最后是让受访者从核心家庭成员中指定一名了解家庭经济情况的成员回答家庭问卷，系统将自动为其生成一份家庭问卷。同时，系统将根据每个核心家庭成员的年龄及是否在家庭居住的信息为每位在家居住的核心家庭成员生成一份个人问卷。在家居住的核心家庭成员中 16 岁及以上的生成成人问卷，16 岁以下的生成少儿问卷；对于不在家居住的核心家庭成员生成调配样本，成为异地跟踪访问的样本。

6.4　访问流程

家庭成员问卷的访问流程见图 6-2：

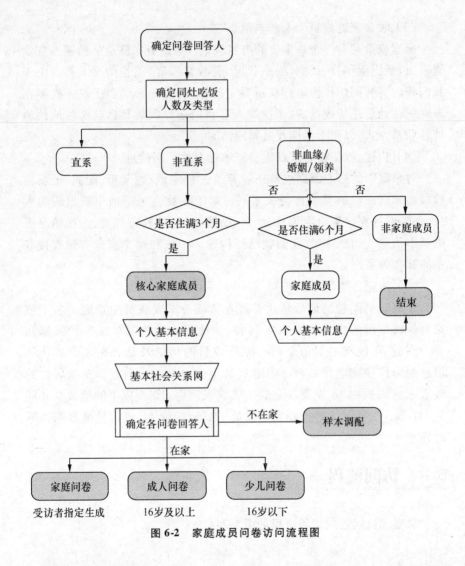

图 6-2　家庭成员问卷访问流程图

6.5　注意事项

（1）同灶吃饭的唯一判断标准是经济联系，与是否有血缘关系和是否一起居住没有关系；

（2）由于是在家庭层面上判定直系、非直系，因此家庭中所有同灶吃饭人员所属类别的判定需要由访员完成；

（3）不是所有的家庭成员都住在家中,不在家居住但仍与该家庭有经济联系的人也应被算作是家庭成员;

（4）不是所有住在家里的人都能成为家庭成员;

（5）只有在家居住的核心家庭成员才会生成个人样本,不在家居住的核心家庭成员进入样本调配系统,非核心家庭成员不生成个人样本。

第七讲

家庭问卷

    对于每个家庭来说,中国家庭动态跟踪调查的问卷包括一份家庭问卷、若干份成人问卷和若干份少儿问卷。由此可见,家庭问卷是每个家庭必须回答的部分。

    家庭问卷是在家庭层面上收集受访家庭的信息,了解受访家庭的日常生活、社会交往和经济方面等的情况。

7.1　访问对象

    家庭问卷的访问对象是家里的主事者。主事者的意思是说主持家庭事务的人,对家里的生活细节和经济状况等非常了解的人。我们并不要求访问对象是家里的户主或赚钱最多的人。

    一般来说,访问时,最好能在一个单独的房间里,没有其他人在场,其他人在场会影响受访者的态度,甚至会影响受访者的回答,尤其是一些敏感问题。而且,在进行家庭问卷的访问时,最好由一个家庭成员来回答,而不是两个或多个人同时回答。

    我们的建议是,访员找到家里的主事者,到单独的房间进行访问。如果该受访者有不了解的情况,可以让他(她)单独就某道题目去问一下家里其他人。

    需要说明的是,在一些情况下,可以更换家庭问卷的回答者。这是与个人问卷不同的地方,需要大家特别注意一下。举例来说,如果一次访问没有完成家庭问卷,第二次约定访问时,第一次的回答者不在家,可以更换其他家庭成员进行访问。或者,当家庭问卷的受访者在回答中途有事离开时,也可以更换其他家庭成员进行访问。但是特别要注意的是,更换的回答者仍然必须是非常了解家里情况的家庭成员。

总而言之,家庭问卷的访问对象,首先是这个家庭的成员;其次,是非常了解家里的生活细节和经济状况等的人。

7.2　题目结构介绍

在家庭问卷这部分涉及几个组成部分,除了常见的题干、选项等,我们将对 CAPI 问卷里的一些特殊设置进行介绍,包括区间设置、单位选择、访员注意、F1、单选题、跳答、出示卡片。

首先介绍一下区间设置。以 A1 题为例,如下:

A1 从您家(常住地)到最近的公交站点有多远?＿＿＿＿＿1..10000 米/里/公里

访员注意:如果没有公交车则输入" - 8"。

F1:"有多远"是指您选择最近的道路到达该公交站点的距离,而不是直线距离。

【CAPI】如果 A1 的答案为" - 8",则跳至 A3。

区间设置是对数值型开放题所能填入的数值范围所作的限定。在 A1 题中,我们限定"从您家(常住地)到最近的公交站点"的距离是在 1 米到 10000 公里之间。在使用 CAPI 系统进行访问时,这样的设置可以防止访员不小心误操作填入不合适的数值。

其次,A1 题中包括三种单位选择:米、里和公里。提供多个单位选择,访员可以直接选择受访者习惯使用的单位,既可以避免进行单位换算时发生的计算错误,也可以帮助访员节省计算的时间、有效地提高访问速度。

再次,"访员注意"是很重要的一项内容。通过"访员注意",访员可以随时得到操作性指导。A1 中的"访员注意"是:如果没有公交车则输入" - 8"。访员注意主要是访员在培训过程和访问过程中重点要注意的内容。

然后,介绍一下 F1,F1 是对问题中的概念进行定义和解释。A1 题的 F1 强调"有多远是指受访者选择最近的道路到达该公交站点的距离,而不是直线距离"。在有些题目中,F1 会包含两个版本,通俗版本和专业版本。如 A7 题,如下:

> F1:(通俗):"市(镇)商业中心",在农村指"镇",在城市指"市";指受访家庭附近最热闹、繁华的商业场所,如有两个或以上热闹或繁华的场所,则选择受访家庭最常去的场所。
>
> F1:(1)"市商业中心"指商业高度集聚,商业服务功能完善,服务对象不限于本区域消费者的城市商业中心区;商业街长度一般在 800 米以上,或商业集聚在不少于 25 公顷的区域范围内。
>
> (2)"镇商业中心"是指商业中度集聚,商业服务功能比较完善,服务对象为本区域内外消费者的地区商业中心;商业街长度一般在 500 米以上,或商业集聚在不少于 8 公顷的区域范围内。

对于 F1 的使用,访员可以通过快捷键,简单、迅速地调出 F1 和取消 F1,保证了在访问过程中既可以借助 F1 对问题加深理解和对受访者进行解释,提高访问质量,也可以尽量少地对访问过程进行干扰。

接下来介绍单选题。以 B1 题为例,在题干上"最主要"三个字加了下划线,由此可知这道题是一道单选题。调查问卷的题目通常分成三种类型,单选题、多选题和开放题。这道题是单选题,但又不是单纯的单选题,我们看到选项"77. 其他【请注明】_____"之后,发现这道题同时是一道半开放题。如果前边 7 个选项中没有涵盖受访者的情况,那么就选择 77,之后,还要注明具体类型。

> B1 您家做饭用的水最主要是:
>   1. 江河湖水   2. 井水/山泉水   3. 自来水   4. 矿泉水/纯净水/过滤水   5. 雨水   6. 窖水   7. 池塘水   77. 其他【请注明】_____

除了单选题的题型与我们常见的稍有不同外,多选题也分为限选两项、限选三项、不限选等几种。以下是最多选两项的题目举例:

Z101 还有哪些家庭成员参与了这份问卷的回答？_____【限选两项】

访员注意：选择较为主要的两名访问者。

以下是最多选三项的题目：

D8 您家是否存在下列住房困难情况？【出示卡片，最多选三项】

　　1. 12 岁以上的子女与父母同住一室　　2. 老少三代同住一室

　　3. 12 岁以上的异性子女同住一室　　4. 有的床晚上架起白天拆掉

　　5. 客厅里也架起了睡觉的床　　77. 其他困难情况【请注明】_____

　　78. 没有上述困难情况

下边这道题目是任意多选题，对所选数量不作限制。如下：

C6 上个月，您家与周围邻居是否有以下交往？【可多选】

　　1. 一起娱乐/聚餐　　2. 赠送食物或礼物　　3. 提供帮助

　　4. 看望　　5. 聊天　　77. 其他【请注明】_____　　78. 以上都没有

另外，还有一种题型是必须要提到的——逼近法的提问方式。使用逼近法而不是完全开放式问题或单选题，有助于降低受访者的戒备心理，获得相对准确的数据。题目的设计方式如下：

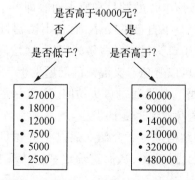

图 7-1　收入询问的逼近法示意图

然后，在这部分出现了逻辑跳转的题目。B3 题，如果家里没通电，则不需要回答 B301 和 B4，直接跳至 B5。

> **B3 您家通电的情况是怎样?**
> 　　1. 没通电【跳至 B5】　2. 经常断电　3. 偶尔断电　4. 几乎未断电

　　最后,我们介绍一下"出示卡片"的使用。对于一些敏感题目、困难和主观题目使用卡片,可以避免影响访问时的气氛,并有利于加快访问速度。

> **B5 您家的卫生间/厕所是什么类型的?【出示卡片】**
> 　　1. 居室内冲水　　　2. 居室外冲水厕所　　3. 居室外冲水公厕
> 　　4. 居室内非冲水　5. 居室外非冲水厕所　6. 居室外非冲水公厕
> 　　77. 其他【请注明】_____

　　对于卡片的使用,有一些简单的要求。首先,访员要对卡片的结构安排和卡片顺序非常熟悉,在使用卡片的时候,要帮助受访者快速地找到正确的卡片。这样,既避免了受访者寻找卡片花费大量时间,也可以避免受访者在寻找卡片过程中,对访问过程产生畏难情绪,更可以避免受访者用力不当损坏卡片。

　　第二,在回答完某一道卡片题后,将卡片取回,放置在自己的手边,而不是放在受访者手里。这样可以避免在接下来的访问过程中,受访者由于无意识地翻看卡片而造成分心导致的降低访问速度。

　　第三,卡片题目不要求访员读出。我们将卡片翻到正确的位置递给受访者,请受访者按照卡片的题目和要求回答即可。这样,访员可以在卡片题目时,稍微休息一下自己的嗓子,而且不读题目可以加快访问速度,另外也可以避免由于口头讨论一些敏感问题、尴尬问题而影响访问气氛。最重要的一点是还可以避免音义混淆的问题发生。如,问到婚姻状况是,有一个选项是"在婚",如果通过口头访问,受访者会误认为是"再婚",而通过卡片,就可以避免这类问题的发生。

　　以上对问题的结构进行了介绍。通过了解题目的结构设置,有助于更好地理解问卷设计的意图,从而正确地利用访问技巧,提高访问效率,保证数据质量。

7.3　问卷结构及内容

家庭问卷包括十个部分、两个模块和一个访员观察(见下图)。

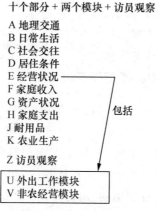

十个部分＋两个模块＋访员观察

A 地理交通
B 日常生活
C 社会交往
D 居住条件
E 经营状况
F 家庭收入
G 资产状况
H 家庭支出
J 耐用品
K 农业生产

Z 访员观察

U 外出工作模块
V 非农经营模块

包括

图 7-2　家庭问卷结构图

家庭问卷的前四个部分,分别是考察受访家庭的地理交通、日常生活、社会交往和住房情况。具体来说,A 部分主要考察的是一个家庭的地理位置和交通便利情况,主要考察了受访家庭到最近的公交站点、医疗点、高中、商业中心的距离及(或)所需时间。B 部分主要考察的是一个家庭的日常生活涉及的一些情况,主要考察了受访家庭在饮水、燃料、通电、厕所、垃圾倾倒、保姆/小时工等几方面的情况。C 部分主要考察的是一个家庭的社会交往情况,交往对象包括亲戚、朋友、家族和邻居。D 部分主要是考察住房情况,对所居住房子的类型、所有权、价值进行询问,并了解受访家庭的房产拥有情况和住房困难情况。

从家庭问卷的 E 部分到 K 部分,问卷主要是对受访家庭经济的各方面情况进行了解。

E 部分主要考察受访家庭的经营情况,包括外出工作、非农经营、补助金、出租(房屋/土地/其他)、出卖财物、拆迁、土地征用。涉及两个模块,外出工作模块和非农经营模块。外出工作模块的主要内容是关于外出的家庭成员的工作地点、工作时间、带走多少钱、寄回多少钱、打工所得的用途、由于外出打工而雇用帮工的费用。非农经营模块的主要内容是经营非农产业类型、数量、参与人、总资产、股份、雇用人数、营业额、税后利润。

F部分是考察家庭收入的情况，主要内容分为以下几大类：

经营性收入(产业、生产资料经营[土地、财务、拆迁、征地])

金融产品收入(存款、股票、债券、基金等)

工资性(所有人的薪酬、补贴、奖金)收入

其他(非工资性或农业生产)收入

离/退休金/社会保障金/低保等收入

G部分是关于资产状况的，主要包括保险、借出款、收藏品、其他资产几大类。

H部分是关于家庭支出的，从日常支出和特殊支出两个角度来收集信息。日常支出是以月支出的形式来体现的，包括每个月的一些常规支出，如食品消费额、购买日常用品、出行支出(含养车费用)、通信支出等。特殊支出是以年度支出的形式来体现的，包括家电支出、医疗保健支出、衣着支出、教育支出、文化娱乐休闲支出等。

J部分是关于耐用品的，主要内容包括汽车、摩托车、拖拉机、电视机的数量、价格和购买时间。

K部分是关于农业生产的，农业生产是广义农业的概念，包括农、林、牧、副、渔、种植业、养殖业、水利业。主要内容包括各种类型土地的拥有、经营和转租数量，农业收入、农业生产成本、农林作物产量和销售量，家畜饲养和渔业生产的产量、销售量和收入。

除了以上十个部分和两块模块以外，还有一个访员观察也是家庭问卷的重要组成部分。访员观察是访员根据实际情况记录，无须向受访者提问，保证了记录的客观性。主要内容包括三方面，第一方面是记录问卷回答人，主要包括受访对象、受访参与者、家庭成员之外的在场人员；第二方面是对受访家庭的住房条件、整洁程度、精神面貌、家庭关系和氛围等的观察；第三方面是对受访者本人的观察，包括受访者的理解力、外貌、表达能力、配合度、可信度、对调查的兴趣和态度等。

7.4 容易引起歧义的题目或词语

- 距离

"距离"是指选择最近的道路到达该医院/医疗点或高中的距离,而不是直线距离。

- 医疗点

"医疗点"是指有医疗卫生人员和一定医疗设施的全科医疗卫生场所,如综合医院、乡镇卫生院、社区医院、村卫生室、私人诊所,但不包括牙科诊所之类的专科医院及在药店里附带开设的医疗点。

- 最快捷的方式

"最快捷的方式"指日常使用交通工具中的最快捷方式,不是所有可能的交通工具中的最快捷方式;如家里没有汽车,就不能以汽车的速度和道路交通状况来计算达到的时间。

- 做饭用的水

"做饭用的水",城市如自来水,农村如"干净"的水;如供水方式为"自来水"(又称"管道水"),则不再追溯自来水的水源是什么。如果遇到水源变化,则指最近3个月做饭常用的水。

- 卫生间

"卫生间",指厕所或含厕所的洗漱间。若同时有几处卫生间,则指最常用的。两家人合用一个厕所,厕所上锁,两家都是有钥匙的,这样的不算公厕。

- 现居住房子月租金与去年全年的租金总收入

"现居住房子月租金",有两点需要注意,首先要询问整套出租的价格;其次,询问这套房子上个月能租多少钱,不是问现在所租房子的实际租金。

"去年全年的租金总收入"填写去年全年实际的出租收入。如果该房屋去年只出租了3个月,则此处填写3个月的总金额。

- 房屋类型

"完全自有"指受访家庭有"房产证、土地证、契税完税证明"三证;对农村受访家庭而言,自己修建的房子就属于这类。"和单位共有产权"是指居民出钱购买部分产权,产权单位购买余下部分,如果住户手里没有土地证,就是与单位共有产权,大多数原来属于单位的住房在房改中,都采用了单位持有土地证的形式,即"共有"。

- 建筑面积

"建筑面积"是指供人居住使用的房屋建筑面积。住宅建筑面积测算方式因楼层、结构等的不同而不同,以房产证、租房合同为准。自建房屋可做简单的丈量,住宅建筑面积 = 占地的长 × 宽 × 楼层数,计量单位为平方米。

- 外出工作

"外出"指不在自己户口和/或家庭常住地工作,农村通常指县/县级市以外,城市通常指本市以外。"外出工作"指非永久性离开家庭所在县(市)的就业,如农村人口外出打工。

- 各类保险可赔偿额

"保险金"是指家庭或家庭成员直接或间接购买,所有权属于家庭或家庭成员的各类保险金额。"可赔偿额"包含已经赔偿和可以赔偿但还未赔偿两部分。"可赔偿额"是指家中所有保险合计可能获得的最高赔偿额。此处强调计算合同内规定的最高金额,不论是否实际发生。

- 拥有/经营以下类型的土地

"拥有"指村里分的土地,即使出租给其他人,也算拥有。"经营"包括村里分的、租来的和买来的等各种来源。水旱作物轮作,该地块视为水田。

7.5 注意事项

在进行家庭问卷的访问时,如果能注意以下一些情况,访员会收到事半功倍的效果。

第一,事先和受访者约好时间,尽量避免中断访问。

第二,尽量避免其他人在场。

家里人很多,大家七嘴八舌。其他人在场会影响受访者的态度,甚至会影响受访者的回答,尤其是收入部分。建议访员找到家里的主事者,到单独的房间进行访问。如果该受访者有不了解的情况,可以让他(她)单独就某道题目去问一下家里其他人。

第三，家庭经济部分，要耐心，帮助受访者仔细回忆一下，尽可能得到准确的数据。

经济部分题目较多，相对复杂，很多题目都是在对去年的情况进行回忆，受访者可能一下子记不起来，访员要有耐心，要努力消除受访者的不耐烦情绪，避免用语气、语速等肢体语言催促受访者；要及时地正面反馈，肯定受访者的努力，并鼓励受访者继续去回忆；对于明显不符合实际情况的，要认真试探和追问；要熟悉电脑的自动查核功能。

第四，家庭经济部分，不能轻易接受"拒绝回答"和"不知道"。

家庭经济部分涉及收入、支出、资产和负债，问题敏感，访员需要再次声明保密；通过使用一些追问技巧、正面肯定和反馈，一步步耐心询问出相关信息。如果在某些题目上遇到拒绝回答，不能轻易接受"拒绝回答"和"不知道"，要耐心委婉地追问。同时也要注意把握分寸，不要强迫受访者，不要引起受访者的反感。

第八讲
成人问卷

8.1　访问对象

在 CFPS 项目中,要访问的成人是指 16 岁及以上的,住在这个家庭中的,有血缘、婚姻或者领养关系的家庭成员。可以简单地依靠 CAPI 访问系统来帮助选择,该系统会自动产生成人问卷访问对象的列表,只要这个列表中出现这个成人,就去访问他。

这里有几个需要注意的情况,其一:如果一个家庭中,有八十多岁卧病在床的老人,几乎没有语言思维能力了,那么是否要访问他? 答案为"否"。本项目的受访对象应该具有语言思维能力。如果遇到具有语言和思维能力障碍的人,例如,智障,严重的精神疾病,老年痴呆等情况,那么请选择结果代码中的相应代码,该受访对象不需要访问。

其二:如果访问列表中的受访者刚刚生产,在家坐月子,是否去访问? 答案为"过一段时间再去"。本项目要求我们在访问时一定要尊重当地的风俗习惯,并考虑受访户家庭当时的特殊情况,如果遇到不宜访问的情形,例如,办丧事,住院,产妇坐月子等,需要过一段时间再去访问。

其三:如果访问列表中的受访者是丈夫,但是丈夫不在家,妻子说"他的情况我都了解,我来替他回答",这样是否可以? 答案是"坚决不可以代答"。在成人问卷中,必须由本人回答问卷,如果丈夫不在家,那么等丈夫回来之后再来访问。

8.2 主要内容

　　成人问卷主要包括以下内容：基本情况、兄弟姐妹的情况、受教育的情况、婚姻子女、职业、收入、日常生活、价值观、健康以及一些基准的测试。

　　在基本情况方面，我们需要询问受访者的出生日期、出生地点、户口、民族，成长期的居住地，成长期与父母同住时间，以及参加组织的情况等。

　　有关受访者兄弟姐妹的情况，我们会询问受访者的兄弟姐妹的教育、职业、婚姻、现居住地等方面的问题。如果受访者有很多兄弟姐妹，那么这些兄弟姐妹的情况都要一一询问。

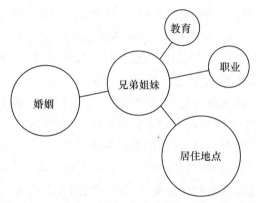

图 8-1　有关受访者兄弟姐妹情况的问卷内容示意图

　　有关教育方面的问题，我们会分为两类情况分别询问，一类是现在正在上学。还有一类是已经毕业了，不再上学了。对于已经不上学的人，我们会问到学历、学位、专业、学校的类型等题目。对于正在上学的，则要询问学校类型、学习成绩、是否担任学生干部、参加的社团、是否参加课外辅导等等，还有对学业和老师的满意度，另外还包括教育的支出。

　　在婚姻子女这一模块，我们会询问受访者现在的婚姻状况，结婚日期或者是离婚日期，与现配偶是怎么认识的等问题。对于大于或等于 60 岁的并且有子女的人，我们还会分别询问他们与子女的关系，与子女关系的亲密程度、是不是会有经济上的帮助、是不是帮助子女照顾孩子、做家务、理财等等。

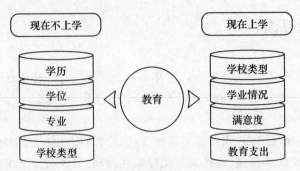

图 8-2   有关受访者教育情况的问卷内容示意图

在职业模块,我们仅对曾经有 6 个月工作经历的人提问本部分。首先会有一些筛选问题,询问受访者现在是否有工作,如果现在有工作的人,会问他什么时候入职的、职业种类、行业、工作内容、单位性质,还有工作时间和场所、对职位的描述、工作满意度以及有关保险福利方面的基本情况。对于没有工作的人,则询问他为什么没有工作,如果是退休的人,还会问他退休的年份、退休金等情况。

接下来到了收入这一模块,我们会问到很多分项,例如,单位发的工资、奖金、补贴、个体经营收入和被雇者的收入、离退休金、第二职业,还有其他劳动收入。除此之外,还询问其他来源的收入,包括亲朋好友给的,村/居委员会给的,政府/单位给的等。在收入这一部分,我们一定要有耐心、别着急,要让受访者仔细想一想,算一算,因为有些人平时可能不知道自己具体有多少收入,我们需要给受访者一些时间,让他们仔细地回忆,分项计算各种来源的收入。

接下来是关于时间利用的模块,这里包括每天的学习、工作、睡眠、闲暇时间的分配等内容。时间利用模块是一个共用模块,就是说,少儿问卷和成人问卷都有这部分内容。在这里,我们将分为平时和周末两类情况分别进行询问。其中的分项非常细致,请大家务必熟记帮助文件中对每一种分项内容的解释。

在日常生活模块中,包括家务劳动、休闲活动方式、日常出行的方式,还包括手机使用情况、用电脑情况等;此外,还会询问受访者与人交往的情况、与政府的接触、对政府工作的评价,受访者对媒体信息的关注点、关注的频率等内容,也包括对自己的收入、社会地位的判断,对生活的满意度,对未来的信心等主观题目。

在价值观方面,我们会询问受访者对成功因素的看法,例如,是觉得受教育水平更重要,还是努力工作很重要,还是运气也很重要等等,这些价值观的题,对于大家来说可能是第一次见到,要求在入户之前务必多熟悉问卷,多熟悉这类的问题。

接下来,我们会问受访者的健康情况,分为身体健康和精神健康两大部分,在精神健康方面,用国际上标准的量表来测量忧郁、紧张、沮丧等情况;对于身体健康,会询问受访者的身高、体重,还有他主观判断的自我健康状况,还有所患的疾病、治疗的方式等内容,另外会询问受访者的身体活动受不受限制,例如,双手举过头顶是否能够触到颈根等。此外,跟身体健康有关的,还会询问日常的一些生活习惯,例如,是否锻炼身体、饮食是不是很有营养,是不是吸烟喝酒,还有睡眠几个小时等,这些都是有关身体健康方面的研究。对于 60 岁以上老人还会询问他是否有人照料以及谁来照料他。

最后一部分内容是一些基准测试,比如,语文能力,主要是识字方面,我们有一些生字表来考考受访者能不能读出来,然后有些数学方面的测试、健康状况的测试等。

在问卷结尾部分,我们会让受访者留下自己的联系方式、身份证号码。还有访员观察方面的内容,即访员认为受访者的理解能力怎么样,对问卷调查的兴趣,还有他的合作态度等。

8.3 容易引起歧义的题目或词语

• 户口

户口这个词乍一看起来大家觉得没什么难理解的,我们主要强调的是"没有户口"和"不适用"之间的区别,"没有户口"指在中国没有落户,也没有其他国籍。而"不适用"指非中国国籍,例如,父母为中国公民,但孩子在国外出生并拥有外国国籍,这种情况选择"不适用"。

• 连续时间

我们在问卷中会询问受访者在未成年的时候,和父母连续不在一起的时间。在这个问题中,首先我们要注意"连续"一词,"连续"指一段没有中断的时间,父母如果曾和他多次分开,我们选择最长的一次持续分开时间。例如一个受访者在未成年的时候,他的父亲曾经 1 个月的时间在外出差,还曾经有 20 天时间回老家办事,在这里我们会选择 1 个月。其次,我们要注意的是,我们所设定的最短的计算时间为 1 周,如果受访者的父母经常短时间地出差,例如两三天或者一天,那么这样的情况我们是不计算的。

- **上学**

遇到关于上学的问题时,请大家注意:只要受访者在上学,不论是全日制上学还是在职上学,那么都是"在上学"。在成人问卷中,会遇到有很多成人现在读在职研究生或者读夜大的情况,只要他是在上学,不管是不是全日制的,我们都算作他现在在上学,大家一定要注意这一点。

- **工作**

询问是否有工作时注意,要告诉受访者包括务农和自雇的情况。有些农民受访者,当问他有没有工作时,他可能会说没有,因为他理解的工作可能就是指有工作单位的那一种,但事实上我们问卷里所定义的工作是包含务农和自雇情况的,只要他干农活,长时间从事农业生产,那么就是有工作的。再比如,受访者摆一个水果摊,或者是收捡废品的,那么他也是有工作的。

第二个需要注意的地方是,如果受访者有多个工作,我们记录他占用时间最多的那份工作的基本情况,而不是挣钱最多的或者职位最高的那份工作。

- **退休**

在工作这个模块里面,我们还会询问受访者现在为什么不工作了,这里面要注意"退休"和"年纪大了,干不动了"两个选项之间的区别。"退休"一般是指不以务农为主的,原来有工作单位的人会遇到的情况。"年纪大了,干不动了"主要是老年农民会遇到的情况。我们在过去的测试调查里面,有很多的老年农民说自己退休了,但是按照问卷的逻辑就会询问退休年份、退休金之类的问题,这些老年农民就无法回答了,因此对于因为年纪大了,干不动农活了的老年农民,在这个问题中应该选择"年纪大了,干不动了"这个选项。

- **职业**

在工作模块里面有一个非常需要大家关注的问题,当我们在询问受访者具体职业的时候,第一,我们要求记录受访者原话,第二,我们要求追问到详细的情况,绝对不能简单接受,像"打工"、"临时工"、"开车"、"职员"这样含混的回答,我们要求填写工作部门、工作职责或者内容,再加上工作岗位,这一点一定请访员们要详细地追问受访者。如果受访者回答自己的职业是老师,我们要追问他是中学教师还是大学教师,如果是中学教师,是教语文的老师,还是教务处的处长。请大家务必要追问详细。

- **收入**

我们有一个询问受访者个人总收入的题目,这个总收入是指归入个人名下的各项收入合计,包括工资性收入、从各种渠道获得的补贴、津贴、补助、酬金,以个人名义租赁获得的租金、补偿金、存款利息、股票/基金/债券分红,接受的各种赠予折合人民币、借贷性收入等,这些都算总收入。在向受访者提问的时候,务必把总收入的定义和列举项都读给他听,一定要提醒受访者,要把他所有的各种来源的收入都算在总收入里面。

- **工资和奖金**

在询问受访者工资与奖金的时候会遇到这样一种情况,就是有些受访者对于工资和奖金各有多少说不清楚。一旦遇到这种工资和奖金无法分开的情况,就在工资那个题目里记录二者的总数,然后加一个备注,备注里说明这个数指工资和奖金的总和;在奖金的题目里面选"不清楚"。

- **经济帮助**

我们还会问到"去年,您是否从家人和亲友处得到经济帮助"。所谓经济帮助是指价值200元或以上的钱物。除了给的钱以外,那些物质,或者替受访者支付的费用,只要超过200元就算作经济帮助。

- **业余爱好、游戏和消遣活动与使用互联网娱乐**

在时间利用模块里面我们要注意分门别类。而且不能重复计算。

如果我们遇到一个爱上网的人,一定要注意,当他玩网络游戏的时候,上网玩游戏的时间就应当记录在"使用互联网娱乐"这个项目里,如果他是玩单机版的电脑游戏,我们就记录在"业余爱好、游戏和消遣活动"的时间里面。

对于这些爱上网的人,我们还要分清,如果他在网上阅读、听歌或者是看电影,以及上传、下载文件或者玩网络游戏,那么我们会把这段时间记录在"使用互联网娱乐"里面,但上网工作、学习、购物和办理网上银行等业务那就不记录在这里面了,要记在他们各自的类别里。请务必记住问卷中有关时间利用的详细种类清单。

此外还有很多人上 QQ、MSN、聊天、收发电子邮件,这种活动的时间要记录在"社会交往"里面。因此在时间利用这个模块,我们会看到单单就上网这一件事就会分好几类,请访员们一定要向受访者做出说明,让受访者自己把时间分清楚,然后我们把这些时间分在各自的类别里面。

- 社会身份

我们会询问受访者有没有因为看病,上学等事情找什么人帮过忙,或者他给别人帮过什么忙,在这类题里面会问,找他帮忙的人的社会身份是什么? 他帮助的人的社会身份是什么? 我们问卷中所定义的社会身份是指他的职业、职务和职级,也就是要把他的职业、职务的头衔都写清楚,例如,去年因为看病找了一个同学,他是××医院的主任医师,那么在本题就要详细地这样记录"××医院的主任医师";因为上学的问题,例如找过××学校的教师兼教务处的处长,那么在本题就要详细这样记录"××学校的教务处的处长";如果给予帮忙的人就是一个普通的工人,那就记录"普通工人"。

- 没有与不适用

在往后会遇到这样一个题目,询问受访者过去有没有跟干部发生过冲突? 有没有受到政府的不公正待遇等等,这些题目的选项中有这样两个选项:"没有"和"不适用"。二者之间的区别是什么呢? "不适用"是指没有经历过此类事情;"没有"指碰到此类事情但不符合题干中描述的情形。例如,有这样的人,他生活的圈子里面就没有见过也没有接触过干部,那么这道题里面他就要选"不适用"。那么"没有"是指什么呢? 例如,一个人他经常见到村干部,但是他俩之间关系很好,从来没有发生过冲突,这个就要选择"没有"。

- 住院及住院总费用

在健康模块,会询问受访者有没有住过院,我们规定至少住 1 晚或以上就算住院。和住院有关的还会问,住院一共花多少钱? 这里,希望访员们能够给受访者解释这个住院总费用除了医药费、治疗费、病房费以外,也包括用于住宿、吃饭、请看护等方面花的钱,甚至给医生、护士的红包费都算在内,这一点要向受访者解释清楚,否则,受访者就会把红包费或者住宿费等给漏掉。

- **饮食次数**

问卷中我们会询问受访者每周吃某类食物的次数,这里面有两个需要注意的,第一个是我们要把它换算成每周的次数,因为,有的受访者会回答一个月吃 5 次,那么它换算成每周的时候就是 1.25 次,对于小数点我们要四舍五入;第二个要注意的是,一顿饭计算为一次。有的受访者中午和晚上各吃两顿鱼,每天都是这样吃法,那么一周七天,我们这道题的答案要记录 14 次。也有的老年受访者是少吃多餐的,每天吃五顿饭,每顿都是大米,天天如此,那么每周吃大米的次数就是 35 次。

以上介绍了容易引起歧义的词语和题目,在问卷里面,这类的词语还有很多,希望访员们多花些时间来熟悉问卷,尤其是重点看"帮助"和"访员注意"里面的说明。

8.4 问卷中的难点

接下来我们归纳一下成人问卷中的难点。

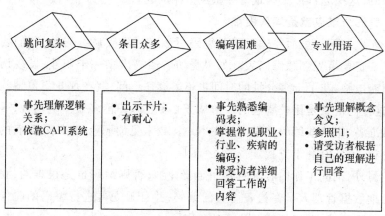

图 8-3 有关成人问卷难点内容的示意图

第一个难点就是关于不愿意合作的问题。

对于这个情况,我们一开始在讲怎么敲门入户的时候,已经介绍过一些经验，这里就再次强调一下，务必要声明保密条款，也要给受访者讲清楚我们所采集的数据只是来做汇总分析的，不会单就某一个人的情况做出描述或者分析。此外，告诉受访者我们这项研究是非常有意义的，例如，对政府制定保障民生的各项政策是非常有参考价值的，可以给他看我们的中国报告。也要告诉受访者，我们的题目比较简单，只要根据自己的实际情况回答就可以了，没有什么对错之分，让他觉得没有压力，这些都是克服不愿意合作的一些方法。

第二个难点就是跳问比较复杂。

对待跳问复杂，希望访员事先理解其中的逻辑关系，虽然 CAPI 系统会自动跳转，但是如果访员事先不熟悉问卷跳转的逻辑，那么遇到屏幕上的题目有时也会发愣，会影响采访。

第三个难点就是有些题目的条目很多。

例如，在询问一些主观态度的、价值观方面的题目的时候，每一道题目中会有许多小条目，我们希望访员一定要有耐心，要逐条地来询问，并且要出示卡片。有了卡片，受访者看着卡片回答有助于他思考，还可以节约时间。对于这些条目众多的题目，访员本身一定要有耐心，绝对不能偷工减料，例如，问了第一个，然后跳一下问第三个、第五个，这样是绝对不允许的，这些题目都是质量督导重点监测的题目。

第四个难点就是编码困难。

在成人问卷里面要输入职业编码、行业编码、疾病编码等，我们要求访员一定要事先熟悉编码表。如果受访者回答出来一个职业，发现访员面对着电脑，花了十多分钟的时间也不继续往下问，就在那儿不停地找东西，这样的情景是比较尴尬的。访员务必要在入户前多做一些功夫，事先多做准备，把这些编码表里面的在本地比较常见的职业、常见的疾病的编码熟记下来，有利于查找。

另外，询问工作内容的时候一定要详细，否则编码也是很难的，我们的后期数据管理人员在检查访员的编码，并且独立再进行编码的时候也是比较困难的，所以大家要注意这一点。

最后一个难点就是专业用语的难度。

问卷里面有很多专业用语，例如，"社会身份"、"住院总费用"，这些词在受访者那里，可能理解得与我们定义的不一样。所以对于问卷里面我们专用的这些词汇,访员们要事先理解概念的含义,在采访的过程当中,如果受访者有疑问了,一定要看帮助文件,然后照着帮助文件里面的解释一字一句读给他听。

如果遇到这样一种情况,即受访者对于一个词汇不理解,而我们在帮助文件里也没有找到任何说明,这个时候访员要会说这样一句话:"请您按照自己的理解来回答。"绝对不能按照访员自己的想法去解释,那样会破坏中立的原则,这一点希望大家能够重视。

8.5 特别注意的原则

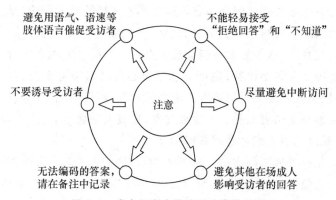

图 8-4 成人问卷中需特别注意的原则

首先,要强调的是避免用语气、语速等肢体语言来催促受访者。例如,访员说话特别快,受访者还没有回答完,就赶紧用非常快的语速来提问下一道题,这种情况就会致使受访者匆匆做答,影响数据的质量。

其次,要强调的是千万不要诱导受访者。例如,询问到受访者对政府的评价时,受访者不知道该怎样评价,此时访员提示说,"您看看路是不是修宽了,树也种多了,交通也好了等等"这种方式就属于诱导,请访员们不要这样做。如果有的受访者说:"我也不知道怎么答,你说怎么答好。"这个时候访员一定要说:"您怎么理解就怎么回答,没有对错之分,按照您的想法来回答就好了。"千万不要给受访者提供诱导性的答案。

再者,我们希望访员不要轻易接受"拒绝回答"或"不知道"。例如,我们在询问收入问题的时候,受访者的第一个反应可能会说:"不知道。"

我们希望访员能耐心地跟受访者讲这个问题的重要性，说服受访者回答这个问题。

第四，我们也希望尽量避免中断访问。例如，有的时候受访者十分钟以后马上要出发了，要上班或会见一个客人，如果访员在开始访问之前已经事先意识到了访问肯定会中断，那就试着和受访者约一下能不能下一次再来，当然我们不是绝对地说一定不能中断，我们只是希望访员能尽量避免。

第五，对于无法编码的答案，请在备注里面做记录。虽然我们的问卷已经经过多次的检验，多次的非常仔细的设计，但是也有可能会遇到一些无法解码的答案，希望大家不要忽略它，要给它加备注，不要怕麻烦。

最后一个需要强调的是一定要避免其他在场的成人影响受访者的回答。这种情况在农村经常会遇见，例如，我们要访问某个农村妇女，她的丈夫一直在身边，这个妇女可能会经常去看一看她丈夫的态度，很多时候可能就让她丈夫替她回答，她可能总是担心自己回答得不对。在这个时候，我们依旧强调需要受访者本人来回答问卷，可以委婉地提醒在场的其他人不要影响受访者回答。一定要注意，在成人问卷里面，我们该访谁就访谁，不要由其他人来替他回答问题。

以上是有关成人问卷的一些基本情况和需要注意的问题，希望访员们在入户之前，一定要熟悉问卷，熟悉帮助文件和访员的注意事项。

第九讲
少儿问卷

9.1 访问对象

少儿问卷的访问对象是 0—15 岁的家庭成员。他一定是住在这个家庭中的,有血缘、婚姻或者领养关系的成员。如果觉得记忆起来比较困难,可以借助 CAPI 访问系统,它会自动产生少儿访问对象的列表,我们只要根据列表选择问卷来访问就可以了。

接下来我们要提出这样一个问题,即哪些孩子是 10 岁的,哪些孩子是 15 岁的,怎么计算年龄呢? 这里有一个需要注意的地方,即计算年龄的时候不用考虑出生的月份。例如,有一个 1995 年 1 月份出生的孩子,到了 2010 年 4 月他已经 15 岁 3 个月大,在本调查中也算作 15 岁。如果在做完家庭人口问卷的时候,就能判断出孩子的年龄,那么会有利于约访安排的合理性,因为我们的少儿问卷根据少儿年龄的大小,长短也有所不同,尤其要关注 1 岁、3 岁、6 岁、10 岁这几个节点。

9.2 谁来回答少儿问卷

我们会访问 1 岁的孩子、3 岁的孩子,那么有些问题他们几乎是没有办法回答的,因此,少儿问卷分为两大部分,在前半部分是由父母回答的,在问卷的后半部分是由少儿自己回答的。

这个分界点是在 10 岁这个年龄段,如果一个少儿是 9 岁或者 9 岁以下,那么,他的少儿问卷就由父母来回答,他自己不需要回答任何问卷。如果这个孩子已经 10 岁或者是 10 岁到 15 岁之间,那么,在问卷的后半部分要请他自己来回答,问卷的前半部分仍旧由他的父母来回答。

这个分界点在问卷的中部,CAPI 系统会根据少儿的年龄自动提供合适的问卷,如果访问系统出现了 10 岁的那部分问卷,我们就把这个孩子找到,征得父母的同意之后,当面访问他即可。

9.3 主要内容

我们把少儿问卷的主要内容分为两大部分:一是父母需要回答;二是少儿自己要回答的。在每一部分又分为主观题和客观题两大类。

首先我们来看一看父母要回答的有哪些。

父母回答

客观题:
A. 少儿出生时(身高、体重、出生地、户口等)
B. 婴儿成长时(走路、说话、学拼音、身体健康、亲子班等)
C. 上幼儿园时(时间、方式、费用等)
D. 上小学时(时间、年级、学习成绩、课外辅导等)
主观题:
E. 生、养孩子的理由和观念
F. 家长对孩子的期望
G. 家长的教育观念
H. 家长对孩子性格、行为习惯的判断
I. 家长与孩子的关系

图 9-1 父母回答的问卷内容示意图

父母要回答的客观题包括孩子所有的基本情况,从时间上来讲,从孩子出生时、婴儿期、上幼儿园时,到他上小学时候的基本情况。例如,出生时候的身高、体重、出生地;婴儿成长期间,什么时候开始走路了,什么时候开始学拼音了,身体健康情况等;孩子上到幼儿园,我们又会询问他上幼儿园的起止时间,入园的费用;还有上小学时候的基本情况,上了几年级、学习成绩怎么样,有没有参加课外辅导,参加过哪些辅导班等等。

在主观题里面,父母要回答的内容比较多,例如,生孩子、养孩子的理由和观念是什么,家长对孩子有什么期望,家长的教育观念是什么,还有家长对自己孩子的性格、行为习惯的一些判断。此外，我们还询问家长与孩子的关系。

这些主观题通常都是由若干个条目组成一个概念，而且用到的多是标准的语言结构，对于我们大多数访员来说，可能第一次见到，对于多数受访者来说，也可能是第一次听到，会有一些理解上的难度。这就要求访员在访问的过程中要仔细，逐条地向受访者提问，同时要出示卡片，这样才能获得高质量的数据，绝对不要匆匆催促受访者，或者偷工减料漏问一些条目。希望大家在入户前能够仔细练习这部分题目。

接下来，我们通过下面这个示意图，可以仔细地看一看每一个年龄段的少儿问卷中的题目。

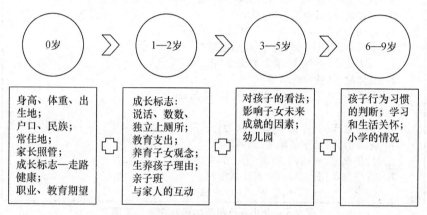

图9-2 父母回答的问卷详细内容示意图

大家注意这里的示意图用的是加号，也就是说如果一个少儿是1岁或者2岁，除了询问出生时的一般情况之外，还要增加更多的题目。在这个年龄，成长的标志就会多了，例如，说话、数数、独立上厕所等。这个年龄段也可能会有一些教育支出，因为有的孩子会上亲子班。在主观题上会问父母养育子女观念是什么，生养孩子的理由是什么，这个孩子与家人的互动情况等。

对于3岁到5岁的孩子，这时候就会询问家长对孩子的看法，因为我们中国有一句古话："3岁看小，7岁看老。"因此这个年龄段的孩子可能会形成一些生活习惯，有些性格上的模式已经可以看得出来了，在这里我们就要询问家长对于孩子的基本判断，另外还会询问家长影响子女未来成就的因素有哪些。客观题部分,会询问到孩子有没有上幼儿园,上幼儿园的起止时间等。

对于一个 6 岁到 9 岁的孩子来讲,会询问家长对孩子行为习惯的判断,还有他的学习和生活情况,家长对孩子学习和生活关怀程度等。

再往后对于 10 岁及以上的孩子,就需要孩子自己来回答。

接下来,我们来看 10 岁到 15 岁的孩子要回答哪些问题,也是分为客观题和主观题两大类。

10—15 岁少儿自己回答

客观题:
A. 教育情况(上几年级、学习成绩、学习干部、是否辍学等)
B. 工作经历(是否工作过、收入)
C. 时间分配(学习几个小时、睡几个小时等)
D. 日常生活(零花钱、打手机、用电脑等)
E. 与人交往(与同学、朋友的交往)
F. 身体健康(饮食营养等)
G. 基准测试(语文、数学能力、逻辑、生活等)
主观题:
H. 精神健康(是否忧郁、是否认为自己没有价值等)
I. 未来打算(未来的职业、最高学历)
J. 价值观念(对成就、财富、努力的看法等)
K. 性格判断(独立、自信、有计划等)
L. 与家长关系(学习、生活、交友、心理沟通等)

图9-3 少儿自己回答的问卷内容示意图

在客观题部分,首先我们会问到少儿的受教育情况,例如,上几年级、学习成绩、是否担任学生干部、是否曾经辍学等。此外,可能有些孩子会有一些工作的经历,因此,我们也要询问他是否工作过,如果工作的话有没有收入。还有就是他日常的时间分配,比如说几个小时是用来学习的、每天睡几个小时、玩多长时间等等。第四大类客观题就是他的日常生活,比如说他有没有零花钱、打手机、用电脑的情况等。第五大类就是他与人交往的情况,这里包括和同学们的交往、和朋友的交往。此外就是少儿的身体健康和饮食营养情况等;最后是基准测试,包括语文、数学能力、基本的逻辑能力,还有生活能力等等。

在客观题以外,还有几大部分的主观题,对于孩子来讲,回答主观题可能会有一些难度,希望访员们要有耐心。那么主观题有哪些呢?有关于精神健康方面的题目,未来的打算,基本的价值观念,对成就、财富、努力的看法,再往后我们还会询问他对自己性格方面的判断,还会询问他与家长的关系,比如说在学习上、生活上、交友上面、心理沟通方面与家长的互动关系怎么样等等。

在问卷结尾部分,我们会让受访者留下自己的联系方式、身份证号码。还有访员观察方面的内容,即访员认为受访者的理解能力怎么样,对问卷调查的兴趣,还有他的合作态度等。

9.4　容易引起歧义的题目或词语

- **家长**

我们首先来看一看什么是"家长"。这里需要强调的是如果同住的人里面有父母或父母中任何一方,那么我们的这个"家长"就是指父母;如果这个孩子仅仅和自己的爷爷奶奶或者其中的一个一起居住,那么这个"家长"就是指祖父母。

- **户口**

参见成人问卷讲义。

- **现在居住地**

问卷中我们会询问孩子现在住在哪里。这里所定义的"现在住在哪里"就是指他日常居住的场所,而不单指他今天的留宿地。例如,这个孩子平时在乡镇中学住宿,只有周六周日回家,那么这道题的回答就应该是在"学校宿舍",而不是在家里。

- **出生地的城乡属性**

问卷中我们会询问孩子的出生地在哪个省、哪个县,还会问他出生地的城乡属性,遇到这道题的时候务必请大家要注意,如果农村家庭的母亲把孩子生在县城的医院,那么它就是城镇,如果生在了城市的医院,那就是"城市";反之,如果城市家庭的母亲把孩子生在了农民家里,那么它就是"农村"。这一题请访员们一定要提醒受访者要根据孩子具体的出生地点来判断城乡属性,而不是根据家庭住址来判断。如果孩子是在医院出生的,一定要问一下,是县城的医院,还是城市的医院,还是农村的卫生所,然后以此来判断它的城乡属性。

- **连续时间**

参见成人问卷讲义。

- **见到父母**

再往后我们会问到孩子每周见到父母几次。所谓的"见到"就是指在一起的时间长于 1 个小时的见面。如果说像大禹治水那样,过家门而未进,并没有看到孩子,就不算"见到"。如果父母只是在远处向孩子摆摆手,看了一眼然后又去上班了,那么这个也不叫"见到",一定是指在一起的时间长于 1 个小时的见面。这道题还会问到孩子见到父母的次数,怎么计算呢?我们要求每天最多计算 1 次,例如,这个父亲早上起来见孩子一次,然后父亲去上班,孩子去上学,晚上又见了孩子一次,那么今天就算作见到父亲 1 次。如果每周天天如此,那么平均每周见到父亲 7 次。

- **医院**

接下来会问到孩子是不是上医院看过病,什么样的叫医院?我们问卷里定义的医院是指有医疗卫生人员和一定医疗设施的全科医疗卫生场所,如综合医院、乡镇卫生院、社区医院、村卫生室、私人诊所,但是一定要注意牙科诊所之类的就不算了,还有的在药店里面附带开设的医疗点,比如说这个药店的药师可能会给人打打针、消消毒,这个是不算的。还有一些专治脚气、牛皮癣之类的专科小诊所也是不算的。

- **看病**

什么叫看病呢,对于孩子来说,6 岁以下的孩子经常到医院接种疫苗,我们规定接种疫苗不算作看病。还有一个注意事项,就是我们会问到孩子看了几次病,这个次数怎么计算?我们是指因病程去医院的次数,一个连续病程算一次。例如,这个孩子感冒了,医生让他连着 3 天到医院打针,那么这个就算 1 次。再比如,这个孩子他感冒连续打了 3 天针,回家躺了 2 天好了,过了没多久大概 1 个星期吧不小心又感冒了,又去了一次医院,那么我们想想是去了几次呢,这里面我们就算 2 次了。所以大家对于次数的计算要清楚,要详细地询问受访者。

- **工作**

参见成人问卷讲义。

- **报酬**

关于报酬,是指以津贴、劳务、薪酬、实物等方式支付的物质酬劳;不包括非物质的报酬,比如"荣誉"就不算了,凡是物质的,比如说过年发了几箱饮料、几箱油,这些都叫报酬。

- **业余爱好、游戏和消遣活动与使用互联网娱乐**

参见成人问卷讲义。

- **饮食次数**

参见成人问卷讲义。

- **抽烟**

接下来我们来看关于抽烟这个词的定义,按照通常的理解,好多人觉得抽上几支才算抽烟,在少儿问卷里是这样定义的,只要把香烟叼在嘴里点燃过,就算。比如说有的孩子春节的时候点支烟,叼在嘴里出去放鞭炮,那么这个就算他抽烟了,这一点一定要注意。

以上介绍了容易引起歧义的词语和题目,在问卷里面,这类的词语还有很多,希望访员们多花些时间来熟悉问卷,尤其是重点看帮助文件和访员注意里面的说明。

9.5 问卷中的难点

接下来我们归纳一下少儿问卷中的难点。

第一个难点是关于不愿意合作的问题。

我们要再一次声明保密条款,跟父母讲我们的数据只做汇总分析,不会涉及个人的信息,而且少儿问卷反映的数据信息对于国家的教育改革这方面非常有意义,对于政府在保障少儿身心健康方面的投入也会有参考价值,接着我们还会跟父母讲这里的题目比较简单,只要根据少儿的实际情况回答就可以了。有些父母会担心只有孩子来回答问卷的时候会有一些不安全的因素,那么我们访员一定要跟父母讲清楚,凡是要求少儿自己回答的问题,我们会首先征得父母的同意,并且要求父母在场,这一点希望耐心地和受访者讲清楚,争取他们的合作。

第二个难点是跳问比较复杂。

对待跳问复杂,希望访员事先理解其中的逻辑关系,虽然 CAPI 系统会自动跳转,但是如果访员事先不熟悉问卷跳转的逻辑,那么也会影响采访。

第三个难点是有些题目的条目很多。

在少儿问卷中有许多主观题,我们会遇到条目众多的问题,对于这种情况,一方面我们要求给受访者出示卡片,让受访者读着卡片来回答问题,这样有助于受访者思考,也可以节约一些时间。另一方面,我们也要求访员一定要有耐心,要逐条地一个一个来询问受访者,不要觉得条目众多就想偷工减料,这些题目都是质量督导重点监测的题目。

第四个难点是会遇到一些敏感问题。

少儿问卷里有一些题目比较敏感。例如,询问少儿去年有没有去过KTV 唱歌、去 Disco 舞厅、有没有抽烟、有没有恋爱,少儿会觉得回答这些问题有压力,不想让家长或者外人知道这些情况,他很有可能不敢答,或者不愿意回答,遇到这些题目怎么办?我们就出示卡片,让孩子直接回答选项的代码。我们在问卷中的提问方式是"去年你有没有参与以下活动",这个时候少儿只要回答 5 或者 1 即可。那么家长也不知道 5 是什么,1 是什么。孩子就不会感觉压力那么大了。大家一定要注意,遇到敏感问题出示卡片,让受访者回答选项的代码。

最后一个难点是专业用语的难度。

问卷里面有很多专业用语,例如,"看病"、"医院"、"抽烟"等,受访者会有自己的理解,但是我们的问卷中有专门的定义,希望大家事先能够理解这些概念的含义,在访问过程中要随时参照帮助文件中的说明,关键是要解释给受访者听。如果在访问过程中遇到一个词受访者不理解,而帮助文件中没做任何的说明,那么访员要对受访者说:"请您按照自己的理解来回答。无所谓对错之分,按照你的想法来回答就好了。"大家不能按照自己的想法去解释,那样会破坏中立的原则,这一点希望大家能够重视。

9.6 特别注意的原则

最后我们要归纳一下在访问当中应该特别注意的原则。

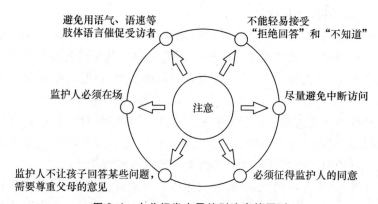

图 9-4　少儿问卷中需特别注意的原则

第一原则是,在访问 10—15 岁的少儿时,必须征得监护人的同意。按照未成年人保护法的规定,我们只有在征得监护人同意的情况下才能开始访问。如果这个家长说了,"我不想让我的孩子回答,坚决不同意孩子自己回答问卷",那么这种情况怎么办?我们要求访员们尽可能努力去说服家长,如果家长实在不同意,那么就不要访问这个孩子了,也就是说少儿问卷的后半部分就不要访问了。还有一种情况,有的家长会说"我坚决不会让我的女儿回答你的问题,如果你要问,那么全部由我来回答",这种情况下能不能父母代答本该由孩子自己回答的那部分问卷呢?我们要求父母不能代答应该由孩子自己回答的那部分问卷,因为这里面有大多数题目都是询问孩子和同学交往的情况、他的心理情况、他的态度和价值观方面的情况,父母是不能代替他的,希望这一点大家能够引起注意。

第二个原则是要求必须有监护人在场。如果家长同意我们访问家中的 10—15 岁的孩子,那么我们还要请求父母在场。"在场"不一定是指在同一个房间,我们希望少儿自己回答问题的时候不受家长的干扰,因此可以委婉地请家长到隔壁的房间,或者请家长在房间里忙自己的工作,不要坐在孩子旁边等等。有一种情况需要注意,例如:访员事先征得了父母的同意,但是当时孩子不在家,第二天,访员到了受访者家之后,发现父母都在地里干活呢,就这个小孩子在院子里和邻居家孩子玩,这个时候能不能访问这个孩子呢?答案是不能做访问,要等到父母回来之后再做访问。有时候访员会觉得这个原则有些过于僵硬,但是我们一定要遵守法律规定,遵守我们的原则,即在访问 10—15 岁少儿的时候,必须征得监护人的同意,并且保证访问过程中有监护人在场。

第三,监护人不让孩子回答某些题目时要尊重监护人的意见。在访问过程中,有些家长可能反对孩子回答某些问题,这个时候访员要耐心地说服家长,如果说服不了的话,要尊重父母的意见,但是要尽量避免中断访问,尽可能接着访问后面的问题。访员可以说:"这些题目如果您实在不愿意孩子回答的话,我们可以略过去,接下来您看看这些题目都很简单,例如问问孩子的身高啊,饮食状况啊,可以吧?"这个时候,可能家长会同意接着访问。总之我们要尽可能地访问到所有的题目。

此外,要避免用语气、语速等肢体语言来催促受访者,不要轻易接受"拒绝回答"或"不知道",要尽量避免中断访问等原则,也是需要格外注意的。

以上是有关少儿问卷的一些基本情况和需要注意的问题,希望访员们在入户之前,一定要熟悉问卷、熟悉帮助文件和访员的注意事项。

第十讲
调查执行程序

调查执行是一个多部门多人员共同配合的工作，也是一个按流程逐步进行的工作。在这个过程中，需要各部门之间进行紧密的沟通和合作，也需要及时对各种紧急情况进行全面的了解和处理。

10.1 调查执行流程概述

调查执行从流程上看可以分为三个阶段：第一个阶段主要由执行部门的各位访员完成。访员通过事先预约或者直接登门到受访者家中进行计算机辅助的个人面访，完成访问或中断访问后，及时将数据上传至调查中心服务器。第二个阶段由核查部门完成。核查部门在收到访员上传数据后，进行多种手段的数据核查，包括电话核查、录音核查、实地核查、软件回放核查、采访用时和无回答率核查等，并及时将核查结果反馈给执行部主管。第三个阶段由执行部门完成。执行部主管在收到质量核查部门的反馈后，将核查结果一一通知省区督导、指导督导完成与有质量问题访员的沟通和指导工作、并对违反访员规范和作弊的访员进行警告或取消访问资格。具体流程请参看下图：

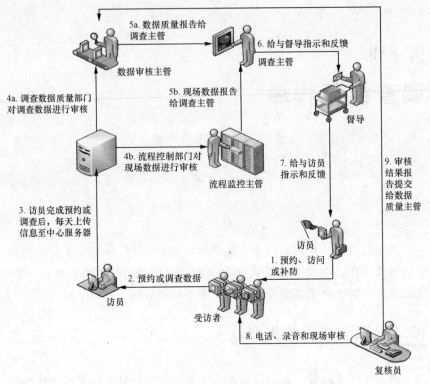

图 10-1 调查执行流程

10.2 访问标准化流程

10.2.1 与样本村/居委会取得联系

在和受访家庭接触前,首先要和样本村/居委员会取得联系。访员要亲自到样本村/居委会办公地点,把《致村/居委员会的一封信》交给村/居委会负责人并提交个人的身份证、访员证等有效证件。在拜访村/居委员会负责人时,要表现出作为一名专业访员的姿态和素质。这样可以有效获得在样本村/居进行访问的合法性,也有利于借助村/居委会的力量来打消受访家庭的疑虑。此外,可以将受访家庭名单提交给村/居委会领导,并以付酬的方式请对方给予指路、带路、带入户、劝说受访家庭接受访问的帮助。

10.2.2 建议拜访受访家庭的合适时间段

研究表明晚间是和住户取得联系的最有效的时间段,特别是那些很少在家的人,周末是其次有效的时间段。

星期天—星期四的晚上　　　晚上 6 点—晚上 9 点

星期五—星期六的晚上　　　晚上 6 点—晚上 9 点

星期六和星期天全天　　　　上午 9 点—晚上 6 点

星期一—星期五的白天　　　上午 9 点—晚上 6 点

总的来说,如果不确定能和住户取得联系的最佳时间,在实际操作中,晚上拜访是最经常使用的,其次是周末访问,最后是工作日联系。

10.2.3 开场白

良好的初期接触、正确地介绍自己是访问工作成功的一半。自我介绍时,首先要在一两句话中表明身份、说明来意,语速不宜过快但要流畅,声音要清晰,音量要适中。初次见面,说话一定要温和客气,有礼貌。自我介绍的同时递上身份证和访员证以表明身份和诚意,解除受访者的戒心。对于受访者的质询应着重解释调查什么、调查的目的、保证其提供资料的保密性。在最初几分钟的接触中,必须使受访者明确以下四点:

* 您是一个专业的访谈者;

* 您在为一家合法而且有着良好声誉的机构工作,并因此与受访者接触;

* 您在收集重要且有价值的研究数据;

* 受访者的参与对研究的成功是至关重要的。

下面提供一个自我介绍的示范:

* 您好,我叫×××,我是××的访员。我们正在进行一项非常重要的研究,叫××××××调查。这是××(机构名)为每个受访家庭专门写的《致受访者的一封信》,让我向您简单地说明一下。

调查中心会给每个受访家庭提供一封《致受访者的一封信》,由访员代为转交。在该信中会详细介绍机构性质和运行情况、此调查项目的目的和进展、访员的基本情况、对受访者付酬的标准等。需要访员在开场白过程中适时地将该信交给受访者,以起到打消受访者顾虑、帮助访员获得受访者信任的作用。

10.2.4　打电话到调查中心确认受访者信息

在受访者同意接受调查访问后,访员应该第一时间拨打长途免费400电话到调查中心,跟中心值班人员确认受访者的姓名、家庭住址、家庭或个人电话(没有电话可以提供身份证号码)。以此来保证访员访问正确的受访家庭并起到监督访员的作用。调查中心值班人员需要实时记录访员的确认信息,并保持 24 小时值班。

10.2.5　保密申明以及录音征询

在开始正式访问之前,访员需要将调查中心同意印制并盖章的《保密申明》交给受访者。本申明的目的在于向受访者庄严保证:调查中心将严格遵守《中华人民共和国统计法》以及其他相关政策、法规。受访者所提供的任何信息,在未获得本人许可的前提下,将绝对保密,绝不向任何第三方泄露。科学研究、政策分析以及观点评论所发布的信息,是大量问卷的汇总信息,而非受访者个人、家庭、社区的案例信息,不涉及个人、家庭、社区信息的泄漏。调查中心的访员是经过严格训练并了解相关法律知识,是专业的、素质良好的、值得信任的。

进入访问管理系统后,程序设定自动打开录音设备,此时,访员必须征询受访者的意见,具体问法如下:

- 访员:"北大为了了解我们的调查情况,要求我们统一录音,不过您放心,所有录音资料都绝对保密,请问现在能开始录音吗?"
- 受访者:"录音安全吗?"
- 访员:"这个您放心,我们一定会保护您的信息,绝不会泄漏任何访谈信息。"
- 受访者:"有必要录音吗?"
- 访员:"这是北大统一要求,主要目的是确保访谈质量,也有助于您的意见顺畅表达。"
- 受访者:"不行,录音我就不接受访问。"
- 访员:"您放心,我们对于调查信息的保护规格比您想象的更严格,我们切实保护受访者的利益,录音资料也不例外,请您放心,我们可以尝试录音看看,若不妥我们再换其他方式,好吗?"

访员应该尽力争取受访者接受录音,如果受访者同意录音,需要请受访者签署一份《录音知情同意书》,并在调查结束后由访员统一寄回中心作为备案。如果受访者坚持不想录音,访员应及时将录音程序关掉,以尊重受访者的个人意愿和隐私,不能在受访者不知情的前提下偷偷录音。

10.2.6 提问

由于调查采取的是计算机辅助的个人面访,所以在访问的时候需要访员和受访者面对面而坐。在整个访谈过程中,访员应该按照电脑屏幕显示的问题,完整、按顺序地进行提问。考虑到受访者的语言习惯,访员所用的语言尽量做到通俗化、口语化、地方化。问题提出之后,应该给受访者留出足够长的思考时间,不要急于得到答复。在访问的过程中,始终应该保持中立的态度进行提问。访谈过程中除了提问和听取回答外,有时候还需要访员做出必要的解释和追问。解释和追问实际上是提问的补充和延续,是访谈不可缺少的一部分。

10.2.7 赠送受访者酬金

考虑到受访者喜好的不同和访员的携带问题,对受访者参与调查访问的酬谢采用现金支付的方式进行。访员需要按照该村/居既定的受访者酬金标准计算该家庭户或该受访者应该得到的受访者酬金总额,足额发放给受访者,并请受访者按照固定格式填写劳务表。为了不给受访者造成找零麻烦,访员需要事先到银行进行零钱兑换,保证足额发放受访者酬金。

10.2.8 传输数据

每个访员都必须要养成每天上传数据的习惯,这是保证数据安全、受访者信息安全和访员访问成果的关键步骤。由于采用的是计算机辅助的面访,所有调查数据都存储在电脑中,如果不及时上传数据,万一发生笔记本丢失、损坏,则大量的调查数据将会丢失,这对于调查执行而言无疑是最无法挽回的严重事故。所以在执行过程中要求每位访员每天上传已经完成访问或访问中断的数据,以保证数据的安全性。同时,及时上传数据对于督导和执行部主管真实了解执行进度、把握执行节奏也是非常重要的。

10.2.9 与督导沟通

在执行过程中,每个访员都有对应的中心督导。中心督导的主要工作包括:随时解答访员的各种疑问、帮助访员解决各种实地执行的困难和问题、管理访员进度、进行访员间的支援和调配管理、控制访问进展节奏。

访员在进行实地访问过程中需要保持跟中心督导的紧密联系和沟通,遇到访问中的问题和困难要第一时间告知督导,最迟三天跟督导汇报一次访问进度,并根据实地情况对访问系统和访问流程提出建议。

10.2.10 记录工作日志

每个访员都会有一个调查中心办公系统的账号,能够和调查中心工作人员一样共享办公系统。在这个办公系统中,所有工作人员和访员都可以相互发内部邮件、共享文件、参与论坛讨论、记录并共享工作日志。记录工作日志是访员非常重要的工作之一,通过工作日志可以帮助访员记录每天的工作进展、总结访问中的问题,并积累经验以供自己或他人分享。具体的工作日志记录模式可以参照以下格式:

工作描绘:

  访问××村的××家,完成家庭问卷和2份成人问卷;

工作困难以及如何应对:

  刚开始的时候住户都会对我们的身份表示怀疑,但是只要我们拿出自己的证件,以及中心给我们准备的资料,解释清楚调查的目的,受访者都会很配合的,特别是在看完《致受访者的一封信》之后。

工作心得:

  有时候会在访问了其他家庭成员之后,发现之前访问的家庭成员在某些问题的回答上是有所隐瞒的,今后在访问的时候,一定要和受访者确认一下答案,特别是在一些敏感性问题上。

10.3 调查中心提供的访问辅助材料

为了协助并方便访员顺利进行访问,中心为每位访员准备了一个资

料袋,有八种辅助访问的材料:

- 给村/居委会的信

进村/居访问时,访员先到村/居委会,出示由中心提供的《致村/居委会的一封信》,请村/居委会干部协助确认、查找、和通知受访家庭。

- 给受访者的信

初次登门时,交给受访者由中心提供的《致受访者的一封信》,并请受访者认真阅读。

- 留言条

根据以前实地调查的经验,此次调查特意设计了统一格式的留言条,每张 A4 纸上可以打印六个小留言条,背面是不干胶,可以在受访者不在家的情况下撕下一条贴在受访者的门上,由于留言条背面的胶是经过特别选择的,不会对受访家庭的门或者墙造成损害。留言条上用简练的语言介绍调查项目和付酬访问规则,并将访员的信息告知受访者。

- 宣传折页

宣传调查中心的项目、人员、历史和发展,方便受访者保存,并能够起到宣传的作用。

- 保密申明

向受访者表明此次访问的保密性、正规性、严肃性的文件,交由受访者保存。

- 访员证

每位访员都有由中心统一制作的带有访员照片和中心盖章的访员胸卡,访员在每次访问时都需要佩戴,以表明身份并获取受访者的信任。

- 录音知情同意书

在获取受访者同意录音的许可下,请受访者签署的文件,在调查结束后由访员寄回中心进行备案和保存。

- 劳务发放表

访员向每位受访者发放酬金的时候,需要按照规定格式填写劳务发放表,作为调查中心向学校财务报销账的凭证。

附录

附录1

2010 年 CFPS 访员培训脚本设计大纲

1 号家庭

用于课堂练习及课后作业

- **住房结构**

浙江城乡结合部私家住宅小楼

- **住户结构**

一家人,一个客人,一个租房人

- **家庭结构:**

三代 5 口之家:

爷爷:周家业(67 岁,1943-10-15,丧偶,文盲,务农)【成人作业】

父亲:周振兴(42 岁,1968-08-03,高中,在婚,在广东打工,离家 9 个月)

母亲:王小清(39 岁,1971-01-12,在婚,初中,务农)

叔叔:周振业(31 岁,1979-04-08,离婚,硕士,在浙大读博士生,住在家里)【成人课堂练习首选样本】

女儿:周丹(15 岁,1995-03-18,小学,初中学生)

【少儿课堂练习首选样本】

- **住宅、住户过滤、家庭成员问卷课堂练习首选案例**

1. 爷爷接待的访员并回答住户过滤问卷,母亲为家庭成员问卷及家庭问卷的回答人。

2. 叔叔在家居住,属于家庭成员;

3. 设计一个同灶吃饭的朋友的孩子李四,在家居住时间超过 6 个月;

4. 设计一个租房人张元,独身、不同灶吃饭,到本村 4 个月;

5. 家庭设计为重组家庭,之前母亲王小清的一个孩子判给男方。

- **家庭课堂练习首选案例**

- **家庭案例背景:**

家庭背景:贫困家庭,有务农有外出打工,居住在城乡结合部,经历过拆迁,目前无住房,租房生活。领政府补助。

家庭人员背景:爷爷务农,父亲外出打工,母亲务农,女儿读初中。叔叔为大学生在读博士,离婚。

- **成人课堂练习首选案例**

周振业(31 岁),无子女,父亲健在(住在家里),母亲去世,离婚,上学(上博士研究生)。

- **成人作业样本案例**

爷爷:周家业(67 岁),有子女,务农,父母双亡,丧偶,文盲。

- **少儿课堂练习首选案例**

女儿:周丹(15 岁),初中学生。

2 号家庭

用于课堂练习及课后作业

- **住房结构**

上海一富人小区独栋别墅

- **住户结构**

一家人

- **家庭结构**

两代 3 口之家

父亲:吴荣祖(37 岁,1973-06-08,本科,在婚,私营企业主)

母亲:王兰(37 岁,1973-09-10,本科,在婚,家庭主妇)

儿子:吴宝(10 岁,2000-01-01,文盲/半文盲,小学生)【少儿作业】

- **住宅过滤、住户过滤、家庭成员问卷课堂练习案例**

家庭成员问卷案例补充信息：

1. 母亲接待的访员，并成为家庭成员问卷的回答人。

2. 设计家里雇佣有 2 个保姆，但只有一个保姆在家里居住时间在 6 个月以上。

3. 设计舅舅王耀华在该家庭居住时间不满 3 个月。

4. 家庭问卷的回答人为父亲吴荣祖。

- **家庭课堂练习备选案例**
- **家庭案例背景：**

家庭背景：非常富裕家庭，有家族企业，多套住宅，多个保姆。

家庭人员背景：父亲家族企业经营者，母亲家庭主妇，儿子小学生。

- **少儿作业案例：**

儿子：吴宝(10 岁)，小学生。

3 号家庭

用于课后作业及备用

- **住房结构**

甘肃普通农家小院

- **住户结构**

一家人，一个租房人

- **家庭结构：**

三代 5 口之家：

奶奶：吴兰英(68 岁，文盲，1932-10-31)

父亲：张建国(40 岁，小学毕业，1960-11-07)

母亲：宋淑玉(38 岁，小学毕业，1962-05-16)

儿子：张宁(14 岁，初中一年级，1996-08-08)

女儿：张静(19 岁，待业，1987-12-05)

- **住宅过滤、住户过滤、家庭成员问卷作业案例**

1. 没有分家。

2. 母亲接待的访员，并成为家庭成员问卷的回答人。

3. 舅舅两个月前到家里居住,经济上有联系。

4. 3 个月前房子租了一间给刚来本地的外来打工女刘琴。

5. 母亲宋淑玉为家庭问卷回答人。

- **家庭作业案例**
- **家庭案例背景:**

家庭背景:农民家庭,较贫困,住在偏远山区,有养殖有外出打工,经历过土地征用,家中为自建房。

家庭人员背景:奶奶生病在床,无补助;父亲外出打工;母亲务农并且在家养猪,儿子读初中;女儿辍学在家帮妈妈养猪。

4 号家庭

用于住宅/住户过滤练习

- **住房结构**

北京某小区居民住宅小区内的普通住宅

- **住户结构**

不同住的两代 3 口之家

父亲:李远

母亲:王红

儿子:李靖

- **住户过滤问卷课堂练习案例**

一个小区之内有两套房子,父母住一套,儿子住一套。

1. 我们抽中的房子是儿子住的那一套,所以住户过滤问卷的回答人是儿子。

2. 儿子李靖未婚,薪水自己管理,房子的房贷由父母代为偿还,偶尔回家吃饭。

5 号家庭

用于住宅/住户过滤课堂讲解

- **住房结构**

浙江杭州地区的商住两用房

- **住户结构**

经理夫妻 A;员工夫妻 B;经理的小舅子;职员 C。

- **住户过滤问卷课堂讲解案例**

经理夫妻 A:妻子 1 个月前来义乌,住在公司;

丈夫一年前租下本处房子开办公司。

员工夫妻 B:夫妻 9 个月前一起来公司上班,住在公司。

经理的小舅子:单身,每个月往家寄钱,一年前到该公司工作,一直住在公司。

职员 C:自给自足,4 个月前到公司工作,住在公司。

6 号家庭

用于访员测试

- **家庭结构**

三代 5 口之家:

爷爷:郑家宝(71 岁,1939-03-27,在婚,初中,退休工人)

奶奶:王梅(69 岁,1941-12-05,在婚,文盲/半文盲,家庭主妇)

父亲:郑邦明(46 岁,1964-06-29,在婚,初中,外出打工)【成人测试】

母亲:罗晓荣(45 岁,1965-04-08,在婚,小学,务农)

女儿:郑中(10 岁,2000-09-17,文盲/半文盲,小学生)【少儿测试】

- **住宅过滤/住户过滤/家庭成员访员测试确认案例**

家庭成员问卷案例补充信息:

1. 保姆首先接待访员;

2. 爷爷为家庭成员问卷回答人;

3. 一个租房的人王亮,不同灶吃饭;

4. 一个在家居住 3 个月的保姆,照顾老人生活;

5. 在家庭成员问卷中老人称自己还有个小儿子在外地已婚;

6. 母亲罗晓荣为家庭问卷回答人。

- **家庭访员测试案例**

- **家庭案例背景:**

家庭背景:普通家庭,有自建房,老人退休,中年人外出务工,年轻人读书。

家庭人员背景:爷爷退休,领退休金;奶奶家庭主妇;父亲外出务工,第二次访问时返乡;母亲务农;女儿读小学。

- **成人访员测试案例:**

父亲:郑邦明(46 岁)

1. 成人案例背景:

46 岁,有子女,父母健在,住在家中,在婚,不上学。第一次登门时在广东打工,第二次登门时已经回家常住。

- **少儿访员测试案例:**

女儿:郑中(10 岁),小学生。

附录 2

脚本案例:1 号家庭住宅/住户过滤课堂讲解脚本

Trainer:	注意在住宅过滤中选择 1 号家庭进行练习。
Trainer:	注意强调所有的样本条都有相应的用途,应该根据课堂上督导的指引,选择相应的样本进行练习。

- ● **住宅过滤**

Trainer:	从住宅过滤开始练起,假设第一次村委会干部说知道是商住两用的。
Trainer:	访员此处应该选择了"7001"住宅,并且信息来源选择"村/居工作人员"。
Trainer:	向访员解释样本完成"住宅过滤"后会进入完成,并且在"住户过滤"中生成样本。

- ● **住户过滤**

Trainer:	第一次登门,家里没有人在,留下留言条;
Trainer:	"联系记录"插入练习,应该选择"1301";
Trainer:	强调即使没有联系上也需要插入"联系记录",但不需要完成"联系情况观察"。
Trainer:	假设问卷的回答人是爷爷,周家业

Tape1

访员注意:在正式访问开始之前,请询问受访者是否同意录音。

1. 同意

5. 不同意

R：为什么要录音？

IWER：[这个录音不做其他用处，只为核查我们工作的真实性。]

Trainer：访员一定要向受访者以提问的方式征求录音同意。

R：那好吧。

Value：1（同意）

SCR1　Screening. SCR1

请问，这儿属于居民住宅或是商住两用住宅？

1. 是
5. 否

Value：1（是）

SCR101　Screening. SCR101

请问，这个地址内住了几户人家？

R：这里只住我们一户人家

IWER：[那您家是否有外人居住或出租房屋呢？]

R：有，我们租了一间

IWER：[那个租房的人和你家有经济联系吗？]

R：他交房租给我们

IWER：[那您这应该是两户人家]

Trainer：（1）要求访员首先要追问是否有非家庭成员居住在这个家庭里；
（2）其次判断房屋内居住的各户是否有经济联系，以此确定户数。

Value：2

SCR2　Screening. SCR101FollowUp. SCR101FollowUp[1]. SCR2

请问您是一个人住吗？

1. 是
5. 否

Value：5（否）

SCR204 Screening. SCR101FollowUp. SCR101FollowUp[1]. SCR204

请问,与您住在一起的是您的家人吗？

1. 是

5. 否

Value：1（是）

SCR3 Screening. SCR101FollowUp. SCR101FollowUp[1]. SCR3

您家是否有人拥有中国国籍(除港、澳、台)?

1. 是

5. 否

Trainer：我们只需要一户家庭有一个人是中国国籍即可

Value：1（是）

SCR4 Screening. SCR101FollowUp. SCR101FollowUp[1]. SCR4

到目前为止,您家最早到这个村/居居住的人,居住时间超过 6 个月了吗?

1. 是

5. 否

Trainer：我们需要注意一定是在该村/居内居住的时间,不包括本县市其他村/居居住的时间。

Value：1

SCR5 Screening. SCR101FollowUp. SCR101FollowUp[1]. SCR5

您家户主的姓名是：

Value：周家业

SCR6 Screening. SCR101FollowUp. SCR101FollowUp[1]. SCR6

在本村/小区内,除本处住址/宅外,您家还有其他住址/宅吗?

访员注意：不论是否有所有权,只要有居住权就算。租来的房子也算,租出去的房子不算。

1. 有

5. 没有

Value：5（没有）

SCR7　Screening. SCR101FollowUp. SCR101FollowUp[1]. SCR7

请问,在国内,除在本村/小区的住址/宅以外,您家还有其他住处吗?

访员注意：不论是否有所有权,只要有居住权就算。租来的房子也算,租出去的房子不算。

1. 有

5. 没有

Value：5（没有）

Trainer：因为涉及房屋拥有情况、居住时间等方面的信息,因此在询问一个住宅内有多个住户的情况下,需要分别提问每个住户。

Trainer：以下询问租客的信息。

SCR2　Screening. SCR101FollowUp. SCR101FollowUp[2]. SCR2

请问您是一个人住吗?

1. 是

5. 否

Value：1（是）

SCR201　Screening. SCR101FollowUp. SCR101FollowUp[2]. SCR201

请问您还有其他家人吗?

1. 有

5. 没有

Value：5（没有）

SCR301　Screening. SCR101FollowUp. SCR101FollowUp[2]. SCR301

请问您是否拥有中国国籍(除港、澳、台)?

1. 是

5. 否

Value：1（是）

SCR4　Screening. SCR101FollowUp. SCR101FollowUp[2]. SCR4

到目前为止,您家最早到这个村/居居住的人,居住时间超过 6 个月了吗?

1. 是

5. 否

R:我到这个县城打工已经两年多了

IWER:[那您到这个村子住了多长时间呢?]

R:我到这个村子已经快半年啦

IWER:[那您在这个村子居子超过 6 个月了吗]

R:没有,刚 4 个月

Value：5（否）

Trainer：注意是在这个村/居内。

Final2　Screening. SCR101FollowUp. SCR101FollowUp[2]. SCR-Final2

非常感谢您对我们工作的配合,但我们今年要访问的对象是在本村/居居住满 6 个月的住户。希望下次有机会能访问您,多谢!

请按"1"和回车键继续。

1. 继续

Value：1（继续）

SCRConfirm　Screening. SCRConfirm

请确认满足条件的住户

　　周家业(爷爷)

如果不对,回前面去修改。

访员注意:以上家庭信息确认后,系统将进入随机抽取家庭程序,所有之前输入信息将不允许修改。请务必仔细确认!

1. 继续

Trainer:	要求访员核实满足条件的住户是否正确,符合访问条件: (1) 家庭户,(2) 中国国籍,(3) 在本村/居住时间在 6 个月以上。 租房人虽然属于家庭户,因在本村/居住时间不满 6 个月,所以被排除。
Trainer:	判断是否符合条件的工作由计算机程序替我们完成,访员最主要的工作 是要在最开始根据经济联系的情况判断好住户数。在这个案例中租房 人因为和主人没有经济联系,所以应该算作两户。

Value：1（继续）

SCRFinal3　Screening. SCRFinal3

周家业,您是我们抽中的受访家庭,我们将通过问卷访问的形式对
您家的情况作一个全面的了解,非常感谢您对我们工作的理解和支持。

请按"1"和回车键继续。

1. 继续

Value：1（继续）

IWComplete　IWComplete

祝 贺 你, 你 完 成 了 访 问!

请 按 "1" 和 回 车 键 继 续。

Value：1

Trainer:	(1) 需要向访员解释退出访问系统一定会进入地址核对,由于已经完成 　　了住户过滤,因此需要将地址、电话信息补充完整; (2) 退出访问系统需要手动插入"1001"联系结果代码; (3) 向访员展示样本进入到"住户过滤的完成"并且在"家庭成员问卷" 　　中生成相应的条目。

附录3
村/居问卷

中国家庭动态跟踪调查
村/居问卷

初访 2010 年

中国家庭动态跟踪调查说明

中国家庭动态跟踪调查旨在通过对全国样本家庭及其成员的调查，搜集个体、家庭和村/居层次的多时点信息，获得中国社会发展与变迁的资料，为社会提供有效的信息来源，为学术研究提供系统科学的数据源，为政府政策决策提供科学依据。

为获得准确的数据，请您依据实际情况，回答访问员提出的问题。如果因此对您的生活和工作造成不便，我们深表歉意，请您理解和帮助我们工作。

根据《中华人民共和国统计法》第三章第十四条，在未获得您许可的前提下，我们会对您所提供的所有信息绝对保密。科学研究、政策分析以及观点评论中发布的是大量问卷的信息汇总，而非您个人、家庭、村/居的案例信息，不会造成您个人、家庭、村/居信息的泄漏。

本轮调查为第一轮探索性跟踪调查，所有调查人员和督导人员都已经接受过严格的职业培训，了解《中华人民共和国统计法》、《中华人民共和国保密法》、《中华人民共和国刑法》的相关内容,并严格遵守相关法律。

参与本轮调查的所有访问员和督导员都佩戴北京大学统一核发的证件,如果您对访问员的身份有任何疑问,欢迎您随时拨打电话:010-62767908 进行核查。

非常感谢您的支持和帮助!

北京大学

2010 年 3 月

A 部分

A0 请访员记录<u>现在</u>所在的是居委会还是村委会?

1. 居委会　　5. 村委会

A1 请问您在本村/居的职务是:

1. 主任　　2. 会计　　3. 书记　　4. 支部委员/社区干部

77. 其他【请注明】_____

A101 请问您的姓名是_____

A2 请问您是否在本村/居居住?

1. 是　　　　　　5. 否

F1:"在本村/居居住"是指受访者居住在样本村/居。通常指家庭的居住地址属于本村/居。无论受访者家庭住址是否在样本村/居,只要受访者本人在样本村/居有专门的住址,且受访者在过去的 3 个月内在此居住的时间超过一半,则选择"是";否则,选"否"。

A3 您村/居地界内是否有以下设施?【可多选】

访员注意:不论所有权是否属于村/居,只要在地界范围内就算有。

1. 小商店/小卖部/百货店　　2. 幼儿园　　3. 小学

4. 医院/医疗点　　5. 药店　　6. 庙宇/道观　　7. 家族祠堂

8. 教堂/清真寺　　9. 老年活动场所/老年社区服务机构

10. 敬老院/养老院　　11. 体育运动场所　　12. 儿童游乐场所

13. 村/居务公告栏　　14. 举报箱　　15. 社区网站

F1:(1) "家族祠堂"是指家族公共聚会的场所,也是家族供奉祖先牌位的地方。

（2）"儿童游乐场所"是指具有儿童玩耍设施（如滑梯）的场所。

【CAPI】针对 A3 选择的除"13"外的选项,分别提问 A301。

A301 您村/居地界内有多少个"＊＊＊（A3 选项）"？_____个

【CAPI】针对 A3 选择"13",提问 A302。

A302 您村/居务公告栏张贴以下哪几方面的内容？【可多选】

1. 医保相关　　2. 低保相关　　3. 计划生育相关　　4. 财务相关

A4 您村/居的行政区划面积是多大？_____平方米/平方公里/亩

F1:"行政区划面积"指民政机构认定的村/居地理区域面积。

A5 您村/居做饭用水的**最主要**水源是:

1. 江河湖水　　2. 井水/山泉水　　3. 自来水

4. 矿泉水/纯净水/过滤水　　5. 雨水　　6. 窖水　　7. 池塘水

77. 其他【请注明】_____

A6 您村/居内,家庭做饭用的最主要燃料是:

访员注意:若有两种或以上主要燃料,就以炒菜的为主。

1. 柴草　　2. 煤炭　　3. 煤气/液化气/天然气　　4. 太阳能

5. 沼气　　6. 电　　77. 其他【请注明】_____

B 部分

B1 去年年末,您村/居总户数是多少？_____户

访员注意:指年末时的实际居住户数。

F1:总户数,指年末时在本村/居居住的所有家庭户的数量。

B2 去年年末,您村/居总人口是多少？_____人

访员注意:指年末时的实际居住人数。

F1:总人口,指年末时在本村/居居住的所有人口。

B201 去年年末,您村/居总人口中有多少是户籍人口？_____人

F1:户籍人口,指户籍在本村/居的人口。

B202 去年年末,您村/居总人口中有多少是常住人口？_____人

F1(通俗):在实际工作中,常住人口主要包括三部分人口,一部分是指非本村/居户籍、在本村/居居住时间满 6 个月或以上的人口,第二部分是指户在人在、不论居住时间的长短,第三部分是指户在人不在、且离开

本村/居不满6个月的人口。

F1(专业):常住人口指实际经常居住在某地区一定时间(6个月以上)的人口。按人口普查和抽样调查规定,常住人口主要包括:除离开本地6个月以上(不包括在国外工作或学习的人)的全部常住本地的户籍人口;户口在外地,但在本地居住6个月以上者,或离开户口地6个月以上而调查时在本地居住的人口;调查时居住在本地,但在任何地方都没有登记常住户口,如手持户口迁移证、出生证、退伍证、劳改劳教释放证等尚未办理常住户口的人,即所谓"口袋户口"的人。

B203 您村/居去年年末总人口中有多少是外来流动人口? ＿＿＿＿人

F1:流动人口,指户籍不在本村/居,却居住在本村/居,但在本村/居居住的时间又不满6个月的人口。

B3 下面我们想了解一下,您村/居常住人口的年龄结构。

F1(通俗):在实际工作中,常住人口主要包括三部分人口,一部分是指非本村/居户籍、在本村/居居住时间满6个月或以上的人口,第二部分是指户在人在、不论居住时间的长短,第三部分是指户在人不在、且离开本村/居不满6个月的人口。

F1(专业):常住人口指实际经常居住在某地区一定时间(6个月以上)的人口。按人口普查和抽样调查规定,常住人口主要包括:除离开本地6个月以上(不包括在国外工作或学习的人)的全部常住本地的户籍人口;户口在外地,但在本地居住6个月以上者,或离开户口地6个月以上而调查时在本地居住的人口;调查时居住在本地,但在任何地方都没有登记常住户口,如手持户口迁移证、出生证、退伍证、劳改劳教释放证等尚未办理常住户口的人,即所谓"口袋户口"的人。

B301 去年年末,您村/居常住人口中0—15岁的人口有多少人? ＿＿＿＿人

B302 去年年末,您村/居常住人口中60岁及以上的人口有多少人? ＿＿＿＿人

B4 去年全年您村/居新出生了多少孩子? ＿＿＿＿人

B5 去年全年您村/居去世了多少人? ＿＿＿＿人

B501 在去年去世的人中有几位是因病去世? ＿＿＿＿人

B6 您村/居是否为少数民族聚集区?

1. 是　　　　　　5. 否

B601 您村/居人口最多的一个少数民族是：_____

C 部分

C1 您村/居是哪年开始执行"低保"政策的？_____年

访员注意：如果该村/居没有执行"低保"政策,则直接输入"-8"。

C2 截至<u>去年底</u>,您村/居共有多少户"低保"家庭户？_____户

C3 <u>去年全年</u>,实际救济了多少户"低保"家庭户？_____户

C4 去年全年,低保户**每人每月**实际的保障标准是：_____元/每人每月

F1："实际的保障标准"是指实际发给低保户的每人每月平均数额。

C501 <u>去年</u>,猪里脊肉价格最高是多少元/斤？_____元/斤

访员注意：如果该村/居是回族或者穆斯林,直接输入"-8"跳过猪肉价格。

F1："里脊肉"指脊背肉,是瘦肉里最好的那部分;部分南方地区也称之为"精肉"。

C502 <u>去年</u>,猪里脊肉价格最低是多少元/斤？_____元/斤

C503 <u>去年</u>,牛肉价格最高是多少元/斤？_____元/斤

C504 <u>去年</u>,牛肉价格最低是多少元/斤？_____元/斤

C505 <u>去年</u>,羊肉价格最高是多少元/斤？_____元/斤

C506 <u>去年</u>,羊肉价格最低是多少元/斤？_____元/斤

C507 <u>去年</u>,鸡蛋价格最高是多少元/斤？_____元/斤

C508 <u>去年</u>,鸡蛋价格最低是多少元/斤？_____元/斤

C601 <u>上周</u>,猪里脊肉价格最高是多少元/斤？_____元/斤

访员注意：如果该家庭是回族或者穆斯林直接输入"-8"跳过猪肉价格。

F1："里脊肉"指脊背肉,是瘦肉里最好的那部分;部分南方地区也称之为"精肉"。

C602 <u>上周</u>,猪里脊肉价格最低是多少元/斤？_____元/斤

C603 <u>上周</u>,牛肉价格最高是多少元/斤？_____元/斤

C604 <u>上周</u>,牛肉价格最低是多少元/斤？_____元/斤

C605 上周,羊肉价格最高是多少元/斤? _____元/斤

C606 上周,羊肉价格最低是多少元/斤? _____元/斤

C607 上周,鸡蛋价格最高是多少元/斤? _____元/斤

C608 上周,鸡蛋价格最低是多少元/斤? _____元/斤

D 部分

D1 您村/居委会有多少临时聘用人员? _____个;

访员注意:不包括志愿者。

F1:"临时聘用人员"指不在村/居委会编制中的临时人员。

D2 您村/居委会有多少专职社工? _____个;

访员注意:不包括志愿者。

F1:"专职社工"是指具有"社工"专业职称如"社工师"、专门从事社区助贫、扶困、济弱的专业人员。

D3 包括上两类人员,您村/居委会共有多少成员? _____个;

访员注意:不包括志愿者。

F1:"成员"指包括村/居委会编制人员、临时聘用人员、专职社工等在内为村/居工作的人员。

D4 您认为你们村/居委会的办公条件怎么样?

1. 很好   2. 好   3. 一般   4. 差   5. 很差

D5 您村/居委会是否有独立的办公地点?

1. 是   5. 否【跳至 D6】

F1:"独立的办公地点"是指仅用于村/居行政工作、不做他用的办公室、办公房、办公楼。

D501 您村/居委会的办公面积有多大? _____平方米

F1:"办公面积"是指村/居办公室、办公房、办公楼的建筑面积,不包括院子。

D6 从村/居委会到每家每户的道路中,有多大比例是土路:_____%

F1:"土路"是指泥巴路,与水泥路、沥青路、沙石路、砖路、石板路相对。

E 部分

E1【访员通过文献或访问】了解村/居的重大事件

E101 截至<u>去年年底</u>,您村/居是否有以下基础设施或经历过以下变革?

1. 通电　　2. 通有线广播　　3. 通有线/卫星电视　　4. 通邮

5. 通电话　　6. 有手机信号　　7. 通公路　　8. 通铁路

9. 通自来水　　10. 通管道燃气　　11. 第一个自办的企业

12. 建第一所医院/卫生所/药店　　13. 实施村/居直接选举

14. 实施村改居　　15. 实施包产到户

F1:(1)"通邮"指有邮递员到达或有邮筒可以寄信。

(2)"通铁路",指村/居附近有车站,可以运货或运人。

(3)"通管道燃气"指家里的燃气灶直接接入天然气管道,而不是用液化气瓶。

(4)"第一个自办的企业"包括村/居集体所有的企业和私营企业。只要是村里人自己办的就算,外人来投资的不算。

(5)"包产到户":联产承包责任制在承包形式上有两种,即包产到户和包干到户。"包产到户"指以土地等主要生产资料公有制为前提,以户为单位承包,包工、包产、包费用。按合同规定在限定的生产费用范围内完成一定的生产任务,实现承包合同指标受奖,达不到承包指标受罚。

E102 您村/居哪年"＊＊＊(加载 E101 选项)"? ＿＿＿＿年

E103 您村/居"＊＊＊(加载 E101 选项)"是在 1978 年之前还是之后?

1. 1978 年之前　　　　5. 1978 年之后

E2 请问您村/居是否属于(接待游人的)风景旅游区?

1. 是　　　　　　　　5. 否

E3 以您村/居委员会办公室为圆心,方圆 5 公里内是否有化工厂、冶炼厂、造纸厂等高污染企业?

1. 有　　　　　　　　5. 没有

E4 最近一次村/居委员会选举是哪一年? ＿＿＿＿年

E401 参加投票选民的比例是多少? ＿＿＿＿%

F1:"参加投票选民的比例"指投票的选民占总选民的比例,也就是

中国家庭动态跟踪调查(2010)访员培训手册

指实际投票的人数除以有投票权的人数。注意,不是除以该社区的总人数。

E402 第一轮选举时的主任候选人的人数是:＿＿＿＿＿＿个

F 部分

F1 历史上,您居委会辖区内商品房的最高价格:＿＿＿＿＿＿元/平方米;

F1:"商品房"指通过市场销售的,能办产权证和国土证,购买者可以自定价格出售的产权房。

F2 上个月,您居委会辖区内商品房的最高价格:＿＿＿＿＿＿元/平方米;

F3 上个月,您居委会辖区内商品房的一般价格:＿＿＿＿＿＿元/平方米;

F1:"一般价格"是指平均价格,也是街头巷尾传说的价格。

F4 您居委会是最近三年内村改居的吗?

1. 是　　　　　5. 否

G 部分

G1(村改居当年)您村委会所在地距最近的集镇有多远?＿＿＿＿＿＿米/里/公里

访员注意:如果村委会所在地就在集镇中,则填 - 8。

G101(村改居当年)用日常交通方式,从您村委会到最近的集镇要花多少时间?＿＿＿＿＿＿分钟/小时

访员注意:如果村委会所在地就在集镇中,则填 - 8。

F1:"日常交通方式"指样本村/居的人到集镇去最常采用的交通方式,如步行、乘车、骑车等。

G2(村改居当年)您村委会所在地距本县县城(市区)有多远?＿＿＿＿＿＿米/里/公里

访员注意:如果村委会所在地就在本县县城(市区)中,则填 - 8。

G201(村改居当年)用日常交通方式,从您村委会到本县县城要花多少时间?＿＿＿＿＿＿分钟/小时

访员注意:如果村委会所在地就在本县县城(市区)中,则填 - 8。

F1:"日常交通方式"指样本村/居的人**到本县县城去**最常采用的交通方式,如步行、乘汽车、乘火车、骑车等。

G3(村改居当年)您村委会所在地距**本省**的省城有多远?　　　　　里/公里

访员注意:如果村委会所在地就在本省省城中,则填 - 8。

G301(村改居当年)用日常交通方式,从您村委会到**本省省城**花多少时间?　　　　　分钟/小时

访员注意:如果村委会所在地就在本省省城中,则填 - 8。

F1:"日常交通方式"是指样本村/居的人**到本省省城去**最常采用的交通方式,如乘汽车、乘火车、乘飞机等。

G4(村改居当年)您村是否属于矿产资源区?

1. 是　　　　　　5. 否

F1:"矿产资源区"是指出产矿产资源如煤、铁、铜等矿产的村。

G5(村改居当年)您村是否属于自然灾害频发区?

1. 是　　　　　　5. 否

F1:"自然灾害频发区"是指每3—5年就发生一次水灾、风灾、干旱、地震等自然灾害的村。

G6(村改居当年)您村是否有以下类型的土地?【可多选】

1. 耕地　　2. 山地　　3. 林果地　　4. 水面　　5. 牧场

F1:"水面"是指河、湖、塘、堰等。

G601(村改居当年)您村**人均**拥有"＊＊＊(加载G6选项)"面积为多少亩?　　　　　亩/人

F1:"人均拥有"是指用本村的某种类型土地平均分摊到**本村户籍人口**的面积。

H 部分

【CAPI】如果 F4 = 1,H部分所有题目题干中"去年"替换为"村改居当年"。

H1 去年/村改居当年,您村**实际**从事农业的劳动力占劳动力总数的比例为:　　　　　%

F1：(1)"实际从事农业的劳动力"指参加农业劳动时间占劳动时间一半以上的劳动力人数。若农业劳动时间不足一半,但以农业为主的也算。

(2)"劳动力总数"指年龄在 16 岁及以上、有劳动能力的所有人数。

H101 去年/村改居当年,所有农业劳动力中女性劳动力所占的比例为:_____%

访员注意:此处指实际从事农业劳动的劳动力中,女性所占的比例。

F1："农业劳动力"同"实际从事农业的劳动力",指参加农业劳动时间占劳动时间至少一半以上的劳动力人数。若农业劳动时间不足一半,但以农业为主的也算。

H2 去年/村改居当年,您村外出打工的劳动力占劳动力总数的比例:_____%

H201 去年/村改居当年,所有外出打工的劳动力中女性劳动力所占的比例为:_____%

访员注意:此处指外出打工的劳动力中,女性所占的比例。

H3 去年/村改居当年,您村的农业总产值是:_____万元/年

F1："农业总产值"指以货币表现的农、林、牧、渔业全部产品的总量。

H4 去年/村改居当年,您村的非农业总产值是:_____万元/年

F1："非农业总产值"指以货币表现的农、林、牧、渔业全部产品以外的总量,通常指各种类型工商业的产值。

H5 去年/村改居当年,您村的年人均纯收入是:_____元/年

H6 去年/村改居当年,您村帮工(建房之类)的价格是:_____元/天

【CAPI】如果 F4 = 1 则跳过 H7。

H7 上个月,您村帮工(建房之类)的价格是:_____元/天

H8 去年/村改居当年,您村有占总户数 10% 或以上的大姓吗?

1. 有　　　　　5. 没有【跳至 J1】

【CAPI】如果 H8 选择"1. 有"则继续提问 H801、H802;否则跳至 J1。

H801 去年/村改居当年,您村占总户数 10% 或以上的大姓有几个?_____个

H802 去年/村改居当年,您村<u>最大</u>姓氏的户数占全村总户数的比例

是：_____%

J 部分

【CAPI】如果 F4 = 1,J 部分所有题目题干中"去年"替换为"村改居当年"。

【CAPI】如果 A3 选择"4",则继续提问;否则,跳至 J3。

J1 去年/村改居当年,您村最大的医疗点的工作面积有多大?_____平方米。

访员注意:如果去年/村改居当年没有医疗点,请录入"－8(不适用)"。

F1:"医疗点"是指有医疗卫生人员和一定医疗设施的全科医疗卫生场所,如综合医院、乡镇卫生院、社区医院、村卫生室、私人诊所,但不包括牙科诊所之类的专科医院及在药店里附带开设的医疗点。

J2 去年/村改居当年,您村共有多少名医疗卫生人员?_____人。

F1:"医疗卫生人员"指在村/居医疗点实际从事医疗卫生工作的人员,包括村医、村医疗点的护士、药剂师等。也包括赤脚医生。

J3 您村是哪年开始新型农村合作医疗的?_____年

访员注意:如果是村改居的情况,在村改居之前没有开始新型农村合作医疗,请录入"－8(不适用)"。

J4 去年/村改居当年,您村参加新型农村合作医疗的人数多少?_____人

J5 您村今年/村改居当年的计划生育政策是一个家庭允许生几胎?_____胎

J6 今年/村改居当年,您村如果一户人家没有儿子,最多允许其生几胎?_____胎

J7 您村今年/村改居当年计划生育超生的处罚金额最低为:_____万元

访员注意:如果罚金小于 0.1 万元(1000 元),记录 0.1。如果不处罚,记录 0。

K 部分

【CAPI】如果 F4 = 1,J 部分所有题目题干中"去年"替换为"村改居当

年"。

K1 去年/村改居当年,您村是否有集体企业?

1. 有　　　　　　　5. 没有【跳至 K2】

F1：集体企业,指村/居集体所有的,由集体经营或承包给个人经营的企业。

K101 去年/村改居当年,你们村集体企业产值是:＿＿＿＿＿＿万元

F1："产值"指以货币形式表现的集体企业当年生产的全部产品的价值。

K2 去年/村改居当年,您村财政总收入为:＿＿＿＿＿＿万元

K201 去年/村改居当年,您村财政总收入中来自村民缴纳的有多少?＿＿＿＿＿＿万元

K202 去年/村改居当年,您村财政总收入中来自村集体经济收入的有多少? ＿＿＿＿＿＿万元

K203 去年/村改居当年,您村财政总收入中来自土地/房屋出租的有多少? ＿＿＿＿＿＿万元

K204 去年/村改居当年,您村财政总收入中来自上级政府补贴、财政返还和其他转移支付的有多少? ＿＿＿＿＿＿万元

K205 除了以上收入外,去年/村改居当年,您村财政总收入中来自其他途径的有多少? ＿＿＿＿＿＿万元

K3 去年/村改居当年,您村财政总支出为:＿＿＿＿＿＿万元

K301 去年/村改居当年,您村财政总支出中,用于村行政支出的有多少? ＿＿＿＿＿＿万元

K302 去年/村改居当年,您村财政总支出中,发放给村民的有多少? ＿＿＿＿＿＿万元

K303 去年/村改居当年,您村财政总支出中,用于公共服务(道路、水、电、煤气、上下水等)的有多少? ＿＿＿＿＿＿万元

K304 去年/村改居当年,您村财政总支出中,用于教育投资(学校等)的有多少? ＿＿＿＿＿＿万元

K305 去年/村改居当年,您村财政总支出中,用于生产投资(农业水利等)的有多少? ＿＿＿＿＿＿万元

K306 您村去年村财政总支出中,用于投资集体经济的有多少?

_____万元

K307 除了以上开支外,您村去年财政总支出中,用于其他方面支出的有多少? _____万元

Y 部分

Y1 访员记录受访者的性别是:1. 男　　5. 女

Y2 您的政治面貌是:

1. 中共党员　2. 民主党派　3. 无党派人士　4. 团员　5. 群众

F1:无党派人士,指没有参加任何党派、对社会有积极贡献和一定影响的人士,其主体是知识分子。除此以外,没有参加任何党派的人,称之为"群众"。

Y3 您的受教育程度:【受教育程度选项简表】

1. 文盲/半文盲　　2. 小学　　　　3. 初中　　4. 高中

5. 大专　　　　　6. 大学本科　　7. 硕士　　8. 博士

Y4 您的出生时间是:_____年_____月_____日

【CAPI】如果 A1 选择"1",则跳至 Y9;否则继续提问。

Y5 请问本村/居主任的性别是:1. 男　　5. 女

Y6 请问本村/居主任的出生时间是:_____年_____月
_____日

Y7 请问本村/居主任的教育程度是:【受教育程度选项简表】

1. 文盲/半文盲　　2. 小学　　　　3. 初中　　4. 高中

5. 大专　　　　　6. 大学本科　　7. 硕士　　8. 博士

Y8 请问本村/居主任的政治面貌是:

1. 中共党员　　　　3. 民主党派　　5. 无党派人士

77. 其他【请注明】_____

F1:无党派人士,指没有参加任何党派、对社会有积极贡献和一定影响的人士,其主体是知识分子。除此以外,没有参加任何党派的人,称之为"群众"。

Y9 请访员记录除了主要受访者外最主要的三个其他受访者?

访员注意:(1) 根据实际情况填写,不一定要填满三个。

(2) 如果除了主要受访者外没有其他受访者,则在姓名 1 处录入

"-8"。

1. 姓名_____   2. 姓名_____   3. 姓名_____

Y901 "加载 Y9 姓名"在村/居的职务是：_____

1. 主任   2. 会计   3. 书记   4. 支部委员/社区干部

77. 其他【请注明】_____

Z 部分

访员注意：以下题目通过自己的观察完成，无须向受访者提问。

Z1 村/居经济状况看起来：很穷—1—2—3—4—5—6—7→很富

Z2 村/居马路的整洁程度：很乱—1—2—3—4—5—6—7→很整洁

Z3 村/居成员的精神面貌：萎靡—1—2—3—4—5—6—7→很精神

F1："萎靡"指精神不振，意志消沉，即通常所说的"没精打采"。

Z4 村/居成员的同质性：混杂—1—2—3—4—5—6—7→很相似

F1："同质性"指村/居成员的社会经济状态差别不大。

Z5 村/居的建筑格局：很乱—1—2—3—4—5—6—7→很整洁

Z6 村/居的房屋拥挤程度：拥挤—1—2—3—4—5—6—7→宽松

Z7 被访村/居的类型：

访员注意：注意区分城镇和郊区。

1. 城市【跳至 Z701】   2. 城镇【跳至 Z702】

3. 农村【跳至 Z703】   4. 郊区【跳至 Z901】

F1：(1) "城市"通常指建制市的人口稠密区，如县级市的市区，地级市的市区。

(2) "城镇"通常指建制县的县政府所在地、乡镇政府所在地。

(3) "农村"通常指以村庄形态出现、主要从事农业生产的人口聚居区。

(4) "郊区"通常指建制市的人口稠密区边缘、行政上属于建制市的人口聚居区。

Z701 请选择一项最能描绘被访村/居具体类型的选项：

1. 棚户区   2. 未改造的老城区（街坊）   3. 工矿企业单位住宅区

4. 机关、事业单位住宅区   5. 经济适用房小区

6. 普通商品房小区   7. 两限房小区   8. 高档商品房/住宅/别墅区

9. 村改居住宅区　　10. 移民社区　　77. 其他【请注明】_____

F1：(1)"未改造的老城区(街坊)"是指历史上就存在的、保留了原有居住格局的地区。

(2)"经济适用房小区"指以"经济适用房"名义售卖的住宅小区。

(3)"两限房小区"指以"两限房"名义售卖的住宅小区。

(4)"村改居住宅区"指原本为乡村,在城市化扩张中被纳入城市,并改为城市社区的住宅区。

(5)"移民社区"指专门用于安置外来移民的社区,如水库移民、贫困移民、山区移民社区。

【CAPI】回答完 Z701 之后,跳至 Z901。

Z702 请选择一项最能描绘被访村/居具体类型的选项:

1. 镇中心商业区　　　　2. 住宅小区

3. 老工业区　　　　　　4. 镇周边的开发新区

5. 镇周边的农业区　　　77. 其他【请注明】_____

【CAPI】回答完 Z702 之后,跳至 Z901。

Z703 请选择一项最能描绘被访村/居地貌特征的选项:

1. 丘陵山区　　2. 高山　　3. 高原　　4. 平原

5. 草原　　　　6. 渔村　　77. 其他【请注明】_____

F1："高山"通常指海拔 600 米以上的山。

Z901 受访者的理解能力:

　　很差—1—2—3—4—5—6—7→很好

Z902 受访者的健康状况:

　　很差—1—2—3—4—5—6—7→很好

Z903 受访者的衣装整洁程度:

　　很差—1—2—3—4—5—6—7→很好

Z904 受访者的外貌:

　　很差—1—2—3—4—5—6—7→很好

Z905 受访者的普通话熟练程度:

　　很差—1—2—3—4—5—6—7→很好

Z906 受访者对调查的配合程度:

　　很差—1—2—3—4—5—6—7→很好

Z907 受访者智力水平：

很低—1—2—3—4—5—6—7→很高

Z908 受访者的待人接物水平：

很差—1—2—3—4—5—6—7→很好

Z909 受访者对调查的兴趣：

很低—1—2—3—4—5—6—7→很高

Z910 受访者对调查的疑虑：

很低—1—2—3—4—5—6—7→很高

Z911 受访者回答的可信程度：

很低—1—2—3—4—5—6—7→很高

Z912 受访者的语言表达能力：

很差—1—2—3—4—5—6—7→很强

附录4

住户过滤问卷

SCR1 请问,这儿属于居民住宅或是商住两用住宅吗?

1. 是【继续提问】   5. 否【跳至"结束语1"】

SCR101 请问,这个地址内住了几户人家? _____户

【CAPI】对每户人家问以下 SCR2—SCR702:

SCR2 请问您是一个人住吗?

1. 是【继续提问 SCR201】   5. 不是【跳至 SCR204】

SCR201 请问您还有其他家人吗?

1. 有【继续提问 SCR202】   5. 没有【跳至 SCR301】

SCR202 请问您在经济上与他们是一家吗?

1. 是   5. 不是【跳至 SCR301】

SCR203 请问,您是否只有一个家人?

访员注意:如果有多个家人,而且各个家人分别住在不同的地方,则选"1. 是"。

1. 是【跳至 SCR301】   5. 否【询问下一户/跳至"结束语1"】

SCR204 请问,与您住在一起的是您的家人吗?

1. 是【继续提问 SCR3】   5. 不是【回头提问 SCR201】

F1:"一家人"指经济上独立的家庭户。如,由已婚的夫妇/父母子女/兄弟姐妹组成的家庭;如果是单身、且经济上不与自己的亲属如父母/祖父母/兄弟姐妹/子女/孙子女合在一起,即经济生活完全独立,也属于一个家庭户;否则就不属于家庭户。

SCR3 您家是否有人拥有中国国籍(除港、澳、台)？

1. 是【跳至 SCR4】　　　　5. 否【询问下一户/跳至"结束语2"】

SCR301 请问,您是否拥有中国国籍(除港、澳、台)？

1. 是【继续提问】　　　　5. 否【询问下一户/跳至"结束语2"】

SCR4 到目前为止,您家最早到这个村/居居住的人,居住时间超过6个月了吗？

1. 是【继续提问】　　　　5. 否【询问下一户/跳至"结束语3"】

SCR5 您家户主的姓名是:_____

SCR6 在本村/小区内,除本处住址/宅外,您家还有其他住址/宅吗？

访员注意:(1) 不论是否有所有权,只要有居住权就算。租来的房子也算。

(2) 租出去的房子不算。

1. 有【继续提问】　　　　5. 没有【跳至 SCR7】

SCR601 请问,在本村/小区内,除本处住址/住宅外,您家还有几处自家居住的住址/宅？_____

SCR602 去年,您家在本村/小区内的其他住址/宅居住时间超过3个月的有几处？_____

访员注意:包含3个月。

SCR7 请问,在国内,除在本村/小区的住址/宅以外,您家还有其他住处吗？

访员注意:不论是否有所有权,只要有居住权就算。租来的房子也算,租出去的房子不算。

1. 有【继续提问】　　　　5. 没有【询问下一户/跳至"开场语"】

SCR701 请问,在国内,除在本村/小区的住址/宅以外,您家还有几处自家居住的住址/宅？_____

SCR702 去年,在国内,除在本村/小区的住址/宅以外,您家在其他住址/宅居住时间超过6个月的有几处？_____

访员注意:包含6个月。

【结束语1】非常感谢您对我们工作的配合,但我们今年要访问的对象是家庭户。希望下次有机会能访问您,多谢!

【结束语2】非常感谢您对我们工作的配合,但我们今年要访问的对象是具有中国大陆地区户口的住户。希望下次有机会能访问您，多谢！

【结束语3】非常感谢您对我们工作的配合，但我们今年要访问的对象是在本地居住时间超过6个月的住户。希望下次有机会能访问您，多谢！

【开场语】您是我们抽中的受访家庭，我们将通过问卷访问的形式对您家的情况作一个全面的了解，非常感谢您对我们工作的理解和支持。

附录5

家庭成员问卷

中国家庭动态跟踪调查

家庭成员问卷

中国家庭动态跟踪调查说明

中国家庭动态跟踪调查旨在通过对全国样本家庭及其成员的调查，搜集个体、家庭和村/居层次的多时点信息，获得中国社会发展与变迁的资料，为社会提供有效的信息来源，为学术研究提供系统科学的数据源，为政府政策决策提供科学依据。

为获得准确的数据，请您依据实际情况，回答访问员提出的问题。如果因此对您的生活和工作造成不便，我们深表歉意，请您理解和帮助我们的工作。

根据《中华人民共和国统计法》第三章第十四条，在未获得您许可的前提下，我们会对您所提供的所有信息绝对保密。科学研究、政策分析以及观点评论中发布的是大量问卷的信息汇总，而非您个人、家庭、村/居的案例信息，不会造成您个人、家庭、村/居信息的泄漏。

本轮调查为第一轮探索性跟踪调查，所有调查人员和督导人员都已经接受过严格的职业培训，了解《中华人民共和国统计法》、《中华人民共和国保密法》、《中华人民共和国刑法》的相关内容，并严格遵守相关法律。

参与本轮调查的所有访问员和督导员都佩戴北京大学统一核发的证件,如果您对访问员的身份有任何疑问,欢迎您随时拨打电话:010-62767908进行核查。

非常感谢您的支持和帮助!

北京大学

2010 年 3 月

1. 同住家庭成员表（T1 表）

个人编码									
101									
102									
301									
302									

F1:(1) 编码为 1 ＊＊ 的成员为与家庭有血缘/婚姻/领养关系的成员,包括岳父母/继父母/外甥孙/侄子孙等,也是需要进入表 T2,并可能有个人问卷的成员。

(2) 编码为 3 ＊＊ 的成员为与家庭没有血缘/婚姻/领养关系的成员,如保姆、司机、勤杂人员、临时借住人员等,这些人是不进入表 T2,也不会有个人问卷的成员。

确认家庭成员问卷回答人:

A1 您是否与这个家庭的其他人同灶吃饭?

1. 是【跳至 A2】　　　　5. 否【继续提问】

F1:"同灶吃饭"指经济联系在一起的家庭和非家庭成员,包括了有直系血缘/亲缘关系的成员以及在家里工作的非直系血缘/亲缘关系的成员如保姆、司机、担任保姆工作的远房亲戚等。

A101 您家是否属于单身家庭?

1. 是【跳至 A201】　　　　5. 否【选择另一名家庭成员作为受访对象】

F1:"单身家庭"指一个人就是一家的家庭。

【CAPI】如果 A101 选择"5",返回重新提问 A1。

A2 您与这个家庭的其他人是否有血缘/婚姻/领养关系?

1.是【继续提问】　　5.否【选择另一名家庭成员作为受访对象】

【CAPI】如果 A2 选择"5",返回重新提问 A1。

A201 您的姓名是:_____

【CAPI】如果 A101 选择"1",跳至 B1。

A3 请问,现在在您家,<u>除了您以外</u>,同灶吃饭的共有几口人?

_____人

访员注意:以下 7 类人如果与家里有经济联系,他们的人数应该包含在同灶吃饭的人数里。请跟受访者确认本题所回答的人数是否已经包含以下 7 类人。

1.外出读书　　2.外出打工/工作　　3.出家　　4.探亲访友

5.服刑　　6.参军/服役　　7.出境(包含港、澳、台)

F1:"同灶吃饭"指经济联系在一起的家庭和非家庭成员,包括了有直系血缘/亲缘关系的成员以及在家里工作的非直系血缘/亲缘关系的成员如保姆、司机、担任保姆工作的远房亲戚等。

A4 除了您本人以外,在您家同灶吃饭的人中,有几口人是与您或您家人有血缘/婚姻/领养关系的<u>直系</u>家属/亲属?_____人

访员注意:这道题目根据实际情况进行判断,无须向受访者提问。

F1:"直系"血缘/亲缘关系成员包括:(1)在外上学的学生;(2)当兵的子女;(3)经济上与家庭没有分开的、在外打工的成员。

A401 这些在您家同灶吃饭的,与您或您家人有血缘/婚姻/领养关系的<u>直系家属/亲属</u>,他们分别叫什么名字?

_____,_____,_____

A5 在您家同灶吃饭的人中,有几口人是与您或您家人有血缘/婚姻/领养关系的<u>非直系家属/亲属</u>?_____人

访员注意:这道题目根据实际情况进行判断,无须向受访者提问。

F1:"非直系家属/亲属"指岳父母/岳祖父母/外甥孙/侄子孙/表亲等,领养的子女属于直系。

A501 在与您或与您家人有血缘/婚姻/领养关系的<u>非直系家属/亲属</u>"加载 A5 的数值"人中,到目前为止,在这个家中居住时间在 3 个月或以

上的有几人?_____人

F1:"非直系家属/亲属",指岳父母/岳祖父母/外甥孙/侄子孙/表亲等,领养的子女属于直系。

A502 这些在您家同灶吃饭的,居住 3 个月或以上的<u>非直系</u>的家属/亲属成员,他们分别叫什么名字? _____,_____,_____

A6 在您家同灶吃饭的人中,有几口人与您或家人<u>没有</u>血缘/婚姻/领养关系? _____人

访员注意:这道题目根据实际情况进行判断,无须向受访者提问。

A601 在与您或与您家人<u>没有</u>血缘/婚姻/领养关系的"加载 A6 的数值"人中,到目前为止,在这个家中居住时间在 6 个月或以上的有几人? _____人

A602 这些与您或家人<u>没有</u>血缘/婚姻/领养关系的人分别叫什么名字? _____,_____,_____

B1 "加载家庭成员姓名"的出生日期? _____年_____月_____日;属相_____;年龄_____。

访员注意:(1) 输入格式:四位年份,两位月份,两位日期。

(2) 如不清楚月份,或不清楚日期,请输入"CTRL + D"。

(3) 如果仅知道年龄不知道出生年月,请输入"CTRL + D",输入属相和年龄。

B2 "加载家庭成员姓名"的性别?

1. 男　　　　　　　　5. 女

B3 "加载家庭成员姓名"的婚姻状况?【<u>婚姻状况选项</u>简表】

【出示卡片】

1. 未婚　2. 在婚　3. 同居　4. 离婚　5. 丧偶

B4 "加载家庭成员姓名"已经完成的最高学历?【<u>受教育程度选项</u>简表】

访员注意:如果还未读完小学,请选择"1. 文盲/半文盲"。

1. 文盲/半文盲　　2. 小学　　　3. 初中　　4. 高中

5. 大专　　　　　6. 大学本科　7. 硕士　　8. 博士

B5 "加载家庭成员姓名"的主要工作是什么? _____

访员注意:(1) 如果受访者有多份工作,请询问占用时间最多的

工作。

(2) 如果受访者没有工作,则录入"-8 不适用"。

(3) 请详细记录受访者的主要工作,填写具体内容;工作部门+工作职责/工作内容+工作岗位或工种名称。

例如:

××小学教语文兼年级组长

××公司会计

××工厂××车间车间主任

××县××医院护士

本村种植水稻的农民

B501"加载家庭成员姓名"是否有行政/管理职务?

1. 是   5. 否【跳至 B6】

B502"加载家庭成员姓名"的行政/管理职务是什么?＿＿＿＿＿

访员注意:请详细记录受访者的管理职务。

B6 "加载家庭成员姓名"现在是否住在这个家中?

访员注意:短期离开不算离开。"短期离开"指 3 个月内会回来,并且会在这个家里长住。

1. 是【跳至下一名家庭成员】5. 否【继续提问】

B601 "加载家庭成员姓名"为什么不住在这个家中?

访员注意:去国外读书选 7。

1. 外出读书   2. 外出打工/工作   3. 出家   4. 探亲访友

5. 服刑   6. 参军/服役   7. 出境(包含港、澳、台)

B602 "加载家庭成员姓名"现在详细的联系地址:

省份:＿＿＿＿＿＿

县(区):＿＿＿＿＿＿

街道(乡/镇):＿＿＿＿＿＿

居(村/组):＿＿＿＿＿＿

门牌号码:＿＿＿＿＿＿

邮政编码:|　|　|　|　|　|　|

B603 "加载家庭成员姓名"现在详细的联系方式:

家庭电话:＿＿＿＿＿＿

工作电话：_____

手机：_____

电子邮件：_____

B604 "加载家庭成员姓名"离家已经多长时间？_____个月

B7 谁是家中的主事者？【单选】_____

2. 家庭成员直系亲属关系表（T2 表）

个人编码	姓名	父亲	母亲	配偶	孩1	孩2	孩3	孩4	孩5	孩6
101										
102										

　　C1 "加载家庭成员姓名"的父亲是？_____

　　C2 "加载家庭成员姓名"的母亲是？_____

　　C3 "加载家庭成员姓名"的配偶是？_____

　　C4 "加载家庭成员姓名"的孩子是？_____

3. 家庭成员不同住直系亲属列表（T3 表）

个人编码									
201									
202									

　　D1 "加载不同住直系亲属姓名"的出生日期？_____年_____月_____日;属相_____;年龄_____。

　　访员注意：（1）输入格式：四位年份—两位月份—两位日期。

　　（2）如不清楚月份,或不清楚日期,请输入"CTRL + D"。

　　（3）如果仅知道年龄不知道出生年月,请输入"CTRL + D",输入属相和年龄。

　　D2 "加载不同住直系亲属姓名"的性别？

　　1. 男　　　　　　　　5. 女

　　D3 "加载不同住直系亲属姓名"是否健在？

　　1. 是【继续提问】　　　　5. 否【跳至下一名"不同住直系亲属"】

　　D4 "加载不同住直系亲属姓名"的婚姻状况？【婚姻状况选项简

表】【出示卡片】

   1. 未婚   2. 在婚   3. 同居   4. 离婚   5. 丧偶

D5 "加载不同住直系亲属姓名"已经完成的最高学历？【受教育程度选项简表】

访员注意：如果还未读完小学，请选择"1. 文盲/半文盲"。

   1. 文盲/半文盲   2. 小学   3. 初中   4. 高中

   5. 大专   6. 大学本科 7. 硕士   8. 博士

【CAPI】如果受访者年龄小于 16 岁则跳至 D7。

D6 "加载不同住直系亲属姓名"的主要工作是什么？＿＿＿＿＿

访员注意：（1）如果受访者有多份工作，请询问占用时间最多的工作；

（2）如果受访者没有工作，则录入"－8 不适用"。

（3）请详细记录受访者的主要工作，填写具体内容；工作部门＋工作职责/工作内容＋工作岗位或工种名称。

例如：

××小学教语文兼年级组长

××公司会计

××工厂××车间车间主任

××县××医院护士

本村种植水稻的农民

【CAPI】如果 D6 答案为"－8"，跳至 D7。

D601 "加载不同住直系亲属姓名"的是否有行政/管理职务？

   1. 是   5. 否【跳至 D7】

D602 "加载不同住直系亲属姓名"的行政/管理职务是什么？＿＿＿＿

访员注意：请详细记录受访者的管理职务。

D7 "加载不同住直系亲属姓名"现在居住在哪里？【居住地点选项】

   1. 隔壁/邻居   2. 同村/同街   3. 同县/区但不同村/街

   4. 同市但不同县   5. 同省但不同市 6. 外省＿＿＿省

   7. 境外（包含港、澳、台）

D8 "加载不同住直系亲属姓名"的户口是哪一种？

访员注意：如果受访者不是中国国籍，属于不适用，请录入"79"。

1. 农业户口　　3. 非农业户口　　5. 没有户口　　79. 不适用

4. 访问记录

Z1 这份问卷主要是由谁完成的？_____

Z2 还有谁参与了这份问卷的回答？_____【限选两项】

访员注意:选择较为主要的两名访问者。

Z3 接下来我们将完成一份家庭问卷,这份问卷主要是对家庭经济状况进行了解,请问您家谁来回答家庭问卷最好？_____

访员注意:请受访者选择对家庭经济(收入、支出)情况比较了解的核心家庭成员作为家庭问卷的回答人。

附录6
家庭问卷

中国家庭动态跟踪调查
家 庭 问 卷

中国家庭动态跟踪调查说明

    中国家庭动态跟踪调查旨在通过对全国样本家庭及其成员的调查,搜集个体、家庭和村/居层次的多时点信息,获得中国社会发展与变迁的资料,为社会提供有效的信息来源,为学术研究提供系统科学的数据源,为政府政策决策提供科学依据。

    为获得准确的数据,请您依据实际情况,回答访问员提出的问题。如果因此对您的生活和工作造成不便,我们深表歉意,请您理解和帮助我们的工作。

    根据《中华人民共和国统计法》第三章第十四条,在未获得您许可的前提下,我们会对您所提供的所有信息绝对保密。科学研究、政策分析以及观点评论中发布的是大量问卷的信息汇总,而非您个人、家庭、村/居的案例信息,不会造成您个人、家庭、村/居信息的泄漏。本轮调查为第一轮探索性跟踪调查,所有调查人员和督导人员都已经接受过严格的职业培训,了解《中华人民共和国统计法》、《中华人民共和国保密法》、《中华人民共和国刑法》的相关内容,并严格遵守相关法律。

    参与本轮调查的所有访问员和督导员都佩戴北京大学统一核发的证

件,如果您对访问员的身份有任何疑问,欢迎您随时拨打电话:010-62767908 进行核查。

非常感谢您的支持和帮助!

北京大学

2010 年 3 月

A 部分

A1 从您家(常住地)到最近的公交站点有多远? _____米/里/公里

访员注意:如果没有公交车则输入"-8"。

F1:"有多远"是指您选择最近的道路到达该公交站点的距离,而不是直线距离。

A2 候车时间一般是_____分钟/小时

F1:"候车时间"是指从您到达该公交站点到上公交车之间的时间间隔。不同车次、不同时间段的候车时间可能有较大差异,这里指估算的平均时间。

【CAPI】回答完 A2,跳至 A4。

A3 长途车的周期为

1. 每天发车【跳至 A301】 5. 几天发一班车【跳至 A302】

A301 每天有几班长途车? _____;

A302 每几天有一班长途车? _____。

F1:"长途车"指往返于城乡之间、每天只有少量几趟或几天才有一趟的客运汽车。

A4 您家离**最近**的医院/医疗点的距离有多远? _____米/里/公里

F1:(1)"距离"是指您选择最近的道路到达该医院/医疗点的距离,而不是直线距离。

(2)"医疗点"是指有医疗卫生人员和一定医疗设施的全科医疗卫生场所,如综合医院、乡镇卫生院、社区医院、村卫生室、私人诊所,但不包括牙科诊所之类的专科医院及在药店里附带开设的医疗点。

A5 用**最快捷**的方式从您家到**最近**医疗点需要多长时间_____分

钟/小时

访员注意：询问最快捷的方式所花费的时间。

F1：(1)"最快捷的方式"指您日常使用交通工具中的最快捷方式，不是所有可能的交通工具中的最快捷方式；如家里没有汽车，就不能以汽车的速度和道路交通状况来计算到达的时间。

(2)"医疗点"是指有医疗卫生人员和一定医疗设施的全科医疗卫生场所，如综合医院、乡镇卫生院、社区医院、村卫生室、私人诊所，但不包括牙科诊所之类的专科医院及在药店里附带开设的医疗点。

A6 您家离**最近**的高中的距离有多远？_____米/里/公里

F1："距离"指您选择最近的道路到达该高中的距离，而不是直线距离。

A7 从您家以**日常方式**到**最近**的市(镇)商业中心需要花多长时间？_____分钟/小时

访员注意：询问日常最常用的交通方式所花费的时间。

F1：(通俗)："市(镇)商业中心"，在农村指"镇"，在城市指"市"；指受访家庭附近最热闹、繁华的商业场所，如有两个及以上热闹或繁华的场所，则选择受访家庭最常去的场所。

F1：(1)"市商业中心"指商业高度集聚，商业服务功能完善，服务对象不限于本区域消费者的城市商业中心区；商业街长度一般在800米以上，或商业集聚在不少于25公顷的区域范围内。

(2)"镇商业中心"是指商业中度集聚，商业服务功能比较完善，服务对象为本区域内外消费者的地区商业中心；商业街长度一般在500米以上，或商业集聚在不少于8公顷的区域范围内。

B 部分

B1 您家做饭用的水最主要是：

1. 江河湖水　　2. 井水/山泉水　　3. 自来水

4. 矿泉水/纯净水/过滤水　　5. 雨水　　6. 窖水　　7. 池塘水

77. 其他【请注明】_____

F1：(1)"做饭用的水"，城市如自来水，农村如"干净"的水；如供水方式为"自来水"(又称"管道水")，则不再追溯自来水的水源是什么。

（2）"窖水"指缺水地区存储于水窖里的水。水窖是指修建于地下的、用以蓄集雨水的罐状（缸状、瓶状等）容器。

（3）如果遇到水源变化，则指最近3个月做饭常用的水。

B2 您家做饭用的最主要燃料是：

访员注意：若有两种或以上主要燃料，就以炒菜的为主。

1. 柴草　　2. 煤炭　　3. 煤气/液化气/天然气　　4. 太阳能

5. 沼气　　6. 电　　77. 其他【请注明】_____

F1：指最近3个月做饭用得最多的燃料。

B3 您家通电的情况是怎样？

1. 没通电【跳至B5】　2. 经常断电　3. 偶尔断电　4. 几乎未断电

F1："通电"指接入了电网，并从电网获得电力供应。为检验是否通电，访员可以看看受访家庭是否有电灯。

B301 去年，您家平均每月耗电量大概是多少度：_____度

B4 去年，您家是否有生产经营用电？1. 是　　5. 否

F1：（通俗）"生产经营用电"指用于非家庭照明和家用电器的用电。任何与生产经营有关的用电，都是"生产经营用电"，即使受访家庭只在家里开了小小杂货店，且与居住空间无法区分，则仍然选择"1"，即有生产经营用电。

F1：中国的用电种类繁多。如：居民生活用电、经营性（商业）用电、农业用电、生产用电（生产用电又分为，高耗能企业生产用电、低耗能企业生产用电、乡镇企业用电）以及行政事业机关单位用电等等。这里要调查的是生产用电，即与企业生产相关的用电，包括家庭自有作坊生产用电。

B5 您家的卫生间/厕所是什么类型的？【出示卡片】

1. 居室内冲水　　2. 居室外冲水厕所　　3. 居室外冲水公厕

4. 居室内非冲水　5. 居室外非冲水厕所　6. 居室外非冲水公厕

77. 其他【请注明】_____

F1（通俗）：（1）"卫生间"，指厕所或含厕所的洗漱间。

（2）若同时有几处卫生间，则指最常用的。

（3）两家人合用一个厕所，厕所上锁，两家都是有钥匙的，这样的不算公厕。

F1（专业）："卫生间"是指设有大便器、洗浴卫生设备或预留洗浴设

备位置的空间。卫生间的功能是浴、便、洗面化妆、洗涤,如仅用来大小便的可称为厕所。这里的卫生间包括厕所。

B501 您家的厕所离最近的饮水源有多远?_____米

F1:"饮水源"指受访家庭日常生活如做饭、饮用的主要水源。

B6 您家的垃圾倒在哪里?

1. 公共垃圾桶/箱　　 2. 附近的河沟　　 3. 住房周围

4. 土粪坑　　 5. 随处倒　　 6. 楼房垃圾道　　 7. 有专人收集

77. 其他【请注明】_____

F1:"倒"指直接倾倒,是指将家里的垃圾扔到了外边的哪里,如将生活垃圾倒入住宅附近的河流中。如果在家里用垃圾袋装垃圾,出门以后,将垃圾袋扔在了马路边的空地上,就选"5"。

B7 过去一个月,您家是否请了保姆或小时工?

1. 保姆　　 3. 小时工　　 5. 两者都有　　 78. 都没有【跳至C1】

F1(通俗):(1)"小时工",指按照小时计费的受雇者,如受访家庭雇的做饭、做清洁的人。"小时工"一般完成工作以后就离开,不住在受访家庭。

(2)"保姆"通常是按月计费的受雇者,和小时工所做的工作略有区别,一般住在受雇家庭。

(3)农村家庭在农忙时,请的短期帮工如帮助收割的帮工也算小时工。

F1(专业):"小时工",又叫钟点工,是指在法定劳动年龄内,存在雇佣关系的劳动者,受雇于同一雇主的劳动时间不超过5个小时,劳动报酬以小时作为计算单位的一种非全日工作制用工形式。

B701 上个月,您家请了几个保姆?_____个

B702 上个月发给保姆的工资总额是多少?_____元

F1:"工资总额"指以货币或折合为货币的实物支付给保姆的劳动报酬数额。

B703 上个月除了工资以外,花在保姆名下的其他费用是多少?_____元

B704 这些保姆中,在您家做工时间最长的,在您家干了几个月?_____月

访员注意：不满 1 个月按 1 个月来计算。

B705 请问在您家做工时间最长的这个保姆来自哪里？ _____省 _____市/县

F1："来自哪里"指居住地，即这个保姆的家在哪里。

B706 上个月，小时工平均每周的工作总时间为多少小时？ _____个小时

访员注意：（1）如果所有小时工平均每周工作时间总和在 1 小时以下，按照 1 小时计算。

（2）如果雇佣 1 个以上小时工，该处"总时间"指的是所有小时工工作的时间总和。

B707 上个月，小时工平均每小时报酬是多少？ _____元

访员注意：如果雇佣 1 个以上小时工，该处"平均每小时报酬"指 1 个月内支付给所有小时工的报酬总额分摊到全部工作小时的平均值。

C 部分

C1 今年春节期间，有几家亲戚拜访您家？ _____家

访员注意：不管是否送礼，只要见面，都算"拜访"。

F1：（1）"今年春节"指刚刚过去的那个春节。一般把农历正月初一称为"春节"。"春节期间"通常指腊月至正月期间，如希望精确一些，则指小年（腊月二十三或二十四）至正月十五期间。

（2）"亲戚"指有血缘关系的直系以外的对象，如通常所说的姑、舅、姨。

（3）"拜访"，指亲戚到您家来看望。

（4）如果春节期间回了老家的父母家，有亲戚来看望父母家也算。

C2 今年春节期间，有几家朋友拜访您家？ _____家

访员注意：不管是否送礼，只要见面，都算"拜访"。

F1：（1）"今年春节"指刚刚过去的那个春节。一般把农历正月初一称为"春节"。"春节期间"通常指腊月至正月期间，如希望精确一些，则指小年（腊月二十三或二十四）至正月十五期间。

（2）"朋友"指任何意义上的朋友。

（3）约了朋友在饭店聚会不算。

C3 您家去年大约送出多少份(婚、丧、生日、升学等)礼物/礼金?
_____份

F1:(1)"礼物"指物品,如烟、酒、茶、点心、水果、金银首饰等。

(2)"礼金"指现金、有价证券。压岁钱也算。

C301 去年所有赠送出去的礼物/礼金总计折合现金人民币多少钱?
_____元

F1:以赠送当时的市场价格估算。

C4 您的家族是否有族谱/家谱?

1. 是 5. 否

F1(通俗):(1)"家族",指同姓、血缘关系紧密的家庭间关系体。

(2)"族谱"指家族成员及其祖先的关系名录。

F1(专业):(1) 家族是按男系血缘关系,以家庭为单位组合而成的群体,即指血缘关系较近经济联系密切但又不同居、不共炊共财的父系组织。

(2) 族谱又叫宗谱、家传、房谱、家乘、谱牒、谱系等,是一种记录氏族迁徙、发展的事迹和宗族人物的世系、传记的记录。一部完整的族谱,一般分为:谱名、谱序、凡例、姓氏源流、世系考、世系表、人物传记、宗族祠堂、坟茔、族规族训、恩荣录、像赞、艺文、纂修人名、领谱字号等。

C5 去年,您家是否参与家族祭祖/扫墓等活动?

1. 是 5. 否

F1:"祭祖/扫墓"是纪念祖先活动的一种。

F1:因各地礼俗不同,祭祖形式也各异,有的到野外瞻拜祖墓,有的到宗祠拜祖,也有在家中将祖先牌位依次摆在正厅,陈列供品,然后祭拜者按长幼的顺序上香跪拜。汉人祭祖,多半做鱼肉碗菜,盛以高碗,颇有钟鸣鼎食之意。在清明节或前后,后人前去垒坟,称为扫墓。

C6 上个月,您家与周围邻居是否有以下交往?【可多选】

1. 一起娱乐/聚餐 2. 赠送食物或礼物 3. 提供帮助

4. 看望 5. 聊天 77. 其他【请注明】_____

78. 以上都没有【跳至C7】

F1:"娱乐",如一起打麻将、打牌、阅读报刊、收听和收看广播电视等。

"聊天"指纯粹聊天,没有其他活动。只包括见面聊天,上网聊天和电话聊天都不算。

C601 上个月,您家与周围邻居<u>"加载 C6 的选项"</u>大概几次?

1. 几乎每天　　2. 每周两三次　　3. 每月两三次　　4. 每月一次

C7 上个月,您家与亲友家是否有以下交往?【可多选】

1. 一起娱乐/聚餐　　2. 赠送食物或礼物　　3. 提供帮助

4. 看望　　5. 聊天　　77. 其他【请注明】_____

78. 以上都没有【跳至 D1】

F1:"娱乐",如一起打麻将、打牌、阅读报刊、收听和收看广播电视等。

"聊天"指纯粹聊天,没有其他活动。只包括见面聊天,上网聊天和电话聊天都不算。

C701 上个月,您家与亲友家<u>"加载 C7 的选项"</u>大概几次?

1. 几乎每天　　2. 每周两三次　　3. 每月两三次　　4. 每月一次

D 部分

D1 您家现在居住的房子是【**出示卡片**,单选】:

1. 完全自有【跳至 D101】　　2. 和单位共有产权【跳至 D110】

3. 租住【跳至 D120】　　4. 政府免费提供【跳至 D2】

5. 单位免费提供【跳至 D2】　　6. 父母/子女提供【跳至 D2】

7. 其他亲友借住【跳至 D2】　　77. 其他【请注明】_____【跳至 D2】

F1:(1)"完全自有"指受访家庭有"房产证、土地证、契税完税证明"三证;对农村受访家庭而言,自己修建的房子,就属于这类。

(2)"和单位共有产权"是指居民出钱购买部分产权,产权单位购买余下部分,如果住户手里没有土地证,就是与单位共有产权,大多数原来属于单位的住房在房改中,都采用了单位持有土地证的形式,即"共有"。

D101 登记的所有者是谁?家庭成员姓名【选单】:1. _____

2. _____　　3. _____

访员注意:有多个登记所有者时,按产权证上的名字顺序进行录入。

D102 是自己建造的,还是购买的?

1. 自己建造的【跳至 D103】　　5. 购买的【跳至 D105】

D103 哪年建造的？_____年

D104 当时造价（含装修费）是：_____万元

【CAPI】回答完 D104 跳至 D2。

D105 哪年购买的？_____年

D106 当时总价是：_____万元

D107 是否原为单位住房？

1. 是　　　　　　　　5. 否

【CAPI】回答完 D104 跳至 D2。

D110 登记的所有者是谁？_____

【CAPI】加载 T2 表中所有成员下拉菜单

D111 哪年购买的？_____年

D112 当时总价是：_____万元

【CAPI】回答完 D112 跳至 D2。

D120 您向谁租的房子？

1. 政府　　2. 房产公司　　3. 单位　　4. 亲友　　5. 私人

6. 房管所　77. 其他【请注明】_____

D2 您家现在居住房子的建筑面积：_____平方米

F1："建筑面积"是指供人居住使用的房屋建筑面积。住宅建筑面积测算方式因楼层、结构等的不同而不同，以房产证、租房合同为准。自建房屋可做简单的丈量，住宅建筑面积＝占地的长×宽×楼层数，计量单位为平方米。

D3 您家是哪年迁入现在住房的？_____年

F1："迁入"就是正式入住。

D4 上个月，您家现居住房子的市值约为_____万元

F1："市值"指按照当前价格出售可获得的总价值。

D5 上个月，如果将您家现居住房子租出去，租金约为每月_____元

访员注意：(1) 询问整套出租的价格。

(2) 询问这套房子上个月能租多少钱，不是问现在所租房子的实际租金。

D6 您家现居住房屋的类型是什么？**【出示卡片】**

1. 单元房　　2. 平房　　3. 四合院　　4. 别墅　　5. 联排别墅

6. 小楼房　　77. 其他【请注明】_____

F1:(1)"单元房"指单元楼房里的一个或多个住宅单元。

(2)平房指茅草房、砖瓦房、土坯房等。

(3)四合院为"口"字形结构的平房,如果结构为"口"字形,其中有一边或以上为二层或以上,则算做"小楼房"。

(4)别墅,专指城市居民在别墅区购买或自建的一层或多层独栋住宅。

(5)联排别墅,指区别于单元房和别墅的、具有独立的进门结构、楼层在1—4层之间的、与邻居的住宅在建筑上为一个整体的住宅。

(6)小楼房主要指自建或购买的2—7层供自家居住的楼房。

D601 您家居住单元房一共有几层? _____层

访员注意:地下室不计算在层数之内。

D602 您家住在第几层? _____层

访员注意:如果该住户住在地下室,则使用负数表示,地下一层为"-1";地下二层为"-2"。

D7 您家在别处还有其他拥有产权的住房吗?

1. 有【继续提问】　　　　　　5. 没有【跳至D8】

F1:"别处"是指现住房之外的地方,该住房的产权属于受访家庭成员的。目前属于单位,但若干年后属于个人产权的房子也算。

D701 请问除现在居住的住房外,您家还有几套住房? _____套

D702 其他几处住房的建筑**总面积**共计:_____平方米

F1:"建筑面积"是指供人居住使用的房屋建筑面积。住宅建筑面积测算方式因楼层、结构等的不同而不同,以房产证、租房合同为准。自建房屋可做简单的丈量,住宅建筑面积=占地的长×宽×楼层数,计量单位为平方米。

D703 其他几处住房现在的**总市值**约为:_____万元

F1:"市值"是指按照当前价格出售可获得的总价值。

D8 您家是否存在下列住房困难情况?【**出示卡片**,最多选三项】

1. 12岁以上的子女与父母同住一室　　2. 老少三代同住一室

3. 12岁以上的异性子女同住一室　　4. 有的床晚上架起白天拆掉

5. 客厅里也架起了睡觉的床

77. 其他困难情况【请注明】_____ 78. 没有上述困难情况

E 部分

E1 过去一年,您家是否有人外出工作?

1. 有　　3. 无【跳至 E2】　　5. 去年尚未成家【跳至 E2】

F1:(1)"外出"指不在自己户口和/或家庭常住地工作,农村通常指县/县级市以外,城市通常指本市以外。

(2)"外出工作"指非永久性离开家庭所在县(市)的就业,如农村人口外出打工。

【CAPI】如果 E1 选择"1"则进入【外出工作模块】,否则跳至 E2。

E2 您家是以下哪种政府确定的补助对象【可多选】

1. 低保户【跳至 E201】　　2. 军属【跳至 E202】　　3. 烈属【跳至 E202】

4. 残疾人员家属【跳至 E202】　　78. 以上都不是【跳至 E3】

E201 您认为最主要的致贫原因是:

访员注意:如果有多个原因,请选择最主要的。

1. 缺少劳动力　　2. 自然条件差或灾害　　3. 因疾病或损伤原因

4. 下岗、失业　　5. 投资失败　　77. 其他原因【请注明】_____

E202 去年全年,您家从各级政府一共得到多少补助(含**实物**和现金)? _____元。

E3 您家是否参与经营或完全经营非农产业?

1. 是　　　　　　　　　　5. 否【跳至 E4】

【CAPI】如果 E3 选择"1"则进入【非农经营模块】,否则跳至 E4。

E4 您家去年是否出租过房屋?

1. 是　　　　　　　　　　5. 否【跳至 E5】

F1:"出租房租"是把房屋租给他人使用,并收取租金。

E401 去年全年,您家出租房屋的租金**总**收入为 _____元

访员注意:此处填写去年全年的实际的出租收入。如果该房屋去年只出租了 3 个月,则此处填写 3 个月的总金额。

E5 FE5"是否出租过土地等"

去年,您家是否出租过土地或其他生产资料?

1. 是【提问 E501】 5. 否【跳至 E6】

F1:"生产资料"指用于生产和建设的产品,包括工业生产资料和农业生产资料两个大的部分。

E501 去年全年,您家出租土地或其他生产资料的租金**总收入**为 ＿＿＿＿＿＿元

E6 去年,您家是否出租过其他东西?

1. 是【提问 E601】 5. 否【跳至 E7】

E601 去年全年出租其他东西的租金**总**收入为 ＿＿＿＿＿＿元

E7 去年,您家是否出卖过财物(家里的东西)?

访员注意:不含农产品。

1. 是【提问 E701】 5. 否【跳至 E8】

E701 去年全年,您家出卖财物的**总收入**为 ＿＿＿＿＿＿元

E8 您家是否经历过拆迁?

1. 是【继续提问 E801】 5. 否【跳至 E9】

F1:"拆迁"是指根据城镇规划进行开发建设的单位,经过规定的管理机关批准,拆除公民、法人或者其他组织所有的房屋,并按照公开市场价值对该公民、法人或者其他组织进行补偿、安置的行为。

E801 您家是哪年拆迁的? ＿＿＿＿＿＿年

E802 您家获得拆迁补偿金总额为 ＿＿＿＿＿＿元

E9 您家是否经历过土地被征用?

1. 是【继续提问 E901】 5. 否【跳至 F1】

F1:"土地征用"是指政府为社会公共利益的需要,按照法律规定的批准权限和程序,并给农民集体和个人补偿后,将农民集体所有的土地转变为国家所有。土地征用是保证国家公共设施和公益事业建设所需土地的一项重要措施。

E901 您家的土地是哪年被征用的? ＿＿＿＿＿＿年

E902 您家有多大面积的土地被征用? ＿＿＿＿＿＿亩

E903 您家获得的征地补偿金总额为 ＿＿＿＿＿＿元

F 部分

F1 去年,您家是否存过钱?

访员注意：无论年底是否有存款，只要有过存款行为就算"存过钱"。

1. 是   5. 否

F2 去年底，您家各种存款余额总计为_____元

访员注意：如果没有存款，请录入"0"。

F1（通俗）："存款"指存在银行或支付利息的机构/个人的钱。

F1（专业）："存款"是指银行或其他信用机构吸纳社会闲散货币资金并根据存款的性质、种类、期限计付给存户一定的利息的信用活动。这里是指存款余额为正，在计算利息过程中，不分不同种类的存款形式。问的是存款所获得的利息总额。

【CAPI】如果 F2 回答为"0"，则提问 F3；否则提问 F201。

F201 去年底，您家各种存款的利息总计为_____元

F1（通俗）："存款"指存在银行或支付利息的机构/个人的钱。

F1（专业）："存款"是指银行或其他信用机构吸纳社会闲散货币资金并根据存款的性质、种类、期限计付给存户一定的利息的信用活动。这里是指存款余额为正，在计算利息过程中，不分不同种类的存款形式。问的是存款所获得的利息总额。

F3 去年，您家是否持有以下金融产品？【可多选】

1. 股票   3. 基金   5.债券   78.以上均没有【跳至 F4】

F1（通俗）："股票、基金、债券"指在国内外证券市场上购买的有价证券。

F1（专业）：(1)"股票"是指股份有限公司签发的、证明其股东按所持股份享受权益并承担义务的凭证，股票与股份有密切的联系，股份是股票的内容，股票是股份的表现形式。

(2)"基金"是指投资者根据自身状况确定投资收益目标自发自愿形成的非银行性金融组织，主要投资于股票、债券以便获取高额回报。

(3)"债券"是指国家或企业为取得长期资金而发行的有价证券；也是政府、金融机构、工商企业等机构直接向社会借债筹措资金时，向投资者发行，承诺按一定利率支付利息并按约定条件偿还本金的债权债务凭证。债券的本质是债的证明书，具有法律效力。债券购买者与发行者之间是一种债权债务关系，债券发行人即债务人，投资者（或债券持有人）即债权人。

F301 去年底,"F3 的选项"本金总额为 _____ 元

F1:"本金"指截止去年底,一共投入多少钱。

F302 去年底,"F3 的选项"市值为 _____ 元

F1:"市值"是指按照当前价格出售所能获得的价值。

F4 去年,您家是否有离/退休金/社会保障金/低保等收入来源?

1. 是   5. 否【跳至 F5】

F401 去年全年,您家离/退休金/社会保障金/低保等收入一共有多少? _____ 元

F5 ＊＊＊去年的(含工资、奖金、补贴、分到个人名下的红利等)收入是多少,不含离/退休金及其他政府补助? _____ 元

访员注意:(1)不包含农业收入,如果该人是只从事农业生产活动的农民,则录入"-8"。

(2)没有收入的人群(如学生),录入0。

【CAPI】如果 F5 的答案为"CTRL + D","CTRL + R"则提问 F501,否则询问下一个人。

F501 ＊＊＊去年的(含工资、奖金、补贴、分到个人名下的红利等)收入,不含离/退休金及其他政府补助,大约是多少?(逼近法)

(2500/5000/7500/12000/18000/27000/40000/60000/90000/140000/210000/320000/480000 元)

F502 ＊＊＊去年的(含工资、奖金、补贴、分到个人名下的红利等)总收入,不含离/退休金及其他政府补助,具体为多少? _____ 元

【CAPI】如果所有家庭成员 F5 的答案都为"-8",则跳至 F7;否则提问 F6。

F6 去年全年,您家的(含工资、奖金、补贴、分到个人名下的红利等)总收入,不含离/退休金及其他政府补助,大约是多少?(逼近法)

(2500/5000/7500/12000/18000/27000/40000/60000/90000/140000/210000/320000/480000 元)

【CAPI】F6 进入一个封闭区间后,继续以确定区间的范围为 range 提问 F601。

F601 去年,您家的(含工资、奖金、补贴、分到个人名下的红利等)总收入,不含离/退休金及其他政府补助,具体为多少? _____ 元

F7 去年,除了以上提到的收入来源外,您家还有其他<u>非工资性</u>或<u>农业生产收入</u>吗?

访员注意:"以上提到的收入来源"包括租金、拆迁款、工资及退休金等。此处"农业生产收入"指农业生产的净收入。

1. 是　　　　　　　　　　5. 否【跳至 F8】

F701 去年,您家其他非工资性收入或农业收入一共有多少?_____元

访员注意:此处"农业收入"指净收入。

F8 去年,您家收到的礼金/礼品,折合为现金共计_____元

F1:"折合为现金"指如果购买所收到的礼物需要花的钱数。

G 部分

G1 到去年底,您家各类保险可赔偿额总计为_____元

访员注意:"可赔偿额"是指家中所有保险合计可能获得的最高赔偿额。此处强调计算合同内规定的最高金额,不论是否实际发生。

F1:(1)"保险金"是指家庭或家庭成员直接或间接购买,所有权属于家庭或家庭成员的各类保险金额。

(2)"可赔偿额"包含已经赔偿和可以赔偿但还未赔偿两部分。

G2 到去年底,别人还欠您家多少钱没还?_____元

G3 到去年底,您家所有收藏品大约值多少钱?_____元

F1:"收藏品",如字画、古董、玉石、首饰等。

G4 到去年底,除以上提到的资产外,您家其他资产的现值约为_____元

访员注意:"以上提到的资产"包括房产、租金、出卖财物的收入、拆迁补偿金、征地补偿金、存款、股票、基金、债券、离/退休金/社会保障金/低保等收入、工资性收入、礼金/礼品、各项收入、保险可赔偿额、未收回的欠款以及收藏品。

F1:"其他资产"中的资产是指以货币为计量单位的各种财产、资源、债权、其他权利。如家庭所有的公司、小卖店、汽车、家具家电、农用机械等。

H 部分

H1 去年,您家购买的家庭消费品(如家具、电器、玩具等)中,最贵的

一件花了多少钱？_____元。

访员注意：汽车、房屋除外。

H2 去年，您家是否通过以下途径借款或贷款？【可多选】

1. 银行（包括信用社） 3. 亲戚/朋友 5. 民间借贷

77. 其他方式【请注明】_____ 78. 以上均没有【跳至 H3】

F1："民间借贷"是指游离于经国家依法批准设立的金融机构之外的所有以货币形式、有利息回报的个人与个人、个人与企业、企业与企业之间的资金筹措活动。本题指向非金融机构借贷。

H201 去年全年，您家通过"加载 H2 选项"借款或贷款的总额为_____元

H202 去年，您家所有借款或贷款主要用于以下哪几方面？

1. 用于建房、购房 2. 用于教育 3. 用于购买耐用消费品

4. 用于家庭成员治病 5. 用于家庭日常生活开支

77. 用于其他方面【请注明】_____

F1："耐用消费品"是指单位价格在 1000 元以上、自然使用寿命在 2 年以上的产品。

H203 去年全年，您家用于"加载 H202 选项"的借款或贷款额有多少？_____元

访员注意：仅为该项开支中用借款或贷款支付的金额。

H3 下面，我们将了解一下您家上个月家庭日常支出（单位：元）

【出示卡片】

访员注意：如果没有对应项目支出，请录入"0"。

家庭日常支出类别	每月支出（元）
H301 上个月，家庭食品支出额 F1："家庭食品"指家庭购买的各类食品，这些食品包括通过人体消化系统可以被人体消化、吸收，能满足人体生理要求和营养需要的一切物品，所以既包括一般食物，也包括食物添加剂、调味品、色素、保鲜剂，还包括油脂和饮料等。	

(续表)

家庭日常支出类别	每月支出(元)
H302 上个月,家庭购买日常用品 F1:"日常用品"指家用的消耗品,如肥皂、洗头水、拖把、毛巾等。	
H303 上个月,家庭出行支出(含养车费用) 访员注意:旅游的交通费用不包含在此项内。 F1:"出行支出"指用于日常交通的费用,包括如养车、加油/加气/加电、公共汽车交通的费用。	
H304 上个月,家庭通信支出 F1:"通信支出"指用于如电话、手机、互联网接入、邮寄信件的费用。	
H305 上个月,家庭赡养支出 F1:"赡养支出"指仅用于赡养老人才发生的支出,如单独支付的生活费、福利院/养老院费用等。	
H306 上个月,住房按揭支出	
H307 上个月,车辆按揭支出	
H308 上个月,除住房和车辆外的其他按揭支出	
H309 上个月,家庭租房支出(不含住房按揭)	

H4 下面,我们将了解一下您家过去一年家庭的各项特殊支出(单位:元)。【出示卡片】

访员注意:如果没有对应项目支出,请录入"0"。

家庭特殊支出类别	过去一年总支出(元)
H401 过去一年,家庭家电支出	
H402 过去一年,家庭医疗保健支出 F1:"医疗保健支出"指本户成员看病或住院所支付的挂号费、手术费、注射费、透视费和住院的床位费及保健服务费(如:按摩费、学习气功、太极拳的学费等)。	

（续表）

家庭特殊支出类别	过去一年总支出（元）
H403 过去一年，家庭衣着支出 F1："家庭衣着支出"是指家庭在衣着服饰上的支出。	
H404 过去一年，家庭教育支出	
H405 过去一年家庭文化、娱乐、休闲支出	
H406 过去一年家庭居住支出（如物业、取暖等，不含住房按揭及房租） F1："居住支出"是指与本户生活用房有关的所有支出。包括住房维修装修、建造维修生活用房雇工工资、生活用水、生活用电、用于生活的燃料等支出。	
H407 过去一年，家庭杂项商品、服务支出 F1："杂项商品、服务支出"指非消耗品的商品或服务支出，沙发、椅子、管道修理等支出。	
H408 过去一年，购房和建房支出 访员注意：不含住房按揭。	
H409 过去一年，购买商业保险类支出	
H410 过去一年，自家婚丧嫁娶支出	
H411 过去一年，家庭其他支出 F1："其他支出"主要包括寄给和带给在外人口、利息支出、受让无形资产支出、罚款、土地有偿使用支出及其他支出。不包括储蓄性、借贷性支出的现金。	

H5 去年，您家是否给机构/个人捐赠过钱物？

1. 捐赠过　　　　　　　　5. 没有捐赠过【跳至 H503】

H501 请问，去年一共捐赠过多少次？ ＿＿＿＿＿ 次

H502 请问，去年捐赠的钱物总价值约合多少元？ ＿＿＿＿＿ 元

H503 请问，2008 年汶川地震后，您家为地震灾区抗震救灾捐赠过钱物吗？

1. 捐赠过　　　　　　　　5. 没有捐赠过【跳至 H6】

H504 请问,您家为地震灾区捐赠的钱物总价值约合多少元? _____元

H6 去年,您家的总支出【逼近法】

(2500/5000/7500/12000/18000/27000/40000/60000/90000/140000/ 210000/320000/480000 元)

F1:"总支出"指家庭及所有成员各项支出的合计,包括衣、食、住、行、婚、丧、嫁、娶、玩、乐、教育、健康、购买保险、借钱给人、按揭等各项生活性支出,不包括任何经营性支出。

H601 去年,您家总支出大概是多少钱? _____元

J 部分

J1 您家里是否有汽车?

1. 是   5. 否【跳至 J2】

F1:"有汽车"指家里有产权的、用于载人或载物的 3 轮或以上的机动车。

J101 您家有几辆汽车? _____辆

J102 您家的**第一辆汽车**是哪年买的? _____年

J103 您家购买第一辆汽车一共花了多少钱? _____元

J2 您家里是否有摩托车?

1. 是   5. 否【跳至 J3】

J201 您家一共有几辆摩托车? _____辆

J202 您家购买**这几辆摩托车**一共花了多少钱? _____元

J3 您家里是否有拖拉机?

1. 是   5. 否【跳至 J4】

J301 您家一共有几台拖拉机? _____台

J302 您家购买**这几台拖拉机**一共花了多少钱? _____元

J4 您家里一共有几台电视? _____台

访员注意:如果没有请录入"0"。

K 部分

访员注意:农业生产是广义农业的概念,包括农、林、牧、副、渔、种植业、养殖业、水利业。此部分包括职业类型为 5000 的所有职业。

K1 去年,您家从事农业生产吗?

1. 是　　　　　　　　　　　5. 否【跳至 Z1】

F1:"农业生产"指广义农业,包括农、林、牧、副、渔业、种植业与养殖业。

K2 您家是否拥有/经营以下类型的土地?【可多选】

访员注意:(1)"拥有"指村里分的土地,即使出租给其他人,也算拥有。

(2)"经营"包括村里分的、租来的和买来的等各种来源。

(3)水旱作物轮作,该地块视为水田。

1. 水田　　　2. 旱地　　　3. 林地　　　4. 果园　　　5. 草场

6. 池塘　　　78. 以上都没有【跳至 K3】

K201 拥有多少亩"加载 K2 选择的选项"?　_____亩

访员注意:如果没有,填写"0"。

F1:"拥有"指村里分的土地。

K202 经营多少亩"加载 K2 选择的选项"?　_____亩

访员注意:如果没有,填写"0"。

K203 转租入多少亩"加载 K2 选择的选项"?　_____亩

访员注意:如果没有,填写"0"。

K204 转租出多少亩"加载 K2 选择的选项"?　_____亩

访员注意:如果没有,填写"0"。

K3 去年,您家农、林、牧、副、渔业的毛收入是_____元

F1:"毛收入"是指出卖农产品所得的收入。

K4 去年,您家农、林、牧、副、渔业经营的总成本是_____元

F1:"农业经营"总成本包括物质服务费用和人工成本,前者是指在直接农业生产经营过程中消耗的各种农业生产资料和发生的各项支出的费用,包括种子、肥料、农药、排灌费、机械作业等直接费用以及固定资产折旧、税金、保险、管理、销售等间接费用;人工成本则包括家庭用工折价和雇工费用。

K401 去年,您家农、林、牧、副、渔业经营的总成本中化肥和农药的支出有多少?_____元。

K5 去年,您家农、林、牧、副、渔业的纯收入是_____元

访员注意：如果亏损请填负数

K6 去年，您家是否种植以下农林作物？

1. 水稻　　2. 小麦　　3. 玉米　　4. 棉花　　5. 林产品/林副产品

78. 以上都没有【跳至 K7】

K601 去年，您家"K6 选项"的总产量为＿＿＿＿＿＿＿斤/公斤/方

K602 去年，您家"K6 选项"的销售量为＿＿＿＿＿＿＿斤/公斤/方

K603 去年，您家"K6 选项"的销售收入为＿＿＿＿＿＿＿元

K604 去年，您家"K6 选项"的净收入为＿＿＿＿＿＿＿元

访员注意：如果亏损请填负数。

K7 去年，您家是否饲养以下家畜或进行渔业生产？【可多选】

1. 猪　　2. 牛　　3. 羊　　4. 鱼　　78. 以上都没有【跳至 Z1】

K701 去年，您家"加载 K7 选项"的总产出为＿＿＿＿＿＿＿斤/公斤/头

F1："总产出"指一年内生产的上述每类农产品的总数量。

K702 去年，您家"加载 K7 选项"的销售量为＿＿＿＿＿＿＿斤/公斤/头

K703 去年，您家"加载 K7 选项"的销售收入为＿＿＿＿＿＿＿元

K704 去年，您家"加载 K7 选项"的净收入为＿＿＿＿＿＿＿元

K8 去年，您家家畜是否圈养？

1. 是　　　　　　　　　　　　5. 否【跳至 Z1】

F1：(1)"家畜"是指牛、马、羊、猪等偶蹄的家养动物。

(2)"圈养"指将牲畜圈在围栏、牲畜圈内的养育形式。

K801 猪/牛/羊圈离最近的厨房的<u>直线</u>距离有多远？＿＿＿＿＿＿＿米

F1："直线距离"，指两点之间的距离。

K802 猪/牛/羊圈离最近的饮水源的<u>直线</u>距离有多远？＿＿＿＿＿＿＿米

F1：(1)"饮水源"指受访家庭的主要饮水源。

(2)"直线距离"，指两点之间的距离。

Z 部分

访员注意：以下题目根据实际情况记录，无须向受访者提问。

Z1 这份问卷主要是由谁完成的？＿＿＿＿＿＿＿【单选】

访员注意：选择最主要的访问者。

Z101 还有哪些家庭成员参与了这份问卷的回答？＿＿＿＿＿＿＿【限选两

项】

访员注意：选择较为主要的两名访问者。

Z102 访问时,除了家庭成员外有谁在场【可多选】：

1. 亲友　　2. 督导　　3. 邻居　　4. 村/居干部

77. 其他【请注明身份】_____　　　78. 没有其他人在场

Z201 受访家庭的住房条件在其所在社区中属于：

　　　　最差的—1—2—3—4—5—6—7→最好的

Z202 家庭内部的整洁程度：

　　　　很乱—1—2—3—4—5—6—7→很整洁

F1：家庭问卷的家庭是指同住同吃(同灶)的群体。

Z203 家庭成员的精神面貌：

　　　　萎靡—1—2—3—4—5—6—7→很精神

F1：家庭问卷的家庭是指同住同吃(同灶)的群体。

Z204 家庭成员间的关系：

　　　　陌生—1—2—3—4—5—6—7→很亲密

　　　　79. 不适用　 -3. 无法判断

F1：家庭问卷的家庭是指同住同吃(同灶)的群体。

Z205 长幼间的关系：

　　　　权威—1—2—3—4—5—6—7→平等

　　　　79. 不适用　 -3. 无法判断

Z206 性别间的关系：

　　　　权威—1—2—3—4—5—6—7→平等

　　　　79. 不适用　 -3. 无法判断

Z301 受访者的理解能力：

　　　　很差—1—2—3—4—5—6—7→很好

Z302 受访者的健康状况：

　　　　很差—1—2—3—4—5—6—7→很好

Z303 受访者的衣装整洁程度：

　　　　很差—1—2—3—4—5—6—7→很好

Z304 受访者的外貌：

　　　　很差—1—2—3—4—5—6—7→很好

Z305 受访者的普通话熟练程度：

很差—1—2—3—4—5—6—7→很好

Z306 受访者对调查的配合程度：

很差—1—2—3—4—5—6—7→很好

Z307 受访者智力水平：

很低—1—2—3—4—5—6—7→很高

Z308 受访者的待人接物水平：

很差—1—2—3—4—5—6—7→很好

Z309 受访者对调查的兴趣：

很低—1—2—3—4—5—6—7→很高

Z310 受访者对调查的疑虑：

很低—1—2—3—4—5—6—7→很高

Z311 受访者回答的可信程度：

很低—1—2—3—4—5—6—7→很高

Z312 受访者的语言表达能力：

很差—1—2—3—4—5—6—7→很强

非农经营模块

（GB/T4754-2002）

国民经济行业分类与代码

V1 您家经营的是哪一类非农产业？【限选三项】【出示卡片】

1. 采矿业　　2. 制造业　　3. 电力、燃气及水的生产和供应业

4. 建筑业　　5. 交通运输、仓储和邮政业

6. 信息传输、计算机服务和软件业　　7. 批发和零售业

8. 住宿和餐饮业　　9. 金融业　　10. 房地产业

11. 租赁和商务服务业　　12. 科学研究、技术服务和地质勘查业

13. 水利、环境和公共设施管理业　　14. 居民服务和其他服务业

15. 教育　　16. 卫生、社会保障和社会福利业

17. 文化、体育和娱乐业　　18. 公共管理和社会组织　　19. 国际组织

V2 您家/家人一共参与了几家企业/公司的经营？＿＿＿＿＿家

访员注意:个体工商户请录入"-8"。

V3 您家谁主要参与这家(几家)企业/公司的经营?【限选三人】

_____,_____,_____

访员注意:个体工商户不算。

V4 这家企业/公司的产业总资产为:_____万元。

V5 您家/家人拥有的股份所占的比例是_____%。

访员注意:如果经营的企业不是股份制的,录入"-8"表示不适用。

V6 这家企业/公司总共雇佣了多少人?_____人。

V7 这家企业/公司去年的营业额是_____万元。

V8 这家企业/公司去年的税后纯利润是_____万元。

外出工作模块

U1 外出工作的是哪些人?【可多选】

U2"加载姓名"主要在哪里工作?_____省_____市_____县

U3 去年,"加载姓名"一共在外工作了几个月?_____月

U4 去年,公休长假,"加载姓名"回家了吗?

1. 回家了　　　　　　　5. 没有回家

U5"加载姓名"第一次外出打工时,从家里带走多少钱?_____元

U501"加载姓名"第一次外出打工时,带走的钱里有多少用于支付交通费用?_____元

U6"加载姓名"第一次外出打工时,工作地是否有亲友接待?

1. 是　　　　　　　　5. 否

U7 去年,您家所有外出打工的人一共寄回或带回多少钱?_____元

访员注意:包括过年过节带回的钱。

U701 去年,您家外出打工的人带回或寄回的钱,最主要做什么用?

【单选】【出示卡片】

1. 婚嫁　　2. 还债　　3. 子女上学　　4. 看病

5. 买大件日用品　　6. 盖房子　　7. 投资或存款　　8. 日常生活

77. 其他【请注明】_____

U8 去年,您家是否由于有人外出打工,而雇佣/增加帮工?

访员注意:仅提问是否因有人外出打工而增加的帮工。

1. 是　　　　　　　　　　5. 否【回到主问卷】

U801 去年,您家因有人外出打工而雇佣/增加帮工大概花了多少钱?

_____元

【CAPI】回到主问卷。

附录 7

成人问卷

中国家庭动态跟踪调查
成人问卷

中国家庭动态跟踪调查说明

中国家庭动态跟踪调查旨在通过对全国样本家庭及其成员的调查，搜集个体、家庭和村/居层次的多时点信息，获得中国社会发展与变迁的资料，为社会提供有效的信息来源，为学术研究提供系统科学的数据源，为政府政策决策提供科学依据。

为获得准确的数据，请您依据实际情况，回答访问员提出的问题。如果因此对您的生活和工作造成不便，我们深表歉意，请您理解和帮助我们的工作。

根据《中华人民共和国统计法》第三章第十四条，在未获得您许可的前提下，我们会对您所提供的所有信息绝对保密。科学研究、政策分析以及观点评论中发布的是大量问卷的信息汇总，而非您个人、家庭、村/居的案例信息，不会造成您个人、家庭、村/居信息的泄漏。

本轮调查为第一轮探索性跟踪调查，所有调查人员和督导人员都已经接受过严格的职业培训，了解《中华人民共和国统计法》、《中华人民共和国保密法》、《中华人民共和国刑法》的相关内容，并严格遵守相关法律。

参与本轮调查的所有访问员和督导员都佩戴有北京大学统一核发的

证件,如果您对访问员的身份有任何疑问,欢迎您随时拨打电话:010-62767908 进行核查。

非常感谢您的支持和帮助!

北京大学

2010 年 3 月

A 部分

A1 请问您的出生日期:_____年_____月_____日

A101 请问您出生时的体重是_____斤【保留 1 位小数点】

A102 请问您的出生地是_____省_____市_____县(区)

A2 您现在的户口状况是:

访员注意:如果受访者是非中国国籍,属于不适用,请录入"79"。

1. 农业户口 　 3. 非农户口 　 5. 没有户口【跳至 A3】

79. 不适用【跳至 A3】

F1:(1)"没有户口"指在中国没有落户,也没有其他国籍。

(2)"不适用"指非中国国籍受访者,如父母为中国公民,但孩子在国外出生并拥有外国国籍。

A201 您现在的户口落在什么地方?_____省_____市_____县(区)

A3 您 3 岁时的居住地是否与出生地相同?

1. 是【跳至 A302】 　 　 5. 否

A301 您 3 岁时的居住地在什么地方?_____省_____市_____县(区)

A302 您 3 岁时户口状况是:

访员注意:如果 3 岁时是非中国国籍,属于不适用,请录入"79"。

1. 农业户口 　 3. 非农户口 　 5. 没有户口 　 79. 不适用

F1:(1)"没有户口"指在中国没有落户,也没有其他国籍。

(2)"不适用"指非中国国籍受访者,如父母为中国公民,但孩子在国外出生并拥有外国国籍。

A303 您 3 岁以前(含 3 岁时),您父亲不与您在一起居住的连续时间

最长为_____周/月/年

A304 您3岁以前(含3岁时),您**母亲**不与您在一起居住的**连续**时间最长为_____周/月/年

A4 您12岁时的居住地是否与出生地相同?

1.是【跳至A402】   5.否

A401 您12岁时的居住地在什么地方?_____省_____市_____县(区)

A402 您12岁时户口状况是:

访员注意:如果12岁时是非中国国籍属于不适用,请录入"79"。

1.农业户口   3.非农户口   5.没有户口   79.不适用

F1:(1)"没有户口"指在中国没有落户,也没有其他国籍。

(2)"不适用"指非中国国籍受访者,如父母为中国公民,但孩子在国外出生并拥有外国国籍。

A403 您4—12岁时,您**父亲**不与您在一起居住的**连续**时间最长为_____周/月/年

A404 您4—12岁时,您**母亲**不与您在一起居住的**连续**时间最长为_____周/月/年

A5 请问,您的民族成分是_____族

访员注意:以户口本上登记的为准。

【CAPI】调用A1的数据,如果受访者的出生年份>=1978,请跳至A7。

A6 请问,"文革"时期,您的家庭成分是:_____【出示卡片】

A7 您参加了以下哪些组织?【出示卡片】【可多选】

访员注意:学校的社团组织不算。

1.中国共产党   2.民主党派   3.县/区和县/区级以上人大(代表)

4.县/区和县/区级以上政协(委员)   5.工会   6.共青团

7.妇联   8.工商联   9.非正式的联谊组织(社区、网络、沙龙等)

10.宗教/信仰团体   11.私营企业主协会   12.个体劳动者协会

77.其他正式注册的社会团体(行业协会/学会/专业协会/联合会/联谊会等)

78.没有参加上述任何组织

F1(通俗):"组织"指正式登记的政府、党、团、宗教、协会等。

F1(专业):(1) 组织的定义是两个以上的人有意识地协调和活动的合作系统。构成组织的基本要素有共同的目标、合作的意愿、信息的交流。家庭、企业、政府、社会团体是组织的基本形式,也是个人赖以生存和实现自我价值的生活空间。

(2) "民主党派"是指民革、民盟、民建、民进、农工、致公党、九三学社和台盟等八个参政党。

(3) "工会"是工人阶级的群众组织,是在无产阶级和资产阶级的斗争过程中产生和发展起来的。这里是指企业中的工会组织。

(4) "私营企业"是指生产资料归私人所有并且拥有一定起点的资本和雇工的企业,包括私营独资企业、私营合作企业和私营有限责任公司。

(5) "个体劳动者"是指依照法律、法规、规章和省人民政府的规定的个体工商户及其业主、雇工、自由职业者,以及其他人员。

(6) "人大代表"是指按照一定法律程序经过民主选举出来代表人民表达管理国家事务意志的权利代理人。

(7) "联谊"就是为了联络友谊的意思。

(8) "沙龙"就是主持人与其他朋友一起研讨问题、发表意见、交流体会、学习知识的一个温馨的场所。

(9) 依照1989年国务院颁发的《社会团体管理体制》对"社会团体"的定义是:"社会团体是按照一定目的由群众自愿组成的非营利性的群众自治组织。"

A701 您是哪年入党的? _____ 年

B 部分

B1 请问您一共有几个兄弟姐妹(包含已经去世的)? _____ 个

访员注意:(1) 如果没有请填"0"。(2) 不包括自己。

F1:(1) "兄弟姐妹"指具有血缘或法律关系的兄弟姐妹。

(2) 包含已经去世的兄弟姐妹。

【CAPI】如果为"0",则跳至 B4。

B2 有几个兄弟姐妹住在这个家里? _____ 个

B3 不住在一起的兄弟姐妹(包含已经去世的)他们的名字叫什么?

_____,_____,_____.

访员注意:请逐个填写。

B301 "∗∗∗(B3的名字)"是您的?

1.哥哥　　　　2.姐姐　　　　3.弟弟　　　　4.妹妹

B302 "∗∗∗(B3的名字)"和您是什么关系?

1.同父同母　　2.同父异母　　3.同母异父　　4.非血亲

B303 "∗∗∗"的出生年月日是? _____年_____月_____

日;属相_____年龄_____。

访员注意:

(1)输入格式:四位年份—两位月份—两位日期。

(2)如不清楚月份,请填1月;如不清楚日期,请填1日;并在备注中

说明。

(3)如果仅知道年龄不知道出生年月,请输入"CTRL + D",输入属

相和年龄。

B304 "∗∗∗"是否健在?

1.是【跳至B307】　　　　　　　5.否

B305 "∗∗∗"是多大年纪时去世? _____岁

B306 "∗∗∗"是因为什么去世的?

B307 "∗∗∗"的婚姻状况是_____【出示卡片】婚姻状况选项简

表】

1.未婚　　2.在婚　　3.同居　　4.离婚　　5.丧偶

B308 "∗∗∗"的最高学历是_____【受教育程度选项简表】

1.文盲/半文盲　　2.小学　　　3.初中　　4.高中

5.大专　　　　　　6.大学本科　7.硕士　　8.博士

B309 "∗∗∗"的职业是_____

访员注意:

(1)如果是少儿,属于不适用,请录入"-8"。

(2)如果受访者有多份工作,请提问占用时间最多的工作。

(3)请详细记录受访者的主要工作,工作部门+工作职责/工作内容

+工作岗位或工种名称。

例如：

××小学教语文兼年级组长

××公司会计

××工厂××车间车间主任

××县××医院护士

本村种植水稻的农民

B310 "＊＊＊"是否有行政/管理职务？

1. 是   5. 否

B311 "＊＊＊"的行政/管理职务是什么？＿＿＿＿＿

F1："行政/管理职务"指在机构中具有正式管理功能的职位,如科长、局长、经理、主任之类。

B312 "＊＊＊"的居住地点？【**出示卡片**】【居住地点选项】

1. 隔壁/邻居   2. 同村/同街   3. 同县/区但不同村/街

4. 同市但不同区   5. 同省但不同县   6. 外省＿＿＿＿省

7. 境外（包含港、澳、台）

F1："居住地点"指与受访家庭之间的相对关系地点。

B401 请问您父亲是因为什么过世的？

【CAPI】回答完 B401 后,跳至 B501。

B411 请问,您的父亲和谁住在一起？【可多选】

B501 请问您母亲是因为什么过世的？

【CAPI】回答完 B501 后,跳至 C1。

B511 请问,您的母亲和谁住在一起？【可多选】

C 部分

C1 请问,到目前为止,您已完成(毕业)的最高学历是？【受教育程度选项】

1. 文盲/半文盲【跳至 D1】   2. 小学   3. 初中   4. 高中

5. 大专   6. 大学本科   7. 硕士   8. 博士

9. 不必念书【屏蔽】

F1:最高学历,指接受学校教育的最高程度。

【CAPI】

\# 如果 C1 的答案为"8",请跳至 C101

\# 如果 C1 的答案为"7",请跳至 C201

\# 如果 C1 的答案为"6",请跳至 C301

\# 如果 C1 的答案为"5",请跳至 C401

\# 如果 C1 的答案为"4",请跳至 C501

\# 如果 C1 的答案为"3",请跳至 C601

\# 如果 C1 的答案为"2",请跳至 C701

C101 请问,您读博士期间是脱产还是在职?

1. 脱产　　　　　　　　　　　5. 在职

C102 请问,您博士修读的是哪个学科?【出示卡片】

1. 哲学　　　2. 经济学　　　3. 法学　　　4. 教育学

5. 文学　　　6. 历史学　　　7. 理学　　　8. 工学

9. 农学　　10. 医学　　　11. 军事学　　12. 管理学

C103 请问,您博士修读的是哪个专业? _____

C104 请问,您是哪年博士毕业/肄业/结业的? _____年

F1:(1)"毕业",指完成了学校指定的学习内容且成绩合格,获得了毕业证书。

(2)"肄业"指没有完成学校指定的学习内容或学习成绩不合格,没有获得毕业证书即离开了学校。

(3)"结业"指完成了指定的学习内容且成绩合格,通常指专门的学习如培训班。

C105 请问,您博士读了几年? _____年

C106 请问,您在哪个学校读的博士? _____

访员注意:完整记录就读学校的名称。

C107 请问,您是否获得了博士学位?

1. 是　　　　　　　　　　　5. 否

C2 请问您是否读过硕士?

1. 是　　　　　　　　　　　5. 否【跳至 C3】

C201 请问,您读硕士期间是脱产还是在职?

1. 脱产　　　　　　　　　　　5. 在职

F1：(1)"脱产"，指学习期间把全部时间放在学习上，不在其他机构同时有正式的工作职位。

(2)"在职"指学习期间把部分时间放在学习上，且同时在其他机构有正式的工作职位。

C202 请问，您硕士修读的是哪个学科？【出示卡片】

1．哲学	2．经济学	3．法学	4．教育学
5．文学	6．历史学	7．理学	8．工学
9．农学	10．医学	11．军事学	12．管理学

C203 请问，您硕士修读的是哪个专业？_____

C204 请问，您是哪年硕士毕业/肄业/结业的？_____年

C205 请问，您硕士读了几年？_____年

C206 请问，您在哪个学校读的硕士？_____

访员注意：完整记录就读学校的名称。

C207 请问，您是否获得了硕士学位？

1．是   5．否

C3 请问您是否读过本科？

1．是   5．否【跳至C4】

C301 请问，您读的是哪类本科？

1．普通本科   2．成人本科

3．网络本科   77．其他【请注明】_____

F1：(1)"普通本科"指遵循中国学校教育体制，通过国家高等学校入学考试进入的大学本科。

(2)"成人本科"指各类成人高校的本科，如普通高校办的函授、业余、脱产等。

(3)"网络本科"指各类机构兴办的通过互联网络授课方式进行教学的本科。

C302 请问，您本科修读的是哪个学科？【出示卡片】

访员注意：如果为双学位请选择主修的专业

1．哲学	2．经济学	3．法学	4．教育学	5．文学
6．历史学	7．理学	8．工学	9．农学	10．医学
11．军事学【屏蔽】	12．管理学			

C303 请问,您本科修读的是哪个专业? _____

C304 请问,您是哪年本科毕业/肄业/结业的? _____ 年

C305 请问,您本科读了几年? _____ 年

C306 请问,您在哪个学校读的本科? _____

访员注意:完整记录就读学校的名称。

C307 请问,您是否获得了学士学位?

1. 是　　　　　　　　　　　5. 否

C4 请问您是否读过大专?

1. 是　　　　　　　　　　　5. 否【跳至C5】

C401 请问,您读的是哪类大专?

1. 普通专科　　　　　　　　2. 成人专科

3. 网络专科　　　　　　　　77. 其他【请注明】_____

F1:(1)"普通专科"指遵循中国学校教育体制,通过国家高等学校入学考试进入的大学专科。

(2)"成人专科"指各类成人高校的专科,如普通高校办的函授、业余、脱产等。

(3)"网络专科"指各类机构兴办的通过互联网络授课方式进行教学的专科。

C402 请问,您大专修读的是哪个学科?【出示卡片】

1. 哲学　　2. 经济学　　3. 法学　　4. 教育学　　5. 文学

6. 历史学　7. 理学　　　8. 工学　　9. 农学　　　10. 医学

11. 军事学【屏蔽】　　　12. 管理学

C403 请问,您大专修读的是哪个专业? _____

C404 请问,您是哪年大专毕业/肄业/结业的? _____ 年

F1:(1)"毕业"指完成了学校指定的学习内容且成绩合格,获得了毕业证书。

(2)"肄业"指没有完成学校指定的学习内容或学习成绩不合格,没有获得毕业证书即离开了学校。

(3)"结业"指完成了指定的学习内容且成绩合格,通常指专门的学习如培训班。

C405 请问,您大专读了几年? _____ 年

C406 请问,您在哪个学校读的大专? _____

访员注意:完整记录就读学校的名称。

C407 请问,您是否获得了大专毕业证书?

1. 是   5. 否

C5 请问您是否读过高中?

1. 是   5. 否【跳至 C6】

C501 请问,您上的是哪类高中?

1. 普通高中   2. 成人高中   3. 普通中专

4. 成人中专   5. 职业高中   6. 技工学校

C502 请问,您是哪年高中毕业/肄业/结业的? _____年

F1:(1)"毕业"指完成了学校指定的学习内容且成绩合格,获得了毕业证书。

(2)"肄业"指没有完成学校指定的学习内容或学习成绩不合格,没有获得毕业证书即离开了学校。

(3)"结业"指完成了指定的学习内容且成绩合格,通常指专门的学习如培训班。

C503 请问,您高中读了几年? _____年

C504 请问,您在哪个学校读的高中? _____

访员注意:完整记录就读学校的名称。

C505 请问,您是否获得了高中毕业证书?

1. 是   5. 否

C6 请问您是否读过初中?

1. 是   5. 否【跳至 C7】

C601 请问,您上的是哪类初中?

1. 普通初中   3. 成人初中   5. 职业初中

C602 请问,您是哪年初中毕业/肄业/结业? _____年

F1:(1)"毕业"指完成了学校指定的学习内容且成绩合格,获得了毕业证书。

(2)"肄业"指没有完成学校指定的学习内容或学习成绩不合格,没有获得毕业证书即离开了学校。

(3)"结业"指完成了指定的学习内容且成绩合格,通常指专门的学

习如培训班。

C603 请问,您初中读了几年? _____ 年

C604 请问,您在哪个学校读的初中? _____

访员注意:完整记录就读学校的名称。

C605 请问,您是否获得了初中毕业证书?

1. 是   5. 否

C7 请问您是否读过小学/私塾?

1. 是   5. 否【跳至 C8】

C701 请问,您上的是哪类小学?

1. 普通小学   3. 成人小学   5. 扫盲班

C702 请问,您是哪年小学毕业/肄业/结业的? _____ 年

F1:(1)"毕业"指完成了学校指定的学习内容且成绩合格,获得了毕业证书。

(2)"肄业"指没有完成学校指定的学习内容或学习成绩不合格,没有获得毕业证书即离开了学校。

(3)"结业"指完成了指定的学习内容且成绩合格,通常指专门的学习如培训班。

C703 请问,您读了几年小学? _____ 年

C704 请问,您在哪个学校读的小学? _____

访员注意:完整记录就读学校的名称。

C705 请问,您是否获得了小学毕业证书?

1. 是   5. 否

【CAPI】如果 A1 受访者年龄 >40 岁,跳至 D1。

C8 您认为自己最少应该念完哪种教育程度?【出示卡片】【受教育程度选项简项】

1. 文盲/半文盲【屏蔽】   2. 小学   3. 初中   4. 高中
5. 大专   6. 大学本科   7. 硕士   8. 博士   9. 不必念书

D 部分

D1 请问,您认为能在交流中使用如下语言有多重要?【1 表示非常不重要;5 表示非常重要】【出示卡片】

D101. 普通话　　　　非常不重要 1—2—3—4—5 非常重要

D102. 本地话　　　　非常不重要 1—2—3—4—5 非常重要

D103. 英语　　　　　非常不重要 1—2—3—4—5 非常重要

D104. 其他外语　　　非常不重要 1—2—3—4—5 非常重要

D105. 外地方言　　　非常不重要 1—2—3—4—5 非常重要

D106. 少数民族语言　非常不重要 1—2—3—4—5 非常重要

F1:(1)"普通话"指国家颁布的现代标准汉语,如中央广播、电视新闻的语音语调。

(2)"本地话"指至少在本村/居通行的,与普通话在语音、语调、用词有明显差异的语言。

(3)"外地方言"指与本村/居通行的语言在语音、语调、用词上有明显差异的,也不同于普通话的地方语言。

(4)"少数民族语言"指与汉语不同的、通行在一定的民族人口群体的语言,如壮、布依、藏、蒙古、维吾尔、哈萨克、傣、侗、瑶、苗、水、仫佬、毛南、黎、羌、门巴、珞巴、彝、傈僳、纳西、白、拉祜、哈尼、基诺、阿昌、景颇、独龙、普米、怒、土家、畲、亿佬、京、撒拉、乌兹别克、塔塔尔、柯尔克孜、土、东乡、保安、鄂伦春、鄂温克、满、锡伯、赫哲、朝鲜、佤、德昂、布朗、高山、俄罗斯、塔吉克、嘉绒、载佤、登、东部裕固(尧乎尔)、西部裕固(恩格尔)、勉、布努、拉珈、布嫩、排湾、阿眉斯语等。

D2 请问,您平常与家人交谈主要使用什么语言:【单选项】

1. 普通话　　3. 汉语方言　　5. 少数民族语言

77. 其他【请注明】_____

F1:(1)"普通话"指国家颁布的现代标准汉语,如中央广播、电视新闻的语音语调。

(2)"汉语方言"指在语音语调与普通话有明显差别的汉语语言。

(3)"少数民族语言"指与汉语不同的、通行在一定的民族人口群体的语言,如壮、布依、藏、蒙古、维吾尔、哈萨克、傣、侗、瑶、苗、水、仫佬、毛南、黎、羌、门巴、珞巴、彝、傈僳、纳西、白、拉祜、哈尼、基诺、阿昌、景颇、独龙、普米、怒、土家、畲、亿佬、京、撒拉、乌兹别克、塔塔尔、柯尔克孜、土、东乡、保安、鄂伦春、鄂温克、满、锡伯、赫哲、朝鲜、佤、德昂、布朗、高山、俄罗斯、塔吉克、嘉绒、载佤、登、东部裕固(尧乎尔)、西部裕固(恩格尔)、勉、布努、拉珈、布嫩、排湾、阿眉斯语等。

D3 请问,您现在在上学吗?

1. 是【继续回答"上学模块"】　　5. 否【跳至 E1】

F1:"上学"是指一种规范的学习过程,包括以下几个阶段:小学、初中、高中、大专、大学本科、硕士、博士。只要是在上学,无论是全日制上学还是在职上学/业余上学,都是"在上学"。但参加培训、家教、辅导班都不算"在上学"。

E 部分

E1 请问您现在的婚姻状态是?【**出示卡片**】【婚姻选项】

1. 未婚　　2. 在婚　　3. 同居　　4. 离婚　　5. 丧偶

F1:(1)"未婚"指从来没有结过婚,目前也没有同居。

(2)"在婚"指目前有配偶,包括有结婚证的配偶,也包括没有结婚证但事实上以配偶方式生活在一起的配偶,即事实婚姻的配偶。

(3)"同居"指男女双方居住在一起,但没有领取结婚证,也没有事实婚姻;这里既指没有初婚的同居,也指有过初婚的同居。

(4)"离婚"指曾经结过婚,离婚后没有再婚,目前处于没有配偶状态。

(5)"丧偶"指配偶一方已经去世,另一方没有再婚。

【CAPI】

如果 E1 的答案为"1",请跳至 F 部分。

如果 E1 是答案为"2",请进入【婚姻史模块二】

如果 E1 是答案为"3",请进入【婚姻史模块三】

如果 E1 是答案为"4",请进入【婚姻史模块四】

如果 E1 是答案为"5",请进入【婚姻史模块五】

F 部分

【CAPI】

调用 A1 的数据进行判断,如果受访者的年龄 >60 岁,请继续提问F1;否则,请跳至 G 部分。

F1 最近 6 个月,您与"##(T2 表格中该受访者在世子女的姓名)"的关系如何?

1. 很不亲近　　2. 不大亲近　　　3. 一般　　　4. 亲近　　5. 很亲近

F2 最近6个月,您与子女们是否有以下交往活动?【可多选】

1. 您为子女提供经济帮助　　　2. 子女为您提供经济帮助

3. 您为子女料理家务　　　　　4. 子女为您料理家务

5. 您为子女照看孩子　　　　　6. 子女照看您

7. 您为子女理财　　　　　　　8. 子女为您理财

78. 以上都没有

F3 您为哪些孩子"加载1,3,5,7"选项/哪些子女为您"加载2,4,6,8"?【可多选】

G 部分

【CAPI】调用A1的数据,如果受访者的出生年份≥1978,请跳至G2。

G1 您有过以下哪些经历?【可多选】【出示卡片】

1. 上山下乡　　2. 参加建设兵团　　3. 到干校劳动　　4. 参军

5. 被批斗/审查　　6. 连续一周吃不饱　　78. 都没有【请跳至G2】

【CAPI】针对G1的选择,分别提问G101—103:

G101 请问,您"＊＊＊＊＊＊＊"是哪年开始的? _____年

G102 请问,您"＊＊＊＊＊＊＊"是到哪年结束的? _____年

G103 请问,您是在哪里"＊＊＊＊＊＊＊"的? _____省_____县

G2 您是否**有过**正式的、连续超过6个月的工作经历?

访员注意:工作含务农、自雇。

1. 有过　　　　　　　　　5. 没有

G3 您现在有工作吗?

访员注意:工作含务农、自雇。

1. 有　　　　　　　　　　5. 没有

【CAPI】

如果G3选择"1",且A1受访者年龄≥45岁时,则继续提问G301;

如果G3选择"1",且A1受访者年龄<45岁时,跳至G303;

如果G3选择"5",且D3选择"1"(正在上学)则跳至T部分;

如果G3选择"5",且D3选择"5"(没有上学)则跳至J1。

G301 您是否已经离/退休(包含病退、内退等非正式退休)?

1. 是　　　　　　　　　　5. 否【跳至 G303】

G302 离/退休后您继续从事工作或劳动的原因:【单选】

1. 退休后没再工作　　2. 补贴家用　　3. 打发时间

4. 喜欢工作或劳动　　5. 多赚点钱　　6. 精力/体力充沛

77. 其他【请注明】_____

G303 您现在主要是在哪个机构工作?

访员注意:如果受访者有多个工作,记录占用时间最多的工作

1. 自己经营【跳至 G305】　　3. 在单位工作(询问具体单位名称)

5. 务农【跳至 G306】

G304 您现在工作单位的名称?_____

访员注意:请详细记录受访者单位名称。

G305 请问,您现在主要工作的机构属于?【出示卡片】

1. 政府部门/党政机关/人民团体/军队

2. 国有/集体事业单位/院/科研院所

3. 国有企业/国有控股企业　　4. 集体企业

5. 股份合作企业/联营企业　　6. 有限责任公司/股份有限公司

7. 私营企业　　8. 港/澳/台商投资企业　　9. 外商投资企业

10. 农村家庭经营　　11. 个体工商户　　12. 民办非企业组织

13. 协会/行会/基金会等社会组织

14. 社区居委会/村委会等自治组织

77. 其他【请注明】_____ . 17. 无法判断

G306 您的职业是?_____

访员注意:(1) 如果受访者有多份工作,请询问占用时间最多的工作;

(2) 请详细记录受访者的主要工作,填写具体内容:工作部门 + 工作职责/工作内容 + 工作岗位或工种名称。

例如:

××小学教语文兼年级组长

××公司会计

××工厂××车间车间主任

××县××医院护士

本村种植水稻的农民

G307 您的职业属于哪一类？ |　|　|　|　|

G308 您工作属于哪个行业？ |　|　|　|　|

【CAPI】如果 G303 = 5，回答完 G308 后跳至 G311。

G309 您是否有行政/管理职务？

1. 是　　　　　　　　　　　　5. 否【跳至 G311】

F1：行政/管理职务：指在机构中具有正式管理功能的职位，如科长、局长、经理、主任之类。

G310 您的行政/管理职务是什么？_____

访员注意：请详细记录受访者的管理职务。

G311 请问，您从哪年开始在现在的单位工作/务农的？_____年

G4 您**现在**主要从事农业工作吗？

1. 是　　　　　　　　　　5. 否

【CAPI】

#01 如果 G307 = 5000 类，且 G4 选择了"5"，则需要 Hard Check

#02 如果 G307 = 5000 类，且 G4 也选择"1"，则跳至【农业工作模块】

#03 如果 G307 ≠ 5000 类，且 G4 选择了"1"，则需要 Hard Check

#04 如果 G307 ≠ 5000 类，且 G4 选择了"5"，请继续提问 G401

G401 过去 1 年，您工作了几个月【有薪时间】？_____月

访员注意：如果有薪劳动时间短于 1 个月视为 1 个月。如果去年没有工作，填入"0"。

G402 去年工作的月份里，您平均每个月工作多少天？_____天

访员注意：如果有薪劳动时间短于 1 天视为 1 天。

G403 去年工作的天数里，您平均每天工作了多少小时？_____小时

访员注意：如果有薪劳动时间短于 1 个小时视为 1 个小时。

G404 您的工作场所主要在：【单选】

1. 户外　　2. 车间　　3. 室内营业场所　　4. 办公室

5. 家里　　6. 运输工具内　　77. 其他【请注明】_____

G405 您是否有直接的下属？

1. 有　　　5. 没有【跳至 G407】

F1："下属"指部下,即若干直接由您调遣的人。

G406 请问您负责管理多少人? _____人

F1:指管辖范围内的人数,如总经理,指整个公司的人数;如班组长,则指本班组的人数。

G407 去年,您获得技术等级/行政职务晋升了吗?

1. 行政职务晋升　　2. 技术职称晋升　　3. 两项都有

78. 两项都没有

F1："晋升"是指组织内的成员升任至较高职位。

G408 您现在希望获得哪些晋升?

1. 希望获得行政职务晋升　　3. 希望获得技术职称晋升

5. 两项都希望　　78. 都不希望

F1："晋升"是指组织内的成员升任至较高职位。

G5 请您对您目前工作以下几方面的内容进行评价。【出示卡片】

G501 您对目前的工作收入有多满意?

1. 非常不满意　　2. 不太满意　　3. 一般　　4. 比较满意

5. 非常满意

G502 您对目前的工作安全性有多满意?

1. 非常不满意　　2. 不太满意　　3. 一般　　4. 比较满意

5. 非常满意

G503 您对目前的工作环境有多满意?

1. 非常不满意　　2. 不太满意　　3. 一般　　4. 比较满意

5. 非常满意

G504 您对目前的工作时间有多满意?

1. 非常不满意　　2. 不太满意　　3. 一般　　4. 比较满意

5. 非常满意

G505 您对目前工作的晋升机会有多满意?

1. 非常不满意　　2. 不太满意　　3. 一般　　4. 比较满意

5. 非常满意

G506 您对目前工作的整体有多满意?

1. 非常不满意　　2. 不太满意　　3. 一般　　4. 比较满意

5. 非常满意

G6 您现在的工作是您的第一份工作吗？

1. 是【跳至 G7】　　　　　　5. 不是

G601 您的第一份工作是什么？请说明_____

访员注意：（1）如果受访者有多份工作，请询问占用时间最多的工作；

（2）请详细记录受访者的主要工作，填写具体内容：工作部门＋工作职责/工作内容＋工作岗位或工种名称。

例如：

××小学教语文兼年级组长

××公司会计

××工厂××车间车间主任

××县××医院护士

本村种植水稻的农民

G602 您曾经主动跳过槽吗？

1. 有　　　　　　　　　　5. 没有【跳至 G604】

F1："主动跳槽"指主动离开在任的职位和机构，到其他机构任职。

G603 您离开上一份工作的主要原因是什么？请说明_____

访员注意：详细记录受访者原话。

G604 您曾经被辞退过吗？

1. 被辞退过　　　　　　　5. 没有被辞退过

F1："被辞退"指工作所在机构通过解聘等方式让其离开在任的职位和机构。

G7 您去年有兼职或第二职业吗？

1. 有　　　　　　　　　　5. 没有【跳至 J3】

G701 您的第二职业是什么？请说明_____

访员注意：（1）如果受访者有多份工作，请询问占用时间最多的工作；

（2）请详细记录受访者的主要工作，填写具体内容：工作部门＋工作职责/工作内容＋工作岗位或工种名称。

例如：

××小学教语文兼年级组长

××公司会计

××工厂××车间车间主任

××县××医院护士

本村种植水稻的农民

G702 上个月您的第二职业收入是多少？_____元

G703 上个月您花了多少时间从事第二职业？_____小时

【CAPI】回答完 G703 后跳至 J3

J 部分

J1 请问，过去的 1 个月，您是否积极努力地去找工作了？

1. 是【跳至 J102】　　　　　　　　5. 否

J101 请问，您目前没有工作的原因是什么？【出示卡片】

1. 参加培训　　2. 不想工作　　3. 有经济能力，不需要工作

4. 退休/离休　　5. 做家务

6. 年纪大了，干不动了（主要指老年农民）

7. 因残障/疾病而没有劳动能力　　　77. 其他【请注明】_____

F1（通俗）：(1)"退休"指依据法律，由于年龄超过了工作年龄或其他原因而离开工作岗位，不再上班。

(2)"离休"指 1949 年 9 月 30 日以前参加工作，现在不再工作的。

F1（专业）：(1)"退休"是指根据国家有关规定，劳动者因年老或因工、因病致残完全丧失劳动能力而退出工作岗位。

(2)"离休"也叫离职休养，离休的对象主要是老干部，具体为 1949 年 9 月 30 日以前，参加中国共产党所领导的革命军队者，在解放区参加革命工作并脱产享受供给制待遇者，在敌占区从事地下革命工作者；1948 年年底以前在解放区享受当地人民政府制定的薪金制的干部；中国人民政治协商会议第一届全体会议召开之前加入各民主党派，一直拥护共产党和坚持革命工作者（参加革命时间从 1949 年 9 月 21 日算起）。

J102 到现在为止，您没有工作持续多久了？_____个月

访员注意：如果受访者从来没有工作过，填写"9999"。

【CAPI】

#01 如果 J101 回答为"1",回答完 J102 后,请继续提问 J103。

#02 如果 J101 回答为"4",回答完 J102 后,请跳至 J2。

#03 如果 J101 回答为"2—3,5—7",回答完 J102 后,请跳至 J3。

#04 如果 J101 回答为"77",回答完 J102 后,请直接跳至 J3 。

J103 如果要工作,您能接受一周工作多少小时? ＿＿＿＿＿小时

J104 如果要工作,您能接受的最低月工资是多少? ＿＿＿＿＿元

【CAPI】回答完 J104 以后,请跳至 J3。

J2 请问,您是哪年退休/离休的? ＿＿＿＿＿年

F1(通俗):(1)"退休"指依据法律,由于年龄超过了工作年龄或其他原因而离开工作岗位,不再上班。

(2)"离休"指 1949 年 9 月 30 日以前参加工作,现在不再工作的。

F1(专业):(1)"退休"是指根据国家有关规定,劳动者因年老或因工、因病致残完全丧失劳动能力而退出工作岗位。

(2)"离休"也叫离职休养,离休的对象主要是老干部,具体为 1949 年 9 月 30 日以前,参加中国共产党所领导的革命军队者,在解放区参加革命工作并脱产享受供给制待遇者,在敌占区从事地下革命工作者;1948 年年底以前在解放区享受当地人民政府制定的薪金制的干部;中国人民政治协商会议第一届全体会议召开之前加入各民主党派,一直拥护共产党和坚持革命工作者(参加革命时间从 1949 年 9 月 21 日算起)。

J201 您离/退休前 1 个月的实际工资收入是多少? ＿＿＿＿＿元/月

F1:指离/退休前 1 个月的实际工资、津贴等所有岗位性收入的总和。

J3 您有下列哪些福利、保险或补贴? 【可多选】【出示卡片】

1. 公费医疗　　2. 城镇职工医疗保险　　3. 城镇居民医疗保险

4. 补充医疗保险　　5. 新型农村合作医疗　　6. 城镇基本养老保险

7. 农村社会养老保险　　8. 补充养老保险　　9. 生育保险

10. 失业保险　　11. 工伤保险　　12. 分配房改房

13. 分配折扣商品房　　14.购房补贴　　15. 住房公积金

16. 租房补贴　　17.最低生活保障　　78. 以上都没有

F1:(1)"公费医疗"制度是 1952 年 6 月政务院发布的《关于全国各级人民政府、党派、团体及所属单位的国家机关工作人员实行公费医疗预

防撒谎指示》建立起来的。公费医疗制度的实施范围包括各级国家机关、党派、人民团体以及文化、教育、科研、卫生、体育等事业单位工作人员和革命残废军人、高等院校在校学生等。公费医疗的经费来源于国家与各级政府的财政预算拨款,由各级卫生行政部门或财政部门统一管理和使用,从单位"公费医疗经费"项目中开支,实行专款专用。享受公费医疗人员门诊、住院所需的诊疗费、手术费、住院费、门诊或住院中经医生处方的药费,均由医药费拨付;但住院的膳食、就医路费由患病者本人负担,如实有困难的,可由机关给予补助,在行政经费内报销。

(2) 医疗保险就是当人们生病或受到伤害后,由国家或社会给予的一种物质帮助,即提供医疗服务或经济补偿的一种社会保障制度。国务院于1998年12月下发了《国务院关于建立城镇职工基本医疗保险制度的决定》(国发[1998]44号),部署全国范围内全面推进职工医疗保险制度改革工作,要求1999年内全国基本建立职工基本医疗保险制度。根据该决定的规定,在我国享受医疗保险待遇的条件除应属于基本医疗保险覆盖范围内的企业及其职工外,该企业及其职工还应按规定缴纳医疗保险费。《国务院关于建立城镇职工基本医疗保险制度决定》城镇职工基本医疗保险制度的覆盖范围为:城镇所有用人单位,包括企业(国有企业、集体企业、外商投资企业、私营企业等)、机关、事业单位、社会团体、民办非企业单位及其职工。乡镇企业及其职工、城镇个体经济组织业主及其从业人员是否参加基本医疗保险,由各省、自治区、直辖市人民政府决定。医疗保险费由用人单位和个人共同缴纳。《国务院关于建立城镇职工基本医疗保险制度的决定》,明确规定用人单位缴费率控制在职工工资总额的6%左右,职工缴费率一般为本人工资收入的2%。退休人员参加基本医疗保险,个人不缴纳基本医疗保险费。对退休人员个人账户的计入金额和个人负担医疗费的比例给予适当照顾。

(3) 城镇居民基本医疗保险制度是完善城镇医疗保障体系的重要组成部分,建立城镇居民基本医疗保险制度的目的任务是对城镇非职工居民的基本医疗需求提供制度保障,制度覆盖的主要对象包括:具有本市城镇户籍,城镇职工基本医疗保险制度、新型农村合作医疗和政府其他医疗保障形式范围外的各类城镇居民。城镇居民医疗保险资金的筹集主要采取个人缴费和财政补助相结合、财政补助向困难人群倾斜的办法。对老年居民、学生儿童以及低保人员、重点优抚对象、二级及以上重度残疾人员、孤儿及特困家庭子女等人群,给予参保缴费部分补助和全额补助的优惠政策。城镇居民医疗保险保障的重点,主要是保住院和门诊大病,兼顾门诊,确保为参保居民在患大病、重病时提供基本保障。通过区、街道、社区各级社会保险经办机构和社区卫生服务机构,实现公平的公共服务。

(4)补充医疗保险是相对于基本医疗保险而言的一个概念。由于国家的基本医疗保险只能满足参保人的基本医疗需求,超过基本医疗保险范围的医疗需求可以其他形式的医疗保险予以补充。显然,补充医疗保险是基本医疗保险的一种补充形式,也是我国建立多层次医疗保障的重要组成部分之一。与基本医疗保险不同,补充医疗保险不是通过国家立法强制实施的,而是由用人单位和个人自愿参加的。补充医疗保险一般有两种方式,一种是由某一行业组织按照保险的原则筹集补充医疗保险基金,自行管理的自保形式;另一种是由商业保险公司来操作管理的商保形式。目前,我国建立的城镇职工基本医疗保险只能满足较低水平的基本医疗需求,且覆盖面窄,全部农村人口尚在覆盖范围之外。因此,在建立基本医疗保险制度的同时,同步发展补充医疗保险,有利于基本医疗保险的顺利实施,有利于提高城镇职工的医疗保障水平,有利于满足全体国民的医疗保障需求,从而促进社会的稳定与发展。

(5)基本养老保险亦称国家基本养老保险,它是按国家统一政策规定强制实施的为保障广大离退休人员基本生活需要的一种养老保险制度。在我国,90年代之前,企业职工实行的是单一的养老保险制度。1991年,《国务院关于企业职工养老保险制度改革的决定》中明确提出:"随着经济的发展,逐步建立起基本养老保险与企业补充养老保险和职工个人储蓄性养老保险相结合的制度。"从此,我国逐步建立起多层次的养老保险体系。在这种多层次养老保险体系中,基本养老保险可称为第一层次,也是最高层次。社会统筹与个人账户相结合的基本养老保险制度是我国在世界上首创的一种新型的基本养老保险制度。这个制度在基本养老保险基金的筹集上采用传统型的基本养老保险费用的筹集模式,即由国家、单位和个人共同负担;基本养老保险基金实行社会互济;在基本养老金的计发上采用结构式的计发办法,强调个人账户养老金的激励因素和劳动贡献差别。因此,该制度既吸收了传统型的养老保险制度的优点,又借鉴了个人账户模式的长处;既体现了传统意义上的社会保险的社会互济、分散风险、保障性强的特点,又强调了职工的自我保障意识和激励机制。

(6) 企业补充养老保险,顾名思义,是指企业在满足社会统筹的社会基本养老保险的基础上,为补充基本养老保险的不足,帮助企业员工建立的超出基本养老保险以上部分的一种养老形式。它属于团体寿险的一种。企业补充养老保险是中国社会养老保障体系三层次中的核心部分。国家多年来通过多途径多方面提出,鼓励企业建立三层次养老保险体系,在建立社会基本养老保险的同时,鼓励企业建立补充养老保险和个人储蓄性养老保险,充分发挥商业保险公司的作用。

(7) 失业保险是指国家通过立法强制实行的,由社会集中建立基金,对因失业而暂时中断生活来源的劳动者提供物质帮助的制度。它是社会保障体系的重要组成部分,是社会保险的主要项目之一。社会保障体系包括社会保险、社会救济、社会福利、社会优抚安置和国有企业下岗职工基本生活保障和再就业等方面,其中社会保险包括养老保险、医疗保险、失业保险、工伤保险和生育保险五个项目。

(8) 工伤保险是指劳动者在从事生产劳动或与之相关的工作时,发生意外伤害,包括事故伤残、职业病以及因这两种情况造成死亡时,由政府向劳动者本人或供养直系亲属提供物质帮助的一项社会福利制度。根据现行规定,工伤保险费由用人单位向社会保险经办机构缴纳,政府经予税收优惠,职工个人不缴费。

(9) 保险是通过签订合同的方式建立经济关系,集合多数单位或个人风险,以损失概率计算分摊金,组成专项基金,对特定事故损失或特定需求提供经济保障的互助共济方式。

(10) 房改房是国家对职工工资中没有包含住房消费资金的一种补偿,是住房制度向住房商品化过渡的形式,它的价格不由市场供求关系决定,而是由政府根据实现住房简单再生产和建立具有社会保障性的住房供给体系的原则决定,是以标准价或成本价出售。房改房的销售对象是有限制的,不是任何人都可以享受房改的优惠政策,购买房改出售的住房的人只能是承住独用成套公有住房的居民和符合分配住房条件的职工。在房改售房中对购房的面积有所控制,规定人均可购房的建筑面积的控制指标,以防止一些人大量低价购买公有住房,造成国有资产的流失。购买房改出售的公有住房有一定的优惠政策,公有住房的价格在标准价或成本价的基础上还有工龄、职务或职称方面的优惠折扣。另外购买房改中的公有住房,在进入市场方面是有限制的。出售给职工的公有住房,一般要在住用若干年以后才可出售,如职工以标准价或成本价购买的公有住房。

(11)住房补贴是国家为职工解决住房问题而给予的补贴资助,即将单位原有用于建房、购房的资金转化为住房补贴,分次(如按月)或一次性地发给职工,再由职工到住房市场上通过购买或租赁等方式解决自己的住房问题。住房补贴的资金来源主要有三大块:一是国家下拨的建房资金;二是单位售房资金;三是单位多种渠道筹集的资金。

发放住房补贴的基本形式有:一次性住房补贴、基本补贴加一次性补贴和按月补贴等三种形式:一次性补贴方式,主要针对无房的老职工,在职工购房时一次性发放;基本补贴加一次性补贴方式,按一般职工住房面积标准,逐步发放基本补贴,各级干部与一般职工因住房补贴面积标准之差形成的差额,在购房时一次性发放;按月补贴方式,主要针对新职工,在住房补贴发放年限内,按月计发。

K 部分

【CAPI】#01 G4 选择"1",则跳至 K2。

#02 如果 G3 选择"5",则跳至 K3;否则提问 K1。

K1 下面的问题涉及**去年**您**个人**的各项**非经营性收入**情况【出示卡片】

F1:"非经营性收入"指通过贡献自己的体力、智力,从非自己具有产权的机构或/和个体中获得的收入,如工资、奖金等;农民通过经营自己的土地或其他资产如水面等获得收入被计入了家庭收入或/和经营性收入,故不在此列。

K101 去年您平均每月工资有多少?_____元

访员注意:

(1)如果没有,请输入"0";

(2)如果工资奖金无法分开就在本题中录入总数,下一题选择"不清楚"。

K102 去年您平均每月的浮动工资、加班费以及各种补贴和奖金有多少？_____元

访员注意：如果没有，请输入"0"。

K103 去年您的年终奖金等有多少？_____元

K104 去年，您单位发放的实物折合现金有多少？_____元

访员注意：如果没有，请输入"0"。

【CAPI】如果 G7 = 5，则跳过 K105。

K105 去年，第二职业、兼职或临时性收入【含实物折合现金】合计_____元

访员注意：如果没有，请输入"0"。

K106 去年，其他劳动收入合计_____元

访员注意：如果没有，请输入"0"。

【CAPI】如果 G301 = 5，则跳至 K2。

K107 去年，离/退休金合计_____元

访员注意：如果没有，请输入"0"。

K2 去年，个体（私营）经营者的净收益合计_____元【即除此以外，没有其他工资性收入的】

访员注意：

（1）此题指个人收益，不是指企业收益。例如，自家经营的超市收入为10万，如果都归受访者个人名下，则此处为10万；如果完全归家庭所有，此处为0，此10万收入在家庭问卷中会有记录；如果家中两个成员每人一半，则此处为5万。

（2）如果没有，请输入"0"。

F1：指完全归入个人名下的经营性收入。

K3 去年，您是否从家人和亲友处得到经济帮助？

1. 是   5. 否【跳至 K4】

F1："经济帮助"指通过多种方式赠予的价值200元或以上的钱物，如给您的钱，给您的物质，代替您支付的费用等。

K301 去年，您从家人和亲友处得到的经济帮助总共合多少钱？_____元

访员注意：请受访者将收到的价值200元以上的实物折现。

K4 去年,您是否从村/居委会得到过经济帮助?(不包含借款)

访员注意:不包括国家的种粮补贴等。

1. 是   5. 否【跳至 K5】

F1:"经济帮助"指通过多种方式赠予的价值 200 元或以上的钱物,如给您的钱,给您的物质,代替您支付的费用等。

K401 去年,您从村/居委会得到过的经济帮助总共合多少钱?

_____元

K5 去年,您是否从政府或工作单位得到过补贴、救济(不含离退休金)?

1. 是   5. 否【跳至 K6】

F1(通俗):(1)"补贴"指政府或任何公共机构提供如"食品补贴"、"价格补贴"、"交通补助"等一般补贴。

(2)"救济"指指政府、机构、个体提供的、针对贫困人群的专项补贴如"救济金"。

F1(专业):(1)"补贴"指政府或任何公共机构提供的财政政策资助或其他任何形式的收入或价格的支持措施,补贴是一种政府行为,是一种财政性措施,它可以是直接的现金,也可以是潜在的资金,还可以是税收优惠、贷款等。

(2)"救济"是指用金钱或物资帮助生活困难的人。

K501 去年,您从政府或工作单位得到过的补贴、救济(不含离退休金)总共合多少钱? _____元

K6 去年,您个人的总收入(所有收入来源)大概是多少钱?【逼近法】

(2500/5000/7500/12000/18000/27000/40000/60000/90000/140000/210000/320000/480000 元)

F1:"总收入"指归入个人名下的各项收入合计,包括工资性收入,从各种渠道获得补贴、津贴、补助、酬金,以个人名义租赁获得的租金、补偿金、存款利息、股票/基金/债券分红,接受的各种赠予折合人民币、借贷性收入等。

【CAPI】落在一个区间后,具体询问 K601。

K601 您个人的总收入是 _____元

K7 您上个月的各种来源的总收入有多少? _____元

K8 下面的问题请您根据自己目前的情况打分。【出示卡片】

K801 您认为自己的人缘关系有多好？（"1"表示非常差，"5"表示非常好）

非常差—1—2—3—4—5→非常好

K802 您觉得自己有多幸福？（"1"表示非常不幸，"5"表示非常幸福）

非常不幸福—1—2—3—4—5→非常幸福

K803 您对自己的前途有多大信心？（如果"1"表示根本没有信心，"5"表示非常有信心）

根本没有信心—1—2—3—4—5→非常有信心

K804 您认为自己在与人相处方面能打几分？（如果"1"表示很难相处，"5"表示很好相处）

很难相处—1—2—3—4—5→很好相处

T 部分

请提问【时间利用模块】

L 部分

L1 最近 3 个月，在闲暇时间，您是否从事下列活动？【可多选】【出示卡片】

1. 看电视　　2. 阅读　　3. 健身或参加体育锻炼

4. 旅游　　5. 打牌、打麻将、玩游戏　　6. 外出就餐

7. 做家务　　8. 参加宗教活动　　78. 以上都没有

F1（通俗）：(1)"健身/锻炼"指身体运动，以提高身体健康状况为目的。一般而言，锻炼时间要在 20 分钟以上，并自我感觉有气喘、流汗。

(2)"旅游"指到居住地（市/乡镇）以外的地方去观光。

(3)"打牌/打麻将/玩游戏"指娱乐性活动，下棋也属于此类；

(4)"宗教活动"指在家或宗教场所进行祷告、祈祷、许愿等活动。

F1（专业）：(1)"健身"指通过包括身体锻炼、身体运动在内的一系列方式方法而达到一个增强体质、保健身心、延年益寿的目的。

(2)"体育锻炼"指每次持续时间至少 20 分钟以上的中等强度的一项或多项体育锻炼，方式不限。

（3）"旅游"指由人们向既非永久定居地亦非工作地旅行并在该处逗留所引起的相互关系和现象的总和。

（4）"宗教活动"指在宪法、法律、法规允许的范围内进行信仰活动或仪式。

【CAPI】针对 L1 选择的每种活动，分别提问 L101。

L101 您"加载 L1 选项"的频率为？

1. 几乎每天　　2. 一周几次　　3. 一月几次　　4. 一月一次

5. 几个月一次

L2 最近 3 个月，您日常出行最常采用的<u>两种</u>交通方式是：【出示卡片】【限选两项】

1.步行　　2.自行车　　3.电动自行车　　4.摩托车　　5.公共汽车

6.地铁　　7.出租车　　8.私家车　　　　9.单位车　　10.畜力车

11.农用机动车　　　77.其他【请注明】＿＿＿＿＿

F1：（1）"电动自行车"指用蓄电池驱动的自行车。

（2）"私家车"指小汽车、轿车。

（3）"畜力车"指牛车、马车、骡车、驴车等。

L201 到目前为止，您是否坐过火车？

1. 是　　　　　　　　　5. 否

L202 到目前为止，您是否坐过飞机？

1. 是　　　　　　　　　5. 否

L203 到目前为止，您是否去过港澳台？

1. 是　　　　　　　　　5. 否

L204 到目前为止，您是否出过国（不包括港澳台）？

1. 是　　　　　　　　　5. 否

请提问【手机和网络模块】

L3 您了解信息的主要渠道有：【限选三项】【出示卡片】

1.电视　　2.互联网　　3.报纸、期刊杂志　　4.广播

5. 手机短信　　6. 别人转告　　77. 其他【请注明】＿＿＿＿＿

M 部分

M1 到目前为止，您是否因以下事务找人帮过忙？【可多选】【出示卡片】

1．借钱　　2．子女入学　　3．看病　　4．自己找工作

5．子女找工作　　78．以上都没有【跳至 M2】

M101 您找人"加载 M1 选项"是否得到帮助？

1．是　　　　　　　　　5．否【跳至 M2】

M102 帮助您的人和您是什么关系？

访员注意：如涉及多人则填写最主要的人

1．亲戚　　2．朋友　　3．同学　　4．一般同事　　5．兄弟姐妹

6．父母　　7．岳父母/公公公婆　　8．祖辈

77．其他【请注明】_____

M103 他/她的"社会身份"是_____

访员注意：依官阶/职阶填写最高等级，详细记录。

例如：××乡镇会计；××市××公司经理；××大学教授；××部××司司长

　M2 到目前为止，是否有人因以下事务找您帮过忙？【可多选】

【出示卡片】

1．借钱　　2．子女入学　　3．看病　　4．自己找工作

5．子女找工作　　78．以上都没有【跳至 M3】

M201 别人因"加载 M2 选项"找您，您是否给予帮助？

访员注意：如涉及多人则填写最主要的人。

1．是　　　　　　　　　5．否【请跳至 M3】

M202 您帮助的人和您是什么关系？

访员注意：如涉及多人则填写最主要的人。

1．亲戚　　2．朋友　　3．同学　　4．一般同事　　5．兄弟姐妹

6．父母　　7．岳父母/公公公婆　　8．祖辈

77．其他【请注明】_____

M203 他/她的"社会身份"是_____

访员注意：依官阶/职阶填写最高等级，详细记录。

例如：××乡镇会计；××市××公司经理；××大学教授；××部××司司长

【问题 M3 至 M304 以及 M306 选项】【出示卡片】				
0. 配偶	1. 父母	2. 儿子	3. 媳妇	4. 女儿
5. 女婿	6. (外)孙子女	7. 其他亲属	8. 朋友/同学	9. 邻居
10. 同事	11. 社会工作者	12. 保姆	13. 物业	14. 老师
15. 上帝/真主/佛祖/神明	16. 无人			

【CAPI】如果选择"0—6"还需要继续加载 T1—4 的所有姓名以供选择。

M3 您平时与谁聊天最多? _____

M301 如果您有心事或想法,最先向谁说? _____

M302 如果您遇到日常生活中的小麻烦,最先找谁解决? _____

M303 如果您生病需要照料时,最先找谁照料? _____

M304 如果您需要借数额不小的现金,最先找谁借钱? _____

M305 您是否有无话不说的人?

1. 是   5. 否【请跳至 M4】

M306 您可以无话不说的人是谁【单选】? _____

M4 就下面的问题,请您根据自己的情况打分("1"分最低,"5"分最高)。【出示卡片】

M401 您的个人收入在本地属于?

访员注意:如不适用,请录入"-8",如学生没有"收入水平"。

　　　　很低—1—2—3—4—5→很高

M402 您在本地的社会地位?

　　　　很低—1—2—3—4—5→很高

M403 您对自己生活的满意程度?

　　　　很不满意—1—2—3—4—5→非常满意

M404 您对自己未来的信心程度?

　　　　很没信心—1—2—3—4—5→很有信心

M5 下面的问题,对您而言重要程度如何? 【出示卡片】

M501 很有钱　不重要—1—2—3—4—5→非常重要

M502 不被人讨厌　不重要—1—2—3—4—5→非常重要

M503 生活有乐趣　不重要—1—2—3—4—5→非常重要

M504 与配偶关系亲密　不重要—1—2—3—4—5→非常重要

M505 不孤单　不重要—1—2—3—4—5→非常重要

M506 有成就感　　不重要—1—2—3—4—5→非常重要

M507 死后有人念想　　不重要—1—2—3—4—5→非常重要

M508 家庭美满、和睦　　不重要—1—2—3—4—5→非常重要

M509 传宗接代　　不重要—1—2—3—4—5→非常重要

M510 子女有出息　　不重要—1—2—3—4—5→非常重要

M6 在上面提到的问题中,您认为哪个问题对您是最重要的?　＿＿＿＿

1. 很有钱　　2. 不被人讨厌　　3. 生活有乐趣　　4. 与配偶关系亲密

5. 不孤单　　6. 有成就感　　7. 死后有人念想　8. 家庭美满、和睦

9. 传宗接代　　10. 子女有出息

M7 您在多大程度上同意下列说法?【出示卡片】

访员注意:(1)如果受访者表示"我不理解你说什么"、"不想回答",选择6"不知道"。

(2)访问时注意不要读出选项"既不同意也不反对"、"不知道",卡片上也不显示。

(3)这道题不允许"CTRL + D","CTRL + R","79(不适用)"。

1. 十分不同意　　2. 不同意　　3. 同意　　4. 十分同意

5. 既不同意也不反对【不读出】　　6. 不知道【不读出】

M701 为了经济繁荣就要拉大收入差距

M702 有公平竞争才有和谐的人际关系

M703 财富是个人成就的反映

M704 在当今社会,努力工作能得到回报

M705 在当今社会,聪明才干能得到回报

M706 在当今社会,要干成大事就不可避免腐败

M707 在当今社会,有社会关系比个人有能力更重要

【CAPI】如果以上题目有选择"6. 不知道"跳出追问 M708。

M708 你为什么回答"不知道"?

1. 不想回答　　3. 不理解问题含义　　5. 我就是不知道

N 部分

N1 到目前为止,您本人是否遇到过下列情况?【可多选】【出示卡片】

访员注意:无论是否得逞,只要遇到过就算。

1. 随身财、物被偷窃　　2. 随身财、物被抢劫　　3. 被打或被威胁

4. 家里被入室偷窃　　　5. 家里被入室抢劫

77. 其他【请注明】_____　　　78. 以上都没有

N2 到目前为止,您有过下列经历吗?【**出示卡片**】【若受访人听不懂,请注明】

访员注意:

(1) 如没有经历过这类事情属于不适用,请录入"79"。

(2) "没有"指的是碰上过这类事情但不符合题干中描述的情形。

1. 有过　　　　5. 没有　　　　79. 不适用

N201 遇到对自己或家庭不利的政策

N202 因贫富差别而受到不公正对待

N203 因户籍而受到不公正对待

N204 因性别而受到不公正对待

N205 受到政府干部的不公正对待

N206 与政府干部发生过冲突

N207 到政府办事时受到不合理的拖延、推诿

F1:"推诿"指的是推托,推卸责任,也称"踢皮球"。

N208 到政府办事时遭到不合理的收费

N3 您是否关注下列新闻?【可多选】【**出示卡片**】

1. 反腐倡廉　　2. 法制新闻　　3. 国际新闻　　4. 经济新闻

5. 文化体育　　6. 医疗卫生　　7. 农业/农村　　8. 社会问题

9. 环境保护　　78. 以上内容从不关注【跳至N4】

N301 您关注"加载N3的选项"的频率如何?

1. 经常关注　　3. 有时关注　　5. 很少关注

N4 您对去年本县/市政府工作的总体评价是什么?

1. 有很大成绩　　2. 有一定成绩　　3. 没有多大成绩

4. 没有成绩　　　5. 比之前更糟了

N5 下面列出了一些可能影响人成功的因素,您多大程度上同意这些观点?【**出示卡片**】

访员注意:(1) 如果受访者表示"我不理解你说什么"、"不想回答",选择6"不知道"。

（2）访问时注意不要读出选项"既不同意也不反对"、"不知道"，卡片上也不显示。

（3）这道题不允许"CTRL + D"，"CTRL + R"，"79（不适用）"。

1. 十分不同意　　2. 不同意　　3. 同意　　4. 十分同意

5. 既不同意也不反对【不读出】　　6. 不知道【不读出】

N501 社会地位高的家庭，子女的成就也会大；社会地位低的家庭，子女的成就也会小。

N502 富人家的子女，成就也会大；穷人家的子女，成就也会小。

N503 一个人受教育程度越高，获得很大成就的可能性就越大。

N504 影响一个人成就大小最重要的因素是他/她的天赋。

N505 影响一个人成就大小最重要的因素是他/她的努力程度。

N506 影响一个人成就大小最重要的因素是他/她的运气。

N507 影响一个人成就大小最重要的因素是他/她或他/她的家里有关系。

【CAPI】如果以上题目有选择"6. 不知道"跳出追问 N508。

N508 你为什么回答"不知道"？

1. 不想回答　　3. 不理解问题含义　　5. 我就是不知道

P 部分

P1 您现在的身高是＿＿＿＿厘米

P2 您现在的体重是＿＿＿＿斤

访员注意：如超常体型，请在 F2 中加注。

P3 您认为自己的健康状况如何？

1. 健康　2. 一般　3. 比较不健康　4. 不健康　5. 非常不健康

P301 您觉得您的健康状况和一年前比较起来如何？

1. 更好　　　　3. 没有变化　　5. 更差

P302 您觉得与同龄人相比，您的身体状况如何？

1. 比同龄人好　3. 差不多　　5. 比同龄人差

P4 过去2周内，您是否有身体不适？

1. 是　　　　　　5. 否【跳至 P5】

P401 过去2周内，您主要的身体不适是什么？

1. 发烧　　　　2. 疼痛　　　　3. 腹泻　　　　4. 咳嗽

5. 心慌/心悸　77. 其他【请注明】_____　　78. 无自觉症状

P402 您自己感觉到所患病伤的严重程度如何？

1. 不严重　　　3. 一般　　　5. 严重

P403 您是否找医生看过？

1. 看过　　　　　　　　　5. 没有看过【跳至 P405】

P404 医生诊断您患的是什么病或受伤？

访员注意：(1) 如果医生诊断被访者患有多种疾病，填写最主要的两种。

(2) 如果只有一种病，第二种填写"-8"不适用。

1. 疾病的名称_____　　2. 疾病的名称_____

P404 请访员在疾病表中选择受访者所患的疾病属于哪一类。

疾病的类型 1_____疾病的类型 2_____

P405 您病/伤的是什么时候开始的？

1. 2 周内新发生的　　　3. 急性病 2 周前发生延续到 2 周内

5. 慢性病持续到 2 周内

P5 过去 6 个月内，您是否患过经医生诊断的慢性疾病？

1. 是　　　　　　　　　5. 否【跳至 P6】

访员注意：如果有多种慢性病，由严重到不严重填写两种病。

P501 您被医生诊断的最主要两种慢性疾病疾病名称是什么？

疾病一：_____疾病二_____

访员注意：(1) 如果被访者患有多种慢性疾病，请受访者选出最主要的两种疾病。

(2) 如果只有一种慢性疾病，第二种疾病填写"-8"不适用。

P501 请访员在疾病表中选择受访者所患的慢性疾病属于哪一类。

【CAPI】使用《中国家庭动态跟踪调查疾病编码》

疾病一：_____，疾病二：_____

P502 您被医生确诊的时间是何时？

1. 半年前　　　　　　　　　5. 半年内

P503 您在过去的半年内是否进行了治疗？

1. 是　　　　　　　　　5. 否

P6 去年您是否住过院？

1. 是　　　　　　　　　　　　5. 否【跳至 P7】

F1："住院"指因疾病或意外伤害而入住医院病房至少 1 晚或以上。

P601 去年您一共住了几次院？＿＿＿＿＿＿次

【CAPI】针对每次住院,分别提问住院的信息(P602—P607)。

P602 您去年第 1(N＋1)次住院是几月份？＿＿＿＿＿＿月

P603 您这次住院总共住了多少天？＿＿＿＿＿＿天

P604 这次您是因为什么原因住院？＿＿＿＿＿＿

P605 这次您住院的总费用是多少？共计＿＿＿＿＿＿元

F1："住院的总费用"包括用于医疗方面的费用,如医药费、治疗费、病房费;也包括用于住宿、吃饭、请看护等方面花的钱。红包费也算。

P606 这次您的住院总费用中,用于住宿、吃饭、请看护等方面花了多少钱？＿＿＿＿＿＿元

F1："看护"指专门从事照看护理病人工作的人。

P607 这次您的住院总费用中,用于医疗方面的费用是多少？＿＿＿＿＿＿元

F1："用于医疗方面的费用"仅指用于医疗的医药费、治疗费(含手术费)、检查费等。

P608 去年您因伤病住院一共花费了[【CAPI】自动加总以上每次住院的总费用在屏幕上显示]元,这些钱中由您家直接支付的是多少？＿＿＿＿＿＿元

访员注意:如果没有支付住院费用,则填"0"。

P609 在您家直接支付的所有住院费用中,谁付得最多？

1. 本人　　2. 配偶　　3. 夫妻共同支付　　4. 儿子　　5. 女儿

6. 儿女一起　　7. 父母　　8. 兄弟姐妹　　9. 亲戚

P610 您家直接支付的所有住院费用,在多大程度上超过了您家的支付能力？

1. 严重超过　　2. 轻微超过　　3. 尚能支付　　4. 能够支付

5. 只占个人支付能力的一小部分

F1："超过了支付能力"指受访家庭现有的现金、存款等资源加在一起还不够支付。

P7 您日常生小病【例如发热或者腹泻】时,通常是如何处理的？

1. 立刻找医生看病　　2. 自己找药/买药

3. 民间方法治疗(如刮痧等)　　4. 去求神拜佛或做法事

5. 不采取任何措施,等病慢慢好　　77. 其他【请注明】_____

F1:"法事"是指僧道拜忏、打醮等事。

【CAPI】如 P7 选择"1"跳至 P710,否则,请继续提问。

P701 您生病不去看病的最主要原因是什么?【出示卡片】

1. 医疗费用太贵　　　2. 离医院或其他医疗机构太远

3. 无人陪同去医院　　4. 不相信医生

5. 觉得没必要看病,自己解决　　6. 医生态度不好

7. 医院的手续太麻烦　　77.其他【请注明】_____

【CAPI】回答完 P701 之后跳至 P8。

P710 您如果找医生看病,一般去哪儿?【单选】

1. 综合医院　　2. 专科医院　　3. 社区卫生服务中心/乡卫生院

4. 社区卫生服务站/村卫生室　　　5. 诊所

F1(通俗):(1)"综合医院"指通常说的大医院,能诊疗各种类型的疾病。

(2)"专科医院"指针对某类疾病的医院,如妇产科医院。

(3)"社区卫生服务中心/乡卫生院"指设在社区/乡镇一级的用于诊疗常见病的医疗机构。

(4)"社区卫生服务站/村卫生室"指设在社区/村级一级的用于诊疗常见疾病的医疗机构。

(5)"诊所"通常指私人诊所,也指医疗设施简陋的村/社区诊所。

F1(专业):(1)"综合大医院"即三级医院,是跨地区、省、市以及向全国范围提供医疗卫生服务的医院,是具有全面医疗、教学、科研能力的医疗预防技术中心。我国的医院分为三级:一级为街道小医院,二级为县区级医院,三级为综合性大医院。

(2)"专科医院"是指专门收治某一类专科伤病员的医院。如传染病医院、口腔医院、结核病医院、骨科医院、胸科医院等。另外,以某种人群为服务对象的专科医院,如儿童医院、妇产科医院及近年来国内外出现的老年病医院等,实际上还是综合性医院性质,如儿童医院就包括小儿内科、外科、眼科、耳鼻喉科等等。中医医院、中西医结合医院是否列入专科医院有较大争议,这里将之列入综合医院或单列。

（3）社区卫生服务机构提供公共卫生和基本医疗服务,具有公益性质,不能以营利为目的,这是社区卫生服务的基本特征。

（4）"诊所"是纳入卫生行政部门管理的医疗机构中的一类。"诊所"与中医诊所、民族医诊所、卫生所、医务室、卫生保健所、卫生站等并列,同属一个类别。排在医院、妇幼保健院、卫生院、疗养院、门诊部等5类医疗机构之后。村卫生室（所）、急救中心（站）、临床检验中心、专科疾病防治院（所、站）、护理院（站）和其他诊疗机构等6类之前,属于第6类医疗机构。"诊所"的构成要件包括人员和设施。《深圳经济特区实施〈医疗机构管理条例〉若干规定（修正）》则明确规定:诊所,系指仅设有临床科室或临床医师和护理人员的医疗机构。门诊部,系指设有临床科室和相关的临床辅助科室,诊断、治疗、供应功能设备,并设有观察病床的医疗机构。

P711 您对"加载 P710 选项"的整体就医条件满意吗?

1. 很满意　　2. 满意　　3. 一般　　4. 不满意　　5. 非常不满意

F1:"就医条件"指医、药、就诊、住院等条件,也包括求医的路程远近,交通便利程度。

P712 您觉得那里的医疗水平怎么样?

1. 很好　　2. 好　　　3. 一般　　4. 不好　　5. 很不好

P713 如果那里有中医,您会选择看中医吗?

1. 会　　　3. 不会　　5. 无所谓

P8 请问,您上个星期锻炼了几次?_____次

F1:"锻炼"指每次持续时间至少20分钟以上的中等强度的一项或多项体育锻炼,方式不限。

P801 请问,您上个星期每次锻炼多长时间?_____分钟

P9 您主要的主食是什么?【单选】

访员注意:只选最主要的一项。

1. 大米　　3. 面食　　5. 杂粮　　77. 其他【请注明】_____

P901 最近 1 个月,您食用下列哪些食物?【可多选】【出示卡片】

1. 肉类　　2. 鱼等水产品　　3. 新鲜蔬菜、水果　　4. 奶制品

5. 豆制品　6. 蛋类　　　　7. 腌制食品【如榨菜、酱豆腐】

8. 膨化/油炸食品【如薯片、油条】　　78.以上都没有

【CAPI】#01 针对每种选择的食物,提问 P902。

#02 如果 P901 选择 78,则跳至 Q1。

P902 最近 1 个月,您<u>平均每周</u>食用"加载 P901 答案"的次数?_____(次)

访员注意:

(4) 所填的次数只允许整数,采用四舍五入法计算。如回答 1 个月吃 5 次,则录入"1"。

(5) 如果每周不足 1 次,记为"1"次。

(6) 如果一天吃两顿记为 2 次,以此类推。

Q 部分

Q1 请在下面的这些活动(P-ADL)里选择您自己无法独立完成的选项?【出示卡片】【可多选】

1. 去户外活动(步行 300 米左右,如去车站、购物中心、停车场)

2. 简易烹调(准备一杯茶、掰馒头、夹菜)

3. 厨房活动(准备 1—2 人用的午餐:土豆削皮,切菜,烧肉,摆放餐桌,饭后抹桌子,洗碗)

4. 使用公共交通(居住区内的公共电车、汽车、火车、轮船,包括去车站、从车站回来、上下车船、车船内的转移、买票和找座位)

5. 购物(在当地商店和购物中心购物,包括与购物有关的活动,如进出商场、挑选商品、付款、将物品带回家)

6. 清洁卫生(收拾床铺、日常清洁、拖浴室地板、使用吸尘器、换被单、抹窗、倒垃圾)

7. 洗衣(包括洗衣的全过程:在公寓的洗衣房里或用自己的洗衣设备洗被单和衣服、衣服分类、选择洗衣程序、操作洗衣机、放进和取出衣服、晾干衣服、折叠和整理洗好的干衣服)

78. 以上都没有【跳至 Q2】

Q101 您需要获得多大程度的帮助才能完成"加载 Q1 答案"?

1. 在有人给予完全帮助的条件下才能完成

2. 在有人给予很大帮助的条件下可以完成

3. 在有人给予一定帮助的条件下就能完成

4. 在有人稍加帮助的条件下就能完成

5. 在有人看着的条件下就能完成

6. 有时候无须帮助就能完成

Q2 最近 1 个月，您是否吸烟？

1. 是　　　　　　　　　　5. 否【跳至 Q211】

F1："吸烟"，只要是曾经把香烟叼在嘴里，点燃过，就算。通过吸烟来点燃鞭炮也算。

Q201 您从几岁开始吸烟？　＿＿＿＿岁

Q202 您现在每天得吸多少烟？　＿＿＿＿支/包

Q203 您昨天吸的烟值多少钱？　＿＿＿＿元

【CAPI】跳至 Q3。

Q211 您是否曾经吸烟？

1. 是　　　　　　　　　　5. 否【跳至 Q3】

Q212 您多大年龄时戒烟的？　＿＿＿＿岁

Q3 最近 1 个月，您是否每周喝酒 3 次以上？

1. 是　　　　　　　　　　5. 否【跳至 Q311】

F1："常喝酒"指每周至少喝酒 3 次，每次至少 1 杯。

Q301 您几岁开始喝酒？　＿＿＿＿岁

Q302 最近 1 个月，您常喝以下哪几种酒？【可多选】

1. 烈性酒（白酒/威士忌/伏特加）

3. 葡萄酒/米酒/黄酒　　　　5. 啤酒

Q303 您上周大概喝了多少"Q302 答案"？　＿＿＿＿两/瓶

F1：1 两 ＝50 毫升，1 瓶 ＝2.5 杯，1 杯 ＝220 毫升

【CAPI】提问完 Q303，跳至 Q4。

Q311 您过去常喝酒吗？

1. 是　　　　　　　　　　5. 否【跳至 Q4】

F1："常喝酒"指每周至少喝酒 3 次，每次至少 1 杯。

Q312 您多大年龄时戒酒的？　＿＿＿＿岁

Q4 您现在是否有午睡习惯？

1. 是　　　　　　　　　　5. 否【跳至 Q402】

Q401 您午睡一般睡多长时间？　＿＿＿＿小时/分钟

Q402 晚上,您一般几点上床睡觉?＿＿＿＿点＿＿＿＿分

访员注意:采用 24 小时制。

F1:如有多次睡眠,则以最长时间的那次睡眠为准。

Q5 您能记住 1 周内发生在您身上的主要事情吗?

1. 完全能记住　　　2. 能记住多数　　　3. 能记住一半

4. 只能记住少数　　5. 只能记住一点点

Q6 下面有一些对人们精神状态的描述,请根据您最近 1 个月内的情况选择。【出示卡片】

1. 几乎每天　2. 经常　3. 一半时间　4. 有一些时候　5. 从不

Q601 最近 1 个月,您感到情绪沮丧,郁闷、做什么事情都不能振奋的频率?

Q602 最近 1 个月,您感到精神紧张的频率?

Q603 最近 1 个月,您感到坐卧不安、难以保持平静的频率?

Q604 最近 1 个月,您感到未来没有希望的频率?

Q605 最近 1 个月,您做任何事情都感到困难的频率?

Q606 最近 1 个月,您认为生活没有意义的频率?

F1:"精神状态"是指人的情绪、意志、能力、自豪感等心理活动,通过表情、行为等表露在外的现象。

Q7 当您身体不舒服时或生病时主要是谁来照料?

访员注意:如果有多人帮助则选择最主要的帮助人。

1. 配偶　　2. 子女/及其配偶　　3. 孙子女或其配偶

4. 其他家庭成员　　5. 朋友　　6. 社会服务　　7. 保姆

8. 无人照料

X 部分

X1 QX1"字词测试"

请在下列 8 个表中任选一个表,请念出来【出示卡片】。【字词模块】

访员注意:请受访者用普通话读词。对音调、前鼻音、后鼻音、平舌、翘舌不做区分。

【CAPI】【编码:对 = 1;错 = 5】(34 字词组)

X2 QX2"数学测试"

数学,请从4组题中随机选择一组提问。【**出示卡片**】【数学模块】

【CAPI】【编码:对=1;错=5】

下面的问题是一些身体的特殊活动,请问您的健康是否限制了这些活动?如果是,程度如何?

X3 您的双手是否能够接触到颈根?

访员注意:给受访者作示范,首先提问是否能做到。如果受访者表示可以,则邀请受访者照示范做一次,并观察是否做到,再记录结果。

1. 只能右手触及　　　　　　2. 只能左手触及

3. 双手都能触及　　　　　　4. 双手都不能

【CAPI】如果 X3 选择"3"则跳至 X4,否则继续提问 X301。

X301 这种障碍持续多久了? _____月/年

X4 您的双手是否能够接触到后腰

访员注意:给受访者作示范,首先提问是否能做到。如果受访者表示可以,则邀请受访者照示范做一次,并观察是否做到,再记录结果。

1. 只能右手触及　　　　　　2. 只能左手触及

3. 双手都能触及　　　　　　4. 双手都不能

【CAPI】如果 X4 选择"3"则跳至 X5,否则继续提问。

X401 这种障碍持续多久了? _____月/年

X5 坐一段时间后您能马上从椅子上站起来吗?

访员注意:给受访者作示范,首先提问是否能做到。如果受访者表示可以,则邀请受访者照示范做一次,并观察是否做到,再记录结果。

1. 能,不需搀扶或倚靠任何物体　　3. 能,需搀扶或倚靠任何物体

5. 不能

【CAPI】如果 X5 选择"1"则跳至 X6,否则继续提问 X501。

X501 这种障碍持续多久了? _____月/年

X6 您能捡起地上的书吗?

访员注意:给受访者作示范,首先提问是否能做到。如果受访者表示可以,则邀请受访者照示范做一次,并观察是否做到,再记录结果。

1. 能,站着捡起　　3. 能,坐着捡起　　5. 不能

【CAPI】如果 X6 选择"1"则跳至 X7,否则继续提问 X601。

X601 这种障碍持续多久了? _____月/年

X7 您自转一圈共走了多少步？_____步

访员注意：给受访者作示范，首先提问是否能做到。如果受访者表示可以，则邀请受访者照示范做一次，并记录结果。如果不能做到则填"00"。

Y 部分

Y1 您的电子邮件地址：_____

访员注意：不适用填"-8"。

Y2 您的 QQ 号码：_____

访员注意：不适用填"-8"。

Y3 您的 MSN 号码：_____

访员注意：不适用填"-8"。

Y4 您是否在以下网站注册？【可多选】

1. 人人网　　　2. Facebook　　　3. 开心网　　　4. 海内网　　　5. 天际网

78. 以上都没有

Y5 您的身份证号码：_____

Z 部分

Z1 这份问卷主要是由谁完成的？_____【单选】

访员注意：选择最主要的访问者。

Z101 还有哪些家庭成员参与了这份问卷的回答？_____【限选两项】

访员注意：选择较为主要的两名访问者。

Z102 访问时，除了家庭成员外有谁在场【可多选】：

1. 亲友　　　　　2. 督导　　　　　3. 邻居　　　　　4. 村/居干部

77. 其他【请注明身份】_____　　　78. 没有其他人在场

Z201 受访者的理解能力：很差—1—2—3—4—5—6—7→很好

Z202 受访者的健康状况：很差—1—2—3—4—5—6—7→很好

Z203 受访者的衣装整洁程度：很差—1—2—3—4—5—6—7→很好

Z204 受访者的外貌：很差—1—2—3—4—5—6—7→很好

Z205 受访者的普通话熟练程度：很差—1—2—3—4—5—6—7→很好

Z206 受访者对调查的配合程度：很差—1—2—3—4—5—6—7→很好

Z207 受访者的智力水平：很低—1—2—3—4—5—6—7→很高

Z208 受访者的待人接物水平：很差—1—2—3—4—5—6—7→很好

Z209 受访者对调查的兴趣：很低—1—2—3—4—5—6—7→很高

Z210 受访者对调查的疑虑：很低—1—2—3—4—5—6—7→很高

Z211 受访者回答的可信程度：很低—1—2—3—4—5—6—7→很高

Z212 受访者的语言表达能力：很差—1—2—3—4—5—6—7→很强

农业工作模块

H1 去年,您有几个月从事农业劳动? ＿＿＿＿＿＿月

访员注意：如果从事农业劳动的时间短于 1 个月视为 1 个月。

H2 去年,在从事农业劳动的月份,您平均每月劳动几天? ＿＿＿＿＿＿天

访员注意：如果从事农业劳动的时间短于 1 天视为 1 天。

H3 去年,在从事农业劳动的月份,您平均每天劳动几小时?

＿＿＿＿＿＿小时

访员注意：如果从事农业劳动的时间短于 1 个小时视为 1 个小时。

H4 除了农业劳动,您现在是否还从事其他有薪酬的非农业劳动?

1. 是　　　　　　　　　　5. 否【跳至 J3】

H401 您现在主要是在哪个机构工作?

1. 自己经营【跳至 H403】　　　5. 在单位工作

H402 您工作单位的具体名称是：＿＿＿＿＿＿

访员注意：详细记录受访者工作单位的名称。

H403 请问,您现在工作的机构属于? 【出示卡片】

1. 政府部门/党政机关/人民团体/军队

2. 国有/集体事业单位/院/科研院所

3. 国有企业/国有控股企业　　　4. 集体企业

5. 股份合作企业/联营企业　　　6. 有限责任公司/股份有限公司

7. 私营企业　　8. 港/澳/台商投资企业　　9. 外商投资企业

10. 农村家庭经营　　11. 个体工商户　　12. 民办非企业组织

13. 协会/行会/基金会等社会组织

14. 社区居委会/村委会等自治组织　　77. 其他【请注明】＿＿＿＿＿＿

17. 无法判断

H404 您非农工作的职业是？_____

例如：

××小学教语文兼年级组长

××公司会计

××工厂××车间车间主任

××县××医院护士

访员注意：

（1）如果受访者有多份工作,请询问占用时间最多的工作；

（2）请详细记录受访者的主要工作。填写具体内容:工作部门＋工作职责/工作内容＋工作岗位或工种名称

H405 您的非农工作属于哪类职业？|　|　|　|　|

H406 您的非农工作属于哪个行业？|　|　|　|

H407 您是否有行政/管理职务？

1. 是　　　　　　　　　　5. 否【跳至 H409】

H408 您的行政/管理职务是什么？_____

访员注意:详细记录受访者原话。

H409 您从什么时候开始从事这一非农工作？_____年_____月

H410 您平均每天从事这一非农工作的时间有几个小时？_____小时

访员注意:如果时间短于1个小时视为1个小时。

H411 您平均每月能从这一非农劳动中获取的收入有多少？_____元

【CAPI】回答完上述问题以后,请回到主问卷 J3。

在 婚

E2 请问您是初婚吗？

1. 是【跳至 E605】　　　　　　5. 否

E201 请问这是您的第几次婚姻？_____次

E210 您与现在的配偶的结婚日期是_____年_____月

E211 您现在的配偶的出生年月是_____年_____月

E212 您与现在的配偶结婚前是否同居过一段时间？

1．是　　　　　　　　　　　　5．否【跳至 E214】

E213 请问同居了多长时间？_____个月

E214 您与现在的配偶是如何认识的？【单项】【出示卡片】

1．在学校自己认识　　　　2．在工作场所自己认识

3．在居住地自己认识　　　4．在其他地方自己认识

5．经亲友介绍认识　　　　6．经婚介介绍认识　　　7．父母包办

8．经过互联网认识的　　　77．其他【请注明】_____

F1："在居住地自己认识"指在自己居住的社区，自己结识和交往的。

E601 请问您与初婚配偶分开是因为？

1．离婚　　　　　　　　　　　5．丧偶【跳至 E603】

E602 请问您与初婚配偶离婚的时间是 _____年 _____月【跳至 E605】

E603 请问您初婚配偶过世的时间是 _____年 _____月

E604 请问您初婚配偶是因为什么过世的？【死亡原因分类】

E605 您与初婚配偶的结婚日期是 _____年 _____月

E606 请问您初婚配偶的出生年月是 _____年 _____月

E607 请问您与初婚配偶结婚前是否同居过一段时间？

1．是　　　　　　　　　　　　5．否【跳至 E609】

E608 请问同居了多长时间？_____个月

E609 您与您的初婚配偶是如何认识的？【单项】【出示卡片】

1．在学校自己认识　　　　2．在工作场所自己认识

3．在居住地自己认识　　　4．在其他地方自己认识

5．经亲友介绍认识　　　　6．经婚介介绍认识　　　7．父母包办

8．经过互联网认识的　　　77．其他【请注明】_____

F1："在居住地自己认识"指在自己居住的社区，自己结识和交往的。

【CAPI】回答完成 E609 后，回到主问卷。

同　居

E301 请问，您与现在的同伴开始同居的时间是 _____年

_____月

E302 请问,您现在同伴的出生年月是_____年_____月

E303 请问,您与现在的同伴是如何认识的?【单项】【出示卡片】

1. 在学校自己认识　　　　2. 在工作场所自己认识

3. 在居住地自己认识　　　　4. 在其他地方自己认识

5. 经亲友介绍认识　　　　6. 经婚介介绍认识　　7. 父母包办【屏蔽】

8. 经过互联网认识的　　　77. 其他【请注明】_____

F1:"在居住地自己认识"指在自己居住的社区,自己结识和交往的。

E310 与现在的同伴同居之前,您是否有婚姻史?

1. 是【跳至 E313】　　　　　　　5. 否

E311 请问现在的同伴是您第一个同居伙伴吗?

1. 是【回到主问卷】　　　　　　　5. 否

E312 在与现在的伙伴同居之前,您与几位伙伴<u>先后</u>同居过?

_____位

【CAPI】回答完 E312 以后,回到主问卷。

E313 您在此之前一共结过几次婚?_____次

E401 请问您与<u>前任</u>配偶分开是因为?

1. 离婚　　　　　　　　　5. 丧偶【跳至 E403】

E402 请问您与<u>前任</u>配偶离婚的时间是_____年_____月【跳至 E405】

E403 请问您<u>前任</u>配偶过世的时间是_____年_____月

E404 请问您<u>前任</u>配偶是因为什么过世的?

E405 请问您与<u>前任</u>配偶的结婚日期是_____年_____月

E406 请问您<u>前任</u>配偶的出生年月是_____年_____月

E407 请问您与<u>前任</u>配偶结婚前是否同居过一段时间?

1. 是　　　　　　　　　5. 否【跳至 E409】

E408 请问您与<u>前任</u>配偶结婚前同居了多长时间?_____个月

E409 请问您与<u>前任</u>配偶是如何认识的?【单项】【出示卡片】

1. 在学校自己认识　　　　2. 在工作场所自己认识

3. 在居住地自己认识　　　　4. 在其他地方自己认识

5. 经亲友介绍认识　　　　6. 经婚介介绍认识　　7. 父母包办

8. 经过互联网认识的　　77. 其他【请注明】_____

F1:"在居住地自己认识"指在自己居住的社区,自己结识和交往的。

E601 请问您与初婚配偶分开是因为?

1. 离婚　　　　　　　　　5. 丧偶【跳至 E603】

E602 请问您与初婚配偶离婚的时间是_____年_____月【跳至 E605】

E603 请问您初婚配偶过世的时间是_____年_____月

E604 请问您初婚配偶是因为什么过世的?

【CAPI】加载死亡原因分类表。

E605 您与初婚配偶的结婚日期是_____年_____月

E606 请问您初婚配偶的出生年月是_____年_____月

E607 请问您与初婚配偶结婚前是否同居过一段时间?

1. 是　　　　　　　　　5. 否【跳至 E609】

E608 请问您与初婚配偶结婚前同居了多长时间? _____个月

E609 您与初婚配偶是如何认识的?【单项】【出示卡片】

1. 在学校自己认识　　　2. 在工作场所自己认识

3. 在居住地自己认识　　4. 在其他地方自己认识

5. 经亲友介绍认识　　　6. 经婚介介绍认识　　7. 父母包办

8. 经过互联网认识的　　77. 其他【请注明】_____

F1:"在居住地自己认识"指在自己居住的社区,自己结识和交往的。

【CAPI】回答完成后 E609 后,请回到主问卷。

离　　婚

E4 请问您共结过几次婚? _____次

E402 请问您与前任配偶离婚的时间是 _____年_____月

E405 请问您与前任配偶的结婚日期是 _____年_____月

E406 请问您前任配偶的出生年月是 _____年_____月

E407 请问您与前任配偶结婚前是否同居过一段时间?

1. 是　　　　　　　　　5. 否【跳至 E409】

E408 请问您与前任配偶结婚前同居了多长时间? _____个月

E409 请问您与前任配偶是如何认识的？【单项】【出示卡片】

1．在学校自己认识　　　　2．在工作场所自己认识

3．在居住地自己认识　　　4．在其他地方自己认识

5．经亲友介绍认识　　　　6．经婚介介绍认识　　7．父母包办

8．经过互联网认识的　　　77．其他【请注明】_____

F1："在居住地自己认识"指在自己居住的社区，自己结识和交往的。

E601 请问您与初婚配偶分开是因为？

1．离婚【跳至 E602】　　　　　5．丧偶【跳至 E603】

E602 请问您与初婚配偶离婚的时间是 _____年_____月【跳至 E605】

E603 请问您初婚配偶过世的时间是 _____年_____月

E604 请问您初婚配偶是因为什么过世的？【死亡原因分类】

E605 您与初婚配偶的结婚日期是_____年_____月

E606 请问您初婚配偶的出生年月是 _____年_____月

E607 请问您与初婚配偶结婚前是否同居过一段时间？

1．是　　　　　　　　　5．否【跳至 E609】

E608 请问您与初婚配偶结婚前同居了多长时间？ _____个月

E609 您与初婚配偶是如何认识的？【单项】【出示卡片】

1．在学校自己认识　　　　2．在工作场所自己认识

3．在居住地自己认识　　　4．在其他地方自己认识

5．经亲友介绍认识　　　　6．经婚介介绍认识　　7．父母包办

8．经过互联网认识的　　　77．其他【请注明】_____

F1："在居住地自己认识"指在自己居住的社区，自己结识和交往的。

【CAPI】回答完成 E609 后，回到主问卷。

丧　偶

E5 请问您共结过几次婚？ _____次

E501 您与刚过世的配偶的结婚日期是_____年_____月

E502 您刚过世的配偶的出生年月是_____年_____月

E503 请问您与刚过世的配偶结婚前是否同居过一段时间？

1. 是　　　　　　　　　　5. 否【跳至 E505】

E504 请问您与刚过世的配偶**结婚前**同居了多长时间？_____个月

E505 您刚过世的配偶是因为什么过世的？

E506 您与刚过世的配偶是如何认识的？【单项】【出示卡片】

1. 在学校自己认识　　　2. 在工作场所自己认识

3. 在居住地自己认识　　4. 在其他地方自己认识

5. 经亲友介绍认识　　　6. 经婚介介绍认识　　7. 父母包办

8. 经过互联网认识的　　77. 其他【请注明】_____

F1："在居住地自己认识"指在自己居住的社区，自己结识和交往的。

E601 请问您与**初婚配偶**分开是因为？

1. 离婚　　　　　　　　　5. 丧偶【跳至 E603】

E602 请问您与初婚配偶离婚的时间是_____年_____月【跳至 E605】

E603 请问您初婚配偶过世的时间是_____年_____月

E604 请问您初婚配偶是因为什么过世的？

E605 您与初婚配偶的结婚日期是_____年_____月

E606 请问您初婚配偶的出生年月是_____年_____月

E607 请问您与初婚配偶结婚前是否同居过一段时间？

1. 是　　　　　　　　　　5. 否【跳至 E609】

E608 请问您与初婚配偶结婚前同居了多长时间？_____个月

E609 您与初婚配偶是如何认识的？【单选】【出示卡片】

1. 在学校自己认识　　　2. 在工作场所自己认识

3. 在居住地自己认识　　4. 在其他地方自己认识

5. 经亲友介绍认识　　　6. 经婚介介绍认识　　7. 父母包办

8. 经过互联网认识的　　77. 其他【请注明】_____

F1："在居住地自己认识"指在自己居住的社区，自己结识和交往的。

【CAPI】回答完成 E609 后，回到主问卷。

附录8
少儿问卷

中国家庭动态跟踪调查
少 儿 问 卷

中国家庭动态跟踪调查说明

中国家庭动态跟踪调查旨在通过对全国样本家庭及其成员的调查，搜集个体、家庭和村/居层次的多时点信息，获得中国社会发展与变迁的资料，为社会提供有效的信息来源，为学术研究提供系统科学的数据源，为政府政策决策提供科学依据。

为获得准确的数据，请你依据实际情况，回答访问员提出的问题。如果因此对你的生活和工作造成不便，我们深表歉意，请你理解和帮助我们的工作。

根据《中华人民共和国统计法》第三章第十四条，在未获得你许可的前提下，我们会对你所提供的所有信息绝对保密。科学研究、政策分析以及观点评论中发布的是大量问卷的信息汇总，而非你个人、家庭、村/居的案例信息，不会造成你个人、家庭、村/居信息的泄漏。

本轮调查为第一轮探索性跟踪调查，所有调查人员和督导人员都已经接受过严格的职业培训，了解《中华人民共和国统计法》、《中华人民共和国保密法》、《中华人民共和国刑法》的相关内容，并严格遵守相关法律。

参与本轮调查的所有访问员和督导员都佩戴北京大学统一核发的证

件,如果你对访问员的身份有任何疑问,欢迎你随时拨打电话:010-62767908 进行核查。

非常感谢你的支持和帮助!

北京大学

2010 年 3 月

特别提醒:

本问卷分为两部分:

(1)第一部分由家中成年人代答;

(2)第二部分由少儿本人回答;

家人代答部分

以下问题由同住的成年家人代答
最好由照顾孩子最多的人代答

A 部分

【CAPI】

01 自动加载受访少儿在同住家庭成员表(T1)中的姓名:_____

02 加载代答者在同住家庭成员表(T1)中的姓名:_____

A1 请问孩子的出生日期:_____年_____月_____日

【CAPI】

自动加载受访少儿在家庭问卷表 T1 中的出生日期,进行 Soft Check。

自动检查受访少儿的年龄,如果年龄 <1 岁,则使用【婴儿模块】;

如果年龄 =1—3 岁(含 1 岁,不含 3 岁),则使用【幼儿模块一】;

如果年龄 =3—6 岁(含 3 岁,不含 6 岁),则首先进行【决策测试】,再使用【幼儿模块二】;

如果年龄 =6—16 岁(含 6 岁,不含 16 岁),则使用少儿模块【少儿模块】。

以下内容请
10—15 岁少儿本人回答

H 部分

H1 请问,你现在在上学吗?

1. 是【跳至 H8】   5. 否

F1:"在上学"指正在接受学校教育。

H2 请问,你曾经上过学吗?

1. 上过【跳至 H3】   5. 没有上过

F1:"上过学"是指曾经接受过学校教育,不问其是否完成了某个阶段的学习。

H201 请问,你从来都没有上学的原因是?＿＿＿＿＿＿＿＿

访员注意:完整记录受访者原话。

【CAPI】**H201** 答完后请跳至 H9。

H3 请问,你现在没有上学的原因是什么?

1. 毕业   2. 辍学【跳至 H5】

F1:"辍学"是指学生因病、贫或其他特殊原因而中断正式的学校教育。

H4 请问,你从哪个阶段毕业?【受教育程度选项简项】

1. 文盲/半文盲【屏蔽】   2. 小学【跳至 H6】   3. 初中【跳至 H401】

4. 高中【跳至 H402】   5. 大专【跳至 H404】   6. 大学本科【跳至 H405】

7. 硕士【屏蔽】   8. 博士【屏蔽】   9. 不必念书【屏蔽】

H401 请问,你上的是哪类初中?

1. 普通初中【跳至 H6】   2. 成人初中【跳至 H6】

3. 职业初中【跳至 H403】

H402 请问,你上的是哪类高中?

1. 普通高中【跳至 H6】   2. 成人高中【跳至 H6】

3. 普通中专【跳至 H403】   4. 成人中专【跳至 H403】

5. 职业高中【跳至 H403】   6. 技工学校【跳至 H403】

H403 请问你所学的专业是什么?【出示卡片】

1. 农林类   2. 资源与环境类   3. 能源类   4. 土木水利工程类

5. 加工制造类　　6. 交通运输类　　7. 信息技术类　　8. 医药卫生类

9. 商贸与旅游类　　10. 财经类　　11. 文化艺术与体育类

12. 社会公共事务类　　13. 师范类　　77. 其他【请注明】＿＿＿＿＿

【CAPI】回答完成 H403 后,跳至 H6。

H404 请问你上的是哪类大专?

1. 普通专科

2. 成人专科(指各类成人高校;普通高校办的函授、业余、脱产等)

3. 网络专科　　77. 其他【请注明】＿＿＿＿＿

【CAPI】回答完成 H404 后,跳至 H406。

H405 请问你上的是哪类本科?

1. 普通本科

2. 成人本科(指各类成人高校;普通高校办的函授、业余、脱产等)

3. 网络本科　　77. 其他【请注明】＿＿＿＿＿

H406 请问你现在所学的专业属于哪个学科?【出示卡片】

1. 哲学　　2. 经济学　　3. 法学　　4. 教育学　　5. 文学

6. 历史学　7. 理学　　8. 工学　　9. 农学　　10. 医学

11. 军事学【屏蔽】　　　　12. 管理学

【CAPI】回答完成 H406 后,请跳至 H6。

H5 请问,你辍学的原因是什么?＿＿＿＿＿＿＿＿＿＿＿＿＿

访员注意:完整记录受访者原话。

F1:"辍学"是指学生因病、贫或其他特殊原因而中断正式的学校教育。

H6 请问,你现在做什么呢?

1. 在家待着　　2. 在家干活　　3. 找工作　　4. 在外面工作

77. 其他【请注明】＿＿＿＿＿

F1:(1)"在家待着"指没有上学,没有参加任何旨在获取经济收入的劳动。

(2)"在家干活"指在本村/居参与旨在获取经济收入的劳动,如家庭经营活动、帮工劳动等。

(3)"在外面工作"指在本村/居以外尤其是本县区以外参与旨在获取经济收入的劳动,如打工。

H7 你今后的打算是:

1. 工作　3. 继续上学　5. 在家待着　77. 其他【请注明】_____

【CAPI】完成 H7 以后,请跳至 H9。

H8 请问,你曾经辍过学吗?

1. 是　　　　　　　　　　5. 否

【CAPI】完成 H8 以后,跳至 R、S 部分。

R,S 部分:请继续提问【上学模块】

H9 你认为自己最少应该念完哪种教育程度?【受教育程度选项简项】【出示卡片】

1. 文盲/半文盲【屏蔽】　2. 小学　3. 初中　4. 高中

5. 大专　6. 大学本科　7. 硕士　8. 博士　9. 不必念书

J 部分

J1 到目前为止,你是否有过正式工作(含公益性质的工作)的经历?

1. 是　　　　　　　　　5. 否【跳至 T 部分】

F1:"正式工作"指连续工作 3 个月或以上、有具体任务的工作,含兼职和实习。

J2 你干过的最主要(占用时间最多)的正式工作内容是什么?

访员注意:填写具体内容。工作部门 + 工作职责/工作内容 + 工作岗位或工种名称

例如:

××小学教语文兼年级组长

××公司会计

××工厂××车间车间主任

××县××医院护士

本村种植水稻的农民

F1:"正式工作"指连续工作 3 个月或以上、有具体任务的工作,含兼职和实习。

J3 你干过的最主要(占用时间最多)的工作有报酬吗?

1. 有　　　　　　　　　5. 没有【请跳至 J4】

F1:"报酬"指以津贴、劳务、薪酬、实物等方式支付的物质酬劳;不包

括非物质报酬,如"荣誉"。

J301 你干过的<u>最主要(占用时间最多)</u>的工作报酬是多少?

_____元/（小时/周/月/年）

F1:"报酬"指以津贴、劳务、薪酬、实物等方式支付的物质酬劳;不包括非物质报酬,如"荣誉"。

J4 去年,你花在工作（包括公益性的工作）上的时间有多少?

_____天/周/月

F1:"公益性工作"指惠及他人而不收取报酬的无偿劳动。

日常生活

T 部分

请提问【时间利用模块】

K 部分

K1 请问,你认为能在交流中使用如下语言有多重要?【1 表示非常不重要;5 表示非常重要】【出示卡片】

K101. 普通话　　　　　　非常不重要 1—2—3—4—5 非常重要

K102. 本地话　　　　　　非常不重要 1—2—3—4—5 非常重要

K103. 英语　　　　　　　非常不重要 1—2—3—4—5 非常重要

K104. 其他外语　　　　　非常不重要 1—2—3—4—5 非常重要

K105. 外地方言　　　　　非常不重要 1—2—3—4—5 非常重要

K106. 少数民族语言　　　非常不重要 1—2—3—4—5 非常重要

F1:(1)"普通话"指国家颁布的现代标准汉语,如中央广播、电视新闻的语音语调。

(2)"本地话"指至少在本村/居通行的、与普通话在语音、语调、用词有明显差异的语言。

(3)"外地方言"指与本村/居通行的语言在语音、语调、用词上有明显差异的,也不同于普通话的地方语言。

(4)"少数民族语言"指与汉语不同的、通行在一定的民族人口群体的语言,如壮、布依、藏、蒙古、维吾尔、哈萨克、傣、侗、瑶、苗、水、仫佬、毛南、黎、羌、门巴、珞巴、彝、傈僳、纳西、白、拉祜、哈尼、基诺、阿昌、景颇、独龙、普米、怒、土家、畲、亿佬、京、撒拉、乌兹别克、塔塔尔、柯尔克孜、土、东乡、保安、鄂伦春、鄂温克、满、锡伯、赫哲、朝鲜、佤、德昂、布朗、高山、俄罗斯、塔吉克、嘉绒、载佤、登、东部裕固（尧乎尔）、西部裕固（恩格尔）、勉、布努、拉珈、布嫩、排湾、阿眉斯语等。

K2 请问，你平常与家人交谈主要使用什么语言：【单选】

1. 普通话　　　3. 汉语方言　　　5. 少数民族语言

77. 其他【请注明】_____

F1（通俗）：（1）"普通话"国家颁布的现代标准汉语，如中央广播、电视新闻的语音语调。

（2）"方言"指一定区域内通行的、与普通话在语音、语调、用词有明显差异的语言。

F1（专业）：（1）"普通话"是以北京语音为标准音，以北方话为基础方言，以典范的现代白话文著作作为语法规范的现代汉民族共同语。

（2）方言指语言的地域变体，通行于个别地区而不是全民族共同了解、共同使用的。

K3 请问，你有没有好朋友？

1. 有　　　　　　　　　5. 没有【跳至 K5】

F1："好朋友"指自认为与自己关系比较密切的朋友，如帮助自己、甚至为自己两肋插刀的朋友。

K301 请问你有几个好朋友？_____

K302 你的好朋友中有几个是男性？_____

K303 你的好朋友中有几个是女性？_____

K304 你的好朋友中有几个比你大 3 岁或以上？_____

K305 你的好朋友中有几个比你小 3 岁或以上？_____

K4 下面我们将分别询问你除了家庭成员外最好的一名男性朋友和最好的一名女性朋友的情况，请在你的朋友中自己选择，你不需要告诉我他/她的姓名。

我们先说你最好的男性朋友还是女性朋友？

1. 男　　　　　　　　　5. 女

K401 "你最好的男性朋友/女性朋友"的出生日期是_____年_____月_____日

K402 你与"你最好的男性朋友/女性朋友"是在什么时候认识的？
_____年_____月

K403 你与"你最好的男性朋友/女性朋友"是从什么时候开始交往的？ _____年_____月 F1："交往"指相互认识，并有往来，如一起参加体育、娱乐活动、一起学习等。

K404 你与"你最好的男性朋友/女性朋友"的交往有过多长时间的中断？ _____月/年

访员注意：没有中断过，则填"0"。

F1："中断"指没有往来活动的时间间隔，通常以月为单位计算；短于1个月，则忽略不计。

K405 "你最好的男性朋友/女性朋友"是你的同学吗？
访员注意：同学是指在同一个学校的同一个年级。

1. 是　　　　　　　　5. 否【跳至 K410】

K406 "你最好的男性朋友/女性朋友"是你什么阶段的同学？【可多选】

1. 幼儿园　　2. 小学　　3. 初中　　4. 高中　　5. 职高

6. 技校　　7. 中专　　8. 大专　　9. 大学

K407 "你最好的男性朋友/女性朋友"现在与你同班或曾经与你同班过吗？

1. 是　　　　　　　　5. 否【跳至 K410】

K408 "你最好的男性朋友/女性朋友"与你同班了几个学期？
_____学期

K409 "你最好的男性朋友/女性朋友"现在与你同年级吗？

1. 是　　　　　　　　5. 否

K410 "你最好的男性朋友/女性朋友"现在在做什么？

1. 上学　　　3. 工作　　　5. 既没上学也没工作

K411 "你最好的男性朋友/女性朋友"家的经济状况与你家比较如何？

1. 好很多　　2. 好一些　　3. 几乎一样　　4. 差一些　　5. 差很多

K412 "你最好的男性朋友/女性朋友"担任学生干部吗？

1. 是，一直在担任　　3. 担任过　　5. 从未担任过

F1:学生干部一般有:班长,副班长,组织委员,学习委员,宣传委员,劳动委员,生活委员,体育委员等。也包括担任"团支部"的干部。

K413 "你最好的男性朋友/女性朋友"抽烟吗?

1. 是　　　　　　　　5. 否

F1:"抽烟",只要是曾经把香烟叼在嘴里,点燃过,就算。通过吸烟来点燃鞭炮也算。

K414 "你最好的男性朋友/女性朋友"喝酒吗?

1. 是　　　　　　　　5. 否

K415 "你最好的男性朋友/女性朋友"有女/男朋友(恋爱关系)吗?【出示卡片】

1. 现在有　　3. 有过　　5. 从未有过

F1:"恋爱"指男女相互喜欢并有意培养爱慕之情的过程。

K416 以日常方式从你家去他/她家需要花多长时间?＿＿＿＿小时/分钟。

F1:"日常方式"指受访者最常采用的交通方式,如步行、骑车、乘车等。

K417 最近非假期的1个月,你们多长时间联系一次?(包括网络聊天)

1. 几乎每天　　2. 每周2—3次　　3. 每月2—3次

4. 2—3月一次　　5. 几乎没联系

K418 你认为你们之间的关系有多好?【1表示可以相互帮助;5表示可以无话不说、两肋插刀】

一般 1—2—3—4—5 非常好

K419 你觉得你自己的父母对于"你最好的男性朋友/女性朋友"的了解有多少?

1. 非常了解　　2. 比较了解　　3. 有一些了解

4. 了解很少　　5. 基本上不了解

K5 请问,当你遇到烦恼时,一般向谁诉说?【出示卡片】

1. 从不向他人诉说　　2. 父母　　3. 兄弟姐妹

4.外公/外婆/爷爷/奶奶　　5. 家里其他人　　6. 老师　　7. 同学

8. 从小玩到大的伙伴　　9. 网友/朋友　　10. 心理辅导人员

11. 在日记里倾诉　　77. 其他【请注明】_____

K6 当你不在家时,父母知道你和谁在一起吗?

1. 总是知道　　2. 大部分时候知道　　3. 有时候知道

4. 偶尔知道　　5. 从不知道

K7 你每月都有零花钱吗?

访员注意:压岁钱不算。

1. 有　　　　　　　　　　5. 没有【跳至K8】

F1:"零花钱"指家长或监护人提供的、用于日常零星消费用的钱,如买吃的、临时购买学习用具等。

K701 最近非假期的1个月,你平均每月有多少零花钱?_____元

K702 你零花钱的最主要来源是哪里?

1. 父母　　3. 祖父母/外祖父母　　5. 自己兼职打工

77. 其他【请注明】_____

K703 你觉得自己每个月有多少零花钱是合适的?_____元。

K8 你参与过以下活动吗?【出示卡片】

1. 到KTV唱歌　　2. 去Disco舞厅　　3. 喝酒　　4. 抽烟

5. 去网吧玩游戏　　6. 和同龄朋友/同学一起外出吃饭

78. 以上都没有【跳至K9】

F1:(1) KTV即"卡拉OK"、"练歌房"、"歌厅"等场所。

(2) Disco即"迪厅"、"的厅"、"的士高"等场所。

K801 去年你"加载K8选项"的频率为?

1. 几乎每天　　2. 一周数次　　3. 一月两三次　　4. 每月一次

5. 每年几次

K9 你有男/女朋友(恋爱关系)吗?【出示卡片】

1. 现在有　　3. 有过　　5. 从未有过

F1:"恋爱"指男女相互喜欢并有意培养爱慕之情的过程。

K10 最近非假期的1个月,你平均每周有几天做家务/做农活等家务?_____次

访员注意:一天算一次。

F1:(1)"家务"指买菜、做饭、洗衣服、打扫卫生及家庭修理等。

(2)"农活"指协助家庭其他成员或独立进行农、林、牧、渔业生产。

U 部分　请提问【手机和网络模块】

L 部分

L1 你认为自己身体的健康状况如何?

1. 健康　　2. 一般　　3. 比较不健康　　4. 不健康

5. 非常不健康

L2 过去的**非假期**的一个月,你是否出现过因为身体不适而缺课/旷工的情况?

1. 是　　　　　　　　5. 否

L3 过去的**非假期**的 1 个月,你锻炼身体的频率如何?

1. 几乎每天　　2. 每周两三次　　3. 每月两三次　　4. 每月一次

5. 从不

L4 你吃的**最主要**的主食是什么?

访员注意:只选一项最主要的。

1. 大米　　3. 面食　　5. 杂粮　　77. 其他【请注明】_____

L5 最近一个月,你食用下列哪些食物?【可多选】

1. 肉类　　2. 鱼等水产品　　3. 新鲜蔬菜、水果　　4. 奶制品

5. 豆制品　　6. 蛋类　　7. 腌制食品(如榨菜、酱豆腐)

8. 膨化/油炸食品(如薯片、油条)　　78. 以上都没有【跳至 L6】

L501 最近一个月,你平均每周食用"加载 L5 答案"的次数是_____次

访员注意:

(1) 所填的次数只允许整数,采用四舍五入法计算。如回答 1 个月吃 5 次,则录入"1"。

(2) 如果每周不足 1 次,记为"1"次。

(3) 如果一天吃两顿记为 2 次,以此类推。

L6 到目前为止,你是否乘坐过火车?

1. 是　　　　　　　　5. 否

L7 到目前为止,你是否乘坐过飞机?

1. 是　　　　　　　　5. 否

L801 请问,你知道现在谁担任<u>中国共产党总书记</u>吗?

访员注意:判断受访者回答答案是否正确,忽略读音问题。

1. 正确   5. 错误

L802 请问,你知道现在谁担任<u>中国国务院总理</u>吗?

访员注意:判断受访者回答答案是否正确,忽略读音问题。

1. 正确   5. 错误

L803 请问,你知道现在谁担任<u>美国总统</u>吗?

访员注意:判断受访者回答答案是否正确,忽略读音问题。

1. 正确   5. 错误

M 部分

【CAPI】调用 A1 判断该受访者当前的年龄

如果受访者年龄 = 10 岁,则提问 M1 系列问题。

如果受访者年龄 = 11 岁,则提问 M2 系列问题。

如果受访者年龄 = 12 岁,14 岁,则提问 M4 系列问题。

M3 是所有人都回答。

如果受访者年龄 = 13 岁,15 岁,则提问 N5 系列问题。

【CAPI】调用 A1 判断该受访者年龄,如果受访者年龄 = 10 岁,则提问 M1 系列问题;否则跳至 M2。

M1 下列语句是对生活的一般描述。请根据你自己的情况进行回答,你的选择没有对错之分。【出示卡片】

访员注意:(1) 如果受访者表示"我不理解你说什么"、"不想回答",选择 6"不知道"。

(2)访问时注意不要读出选项"既不同意也不反对"、"不知道",卡片上也不显示。

(3) 这道题不允许"CTRL + D","CTRL + R","79(不适用)"。

1. 十分不同意   2. 不同意   3. 同意   4. 十分同意

5. 既不同意也不反对【不读出】   6. 不知道【不读出】

【CAPI】#01 M101—M114 不允许"CTRL + D","CTRL + R","79(不适用)"。

#02 如果选择 6,则跳出追问 M120。M101—M114 都同样处理。

M101 我觉得我是有价值的人,至少不比别人差。

M102 我觉得自己有许多好的品质。

M103 归根结底，我认为自己是一个失败者。

M104 我能像大多数人一样把事情做好。

M105 我觉得自己值得自豪的地方不多。

M106 我对自己持肯定态度。

M107 总的来说，我对自己是满意的。

M108 我希望我能为自己赢得更多尊重。

M109 我确实时常感到自己毫无用处。

M110 我时常认为自己一无是处。

M111 我认为自己根本没法解决目前面临的困难。

M112 有时我觉得被生活所迫。

M113 我对发生在我身上的事情有掌控能力。

F1："掌控能力"指一个人能够有意识地掌握和控制自身的言语和行为，而使自身与周围的环境之间保持平衡，如不发脾气、不吵架、不郁闷等。

M114 我在生活中经常遇到无助的事情。

【CAPI】如果以上题目有选择"6. 不知道"跳出追问 M120。

M120 你为什么回答"不知道"？

1. 不想回答　　3. 不理解问题含义　　5. 我就是不知道

【CAPI】调用 A1 判断该受访者年龄，如果受访者年龄 = 11 岁，则提问 M2 系列问题；否则跳至 M3。

M2 下面是一些家长对待孩子行为的描述。请根据<u>去年的实际情况</u>，选择你家长对待你的方式。【出示卡片】

访员注意：如果同住人含父母或父母任何一方加上祖父母，则本题中的"家长"指父母；如果仅仅与祖父母或其中一方一起居住，则"家长"指祖父母。

1. 从不　　2. 极少　　3. 有时　　4. 经常　　5. 总是

M201 当你做得不对时，家长会问清楚原因，并与你讨论该怎样做

M202 家长鼓励你努力去做事情

M203 家长在跟你说话的时候很和气

M204 家长鼓励你独立思考问题

M205 家长要你做事时,会跟你讲这样做的原因

M206 家长喜欢跟你说话、交谈

M207 家长问你学校的情况

M208 家长检查你的作业

M209 家长辅导你的功课

M210 家长给你讲故事

M211 家长和你一起玩乐【如下棋、游玩】

M212 家长表扬你

M213 家长批评你

M214【父/母】参加学校召开的家长会

M3 下面的问题请你根据自己目前的情况打分。【**出示卡片**】

M301 你认为自己的人缘关系有多好?（"1"表示非常差,"5"表示非常好）　非常差—1—2—3—4—5→非常好

M302 你觉得自己有多幸福?（"1"表示非常不幸,"5"表示非常幸福）　非常不幸福—1—2—3—4—5→非常幸福

M303 你对自己的前途有多大信心?（如果"1"表示根本没有信心,"5"表示非常有信心）　根本没有信心—1—2—3—4—5→非常有信心

M304 你认为自己在与人相处方面能打几分?（如果"1"表示很难相处,"5"表示很好相处）　很难相处—1—2—3—4—5→很好相处

【CAPI】调用 A1 判断该受访者年龄,如果受访者年龄 = 12 岁,14 岁,则提问 M4 系列问题;否则跳至 M5。

M4 下面列出了一些可能影响人成功的因素,请你根据自己的看法进行回答。【**出示卡片**】

访员注意:(1) 如果受访者表示"我不理解你说什么"、"不想回答",选择6"不知道"。

(2) 访问时注意不要读出选项"既不同意也不反对"、"不知道",卡片上也不显示。

(3) 这道题不允许"CTRL + D","CTRL + R","79(不适用)"。

1. 十分同意　　2. 同意　　3. 不同意　　4. 十分不同意

5. 既不同意也不反对【不读出】　　6. 不知道【不读出】

M401 社会地位高的家庭,孩子未来的成就也会大;社会地位低的家

庭,孩子未来的成就也会小。

M402 富人家的孩子,未来的成就也会大;穷人家的孩子,未来的成就也会小。

M403 孩子受教育程度越高,未来获得很大的成就的可能性就越大。

M404 影响孩子未来成就大小最重要的因素是孩子的天赋。

F1:"天赋"指由遗传因素带来的优势。

M405 影响孩子未来成就大小最重要的因素是孩子的努力程度。

M406 影响孩子未来成就大小最重要的因素是孩子的运气。

M407 影响孩子未来成就大小最重要的因素是孩子家里有关系。

M420 你为什么回答"不知道"?

1. 不想回答　　　3. 不理解问题含义　　　5. 我就是不知道

M501 请问,你认为女孩在社会中是否比男孩面临更大的压力?

1. 是　　　　　　　　　　5. 否

F1:"压力"指个体感受到的负荷。

M502 请问,在你家,女孩是否比男孩面临更大压力?

访员注意:如果是独生子女,或者家里只有男孩/女孩,则录入"79"。

1. 是　　　5. 否　　　79. 不适用

F1:"压力"指个体感受到的负荷。

M6 你希望长大以后从事什么类型的职业?

1. 能推动社会发展的职业　　　2. 助人、为社会服务的职业

3. 得到人们高度评价的职业　　　4. 受人尊敬的职业

5. 能赚钱的职业　　　　　　　6. 虽平凡,但有固定收入的职业

7. 若不为人所用,就自谋职业

M601 你长大后最希望从事的具体职业是＿＿＿＿＿＿

访员注意:完整记录受访者回答的原话。

N 部分

N1 请问,你最期望家人在哪个方面对你更加关注?

访员注意:(1)让受访者选择最重要的一项。

(2)如果家人对各方面都很关注,选择"78.没有"。

1. 物质生活　　2. 学习　　3. 情感　　4. 社会交往　　78. 没有

F1："物质生活"指由日常生活的实物（如衣服、器物等）所展现的生活状态。

N2 上个月,你和父母大概争吵了＿＿＿＿＿＿＿次

访员注意:吵一次算一次。如果一天吵多次,就按实际发生的多次算。

F1："争吵"指因意见不合而大声争辩、互不相让的行为。

N3 上个月,你父母之间大概争吵了＿＿＿＿＿＿＿次

访员注意:(1) 如果是单亲家庭则输入" －8"表示"不适用"。

(2) 吵一次算一次。如果一天吵多次,就按实际发生的多次算。

F1："争吵"指因意见不合而大声争辩、互不相让的行为。

N4 下面是一些对人们精神状态的描述,请根据你最近 1 个月内的实际情况选择。【**出示卡片**】

F1："精神状态"指人的情绪、意志、能力、自豪感等心理活动,通过表情、行为等表露在外。

1. 几乎每天　　2. 每周两三次　　3. 每月两三次　　4. 每月一次

5. 从不

N401 最近 1 个月,你感到情绪沮丧、郁闷、做什么事情都不能振奋的频率?

N402 最近 1 个月,你感到精神紧张的频率?

N403 最近 1 个月,你感到坐卧不安、难以保持平静的频率?

N404 最近 1 个月,你感到未来没有希望的频率?

N405 最近 1 个月,你做任何事情都感到困难的频率?

N406 最近 1 个月,你认为生活没有意义的频率?

【CAPI】调用 A1 判断该受访者年龄,如果受访者年龄 = 13 岁,15 岁,则提问 N5 系列问题;否则跳至 X1。

N5 人们在生活中会追求不同的目标。对于下述每一目标,你的看法是什么。【**出示卡片**】

访员注意:(1) 如果受访者表示"我不理解你说什么"、"不想回答",选择6"不知道"。

(2) 访问时注意不要读出选项"既不同意也不反对"、"不知道",卡片上也不显示。

(3) 这道题不允许"CTRL + D","CTRL + R","79(不适用)"。

1. 十分同意　　2. 同意　　3. 不同意　　4. 十分不同意

5. 既不同意也不反对【不读出】　　　6. 不知道【不读出】

N501 我生活的主要目标之一就是让我父母觉得自豪。

N502 我追求自己的价值而不是跟从他人。

N503 我会付出很大的努力让朋友们喜欢我。

N504 我自己决定我的生活目标。

N505 我一旦开始去做某个事情,无论如何都必须完成它。

N506 某些孩子生来就很幸运。

N507 不要花费太多时间去努力,因为事情永远不会证明那是管用的。

N508 一旦你做错了事,就几乎无法改正。

N509 处理问题的最好方式就是不去想它们。

N510 当坏事将要发生时,不论你如何设法阻止,它们也都将要发生。

N511 我是相信预先计划会使事情做得更好的那种人。

N520 你为什么回答"不知道"?

1. 不想回答　　3. 不理解问题含义　　5. 我就是不知道

X 部分:基准测试

X101 请看图,从 A 到 B 有四路公交车可到达,请选择最近的线路。
【出示卡片】

1. 1 路　　2. 2 路　　3. 3 路　　4. 4 路

X102 请看图,从 A 到 B 有四路公交车可到达,请选择最远的线路。
【出示卡片】

1. 1 路　　2. 2 路　　3. 3 路　　4. 4 路

X103 请问,中海在中山公园的哪个方向?【出示卡片】

1. 西南　　2. 西北　　3. 东北　　4. 东南

X2 请在下列 8 个表中任选一个表,请念出来【出示卡片】。【字词模块】

访员注意:请受访者用普通话读词。对音调、前鼻音、后鼻音、平舌、翘舌不做区分。

【CAPI】【编码:对 = 1;错 = 5】(34 字词组)

X3 请问,你在数学中学过圆吗?

1. 是　　　　　　　　　5. 否【跳至 X302 题目中出现提示"五转半"】

X301 请问,1980 度是多少转?　_____转

X302 将数字"6"旋转 1980 度(五转半),得到数字"9";将数字"9"旋转 1980 度(五转半),得到数字"6";那么将两位数"69"旋转 1980 度(五转半),得到的数字是?

1. 69　　2. 96　　3. 66　　4. 99

X4 数学,请从 4 组题中随机选择一组提问。【出示卡片】【数学模块】

【CAPI】【编码:对 = 1;错 = 5】

Y 部分

Y1 你的电子邮件地址:_____

访员注意:不适用填"－8"。

Y2 你的 QQ 号码:_____

访员注意:不适用填"－8"。

Y3 你的 MSN 号码:_____

访员注意:不适用填"－8"。

Y4 你是否在以下网站注册?【可多选】

1. 人人网　　2. Facebook　　3. 开心网　　4. 海内网

5. 天际网　　78. 以上都没有

Y5 你的身份证号码:_____

Z 部分

Z1 这份问卷主要是由谁完成的?_____【单选】

访员注意:选择最主要的访问者。

Z101 还有哪些家庭成员参与了这份问卷的回答?_____【限选两项】

访员注意:选择较为主要的两名访问者。

Z102 访问时,除了家庭成员外有谁在场【可多选】:

1. 亲友　　2. 督导　　3. 邻居　　4. 村/居干部

77. 其他【请注明身份】_____　78. 没有其他人在场

Z201 受访者的理解能力：很差—1—2—3—4—5—6—7→很好

Z202 受访者的健康状况：很差—1—2—3—4—5—6—7→很好

Z203 受访者的衣装整洁程度：很差—1—2—3—4—5—6—7→很好

Z204 受访者的外貌：很差—1—2—3—4—5—6—7→很好

Z205 受访者的普通话熟练程度：很差—1—2—3—4—5—6—7→很好

Z206 受访者对调查的配合程度：很差—1—2—3—4—5—6—7→很好

Z207 受访者智力水平：很低—1—2—3—4—5—6—7→很高

Z208 受访者的待人接物水平：很差—1—2—3—4—5—6—7→很好

Z209 受访者对调查的兴趣：很低—1—2—3—4—5—6—7→很高

Z210 受访者对调查的疑虑：很低—1—2—3—4—5—6—7→很高

Z211 受访者回答的可信程度：很低—1—2—3—4—5—6—7→很高

Z212 受访者的语言表达能力：很差—1—2—3—4—5—6—7→很强

婴 儿 模 块

0—1 岁(含 0 岁,不含 1 岁)

A 部分

A101 请问,孩子的胎龄是:_____月

F1:"胎龄"指孩子怀在母亲肚子里的时间,医学上以"周"计,民间以"月"计,这里以"月"计。

A102 请问,孩子出生时的体重:_____斤【精确到小数点后 1 位】

A103 请问,孩子现在的体重:_____斤【精确到小数点后 1 位】

A104 请问,孩子现在的身高是多少?_____厘米

访员注意:如果孩子太小,不宜测量请输入"-8"。

A105 请问,到现在为止,孩子吃母乳有多长时间:_____月

A106 请问,孩子是在哪里出生的?

1. 医院　　5. 家里　　77. 其他【请注明】_____

A107 请问,孩子的出生地是:_____省_____市_____县(区)

A108 请问,孩子的出生地属于以下哪种类型的地区?

1. 农村　　　2. 城市　　　3. 城镇　　　4. 城郊

F1:"出生地"指出生时所在地的城乡属性,农村家庭的母亲把孩子生在了县城的医院,就是"城镇",生在了城市的医院,就是"城市";反之,城市家庭的母亲把孩子生在了农民家里,就是"农村"。

A4 孩子现在的户口类型是:

1. 农业户口　　　3. 非农户口　　　5. 没有户口【跳至 A6】

79. 不适用【跳至 A6】

访员注意:如果孩子是非中国国籍,属于不适用,请录入"79"。

F1:(1)"没有户口"指在中国没有落户,也没有其他国籍。

(2)"不适用"指非中国国籍受访者,如父母为中国公民,但孩子在国外出生并拥有外国国籍。

A5 孩子现在的户口所在地是否与出生地相同?

1. 是【跳至 A6】　　　　　5. 否

F1:"出生地"指出生时所在地的城乡属性,农村家庭的母亲把孩子生在了县城的医院,就是"城镇",生在了城市的医院,就是"城市";反之,城市家庭的母亲把孩子生在了农民家里,就是"农村"。

A501 孩子现在户口所在地?　_____省_____市_____县(区)

A6 孩子的民族成分是:_____族(检索)

B 部分

B1 孩子现在主要住在哪里?

1. 家里　　　2. 学校宿舍【屏蔽】　　　3. 亲友家里

4. 幼儿园/托儿所【屏蔽】　　　77. 其他【请注明】_____

F1:"现在住在哪里"是指日常居住场所,而不是今天的留宿地;在家里居住,就选"1";学生住校,就选择"2"。

B2 孩子父母最近非假期的 1 个月,孩子最主要由谁照管?

1. 孩子的爷爷/奶奶　　　2. 孩子的外公/外婆

3. 孩子的爸爸【跳至 B5】　　　4. 孩子的妈妈【跳至 B5】　　　5. 保姆

6. 托儿所　　　7. 自己照顾自己【屏蔽】　　　77. 其他【请注明】_____

B201 孩子父母最近非假期的 1 个月,孩子平均每周能见到父母(或父母任何一方)几次? _____ 次

访员注意:(1) 父亲或母亲或父母双方均可。

(2) "见到"指在一起的时间长于 1 个小时的见面。计算原则:每天计算最多 1 次。如果孩子与父母每天见面的多于 1 次,且每次见面都多于 1 个小时,仍然计算为 1 次;如果孩子与父母每天都生活在一起,则意味着每天都见面,如此,则计算为每周 7 次。

B5 孩子是否已经开始自己走路?

1. 是   5. 尚未开始【跳至 C1】

F1:"走路"是指不用依附外物或外力而独自行走,能够独立走 3—5 步就算。

B501 孩子几个月大的时候开始自己走路? _____ 月

F1:"走路"是指不用依附外物或外力而独自行走,能够独立走 3—5 步就算。

C 部分

C1 请问,上个月孩子生了几次病? _____ 次;

【CAPI】如果 C1 的答案为"0",请跳至 C3。

F1:"生病"指出现身体不适,并采用了药物或其他方式进行治疗的状态。

C101 上个月孩子因病去医院看了几次病? _____ 次

F1:(1) "医院",也指"医疗点",是指有医疗卫生人员和一定医疗设施的全科医疗卫生场所,如综合医院、乡镇卫生院、社区医院、村卫生室、私人诊所,但不包括牙科诊所之类的专科医院及在药店里附带开设的医疗点。

(2) 到医院接种疫苗、做例行检查等不算看病。

(3) "看了几次病"指因病程去医院的次数,一个连续病程算一次。如感冒一次,连续去 3 天打针,或又换了个医院继续打针,算 1 次;再如,感冒,且因感冒引发肺炎,连续几天都去医院看病,算 1 次;还如,感冒,去医院,好了;两三天后,发烧,又去医院;算 2 次。

C3 一般情况下,孩子生小病【如发热或腹泻】,您通常是如何处

理的?

1. 立刻找医生看病   2. 自己找药/买药

3. 民间方法治疗(如刮痧等)   4. 去求神拜佛或做法事

5. 不采取任何措施,等病慢慢好   77. 其他【请注明】＿＿＿＿

F1:(1) "小病"是指自我服药就能康复或医疗费用在一定的界限内的疾病称为小病。

(2) "刮痧",是传统的自然疗法之一,以中医理论为基础,用器具(牛角、玉石、火罐)等在皮肤相关部位刮拭,以达到疏通经络、活血化瘀之目的。

(3) "法事"是指僧道拜忏、打醮等事。

C4 从出生到现在,孩子因病去医院看病几次? ＿＿＿＿次

F1:(1) "医院",也指"医疗点",是指有医疗卫生人员和一定医疗设施的全科医疗卫生场所,如综合医院、乡镇卫生院、社区医院、村卫生室、私人诊所,但不包括牙科诊所之类的专科医院及在药店里附带开设的医疗点。

(2) 到医院接种疫苗、做例行检查等不算看病。

(3) "看了几次病"指因病程去医院的次数,一个连续病程算一次。如感冒一次,连续去3天打针,或又换了个医院继续打针,算1次;再如,感冒,且因感冒引发肺炎,连续几天都去医院看病,算1次;还如,感冒,去医院,好了;两三天后,发烧,又去医院;算2次。

C401 从出生到现在,孩子是否因病住过院?

1. 是   5. 否

F1:"住院"指因疾病或意外伤害而入住医院病房至少1晚以上。

C5 从出生到现在,孩子患过的最严重的疾病是什么病? ＿＿＿＿

访员注意:(1) 请详细记录疾病的名称。

(2) 如果没有患病,请输入"79"。

C501 请访员在疾病编码表中选择,孩子患的"C5答案"属于哪一类? 需要记录疾病的名称,同时在编码表中选择。

C6 到目前为止,孩子是否因为伤病留下残疾?

访员注意:最好能请受访者出示《残疾证》。

1. 是   3. 否【跳至 C7】   5. 现在还看不出来【跳至 C7】

F1:(1)残疾评定分五类:视力残疾、听力语言残疾、智力残疾、肢体残疾、精神残疾。评定残疾人标准按国务院批准的《中国残疾人实用评定标准》执行。

(2)对残疾程度的评级经历了标准的变化,有4级标准和9级标准之分,"残疾程度"的填写中,请注明是4级标准还是9级标准,如为4级标准的2级,则填写为2/4;9级标准的2级,则填写为2/9。

C601 残疾类型_____

F1:(1)残疾评定分五类:视力残疾、听力语言残疾、智力残疾、肢体残疾、精神残疾。评定残疾人标准按国务院批准的《中国残疾人实用评定标准》执行。

(2)对残疾程度的评级经历了标准的变化,有4级标准和9级标准之分,"残疾程度"的填写中,请注明是4级标准还是9级标准,如为4级标准的2级,则填写为2/4;9级标准的2级,则填写为2/9。

C602 残疾程度_____

F1:(1)残疾评定分五类:视力残疾、听力语言残疾、智力残疾、肢体残疾、精神残疾。评定残疾人标准按国务院批准的《中国残疾人实用评定标准》执行。

(2)对残疾程度的评级经历了标准的变化,有4级标准和9级标准之分,"残疾程度"的填写中,请注明是4级标准还是9级标准,如为4级标准的2级,则填写为2/4;9级标准的2级,则填写为2/9。

C7 从出生到现在,因孩子患病(包括拿药、就医、住院等),一共花了多少钱(包含报销或预计报销的部分)?_____元

F1:(1)"住院"指因疾病或意外伤害而入住医院病房至少1晚以上。

(2)"多少钱"指所有用于诊疗、住院的支出。

C701 孩子患病的所有花费中,家里支付了多少钱?(不含已经报销或预计能报销的部分)_____元

C801 从出生到现在,孩子是否有社会医疗保险?

1. 是　　　　　　　　5. 否

C802 从出生到现在,家里为孩子另外购买商业医疗保险花费了多少钱?_____元

访员注意:如果没有购买商业医疗保险,请录入"0"。

D 部分

D2 您希望孩子念书<u>最高</u>念完哪一程度?【**出示卡片**】【**受教育程度选项简表**】

1. 文盲/半文盲【屏蔽】　　2. 小学　　3. 初中　　4. 高中

5. 大专　　6. 大学本科　　7. 硕士　　8. 博士　　9. 不必读书

D3 您是否想过把孩子送到国外去念书?

1. 想过　　　　　　　　　5. 没有想过【跳至 D4】

D301 您想在哪个阶段把孩子送到国外去念书?

1. 小学　　2. 初中　　3. 高中　　4. 大专　　5. 大学本科

6. 硕士　　7. 博士

D4 您是否已经开始为孩子的教育专门存钱?

1. 是　　　　　　　　　5. 否

Z 部分

访员:请观察受访者的家庭环境,回答以下问题。

Z301 家庭的环境(比如孩子的画报、图书或其他学习材料)表明,父母关心孩子的教育。

1. 十分同意　　2. 同意　　3. 中立　　4. 不同意　　5. 十分不同意

Z302 父母主动与孩子沟通和交流。

1. 十分同意　　2. 同意　　3. 中立　　4. 不同意　　5. 十分不同意

幼儿模块一
1—3 岁(含 1 岁,不含 3 岁)

A 部分

A101 请问,孩子的胎龄是:_____月

F1:"胎龄"指孩子怀在母亲肚子里的时间,医学上以"周"计,民间以"月"计,这里以"月"计。

A102 请问,孩子出生时的体重:_____斤【精确到小数点后 1 位】

A103 请问，孩子现在的体重：_____斤【精确到小数点后 1 位】

A104 请问，孩子现在的身高是多少？_____厘米

A105 请问，孩子吃母乳有多长时间：_____月

A106 请问，孩子是在哪里出生的？

1. 医院　　5. 家里　　77. 其他【请注明】_____

A107 请问，孩子的出生地是：_____省_____市_____县（区）

A108 请问，孩子的出生地属于以下哪种类型的地区？

1. 农村　　2. 城市　　3. 城镇　　4. 城郊

F1："出生地"指出生时所在地的城乡属性，农村家庭的母亲把孩子生在了县城的医院，就是"城镇"，生在了城市的医院，就是"城市"；反之，城市家庭的母亲把孩子生在了农民家里，就是"农村"。

A4 孩子现在的户口类型是：

1. 农业户口　　3. 非农户口　　5. 没有户口【跳至 A6】

79. 不适用【跳至 A6】

访员注意：如果孩子是非中国国籍，属于不适用，请录入"79"。

F1：（1）"没有户口"指在中国没有落户，也没有其他国籍。

（2）"不适用"指非中国国籍受访者，如父母为中国公民，但孩子在国外出生并拥有外国国籍。

A5 孩子现在的户口所在地是否与出生地相同：

1. 是【跳至 A6】　　　　　5. 否

F1："出生地"指出生时所在地的城乡属性，农村家庭的母亲把孩子生在了县城的医院，就是"城镇"，生在了城市的医院，就是"城市"；反之，城市家庭的母亲把孩子生在了农民家里，就是"农村"。

A501 孩子现在的户口所在地？_____省_____市_____县（区）

A6 孩子的民族成分是：_____族

B 部分

B1 孩子父母最近非假期的 1 个月，孩子主要住在哪里？【单选】

1. 家里　　2. 学校宿舍【屏蔽】　　3. 亲友家里

4. 幼儿园/托儿所　　77. 其他【请注明】_____

F1(通俗):(1)"主要住在哪里"是指日常居住场所,而不是今天的留宿地;在家里居住,就选"1";住幼儿园/托儿所,就选择"4"。

(2)"幼儿园"指在政府部门正式登记在册的托幼机构;现在也出现了外资的、民营的托幼机构。

F1(专业):在幼儿园中,入园幼儿数在 50 人以上的称为幼儿园,归市教委管理,50 人以下的称托儿所,归市妇联管理。另外,还包括私人经营的各类幼儿园。

B2 孩子父母<u>最近非假期</u>的 1 个月,孩子<u>主要</u>由谁照管?

1. 孩子的爷爷/奶奶　　2. 孩子的外公/外婆

3. 孩子的爸爸【请跳至 B5】　　4. 孩子的妈妈【请跳至 B5】

5. 保姆　　6. 托儿所　　7. 自己照顾自己【屏蔽】

77. 其他【请注明】_____

B201 孩子父母最近非假期的 1 个月,孩子平均每周能见到父母(或父母任何一方)几次?_____次

访员注意:(1)父亲或母亲或父母双方均可。

(2)"见到"指在一起的时间长于 1 个小时的见面。计算原则:每天计算最多 1 次。如果孩子与父母每天见面多于 1 次,且每次见面都多于 1 个小时,仍然计算为 1 次;如果孩子与父母每天都生活在一起,则意味着每天都见面,如此,计算为每周 7 次。

B4 去年,父母<u>双方都不</u>与孩子在一起居住的<u>连续</u>时间最长为_____周/月

访员注意:最短计算时间为 1 周;超过 1 周不满 2 周,以 2 周计算,依此类推;不用小数点。

F1:"连续时间"指父母双方完全不与孩子在一起饮食起居的时间,其中"连续"指一段没有中断的时间,如果多次分开,选择最长的一次持续分开时间。

B5 孩子是否已经开始自己走路?

1. 是　　　　　　　　5. 否【跳至 B6】

F1:"走路"是指不用依附外物或外力而独自行走,能够独立走 3—5 步就算。

B501 孩子几个月大的时候开始自己走路？_____月

F1："走路"是指不用依附外物或外力而独自行走,能够独立走3—5步就算。

B6 孩子是否已经开始说完整的句子,如"我要吃饭"？

1. 是   5. 否【跳至B7】

F1：从出生开始,到能说一句完整句子的时间间隔。

B601 孩子几个月大的时候开始说完整的句子,如"我要吃饭"？_____月

F1：从出生开始,到能说一句完整句子的时间间隔。

B7 孩子是否已经能数1—10？

1. 是   5. 否【跳至B8】

B701 孩子几个月大的时候开始能数1—10的？_____月

B8 孩子是否能独立小便(小便时,能够自己独立穿脱裤子)？

1. 是   5. 否【跳至C1】

B801 孩子几个月大的时候开始能独立小便？_____月

C 部分

C1 请问,上个月孩子生病了几次？_____次;

F1："生病"指出现身体不适,并采用了药物或其他方式进行治疗的状态。

C101 上个月孩子因病去医院看病几次？_____次

F1：(1)"医院",也指"医疗点",是指有医疗卫生人员和一定医疗设施的全科医疗卫生场所,如综合医院、乡镇卫生院、社区医院、村卫生室、私人诊所,但不包括牙科诊所之类的专科医院及在药店里附带开设的医疗点。

(2) 到医院接种疫苗、做例行检查等不算看病。

(3)"看了几次病"指因病程去医院的次数,一个连续病程算一次。如感冒一次,连续去3天打针,或又换了个医院继续打针,算1次;再如,感冒,且因感冒引发肺炎,连续几天都去医院看病,算1次;还如,感冒,去医院,好了;两三天后,发烧,又去医院;算2次。

C2 请问,孩子在1岁以前共生病几次？_____次;

F1："生病"指出现身体不适,并采用了药物或其他方式进行治疗的

状态。

C201 孩子在 <u>1 岁以前</u>,因病去医院/医疗场所看了几次病?

_____次

F1:(1)"医院",也指"医疗点",是指有医疗卫生人员和一定医疗设施的全科医疗卫生场所,如综合医院、乡镇卫生院、社区医院、村卫生室、私人诊所,但不包括牙科诊所之类的专科医院及在药店里附带开设的医疗点。

(2)到医院接种疫苗、做例行检查等不算看病。

(3)"看了几次病"指因病程去医院的次数,一个连续病程算一次。如感冒一次,连续去 3 天打针,或又换了个医院继续打针,算 1 次;再如,感冒,且因感冒引发肺炎,连续几天都去医院看病,算 1 次;还如,感冒,去医院,好了;两三天后,发烧,又去医院;算 2 次。

C3 一般情况下,孩子生小病【如发热或腹泻】,您通常是如何处理的?

1. 立刻找医生看病　　2. 自己找药/买药

3. 民间方法治疗(如刮痧等)　　4. 去求神拜佛或做法事

5. 不采取任何措施,等病慢慢好　　77. 其他【请注明】_____

F1:(1)"小病"是指自我服药就能康复或医疗费用在一定的界限内的疾病称为小病。

(2)"刮痧",是传统的自然疗法之一,以中医理论为基础,用器具(牛角、玉石、火罐)等在皮肤相关部位刮拭,以达到疏通经络、活血化瘀之目的。

(3)"法事"是指僧道拜忏、打醮等事。

C4 去年,孩子因病去医院看病几次?　_____次

F1:(1)"医院",也指"医疗点",是指有医疗卫生人员和一定医疗设施的全科医疗卫生场所,如综合医院、乡镇卫生院、社区医院、村卫生室、私人诊所,但不包括牙科诊所之类的专科医院及在药店里附带开设的医疗点。

(2)到医院接种疫苗、做例行检查等不算看病。

(3)"看了几次病"指因病程去医院的次数,一个连续病程算一次。如感冒一次,连续去 3 天打针,或又换了个医院继续打针,算 1 次;再如,

感冒,且因感冒引发肺炎,连续几天都去医院看病,算1次;还如,感冒,去医院,好了;两三天后,发烧,又去医院;算2次。

C401 去年,孩子是否因病住过院?

1. 是　　　　　　　　　5. 否

F1:"住院"指因疾病或意外伤害而入住医院病房至少1晚以上。

C5 从出生到现在,孩子患过的最严重的疾病是什么病?　＿＿＿＿＿

访员注意:(1) 请详细记录疾病的名称。

(2) 如果没有患病,请输入"79"。

C501 请访员在疾病编码表中选择,孩子患的"C5答案"属于哪一类?

C6 到目前为止,孩子是否因为伤病留下残疾?

访员注意:最好能请受访者出示《残疾证》。

1. 是　　3. 否【跳至C7】　　5. 现在还看不出来【跳至C7】

F1:(1) 残疾评定分五类:视力残疾、听力语言残疾、智力残疾、肢体残疾、精神残疾。评定残疾人标准按国务院批准的《中国残疾人实用评定标准》执行。

(2) 对残疾程度的评级经历了标准的变化,有4级标准和9级标准之分,"残疾程度"的填写中,请注明是4级标准还是9级标准,如为4级标准的2级,则填写为2/4;9级标准的2级,则填写为2/9。

C601 残疾类型＿＿＿＿＿

F1:(1) 残疾评定分五类:视力残疾、听力语言残疾、智力残疾、肢体残疾、精神残疾。评定残疾人标准按国务院批准的《中国残疾人实用评定标准》执行。

(2) 对残疾程度的评级经历了标准的变化,有4级标准和9级标准之分,"残疾程度"的填写中,请注明是4级标准还是9级标准,如为4级标准的2级,则填写为2/4;9级标准的2级,则填写为2/9。

C602 残疾程度＿＿＿＿＿

F1:(1) 残疾评定分五类:视力残疾、听力语言残疾、智力残疾、肢体残疾、精神残疾。评定残疾人标准按国务院批准的《中国残疾人实用评定标准》执行。

(2) 对残疾程度的评级经历了标准的变化,有4级标准和9级标准之分,"残疾程度"的填写中,请注明是4级标准还是9级标准的 2 级,则填写为 2/4;9 级标准的 2 级,则填写为 2/9。

C7 去年,因孩子患病(包括拿药、就医、住院等),一共花了多少钱(包含报销或预计报销的部分)? _____元

F1:(1)"住院"指因疾病或意外伤害而入住医院病房至少 1 晚以上。

(2)"多少钱"指所有用于诊疗、住院的支出。

C701 去年孩子患病的所有花费中,家里支付了多少钱?(不含已经报销或预计能报销的部分) _____元

C801 去年,孩子是否有社会医疗保险?

1. 是　　　　　　　　　　5. 否

C802 去年,家里为孩子另外购买商业医疗保险花费了多少钱? _____元

访员注意:如果没有购买商业医疗保险,请录入"0"。

D 部分

【CAPI】调用 A1 孩子的年龄,如果年龄为 1 周岁,则提问 D1。如果年龄为 2 周岁,请跳至 D2。

D1 您希望孩子长大了后从事什么类型的职业?

1. 能推动社会发展的职业　　2. 助人、为社会服务的职业

3. 得到人们的高度评价的职业　4. 受人尊敬的职业

5. 能赚钱的职业　　　　　　6. 虽平凡,但有固定收入的职业

7. 若不为人所用,就自谋职业

D101 您希望孩子长大后具体从事什么职业呢? _____

访员注意:完整记录受访者原话。

【CAPI】回答完成后 D101,请跳至 D4。

D2 您希望孩子念书最高念完哪一程度?【出示卡片】【受教育程度选项】

1. 文盲/半文盲【屏蔽】　2. 小学　3. 初中　4. 高中

5. 大专　6. 大学本科　7. 硕士　8. 博士　9. 不必念书

D3 您是否想过把孩子送到国外去念书?

1. 想过　　　　　　　　　5. 没有想过【跳至 D4】

D301 您想在哪个阶段把孩子送到国外去念书?

1. 小学　　2. 初中　　3. 高中　　4. 大专　　5. 大学本科

6. 硕士　　7. 博士

D4 您是否已经开始为孩子的教育专门存钱?

1. 是　　　　　　　　5. 否

D5 请问<u>去年全年</u>,这个孩子的所有教育支出情况(不含生活费):

访员注意:教育费无论是否由家里支付都算。

D501 学杂费_____元

D502 书本费_____元

D503 课外辅导/家教费_____元

D504 住宿费_____元

D505 交通费_____元

D506 其他费用_____元

D510 根据您刚才提供的情况,去年全年这个孩子的教育总支出是"自动汇总 D501—D506"元,其中您家庭支付了多少?_____元

E 部分

【CAPI】调用 A1 孩子的年龄,如果年龄为 1 周岁,则提问 E1;如果年龄为 2 周岁,请跳至 E2。

E1 下面是关于子女养育的观点问题,请告诉我您的看法【出示卡片】【子女养育的观点】

【CAPI】回答完 E108,跳至 Z301。

E2 下面列出了人们想生养孩子的一般性理由。请您根据自己的亲身经历,告诉我您的看法。【出示卡片】【生养子女的理由】

【CAPI】回答完 E209,跳至 Z301。

Z 部分

访员:请观察受访者的家庭环境,回答以下问题。

Z301 家庭的环境(比如孩子的画报、图书或其他学习材料)表明,父母关心孩子的教育。

1. 十分同意　　2. 同意　　3. 中立　　4. 不同意　　5. 十分不同意

Z302 父母主动与孩子沟通和交流。

1. 十分同意　　2. 同意　　3. 中立　　4. 不同意　　5. 十分不同意

G 部分

【辅导班】

G1 最近假期的 1 个月,孩子参加过或正在参加亲子班/辅导班吗?

1. 是　　　　　　　　　　5. 否【跳至 G2】

F1:"辅导班"指业余时间里为了提高学习成绩或培养某方面技能由专门老师负责教授的培训班,不同于学校利用正式授课时间的课程学习。

G101 最近假期的 1 个月,参加亲子班/辅导班,每周的花费是多少?
_____元。

F1:"辅导班"指业余时间里为了提高学习成绩或培养某方面技能由专门老师负责教授的培训班,不同于学校利用正式授课时间的课程学习。

G2 最近非假期的 1 个月,孩子参加过或正在参加亲子班/辅导班吗?

1. 是　　　　　　　　　　5. 否【跳至 G203】

F1:"辅导班"指业余时间里为了提高学习成绩或培养某方面技能由专门老师负责教授的培训班,不同于学校利用正式授课时间的课程学习。

G201 最近非假期的 1 个月,参加亲子班/辅导班,每周的花费是多少? _____元。

F1:"辅导班"指业余时间里为了提高学习成绩或培养某方面技能由专门老师负责教授的培训班,不同于学校利用正式授课时间的课程学习。

G202 请问,最近非假期的 1 个月,孩子平均每周花多长时间参加亲子班/辅导班? _____小时

F1:"辅导班"指业余时间里为了提高学习成绩或培养某方面技能由专门老师负责教授的培训班,不同于学校利用正式授课时间的课程学习。

【CAPI】G1 和 G2 都选"5. 否",跳到 G3,否则继续提问 G203。

G203 请问,所有参加过的或正在参加亲子班/辅导班有哪些?【可多选】

1. 语文　　2. 数学　　3. 外语　　4. 乐器　　5. 棋类

6. 书画类　　7. 声乐　　8. 舞蹈　　9. 体育

10. 游戏【非电子游戏】　　77. 其他【请注明】_____

F1:"辅导班"指业余时间里为了提高学习成绩或培养某方面技能由

专门老师负责教授的培训班,不同于学校利用正式授课时间的课程学习。

G3 下面的问题涉及您与孩子或孩子的兄弟姐妹之间的互动,请您根据实际情况回答。

G304 您或其他成人或孩子的哥哥姐姐经常用玩具、游戏或其他东西帮助孩子学习识数吗?

访员注意:如果实际没有,填写"0"。

1. 一年几次或更少　　　2. 每月一次　　　3. 每月两三次

4. 一周数次　　　5. 每天

G305 您或其他成人或孩子的哥哥姐姐经常用玩具、游戏或其他东西帮助孩子分辨色彩吗?

访员注意:如果实际没有,填写"0"。

1. 一年几次或更少　　　2. 每月一次　　　3. 每月两三次

4. 一周数次　　　5. 每天

G306 您或其他成人或孩子的哥哥姐姐经常用玩具、游戏或其他东西帮助孩子分辨形状吗?

访员注意:如果实际没有,填写"0"。

1. 一年几次或更少　　　2. 每月一次　　　3. 每月两三次

4. 一周数次　　　5. 每天

幼儿模块二

3—6 岁(含 3 岁,不含 6 岁)

A 部分

A101 请问,孩子的胎龄是:_____月

F1:"胎龄"指孩子怀在母亲肚子里的时间,医学上以"周"计,民间以"月"计,这里以"月"计。

A102 请问,孩子出生时的体重:_____斤【精确到小数点后 1 位】

A103 请问,孩子现在的体重:_____斤【精确到小数点后 1 位】

A104 请问,孩子现在的身高是多少?_____厘米

A105 请问,到现在为止,孩子吃母乳有多长时间:_____月

A106 请问,孩子是在哪里出生的?

1. 医院　　5. 家里　　77. 其他【请注明】_____

A107 请问,孩子的出生地是:_____省_____市_____县(区)

A108 请问,孩子的出生地属于以下哪种类型的地区?

1. 农村　　2. 城市　　3. 城镇　　4. 城郊

F1:"出生地"指出生时所在地的城乡属性,农村家庭的母亲把孩子生在了县城的医院,就是"城镇",生在了城市的医院,就是"城市";反之,城市家庭的母亲把孩子生在了农民家里,就是"农村"。

【CAPI】检查 A1 孩子的年龄,如果 = 3 岁,请跳至 A4;否则,请继续回答。

A2 孩子 3 岁时的居住地是否与出生地相同?

1. 是【跳至 A4】　　　　　5. 否

A201 孩子 3 岁时的居住地为:_____省_____市_____县(区)

A4 孩子现在的户口类型是:

1. 农业户口　　3. 非农户口　　5. 没有户口【跳至 A3】

79. 不适用【跳至 A3】

访员注意:如果孩子是非中国国籍,属于不适用,请录入"79"。

A5 孩子现在的户口所在地是否与出生地相同?

1. 是【跳至 A3】　　　　　5. 否

F1:"出生地"指出生时所在地的城乡属性,农村家庭的母亲把孩子生在了县城的医院,就是"城镇",生在了城市的医院,就是"城市";反之,城市家庭的母亲把孩子生在了农民家里,就是"农村"。

A501 孩子现在的户口所在地为:_____省_____市_____县(区)

【CAPI】检查 A1 孩子的年龄,如果 = 3 岁,请跳至 A6;否则,请继续回答。

A3 孩子 3 岁时户口是:

1. 农业户口　　2. 非农户口　　3. 没有户口　　79. 不适用

访员注意:如是孩子是非中国国籍,属于不适用,请录入"79"。

F1:(1)"没有户口"指在中国没有落户,也没有其他国籍。

(2)"不适用"指非中国国籍受访者,如父母为中国公民,但孩子在国外出生并拥有外国国籍。

A6 孩子的民族成分是_____族

B 部分

B1 孩子父母<u>最近非假期</u>的 1 个月,孩子<u>主要</u>住在哪里?【单选】

1. 家里　　　2. 学校宿舍　　　3. 亲友家里　　　4. 幼儿园/托儿所

77. 其他【请注明】_____

F1(通俗):(1)"主要住在哪里"是指日常居住场所,而不是今天的留宿地;在家里居住,就选"1";住幼儿园/托儿所,就选择"4"。。

(2)"幼儿园"指在政府部门正式登记在册的托幼机构;现在也出现了外资的、民营的托幼机构。

F1(专业):在幼儿园中,入园幼儿数在 50 人以上的称为幼儿园,归市教委管理,50 人以下的称托儿所,归市妇联管理。另外,还包括私人经营的各类幼儿园。

B2 孩子父母<u>最近非假期</u>的 1 个月,孩子<u>主要</u>由谁照管?【单选】

1. 孩子的爷爷/奶奶　　　2. 孩子的外公/外婆

3. 孩子的爸爸【跳至 B3】　　　4. 孩子的妈妈【跳至 B3】　　　5. 保姆

6. 托儿所　　　7. 自己照顾自己　　　77. 其他【请注明】_____

B201 孩子父母<u>最近非假期</u>的 1 个月,孩子平均每周能见到父母(或父母任何一方)几次?_____次

访员注意:(1) 父亲或母亲或父母双方均可。(2)"见到"指在一起的时间长于 1 个小时的见面。计算原则:每天计算最多 1 次。如果孩子与父母每天见面多于 1 次,且每次见面都多于 1 个小时,仍然计算为 1 次;如果孩子与父母每天都生活在一起,则意味着每天都见面,如此,计算为每周 7 次。

B3 孩子 3 岁及以前,父母双方都<u>不与</u>孩子在一起居住的<u>连续</u>时间最长为_____周/月/年

访员注意:最短计算时间为 1 周;超过 1 周不满 2 周,以 2 周计算,依此类推;不用小数点。

F1:"连续时间"指父母双方完全不与孩子在一起饮食起居的时间,

其中"连续"指一段没有中断的时间,如果多次分开,选择最长的一次持续分开时间。

B4 去年,父母<u>双方都不</u>与孩子在一起居住的<u>连续</u>时间最长为_____周/月

访员注意:最短计算时间为1周;超过1周不满2周,以2周计算,依此类推;不用小数点。

F1:"连续时间"指父母双方完全不与孩子在一起饮食起居的时间,其中"连续"指一段没有中断的时间,如果多次分开,选择最长的一次持续分开时间。

B501 孩子几个月大的时候开始自己走路?_____月

访员注意:如果孩子仍然不会走路,请录入"-8"。

F1:"走路"是指不用依附外物或外力而独自行走,能够独立走3—5步就算。

B601 孩子几个月大的时候开始说完整的句子,如"我要吃饭"?_____月

访员注意:如果孩子仍然不会说完整的句子,请录入"-8"。

F1:从出生开始,到能说一句完整的句子的时间间隔。

B701 孩子几个月大的时候开始能数1—10的?_____月

访员注意:如果孩子仍然不能数1—10,请录入"-8"。

B801 孩子几个月大的时候开始能独立小便(小便时,能够自己独立穿脱裤子)?_____月

访员注意:如果孩子仍然不能独立小便,请录入"-8"。

C 部分

C1 请问,<u>上个月</u>孩子生病了几次?_____次;

F1:"生病"指出现身体不适,并采用了药物或其他方式进行治疗的状态。

C101 上个月孩子因病去医院看病几次?_____次

F1:(1)"医院",也指"医疗点",是指有医疗卫生人员和一定医疗设施的全科医疗卫生场所,如综合医院、乡镇卫生院、社区医院、村卫生室、私人诊所,但不包括牙科诊所之类的专科医院及在药店里附带开设的医疗点。

(2)到医院接种疫苗、做例行检查等不算看病。

C2 请问,孩子在1岁以前共生病几次? _____ 次;

F1:"生病"指出现身体不适,并采用了药物或其他方式进行治疗的状态。

C201 孩子在1岁以前,因病去医院看了几次病? _____ 次

F1:(1)"医院",也指"医疗点",是指有医疗卫生人员和一定医疗设施的全科医疗卫生场所,如综合医院、乡镇卫生院、社区医院、村卫生室、私人诊所,但不包括牙科诊所之类的专科医院及在药店里附带开设的医疗点。

(2)到医院接种疫苗、做例行检查等不算看病。

C3 一般情况下,孩子生小病【如发热或腹泻】,您通常是如何处理的?【单选】

1. 立刻找医生看病　　　　　2. 自己找药/买药
3. 民间方法治疗(如刮痧等)　4. 去求神拜佛或做法事
5. 不采取任何措施,等病慢慢好　77. 其他【请注明】_____

F1:(1)"小病"是指自我服药就能康复或医疗费用在一定的界限内的疾病称为小病。

(2)"刮痧",是传统的自然疗法之一,以中医理论为基础,用器具(牛角、玉石、火罐)等在皮肤相关部位刮拭,以达到疏通经络、活血化瘀之目的。

(3)"法事"是指僧道拜忏、打醮等事。

C4 去年,孩子因病去医院看病几次? _____ 次

F1:(1)"医院",也指"医疗点",是指有医疗卫生人员和一定医疗设施的全科医疗卫生场所,如综合医院、乡镇卫生院、社区医院、村卫生室、私人诊所,但不包括牙科诊所之类的专科医院及在药店里附带开设的医疗点。

(2)到医院接种疫苗、做例行检查等不算看病。

C401 去年,孩子是否因病住过院?

1. 是　　　　　　　　　　5. 否

F1:"住院"指因疾病或意外伤害而入住医院病房至少1晚以上。

C5 从出生到现在,孩子患过的最严重的疾病是什么病? _____

访员注意:(1) 请详细记录疾病的名称。

(2) 如果没有患病,请输入"79"。

C501 请访员在疾病编码表中选择,孩子患的"C5 答案"属于哪一类?
需要记录疾病的名称,同时在编码表中选择

C6 到目前为止,孩子是否因为伤病留下残疾?

访员注意:最好能请受访者出示《残疾证》。

1. 是　　3. 否【跳至 C7】　　5. 现在还看不出来【跳至 C7】

F1:(1) 残疾评定分五类:视力残疾、听力语言残疾、智力残疾、肢体
残疾、精神残疾。评定残疾人标准按国务院批准的《中国残疾人实用评定
标准》执行。

(2) 对残疾程度的评级经历了标准的变化,有 4 级标准和 9 级标准
之分,"残疾程度"的填写中,请注明是 4 级标准还是 9 级标准,如为 4 级
标准的 2 级,则填写为 2/4;9 级标准的 2 级,则填写为 2/9。

C601 残疾类型_____

F1:(1) 残疾评定分五类:视力残疾、听力语言残疾、智力残疾、肢体
残疾、精神残疾。评定残疾人标准按国务院批准的《中国残疾人实用评定
标准》执行。

(2) 对残疾程度的评级经历了标准的变化,有 4 级标准和 9 级标准
之分,"残疾程度"的填写中,请注明是 4 级标准还是 9 级标准,如为 4 级
标准的 2 级,则填写为 2/4;9 级标准的 2 级,则填写为 2/9。

C602 残疾程度_____

F1:(1) 残疾评定分五类:视力残疾、听力语言残疾、智力残疾、肢体
残疾、精神残疾。评定残疾人标准按国务院批准的《中国残疾人实用评定
标准》执行。

(2) 对残疾程度的评级经历了标准的变化,有 4 级标准和 9 级标准
之分,"残疾程度"的填写中,请注明是 4 级标准还是 9 级标准,如为 4 级
标准的 2 级,则填写为 2/4;9 级标准的 2 级,则填写为 2/9。

C7 去年,因孩子患病(包括拿药、就医、住院等),一共花了多少钱
(包含报销或预计报销的部分)?_____元

F1:(1) "住院"指因疾病或意外伤害而入住医院病房至少 1 晚
以上。

（2）"多少钱"指所有用于诊疗、住院的支出。

C701 去年所有孩子患病的花费中，家里支付了多少钱？（不含已经报销或预计能报销的部分）_____元

C801 去年，孩子是否有社会医疗保险？

1. 是　　　　　　　　　　5. 否

C802 去年，家里为孩子另外购买商业医疗保险花费了多少钱？_____元

访员注意：如果没有购买商业医疗保险，请录入"0"。

D 部分

【CAPI】调用 A1 孩子的年龄，如果年龄为 3 周岁，5 周岁，则提问 D1。如果年龄为 4 周岁，请跳至 D2。

D1 您希望孩子长大了后从事什么类型的职业？

1. 能推动社会发展的职业　　　2. 助人、为社会服务的职业

3. 得到人们的高度评价的职业　4. 受人尊敬的职业；

5. 能赚钱的职业　　　　　　　6. 虽平凡，但有固定收入的职业

7. 若不为人所用，就自谋职业

D101 您希望孩子长大后具体从事什么职业呢？_____

访员注意：完整记录受访者原话。

【CAPI】回答完成后 D101，请跳至 D4。

D2 您希望孩子念书最高念完哪一程度？【出示卡片】【受教育程度选项】

1. 文盲/半文盲【屏蔽】　2. 小学　3. 初中　4. 高中

5. 大专　6. 大学本科　7. 硕士　8. 博士　9. 不必念书

D3 您是否想过把孩子送到国外去念书？

1. 想过　　　　　　　　　5. 没有想过【跳至 D4】

D301 您想在哪个阶段把孩子送到国外去念书？

1. 小学　2. 初中　3. 高中　4. 大专　5. 大学本科

6. 硕士　7. 博士

D4 您是否已经开始为孩子的教育专门存钱？

1. 是　　　　　　　　　　5. 否

D5 请问去年全年，这个孩子的所有教育支出情况（不含生活费）：

访员注意：教育费无论是否由家里支付都算。

D501 学杂费＿＿＿＿＿元

D502 书本费＿＿＿＿＿元

D503 课外辅导/家教费＿＿＿＿＿元

D504 住宿费＿＿＿＿＿元

D505 交通费＿＿＿＿＿元

D506 其他费用＿＿＿＿＿元

D510 根据您刚才提供的情况,去年全年这个孩子的教育总支出是"自动汇总 D501—D506"元,其中您家庭支付了多少?＿＿＿＿＿元

E 部分

【CAPI】调用 A1 孩子的年龄,如果年龄为 5 周岁,则提问 E1;如果年龄为 3 周岁,请跳至 E3;如果年龄为 4 周岁,请跳至 E4。

E1 下面是关于子女养育的观点问题,请告诉我您的看法【出示卡片】【子女养育的观点】

【CAPI】回答完 E108,跳至 Z301。

E3 下面的问题涉及您对＊＊＊【受访少儿的姓名】的看法,请您不用多想,根据自己的体验,直接回答。【出示卡片】【对受访少儿的看法】

【CAPI】回答完 E312,跳至 Z301。

E4 下面列出了影响孩子未来成就的因素。请您根据自己的亲身经历,表达您的看法。【出示卡片】【影响子女未来成就的因素】

【CAPI】回答完 E407,跳至 Z301。

Z 部分

访员:请观察受访者的家庭环境,回答以下问题。

Z301 家庭的环境(比如孩子的画报、图书或其他学习材料)表明,父母关心孩子的教育。

1. 十分同意　　2. 同意　　3. 中立　　4. 不同意　　5. 十分不同意

Z302 父母主动与孩子沟通和交流。

1. 十分同意　　2. 同意　　3. 中立　　4. 不同意　　5. 十分不同意

F 部分

F1 孩子<u>正在</u>上幼儿园吗?

访员注意:如果孩子已经开始上幼儿园,但目前正处在幼儿园的假期,请选择"1.是"

1. 是【跳至 F103】　　　　5. 否【跳至 F101】

F1(通俗):"幼儿园"指在政府部门正式登记在册的托幼机构;现在也出现了外资的、民营的托幼机构。

F1(专业):在幼儿园中,入园幼儿数在 50 人以上的称为幼儿园,归市教委管理,50 人以下的称托儿所,归市妇联管理。另外,还包括私人经营的各类幼儿园。

F101 孩子是否曾经上过幼儿园?

1. 是【跳至 F102】　　　　5. 否【跳至 F3】

F1(通俗):"幼儿园"指在政府部门正式登记在册的托幼机构;现在也出现了外资的、民营的托幼机构。

F1(专业):在幼儿园中,入园幼儿数在 50 人以上的称为幼儿园,归市教委管理,50 人以下的称托儿所,归市妇联管理。另外,还包括私人经营的各类幼儿园。

F102 孩子上幼儿园的起止时间分别是什么时候?＿＿＿＿年＿＿＿＿月至＿＿＿＿年＿＿＿＿月

F1(通俗):"幼儿园"指在政府部门正式登记在册的托幼机构;现在也出现了外资的、民营的托幼机构。

F1(专业):在幼儿园中,入园幼儿数在 50 人以上的称为幼儿园,归市教委管理,50 人以下的称托儿所,归市妇联管理。另外,还包括私人经营的各类幼儿园。

【CAPI】回答完 F102 之后,跳至 F3。

F103 请问,最近非假期的 1 个月里,孩子平均每周上幼儿园几个小时?＿＿＿＿小时

F104 请问,从孩子的住地到幼儿园有多远?＿＿＿＿米/里/公里

F105 请问,平时送孩子到幼儿园路上需要花多长时间?＿＿＿＿分钟/小时

F106 请问,孩子现在上幼儿园的方式是?【单选】

1. 全托　　3. 半全托　　5. 日托

F107 最近上幼儿园的 1 个月里,交给幼儿园的费用是多少钱?

_____元。

F1:"交给幼儿园的费用"含所有交给幼儿园的费用,如孩子的餐费、衣被费等等,只要是交给了幼儿园,就计算在内。

F2 下面将询问您一切关于孩子与其他孩子交往情况的问题。

F201 您的孩子经常和其他同龄的孩子一起玩吗?

访员注意:如果是实际"没有",选择"1"。

1. 一年几次或更少 2. 每月一次 3. 每月两三次

4. 一周数次 5. 每天

F202 您的孩子经常和比他大的孩子一起玩吗?

访员注意:如果是实际"没有",选择"1"。

1. 一年几次或更少 2. 每月一次 3. 每月两三次

4. 一周数次 5. 每天

F203 您的孩子经常和比他小的孩子一起玩吗?

访员注意:如果是实际"没有",选择"1"。

1. 一年几次或更少 2. 每月一次 3. 每月两三次

4. 一周数次 5. 每天

F204 和您的孩子一起玩的孩子中,男孩多还是女孩多?

1. 男孩多 3. 女孩多 5. 都差不多

【CAPI】回答完 F204 之后,跳至 G2。

F3 孩子是否<u>正在</u>上小学?

访员注意:如果孩子已经开始上小学,但目前正处在小学的假期,请选择"1.是"。

1. 是 5. 否【跳至 G2】

F303 请问孩子是哪年开始上小学? _____年

G 部分

【辅导班】

G2 最近<u>非假期</u>的 1 个月,孩子参加过或正在参加辅导班/家教吗?

1. 是 5. 否【跳至 G3】

F1:"辅导班"指业余时间里为了提高学习成绩或培养某方面技能由专门老师负责教授的培训班,不同于学校利用正式授课时间的课程学习。

G202 请问,最近非假期的 1 个月,孩子平均每周花多长时间参加辅导班/家教:＿＿＿＿＿＿小时

F1:"辅导班"指业余时间里为了提高学习成绩或培养某方面技能由专门老师负责教授的培训班,不同于学校利用正式授课时间的课程学习。

G203 请问,所有<u>参加过</u>的或正在参加的辅导班/家教有哪些?【多选】

1. 语文　　　2. 数学　　　3. 外语　　　4. 乐器　　　5. 棋类

6. 书画类　　7. 声乐　　　8. 舞蹈　　　9. 体育

11. 其他【请注明】＿＿＿＿＿＿

F1:"辅导班"指业余时间里为了提高学习成绩或培养某方面技能由专门老师负责教授的培训班,不同于学校利用正式授课时间的课程学习。

G3 下面的问题涉及您与孩子或孩子的兄弟姐妹之间的互动,请您根据<u>去年的实际情况</u>回答。

G301 您经常读东西给孩子听吗,譬如故事?

访员注意:如果实际没有,填写"0"。

1. 一年几次或更少　　　2. 每月一次　　　　3. 每月两三次

4. 一周数次　　　　　　5. 每天

G302 您经常给孩子买书吗,譬如图画书?

访员注意:如果实际没有,填写"0"。

1. 一年几次或更少　　　2. 每月一次　　　　3. 每月两三次

4. 一周数次　　　　　　5. 每天

G303 家人经常带孩子外出游玩吗,譬如公园散步、操场玩耍、商场购物和野餐?

访员注意:如果实际没有,填写"0"。

1. 一年几次或更少　　　2. 每月一次　　　　3. 每月两三次

4. 一周数次　　　　　　5. 每天

G308 您或其他成人或孩子的哥哥姐姐在家经常用玩具、游戏或其他东西帮助孩子识字吗?

访员注意:如果实际没有,填写"0"。

1. 一年几次或更少　　　2. 每月一次　　　　3. 每月两三次

4. 一周数次　　　　　　5. 每天

G307 孩子经常参加培训课程或活动吗？

访员注意：(1) 如果实际没有，填写"0"。

(2) 不包含幼儿园的正规课程,但包含幼儿园组织的正规课程以外的培训或活动。

1. 一年几次或更少　　2. 每月一次　　3. 每月两三次

4. 一周数次　　　　　5. 每天

少 儿 模 块

6—16 岁(含 6 岁,不含 16 岁)

A 部分

A101 请问,孩子的胎龄是：_____月

F1："胎龄"指孩子怀在母亲肚子里的时间,医学上以"周"计,民间以"月"计,这里以"月"计。

A102 请问,孩子出生时的体重：_____斤【精确到小数点后 1 位】

A103 请问,孩子现在的体重：_____斤【精确到小数点后 1 位】

A104 请问,孩子现在的身高是多少？ _____厘米

A105 请问,到现在为止,孩子吃母乳有多长时间：_____月

A106 请问,孩子是在哪里出生的？

1. 医院　　5. 家里　　77. 其他【请注明】_____

A107 请问,孩子的出生地是：_____省_____市_____县(区)

A108 请问,孩子的出生地属于以下哪种类型的地区？

1. 农村　　2. 城市　　3. 城镇　　4. 城郊

F1："出生地"指出生时所在地的城乡属性,农村家庭的母亲把孩子生在了县城的医院,就是"城镇",生在了城市的医院,就是"城市";反之,城市家庭的母亲把孩子生在了农民家里,就是"农村"。

A2 孩子 3 岁时的居住地是否与出生地相同？

1. 是【跳至 A3】　　　　5. 否

A201 孩子 3 岁时的居住地：_____省_____市_____县(区)

A3 孩子 3 岁时户口是：

1. 农业户口   3. 非农户口   5. 没有户口   79. 不适用

访员注意:如果孩子 3 岁时是非中国国籍,属于不适用,请录入"79"。

A4 孩子现在的户口类型是:

1. 农业户口   3. 非农户口   5. 没有户口【跳至 A6】

79. 不适用【跳至 A6】

访员注意:如果孩子现在是非中国国籍,属于不适用,请录入"79"。

F1:(1)"没有户口"指在中国没有落户,也没有其他国籍。

(2)"不适用"指非中国国籍受访者,如父母为中国公民,但孩子在国外出生并拥有外国国籍。

A5 孩子现在的户口所在地是否与出生地相同?

1. 是【跳至 A6】   5. 否

A501 孩子现在的户口所在地为:_____省_____市_____县(区)

A6 孩子的民族成分是:_____族

B 部分

B1 孩子父母<u>最近非假期</u>的 1 个月,孩子<u>主要</u>住在哪里?【单选】

1. 家里   2. 学校宿舍   3. 亲友家里   4. 幼儿园/托儿所

77. 其他【请注明】_____

F1:"主要住在哪里"是指日常居住场所,而不是今天的留宿地;在家里居住,就选"1";学生住校,就选择"2"。

B2 孩子父母<u>最近非假期</u>的 1 个月,孩子<u>主要</u>由谁照管?【单选】

1. 孩子的爷爷/奶奶   2. 孩子的外公/外婆

3. 孩子的爸爸【跳至 B3】   4. 孩子的妈妈【跳至 B3】   5. 保姆

6. 托儿所   7. 自己照顾自己   77. 其他【请注明】_____

B201 孩子父母<u>最近非假期</u>的 1 个月,孩子平均每周能见到父母(或父母任何一方)几次?_____次

访员注意:

(1) 父亲或母亲或父母双方均可。

(2) "见到"指在一起的时间长于 1 个小时的见面。计算原则:每天计算最多 1 次。如果孩子与父母每天见面多于 1 次,且每次见面都多于 1

个小时,仍然计算为1次;如果孩子与父母每天都生活在一起,则意味着每天都见面,如此,以计算为每周7次。

B3 孩子3岁及以前,父母双方都不与孩子在一起居住的连续时间最长为_____周/月/年

访员注意:最短计算时间为1周;超过1周不满2周,以2周计算,依此类推;不用小数点。

F1:"连续时间"指父母双方完全不与孩子在一起饮食起居的时间,其中"连续"指一段没有中断的时间,如果多次分开,选择最长的一次持续分开时间。

B4 去年,父母双方都不与孩子在一起居住的连续时间最长为_____周/月

访员注意:最短计算时间为1周;超过1周不满2周,以2周计算,依此类推;不用小数点。

F1:"连续时间"指父母双方完全不与孩子在一起饮食起居的时间,其中"连续"指一段没有中断的时间,如果多次分开,选择最长的一次持续分开时间。

B501 孩子几个月大的时候开始自己走路?_____月

访员注意:如果孩子仍然不会走路,请录入"-8"

F1:"走路"是指不用依附外物或外力而独自行走,能够独立走3—5步就算。

B601 孩子几个月大的时候开始说完整的句子,如"我要吃饭"?_____月

访员注意:如果孩子仍然不会说完整的句子,请录入"-8"

F1:从出生开始,到能说一句完整句子的时间间隔。

B701 孩子几个月大的时候开始能数1—10的?_____月

访员注意:如果孩子仍然不能数1—10,请录入"-8"

B801 孩子几个月大的时候开始能独立小便(小便时,能够自己独立穿脱裤子)?_____月

访员注意:如果孩子仍然不能独立小便,请录入"-8"

C 部分

C1 请问,上个月孩子生病了几次?_____次;

F1:"生病"指出现身体不适,并采用了药物或其他方式进行治疗的状态。

C101 上个月孩子因病去医院看病几次? _____ 次

F1:(1)"医院",也指"医疗点",是指有医疗卫生人员和一定医疗设施的全科医疗卫生场所,如综合医院、乡镇卫生院、社区医院、村卫生室、私人诊所,但不包括牙科诊所之类的专科医院及在药店里附带开设的医疗点。

(2)到医院接种疫苗、做例行检查等不算看病。

C2 请问,孩子在1岁以前共生病几次? _____ 次;

F1:"生病"指出现身体不适,并采用了药物或其他方式进行治疗的状态。

C201 孩子在1岁以前,因病去医院看了几次病? _____ 次

F1:(1)"医院",也指"医疗点",是指有医疗卫生人员和一定医疗设施的全科医疗卫生场所,如综合医院、乡镇卫生院、社区医院、村卫生室、私人诊所,但不包括牙科诊所之类的专科医院及在药店里附带开设的医疗点。

(2)到医院接种疫苗、做例行检查等不算看病。

C3 一般情况下,孩子生小病【如发热或腹泻】,您通常是如何处理的?【单选】

1. 立刻找医生看病　　　　　2. 自己找药/买药

3. 民间方法治疗(如刮痧等)　4. 去求神拜佛或做法事

5. 不采取任何措施,等病慢慢好　77. 其他【请注明】_____

F1:(1)"小病"是指自我服药就能康复或医疗费用在一定的界限内的疾病称为小病。

(2)"刮痧",是传统的自然疗法之一,以中医理论为基础,用器具(牛角、玉石、火罐)等在皮肤相关部位刮拭,以达到疏通经络、活血化瘀之目的。

(3)"法事"是指僧道拜忏、打醮等事。

C4 去年,孩子因病去医院看病几次? _____ 次

F1:(1)"医院",也指"医疗点",是指有医疗卫生人员和一定医疗设施的全科医疗卫生场所,如综合医院、乡镇卫生院、社区医院、村卫生室、

私人诊所,但不包括牙科诊所之类的专科医院及在药店里附带开设的医疗点。

(2)到医院接种疫苗、做例行检查等不算看病。

C401 去年,孩子是否因病住过院?

1. 是   5. 否

F1:"住院"指因疾病或意外伤害而入住医院病房至少1晚以上。

C5 从出生到现在,孩子患过的最严重的疾病是什么病? _____

访员注意:(1)请详细记录疾病的名称。

(2)如果没有患病,请输入"79"。

C501 请访员在疾病编码表中选择,孩子患的"C5答案"属于哪一类? 需要记录疾病的名称,同时在编码表中选择

C6 到目前为止,孩子是否因为伤病留下残疾?

访员注意:最好能请受访者出示《残疾证》。

1. 是   3. 否【跳至C7】   5. 现在还看不出来【跳至C7】

F1:(1)残疾评定分五类:视力残疾、听力语言残疾、智力残疾、肢体残疾、精神残疾。评定残疾人标准按国务院批准的《中国残疾人实用评定标准》执行。

(2)对残疾程度的评级经历了标准的变化,有4级标准和9级标准之分,"残疾程度"的填写中,请注明是4级标准还是9级标准,如为4级标准的2级,则填写为2/4;9级标准的2级,则填写为2/9。

C601 残疾类型_____

F1:(1)残疾评定分五类:视力残疾、听力语言残疾、智力残疾、肢体残疾、精神残疾。评定残疾人标准按国务院批准的《中国残疾人实用评定标准》执行。

(2)对残疾程度的评级经历了标准的变化,有4级标准和9级标准之分,"残疾程度"的填写中,请注明是4级标准还是9级标准,如为4级标准的2级,则填写为2/4;9级标准的2级,则填写为2/9。

C602 残疾程度_____

F1:(1)残疾评定分五类:视力残疾、听力语言残疾、智力残疾、肢体残疾、精神残疾。评定残疾人标准按国务院批准的《中国残疾人实用评定标准》执行。

(2) 对残疾程度的评级经历了标准的变化,有 4 级标准和 9 级标准之分,"残疾程度"的填写中,请注明是 4 级标准还是 9 级标准,如为 4 级标准的 2 级,则填写为 2/4;9 级标准的 2 级,则填写为 2/9。

C7 去年,因孩子患病(包括拿药、就医、住院等),一共花了多少钱(包含报销或预计报销的部分)? _____元

F1:(1)"住院"指因疾病或意外伤害而入住医院病房至少 1 晚以上。

(2)"多少钱"指所有用于诊疗、住院的支出。

C701 去年所有孩子患病的花费中,家里支付了多少钱?(不含已经报销或预计能报销的部分)_____元

C801 去年,孩子是否有社会医疗保险?

1. 是　　　　　　　　　　5. 否

C802 去年,家里为孩子另外购买商业医疗保险花费了多少钱?_____元
访员注意:如果没有购买商业医疗保险,请录入"0"。

D 部分

【CAPI】调用 A1 孩子的年龄,如果年龄为 7、9、11、15 周岁,则提问 D1。如果年龄为 6、8、10、12、14 周岁,请跳至 D2。

D1 您希望孩子长大了后从事什么类型的职业?

1. 能推动社会发展的职业　　2. 助人、为社会服务的职业

3. 得到人们高度评价的职业　4. 受人尊敬的职业;

5. 能赚钱的职业　　　　　　6. 虽平凡,但有固定收入的职业

7. 若不为人所用,就自谋职业

D101 您希望孩子长大后具体从事什么职业呢? _____
访员注意:完整记录受访者原话。

【CAPI】回答完成后 D101,请跳至 D4。

D2 您希望孩子念书最高念完哪一程度?【出示卡片】【受教育程度选项】

2. 小学　　3. 初中　　4. 高中　　5. 大专　　6. 大学本科

7. 硕士　　8. 博士　　9. 不必念书

D3 您是否想过把孩子送到国外去念书?

1. 想过　　　　　　　　　　5. 没有想过【跳至 D4】

D301 您想在哪个阶段把孩子送到国外去念书?

1. 小学   2. 初中   3. 高中   4. 大专   5. 大学本科

6. 硕士   7. 博士

D4 您是否已经开始为孩子的教育专门存钱?

1. 是   5. 否

D5 请问<u>去年全年</u>,这个孩子的<u>所有教育支出情况</u>(不含生活费):

访员注意:教育费无论是否由家里支付都算。

D501 学杂费＿＿＿＿＿＿元

D502 书本费＿＿＿＿＿＿元

D503 课外辅导/家教费＿＿＿＿＿＿元

D504 住宿费＿＿＿＿＿＿元

D505 交通费＿＿＿＿＿＿元

D506 其他费用＿＿＿＿＿＿元

D510 根据您刚才提供的情况,去年全年这个孩子的教育总支出是
"自动汇总 D501—D506"元,其中您家庭支付了多少?＿＿＿＿＿＿元

E 部分

【CAPI】

#01 调用 A1 孩子的年龄,如果年龄为 9、13 周岁,则提问 E1;

#02 如果年龄为 6、10、14 周岁,请跳至 E2;

#03 如果年龄为 7、11、15 周岁,请跳至 E3;

#04 如果年龄为 8、12 周岁,请跳至 E4。

E1 下面是关于子女养育的观点问题,请告诉我您的看法【出示卡片】
【子女养育的观点】

【CAPI】回答完 E108,跳至 Z301。

E2 下面列出了人们想生养孩子的一般性理由。请您根据自己的亲
身经历,告诉我您的看法。【出示卡片】【生养子女的理由】

【CAPI】回答完 E209,跳至 Z301。

E3 下面的问题涉及您对＊＊＊【受访少儿的姓名】的看法,请您不用
多想,根据自己的体验,直接回答。【出示卡片】【对受访少儿的看法】

【CAPI】回答完 E312,跳至 Z301。

E4 下面列出了影响孩子未来成就的因素。请您根据自己的亲身经历,表达您的看法。【出示卡片】【影响子女未来成就的因素】

【CAPI】回答完 E407,跳至 Z301。

Z 部分

访员:请观察受访者的家庭环境,回答以下问题。

Z301 家庭的环境(比如孩子的画报、图书或其他学习材料)表明,父母关心孩子的教育。

1. 十分同意　　2. 同意　　3. 中立　　4. 不同意　　5. 十分不同意

Z302 父母主动与孩子沟通和交流。

1. 十分同意　　2. 同意　　3. 中立　　4. 不同意　　5. 十分不同意

F 部分

F101 孩子是否曾经上过幼儿园?

1. 是　　　　　　　　　　5. 否【跳至 F3】

F1(通俗):"幼儿园"指在政府部门正式登记在册的托幼机构;现在也出现了外资的、民营的托幼机构。

F1(专业):在幼儿园中,入园幼儿数在 50 人以上的称为幼儿园,归市教委管理,50 人以下的称托儿所,归市妇联管理。另外,还包括私人经营的各类幼儿园。

F102 孩子上幼儿园的起止时间分别是什么时候? _____ 年 _____ 月至_____ 年_____ 月

F1(通俗):"幼儿园"指在政府部门正式登记在册的托幼机构;现在也出现了外资的、民营的托幼机构。

F1(专业):在幼儿园中,入园幼儿数在 50 人以上的称为幼儿园,归市教委管理,50 人以下的称托儿所,归市妇联管理。另外,还包括私人经营的各类幼儿园。

F3 孩子目前是否正在上学?

访员注意:如果孩子已经开始上学,但目前正处在假期,请选择"1. 是"

1. 是　　　　　　　　　　5. 否【跳至 F804】

F301 孩子正在上哪级学校?

1. 幼儿园/学前班【跳至 F804】　　2. 小学　　3. 初中　　4. 高中

5. 大学

F302 孩子正在上"加载 F301 选项"几年级？_____

F303 孩子是哪年开始上"加载 F301 选项"的？_____年

F304 孩子在学校寄宿吗？

1. 是　　　　　　　　　　5. 否

F1："寄宿"指的是寄托于学校，生活、住宿由这里负责，学校负责监管饮食，生活和住宿。

F305 孩子就读于哪种类型的学校？【单选】

1. 普通学校　　　　　　　2. 重点学校　　　　　3. 私立学校

4. 打工子弟学校　　　　　5. 国际学校

F1：(1)"普通学校"指没有重点名称，也不属于3—5类型的学校。

(2)"重点学校"指由教育管理机构如教育局/教委认定的重点小学、初中、高中。

(3)"私立学校"指不受政府资助的学校，一般来说，由非政府机构建立、管理和支持的学校都称为私立学校。

(4)"打工子弟学校"指为解决流动儿童义务教育问题而专门招收流动儿童的学校，既有私立的，也有公立的。

(5)"国际学校"指主要为外国在华人员的子女所兴办的学校。

F306 孩子所在的班级是重点班吗？

1. 是　　　3. 否　　　5. 就读学校没有重点班和非重点班的区分

F1："重点班"指学校内以年级为单位，从不同班里把成绩相对较好的学生编成一个或两个班，集中骨干教师授课。通常，又被称为"实验班"、"龙班"、"虎班"等。

F307 孩子平常采用什么交通工具上学？

1. 自己步行　　　2. 自己骑自行车

3. 自己乘坐公共交通/拖拉机/摩的　　　4. 家长陪着步行

5. 家长用自行车接送　　　6. 家长用乘用车/小汽车接送

77. 其他【请注明】_____

F308 采用上面的交通工具，孩子平常上学需要花费多长时间？

_____分钟

访员注意:指的是单程的时间。

F309 上学期间,孩子一般早晨什么时间起床?＿＿＿＿点＿＿＿＿分

访员注意:采用 24 小时制记录时间。

F310 上学期间,孩子一般晚上什么时间睡觉?＿＿＿＿点＿＿＿＿分

访员注意:采用 24 小时制记录时间。

F4 上个学期,您家有哪些人辅导"＊＊＊【受访少儿的姓名】"做作业?【可多选】

F401 "F4 选择的人名"平均每周花几个小时辅导"＊＊＊【受访少儿的姓名】"做作业?＿＿＿＿小时

访员注意:时间以整数计,如果受访者回答"一两个小时",则以 2 小时计算,依此类推。

F501 就您所知,孩子上学期平时的语文成绩如何?

访员注意:由家长自己判断"优良中差",不做解释

1. 优　　　　2. 良　　　　3. 中　　　　4. 差

F1:"平时成绩"指小测验、期中考试等的平均成绩,不指写在成绩单上的正式成绩。

F502 就您所知,孩子上学期平时的数学成绩如何?

访员注意:由家长自己判断"优良中差",不做解释

1. 优　　　　2. 良　　　　3. 中　　　　4. 差

F1:"平时成绩"指小测验、期中考试等的平均成绩,不指写在成绩单上的正式成绩。

F6 下面的问题涉及您对孩子学习和生活的关怀,请您根据过去一年的实际情况回答。【出示卡片】

1. 很经常(每周 6—7 次)　　2. 经常(每周 2—3 次)

3. 偶尔(每周 1—2 次)　　4. 很少(每月 1 次)　　5. 从不

F601 当这个孩子在学习时,您会经常放弃看您自己喜欢的电视节目以免影响其学习吗?

F602 自本学年开始以来/上学期,您经常和这个孩子讨论学校里的事情?

访员注意：如果处在假期，问上学期。

F603 您经常要求这个孩子完成家庭作业吗？

F604 您经常检查这个孩子的家庭作业吗？

F605 您经常阻止或终止这个孩子看电视吗？

F606 您经常限制这个孩子所看电视节目的类型吗？

F701 如果满分 100 分，您期望孩子本学期/下学期的平均成绩是多少？ _____ （0—100 分）

访员注意：如果处在假期，问下学期。

F702 如果这个孩子拿回来的成绩单上的成绩或其进步程度比预期的低，您最常用的处理方式是【出示卡片】

1. 联系他/她的老师　　2. 体罚这个孩子　　3. 责骂这个孩子

4. 告诉这个孩子要更加努力地学习　　5. 限制孩子的活动

6. 更多地帮助这个孩子

F8 下面的问题涉及您对＊＊＊【受访少儿的姓名】的日常观察，请您根据实际情况回答。【出示卡片】

访员注意：(1) 如果受访者表示"我不理解你说什么"、"不想回答"，选择 6"不知道"。

(2) 访问时注意不要读出选项"既不同意也不反对"、"不知道"，卡片上也不显示。

(3) 这道题不允许"CTRL + D"，"CTRL + R"，"79（不适用）"。

1. 十分同意　　2. 同意　　3. 不同意　　4. 十分不同意

5. 既不同意也不反对【不读出】　　6. 不知道【不读出】

F801 这个孩子学习很努力。

F802 这个孩子会在完成家庭作业之后检查数遍，看看是否正确。

F803 这个孩子只在完成家庭作业之后才玩。

F804 这个孩子做事时注意力集中。

F805 这个孩子遵规守纪。

F806 这个孩子一旦开始去做某个事情时，无论如何都必须完成它。

F807 这个孩子喜欢把自己的物品摆放整齐。

【CAPI】如果以上题目有选择"6. 不知道"跳出追问 F808。

F808 你为什么回答"不知道"？

1. 不想回答　　3. 不理解问题含义　　5. 我就是不知道

G 部分

【辅导班】

G2 最近<u>非假期</u>的 1 个月,孩子参加过或正在参加家教/辅导班吗?

1. 是   5. 否【结束本模块】

F1:"辅导班"指业余时间里为了提高学习成绩或培养某方面技能由专门老师负责教授的培训班,不同于学校利用正式授课时间的课程学习。

G202 请问,最近<u>非假期</u>的 1 个月内孩子平均每周花多长时间参加家教/辅导班?_____小时

F1:"辅导班"指业余时间里为了提高学习成绩或培养某方面技能由专门老师负责教授的培训班,不同于学校利用正式授课时间的课程学习。

G203 请问,孩子所有参加过的或正在参加的家教/辅导班有哪些?【可多选】

1. 语文   2. 数学   3. 外语   4. 乐器   5. 棋类

6. 书画类   7. 声乐   8. 舞蹈   9. 体育

10. 游戏(非电子游戏)   11. 其他【请注明】_____

F1:"辅导班"指业余时间里为了提高学习成绩或培养某方面技能由专门老师负责教授的培训班,不同于学校利用正式授课时间的课程学习。

【CAPI】调用 A1 孩子的年龄,如果年龄为 10—15 周岁,则提问 H1。

决 策 测 试

DG 我手里有几份礼物(糖果或其他),如果你现在就要,我只能给你一份;如果你等着我们把事儿做完了再要,我可以给你双份。你是想现在就要,还是等我们把事儿做完了再要?

1. 现在就要   5. 等把事儿做完了再要

养育子女的观念

E1 下面是关于子女养育的观点问题,请告诉我您的看法【出示卡片】

访员注意:(1) 如果受访者表示"我不理解你说什么"、"不想回答",选择 6"不知道"。

（2）访问时注意不要读出选项"既不同意也不反对"、"不知道",卡片上也不显示。

（3）这道题不允许"CTRL＋D","CTRL＋R","79（不适用）"。

1. 十分同意　　2. 同意　　3. 不同意　　4. 十分不同意

5. 既不同意也不反对【不读出】　　6. 不知道【不读出】

E101 离婚总是对孩子有害。

E102 为了孩子,父母即使婚姻不幸福也永远不应该离婚。

E103 如果需要,父母应当节衣缩食以支付子女的教育费用。

E104 ＊＊＊【受访少儿的姓名】的学习成绩好坏,我有很大的责任。

E105 ＊＊＊【受访少儿的姓名】将来成年后,经济上是否自立,我有很大的责任。

E106 ＊＊＊【受访少儿的姓名】将来成年后,家庭生活是否和睦,我有很大的责任。

E107 ＊＊＊【受访少儿的姓名】将来成年后,感情上是否幸福,我有很大的责任。

E108 如果一个孩子长大成人以后自己遇到了车祸,他/她父母有很大的责任。

【CAPI】如果以上题目有选择"6. 不知道"跳出追问 E109。

E109 你为什么回答"不知道"?

1. 不想回答　　3. 不理解问题含义　　5. 我就是不知道

生养子女的理由

E2 下面列出了人们想生养孩子的一般性理由。请您根据自己的亲身经历,告诉我您的看法。【出示卡片】

访员注意:（1）如果受访者表示"我不理解你说什么"、"不想回答",选择6"不知道"。

（2）访问时注意不要读出选项"既不同意也不反对"、"不知道",卡片上也不显示。

（3）这道题不允许"CTRL＋D","CTRL＋R","79（不适用）"。

1. 十分同意　　2. 同意　　3. 不同意　　4. 十分不同意

5. 既不同意也不反对【不读出】　　6. 不知道【不读出】

E201 生养子女是为了在自己年老时能够有人帮助。

E202 生养子女是为了延续家族香火。

E203 生养子女是为了从经济上帮助您的家庭。

E204 生养子女是为了看着孩子长大的喜悦。

E205 生养子女是为了子女在身边的快乐。

E206 生养子女是为了感受有小宝宝的喜悦。

E207 生养子女是为了使家庭在自己的生活中更重要。

E208 生养子女是为了增强自己的责任心。

E209 生养子女是为了增加亲属联系。

【CAPI】如果以上题目有选择"6. 不知道"跳出追问 E210。

E210 你为什么回答"不知道"?

1. 不想回答　　3. 不理解问题含义　　5. 我就是不知道

对受访少儿的看法

E3 下面的问题涉及您对 * * *【受访少儿的姓名】的看法,请您不用多想,根据自己的体验,直接回答。【出示卡片】

访员注意:(1) 如果受访者表示"我不理解你说什么"、"不想回答",选择 6"不知道"。

(2) 访问时注意不要读出选项"既不同意也不反对"、"不知道",卡片上也不显示。

(3) 这道题不允许"CTRL + D","CTRL + R","79(不适用)"。

1. 十分同意　　2. 同意　　3. 不同意　　4. 十分不同意

5. 既不同意也不反对【不读出】　　6. 不知道【不读出】

E301 这个孩子生性乐观。

E302 这个孩子会在游戏和其他活动中等着轮到自己。

E303 这个孩子做事仔细有条理。

E304 这个孩子好奇且有探索精神,喜欢新的经历。

E305 这个孩子会想好了再做,不冲动。

E306 这个孩子与同龄人相处和睦。

E307 这个孩子在游戏和其他活动中能容忍同龄人的错误。

E308 这个孩子在游戏或其他活动中喜欢帮助他人。

E309 这个孩子通常做那些您告诉他/她去做的事情。

E310 这个孩子能够很容易地克服烦躁。

E311 这个孩子很受其他同龄孩子喜欢。

E312 这个孩子尽量自己独立做事。

【CAPI】如果以上题目有选择"6. 不知道"跳出追问 E313。

E313 你为什么回答"不知道"?

1. 不想回答　　3. 不理解问题含义　　5. 我就是不知道

影响子女未来成就的因素

E4 下面列出了影响孩子未来成就的因素。请您根据自己的亲身经历,表达您的看法。【出示卡片】

访员注意:(1) 如果受访者表示"我不理解你说什么"、"不想回答",选择6"不知道"。

(2) 访问时注意不要读出选项"既不同意也不反对"、"不知道",卡片上也不显示。

(3) 这道题不允许"CTRL + D","CTRL + R","79(不适用)"。

1. 十分同意　　2. 同意　　3. 不同意　　4. 十分不同意

5. 既不同意也不反对【不读出】　　6. 不知道【不读出】

E401 社会地位高的家庭,孩子未来的成就也会大;社会地位低的家庭,孩子未来的成就也会小。

E402 富人家的孩子,未来的成就也会大;穷人家的孩子,未来的成就也会小。

E403 孩子受教育程度越高,未来获得很大成就的可能性就越大。

E404 影响孩子未来成就大小最重要的因素是孩子的天赋。

E405 影响孩子未来成就大小最重要的因素是孩子的努力程度。

E406 影响孩子未来成就大小最重要的因素是孩子的运气。

E407 影响孩子未来成就大小最重要的因素是孩子家里有关系。

【CAPI】如果以上题目有选择"6. 不知道"跳出追问 E408。

E408 你为什么回答"不知道"?

1. 不想回答　　3. 不理解问题含义　　5. 我就是不知道

附录 9

成人问卷、少儿问卷公共模块

手机和网络模块

U 部分

U1 请问,你/您是否使用或使用过手机?

1. 是   5. 否【跳至 U2】

F1:"手机"即移动电话,不包括小灵通。

U101 请问,你现在使用/之前使用的是自己的手机吗?

访员注意:如果使用过多部手机,则问现在正在使用的手机;若同时使用多部手机,则问使用最多的那个;若使用过但现在不用了,则问最近使用的手机。

  1. 是   3. 不是的,是父母的【跳至 U103】

  5. 不是,是其他人的【跳至 U103】

F1:"手机"即移动电话,不包括小灵通。

U102 非假期,你/您平均每月的手机费大概是多少钱? _____元。

F1:(1)"手机"即移动电话,不包括小灵通。

(2)"手机费"指用于手机通讯和娱乐的费用,如通话费、短信费、彩铃、游戏等。

U103 非假期,你/您是否使用手机以下各项功能?【可多选】

1. 打电话   2. 发信息3. 玩游戏4. 听音乐

5. 上网

F1："手机"即移动电话,不包括小灵通。

【CAPI】针对每项选择的功能提问 U104。

U104 非假期,你/您使用手机"U103"的频率大概是?

1. 偶尔　　　　　　　　　 2. 每月数次 3. 每周数次 4. 几乎每天

F1："手机"即移动电话,不包括小灵通。

U2 请问,你/您是否上网?

1. 是　　　　　　　　　 5. 否【请返回主问卷跳出点】

F1："上网"指通过电话线、局域网、无线网等接入互联网的行为。

U210 请问,你/您是否有 QQ?

1. 有　　　　　　　　　 5. 没有【跳至 U220】

U211 你/您的 QQ 上一共有多少个好友? _____个

U212 非假期时,你/您平均每周有几天登陆 QQ? _____天

F1："登陆 QQ"指通过联网进入到 QQ 账户。

U220 请问,你/您是否有 MSN?

1. 有　　　　　　　　　 5. 没有【跳至 U230】

U221 MSN 上你/您一共有多少个好友? _____个

U222 非假期时,你/您平均每周有几天登陆 MSN? _____天

F1："登陆 MSN"指通过联网进入到 MSN 账户。

U230 请问,你/您是否收发过电子邮件?

1. 是　　　　　　　　　 5. 否【跳至 U240】

U231 非假期时,你/您平均每周有几天登陆邮箱? _____天

F1："登陆邮箱"指通过联网进入邮件账户。

U240 在网上时,你/您与不认识的/陌生人聊天吗?

1. 常聊　　　　　　　　 3. 偶尔聊 5. 不聊

U250 最近<u>非假期</u>的一个月内,你/您平均<u>每天</u>上网的时间约为:
_____分钟/小时

U260 请问,你/您主要在哪里上网?

1. 家里　　　　　　　　 2. 学校 3. 网吧 4. 工作场所

5. 其他请注明

U3 最近非假期的一个月内,你/您在使用互联网络时,下列目标对您

有多重要?

1.表示非常不重要,5.表示非常重要,请你/您根据自己的实际情况选择。【出示卡片】

U301 娱乐　　　　　　　　非常不重要—1—2—3—4—5→非常重要

U302 学习　　　　　　　　非常不重要—1—2—3—4—5→非常重要

U303 工作　　　　　　　　非常不重要—1—2—3—4—5→非常重要

U304 社交　　　　　　　　非常不重要—1—2—3—4—5→非常重要

U305 和网友说心里话　　　非常不重要—1—2—3—4—5→非常重要

U306 寻求网友的情感支持　非常不重要—1—2—3—4—5→非常重要

U307 寻求网友的专业帮助　非常不重要—1—2—3—4—5→非常重要

U308 解闷　　　　　　　　非常不重要—1—2—3—4—5→非常重要

U4 自从上网后,你/您看电视的时间:

1.明显增加　　　　　　　　2.有所增加3.无变化4.有所减少

5.大幅减少

U5 请选出你/您访问过的网站类型:【出示卡片】【可多选】

1.门户网站(如新浪)　　2.BBS　　3.博客　　4.播客(视频网站)

5.社交网站(如校内/Facebook)　　6.专业网站(如和讯网)

7.搜索网站(例如百度)　　8.游戏网站

9.商务网站(例如淘宝网)　　10.以上都没有【跳至U6】

【CAPI】针对每个访问过的网站分别提问U501。

U501 你/您访问"U5选项"的频率?

1.偶尔　　　　　　　　　　2.每月数次3.每周数次4.几乎每天

U6 请对下列情景圈出适合你/您的情况【1表示从不,5表示常常】【出示卡片】

U601 在网上认识新朋友后,会通过手机进一步联系

　　　　　　　　　　　　　从不—1—2—3—4—5—常常

U602 和网友见面　　　　　从不—1—2—3—4—5—常常

U603 和网友成为现实中的好朋友　从不—1—2—3—4—5—常常

【CAPI】回答完成U603后,请跳回主问卷跳出点。

上　学

R 部分

R1 您现在上哪个阶段？【受教育程度简项】

1. 文盲/半文盲【屏蔽】　　2. 小学　　3. 初中　　4. 高中　　5. 大专

6. 大学本科　　7. 硕士　　8. 博士　　9. 不必念书【屏蔽】

【CAPI】

如果 R1 的回答为"2"，请提问 R2。

如果 R1 的回答为"3"，请跳至 R3。

如果 R1 的回答为"4"，请跳至 R4。

如果 R1 的回答为"5"，请跳至 R5。

如果 R1 的回答为"6"，请跳至 R6。

如果 R1 的回答为"7"，请跳至 R7。

如果 R1 的回答为"8"，请跳至 R8。

R2 请问您现在上哪类小学？

1. 普通小学　　3. 成人小学　　5. 扫盲班

【CAPI】如果 R2 的答案为"1,3"，跳至 R401；否则跳至 S4。

R3 请问，您现在上的是哪类初中？

1. 普通初中　　3. 成人初中　　5. 职业初中

【CAPI】如果 R3 的答案为"1,3"，跳至 R401；否则跳至 R440。

R4 请问，您现在上的是哪类高中？【出示卡片】

1. 普通高中　　2. 成人高中　　3. 普通中专　　4. 成人中专

5. 职业高中　　6. 技工学校

【CAPI】如果 R4 的答案为"1,2"，继续回答 R401；否则跳至 R440。

R401 您现在上几年级？＿＿＿＿＿＿

R402 您就读学校的类型是？

1. 普通学校　　2. 重点学校　　3. 私立学校　　4. 打工子弟学校

5. 国际学校

F1：(1)"普通学校"指没有重点名称，也不属于 3—5 类型的学校。

(2)"重点学校"指由教育管理机构如教育局/教委认定的重点小

学、初中、高中。

(3)"私立学校"指不受政府资助的学校,一般来说,由非政府机构建立、管理和支持的学校都称为私立学校。

(4)"打工子弟学校"指为解决流动儿童义务教育问题而专门招收流动儿童的学校,既有私立的,也有公立的。

(5)"国际学校"指主要为外国在华人员的子女做兴办的学校。

R403 您就读的班级是否是重点班?

1. 是　　　3. 否　　　5. 就读学校没有重点班和非重点班的区分

R404 您就读的学校是否全日制?

1. 是　　　　　　　5. 否

R405 您就读的学校是否能够寄宿?

1. 是　　　　　　　5. 否

R410 最近<u>非假期</u>的 1 个月,您参加过或正在参加家教/辅导班吗?

1. 是　　　　　　　5. 否【跳至 R420】

F1:"辅导班"指业余时间里为了提高学习成绩或培养某方面技能由专门老师负责教授的培训班,不同于学校利用正式授课时间的课程学习。

R411 请问,最近非假期的 1 个月,您平均每周花多长时间参加辅导班:_____小时

F1:"辅导班"指业余时间里为了提高学习成绩或培养某方面技能由专门老师负责教授的培训班,不同于学校利用正式授课时间的课程学习。

R412 请问,您<u>所有</u>参加过的或正在参加家教/辅导班有哪些?【可多选】【出示卡片】

1. 语文　2. 数学　3. 外语　4. 乐器　5. 棋类　6. 书画类
7. 声乐　8. 舞蹈　9. 体育　　77.其他【请注明】_____

F1:"辅导班"指业余时间里为了提高学习成绩或培养某方面技能由专门老师负责教授的培训班,不同于学校利用正式授课时间的课程学习。

R420 <u>这学期/上学期</u>,你们班有多少人? _____人

访员注意:如果调查时正处于假期,则问上学学期的情况。

R421 您最近一次大考(期中或期末)语文考试的成绩是多少?_____分

R422 您这次考试语文考试分数在班上排第几名? _____名

R423 您最近一次大考（期中或期末）数学考试的成绩是多少？
_____分

R424 您这次数学考试分数在班上排第几名？_____名

R430 最近**非假期**的一个月,您是否曾经请假或旷课？【单选】

1. 请过假　　3. 旷过课　　5. 既请过假也旷过课

78. 都没有【跳至 S1】

F1:"旷课"指学生未经请假批准而不上课的行为。

【CAPI】如果 R430 选择"1—5",继续提问;否则请跳至 S1。

R431 你请假或旷课最主要原因是？【单选】

访员注意:请假多就问请假的原因,旷课多就问旷课的原因。

1. 生病　　2. 爸妈妈照看生意　　3. 在家照看弟弟妹妹

4. 没完成作业　　5. 没什么原因,就是自己不想上学　　6. 贪玩

77. 其他原因【请注明】_____

F1:"旷课"指学生未经请假批准而不上课的行为。

R432 最近非假期的一个月,您**一共**请假和旷课多少次？_____次

访员注意:这里提问"请假"和"旷课"加在一起的情况。

F1:"旷课"指学生未经请假批准而不上课的行为。

【CAPI】回答完 R432 后,请跳至 S1。

R440 请问您目前所学的专业是？_____【出示卡片】

1. 农林类　　2. 资源与环境类　　3. 能源类　　4. 土木水利工程类

5. 加工制造类　　6. 交通运输类　　7. 信息技术类

8. 医药卫生类　　9. 商贸与旅游类　　10. 财经类

11. 文化艺术与体育类　　12. 社会公共事务类　　13. 师范类

77. 其他【请说明】_____

【CAPI】回答完 R440 后,请跳至 S1。

R5 请问您上的是哪类大专？

1. 普通专科　　3. 成人专科　　5. 网络专科

77. 其他【请说明】_____

【CAPI】回答完成 R5 后,请跳至 R601。

F1:(1)"普通专科"指遵循中国学校教育体制,通过国家高等学校入学考试进入的大学专科。

（2）"成人专科"，指各类成人高校的专科，如普通高校办的函授、业余、脱产等。

（3）"网络专科"指各类机构兴办的通过互联网络授课方式进行教学的专科。

R6 请问您现在上的是哪类本科？

1. 普通本科　　3. 成人本科　　5. 网络本科

77. 其他【请说明】_____

F1：（1）"普通本科"指遵循中国学校教育体制，通过国家高等学校入学考试进入的大学本科。

（2）"成人本科"，指各类成人高校的本科，如普通高校办的函授、业余、脱产等。

（3）"网络本科"指各类机构兴办的通过互联网络授课方式进行教学的本科。

R601 请问您现在所学专业属于哪个学科？【出示卡片】

1. 哲学　　2. 经济学　　3. 法学　　4. 教育学　　5. 文学

6. 历史学　　7. 理学　　8. 工学　　9. 农学　　10. 医学

11. 军事学【屏蔽】　　12. 管理学

R602 最近非假期的一个月，您所在的班里有多少人？_____人。

R603 您最近一次大考（期中或期末）各门课的平均分是_____分

R604 您这次大考的总成绩在班级中的排名是第几名？_____名

【CAPI】回答完成 R604 后，请跳至 S1。

R7 请问您上的是哪类硕士生？

1. 全日制攻读的硕士　　　　　5. 在职攻读的硕士

【CAPI】回答完成 R7 后，请跳至 R801。

R8 请问您上的是哪类博士生？

1. 全日制攻读的博士　　　　　5. 在职攻读的博士

R801 请问您现在所学专业属于哪个学科？【单选】【出示卡片】

1. 哲学　　2. 经济学　　3. 法学　　4. 教育学　　5. 文学

6. 历史学　　7. 理学　　8. 工学　　9. 农学　　10. 医学

11. 军事学　　12. 管理学

S 部分

S1 去年,您是否担任过班级或学校的学生干部?

访员注意:如果去年还没有开始上学,则为不适用,录入"79"。

1. 是　　　　　5. 否【跳至 S2】　　　79. 不适用【跳至 S3】

F1:"学生干部"一般有:班长,副班长,组织委员,学习委员,宣传委员,劳动委员,生活委员,体育委员等。也包括担任"团支部"的干部和学生会主席、社团负责人等。

S101 去年,您担任班级或学校的学生干部多长时间_____个学期/月

访员注意:记录整数,如果受访者回答为"一两个月吧",则计算为 2 个月,依此类推。

F1:"学生干部"一般有:班长,副班长,组织委员,学习委员,宣传委员,劳动委员,生活委员,体育委员等。也包括担任"团支部"的干部和学生会主席、社团负责人等。

S2 去年,您是否参加学生社团组织?

1. 是　　　　　　　　　　　5. 否【跳至 S3】

S201 去年,您参加了几个社团?_____个

S202 去年,您是否担任社团干部?

1. 是　　　　　　　　　　5. 否

S3 您在学校与同学日常交谈主要使用什么语言:【单选】

1. 普通话　　　3. 汉语方言　　　5. 少数民族语言

77. 其他【请注明】_____

F1:(1)"普通话"指国家颁布的现代标准汉语,如中央广播、电视新闻的语音语调。

(2)"汉语方言"指在语音语调与普通话有明显差别的汉语语言。

(3)"少数民族语言"指指与汉语不同的、通行在一定的民族人口群体的语言,如壮、布依、藏、蒙古、维吾尔、哈萨克、傣、侗、瑶、苗、水、仫佬、毛南、黎、羌、门巴、珞巴、彝、傈僳、纳西、白、拉祜、哈尼、基诺、阿昌、景颇、独龙、普米、怒、土家、畲、亿佬、京、撒拉、乌兹别克、塔塔尔、柯尔克孜、

土、东乡、保安、鄂伦春、鄂温克、满、锡伯、赫哲、朝鲜、佤、德昂、布朗、高山、俄罗斯、塔吉克、嘉绒、载佤、登、东部裕固(尧乎尔)、西部裕固(恩格尔)、勉、布努、拉珈、布嫩、排湾、阿眉斯语等。

S4 您认为学习成绩好,天赋占多大的比例:_____%

S5 下面的问题请您根据自己目前的情况打分。【出示卡片】

S501 您给自己的学业打几分?("1"表示非常不满意,"5"表示非常满意)

      非常不满意—1—2—3—4—5→非常满意

S502 您觉得自己学习上的压力为哪一级?("1"表示没有压力,5表示有很大压力)

      没有压力—1—2—3—4—5→有很大压力

S503 作为学生,您认为自己有多优秀?("1"表示非常差,"5"表示非常优秀)

      非常差—1—2—3—4—5→非常优秀

S504 您认为自己在多大程度上适合做学生干部?("1"表示非常不适合,"5"表示非常适合)

      非常不适合—1—2—3—4—5→非常适合

S6 对于下述每一描述,请告诉我您的看法。【出示卡片】

1. 十分不同意   2. 不同意   3. 中立   4. 同意

5. 十分同意   79. 不适用

访员注意:如果不适用,请选择"79. 不适用"

S601 我学习很努力。

S602 我在课堂上会集中精力学习。

S603 我会在完成家庭作业时核对数遍,看看是否正确。

S604 我遵守校规校纪。

S605 我喜欢把我在学校的物品摆放整齐。

S606 我只在完成家庭作业后才玩。

S7 下面的问题请您根据自己的满意情况打分。【出示卡片】

访员注意:如果不适用,请选择"-8. 不适用"

非常不满意—1—2—3—4—5→非常满意("1"表示非常不满意,"5"

表示非常满意)

S701 您对自己的学校满意吗？

S702 您对自己的班主任满意吗？

S703 您对自己的语文老师满意吗？

S704 您对自己的数学老师满意吗？

S705 您对自己的外语老师满意吗？

【CAPI】调用受访者年龄变量，如果受访者年龄是 10—15 岁，请回到主问卷；否则，请继续提问下列问题。(即，凡是回答少儿主体问卷的，请回到主问卷；其他人，请继续回答下列问题)

S8 您将来最希望从事什么类型的职业：_____

1. 能推动社会发展的职业　　2. 助人、为社会服务的职业

3. 得到人们的高度评价的职业　4. 受人尊敬的职业

5. 能赚钱的职业　　　　　6. 虽平凡，但有固定收入的职业

7. 若不为人所用，就自谋职业

S801 您将来最希望从事的具体职业是什么呢？ _____

访员注意：完整记录受访者原话。

【CAPI】调用受访者年龄变量，如果受访者年龄≥16，请提问下列问题；否则，请回到主问卷。

S9 请问去年全年，您的所有教育支出情况(不含生活费)：

访员注意：教育费无论是否由家里支付都算。

S901 学杂费_____元

S902 书本费_____元

S903 课外辅导/家教费_____元

S904 住宿费_____元

S905 交通费_____元

S906 其他费用_____元

S910 根据您刚才提供的情况，去年全年您的教育总支出是"自动汇总 S901—S906"元，其中您家庭支付了多少？ _____元

时 间 利 用

T 部分

最近<u>非假期</u>的一个月,您**平均每天**花在下列活动上的时间大约几小时?【出示卡片】

访员注意:(1) 此处工作日和休息日是指受访者自己的工作日和休息日,不是指常规的星期一到星期日。

(2) 如果受访者每天的时间安排都是同样的,则在问到休息日时,填"−8"。

(3) 如果没有对应项目,请录入"0"。

(4) 请将分钟换算成小时,保留一位小数。

F1:"非假期"指日常生活状态。在校师生指学期间、不是寒暑假;工作的人指不是在休假,包括年假、婚假、产假等。注意,此处的"假期"不是指周末。

序号	活动内容	A 工作日	B 休息日	F1
T1A/T1B	个人生活活动（小计）			指满足个人生理需要且无法由他人代替完成的活动
T101A/T101B	睡觉休息			包括长时间睡眠（夜间睡眠/必要睡眠），小睡（指打盹、午睡或闭眼休息），生病卧床。
T102A/T102B	用餐及其他饮食活动			包括用餐（正餐、快餐、用餐时饮酒、饮茶、饮水）、指非用餐时间的喝水、喝饮料、饮酒、喝茶、喝咖啡等、指非用餐时间食用小食品、水果、干果、糖果等。
T103A/T103B	个人卫生活动			包括如厕、刷牙、洗脸、洗手、洗脚等,淋浴、盆浴、桑拿等,化妆、美容、剃须、美发、修甲等,自我按摩、穿换衣服等。

（续表）

序号	活动内容	A 工作日	B 休息日	F1
T104A/ T104B	家务劳动			指为自己和家人最终消费进行的准备食物、清理住所环境、整理衣物、购物等无酬家务劳动。包括准备食物、饮料及相关的清理活动,住所及周边环境的清洁整理,洗衣、整理衣物,购买商品与服务,饲养宠物,自己动手进行的小规模装修、维护和修理,也包括家庭事务的安排与管理,如制定朋友聚会、家庭装修、旅游出行等计划、列购物清单、查阅研究投资信息等。
T105A/ T105B	照顾家人			指对家中老、幼、病、残、孕等进行无酬劳的照顾,包括照顾未成年家人,如为孩子穿衣、整理文具、喂饭、洗澡、喂药、医疗护理等,教育孩子、与孩子一起阅读玩耍和交谈或提供其他帮助,留意户外玩耍的小孩、保持孩子处于安全环境、监督小孩游戏等活动,陪孩子去游乐场、医院、学校等场所进行相关的活动等。也包括照顾成年家人,包括对成年家人提供的生活照料,包括提供喂饭、穿衣、个人卫生等,对成年家人提供喂药、肢体按摩、理疗等治疗活动,陪成年家人去医院、商场、影视剧场等场所等。
T2A/T2B	个人工作 （小计）			
	第一职业 工作时间			第一职业,包括个人就业活动/就业准备活动、农业生产活动、家庭非农制造生产活动、家庭非农服务生产活动等。个人就业活动指在正规部门从事有报酬的就业活动。正规部门指法人单位、准法人单位、非营利机构和政府部门。包括为获得收入报酬而进行的主要工作,为获得收入报酬从事的除专职工作以外的其他工作,以学徒或实习生的身份

序号	活动内容	A 工作日	B 休息日	F1
				从事的活动,岗前培训或经单位同意、占用正常工作时间参加与就业工作有关的培训与学习,准备个人简历、查阅就业需求、收取和发送求职信件邮件、拜访职业介绍所等机构、填写申请表、面试等,行与创业有关的活动,包括完成法律和行政登记、申请资金和信贷、寻找办公室和商业场所、组织可行性研究等。**农业生产活动指以获得收入为目的、以家庭为单位从事的农业和其他初级生产经营活动。** 包括土地平整、农作物种植、田间管理、收获和后期处理等,林地平整、苗木的培育、移植、养护、管理和林产品的采集、处理及出售等,对牲畜、家畜、家禽的喂养、繁殖、产品存贮处理、出售等,对水产品的养殖、加工处理、存贮、出售等,狩猎及对猎物的初级处理、采矿、采石与采煤、采集饮水与燃料等。**家庭非农制造生产活动指以获得收入为目的、以家庭为生产单位进行的制造与建筑活动。** 包括从事直接以农、林、牧、渔业产品为原料进行的谷物磨制、饲料加工、植物油加工、屠宰及肉类加工、水产品加工、蔬菜、水果和坚果等食品加工,主副食品、糖果、糕点、乳制品、调味料的制造,酿酒和液体、固体饮料的制造,从事棉、麻、毛、丝等原料的纺织和服装、鞋帽、皮革的加工制造,从事水泥、石灰、石膏及其制品,砖瓦、石材及其他建筑材料,玻璃及陶瓷制品的制造,工艺制作、烟草加工与处理、草药加工与药品制造等,对自有固定资产的建造修理和参加建筑物、道路、桥梁的建造与维修。**家庭非农服务生产活动指**

（续表）

序号	活动内容	A 工作日	B 休息日	F1
				以获得收入为目的、以家庭为单位对外提供各种服务的活动包括食品饮料、小商品的准备、上门推销、沿街零售叫卖等,设备的调配安装、维护修理,以及修理机动车、家庭物品和个人物品等,提供房屋出租、文字处理、会计、摄影、家教、医疗等专业服务,提供理发、美发、修甲、按摩、搓澡等专门服务,提供货运和客运的专门服务,提供家庭清洁、准备餐饮、看护老人、病人、儿童等家政服务（如小时工、保姆的服务劳动）。
	兼职工作时间			**无论是否有报酬。**
T3A/T3B	**学习培训（小计）**			指参加大中小学正规教育和业余大学等非正规教育的学习培训活动,不包括与就业有关的上岗培训、脱产学习等。
	正规教育活动			正规教育指初等、中等和高等教育机构提供的教育活动,包括课堂教育、远程教育、自学、课间休息等,包括在学校听课、听专题讲座、参加各科考试等,课间休息、步行至实验室图书馆、借阅和归还书籍等,通过录象、录音、互联网等在线学习。
	家庭作业、课后复习等与正规教育有关的活动			包括完成课后作业或复习、预习功课等。
	业余学习与非正规教育			指参加短期专业培训、外语培训、计算机培训、商业和文秘培训及与个人娱乐爱好有关的学习,也包括与工作相关的培训、参加研讨会、短期培训、资格认证课程、为职业考试进行的复习课程、参加职业考试等。

（续表）

序号	活动内容	A 工作日	B 休息日	F1
T4A/T4B	娱乐休闲和社会交往(小计)			指由个人自由支配的休闲娱乐活动和社会交往活动。
	阅读传统媒体			包括阅读书籍,阅读报纸期刊,阅读各类使用说明、介绍等材料。
	看电视、光盘/听广播/听音乐			包括看电视/听电视,观看 VCD、DVD、录像带与收听 CD,收听 MP3、录音带、MD 等音频设备,收听广播节目等,利用未上网的计算机进行阅读、收听和观赏等。
	使用互联网娱乐			包括互联网冲浪,包括在线阅读、收听、观赏以及上传、下载文件和供个人娱乐的网络游戏,但上网工作、学习、购物和办理网上银行等业务的活动不在此类(这些活动应分别归入就业活动、学习培训等类别)。
	体育锻炼与健身活动			包括散步、长跑、慢跑和登山等,练习太极拳等武术运动和气功运动,在室内外进行的跳舞、跳健身操、做操、瑜珈等,大小球等各类球类运动,游泳、跳水、划船、帆船等水上运动,冬季冰上、雪上运动和摔跤、柔道、拳击等身体接触性运动等。
	业余爱好、游戏和消遣活动、玩耍			包括打麻将、玩扑克牌和棋类游戏,单机游戏(不包括网络游戏),包括玩游戏机,拔河比赛、跳集体、唱卡拉 OK 等,集邮、集票证、集火花、集车模等,进行文学创作、书法活动、影视戏剧等艺术表演和绘画、摄影等视觉艺术活动等,小孩的同伴玩耍等。 也包括外出参观、看电影与演出,包括到电影院看电影,不包括在家看 DVD、VCD 电影光盘;包括参观博物馆、展览馆、艺术馆、遗址等文化历史景点和自然景点,如游览名胜古迹、逛公园、外出游览等,去剧场、

（续表）

序号	活动内容	A 工作日	B 休息日	F1
				音乐厅、马戏团、动物园等场所观看各种表演，到体育场馆、学校操场等观看体育竞技比赛。
	社会交往 访员注意： 与朋友吃饭属于社会交往，不属于用餐时间。			包括交谈、聊天、走亲访友、接待客人和阅读书写个人信函等，面对面交谈、打电话、发短信，阅读信件、回信，网络交流（QQ、MSN），收发电子邮件等，共同参与或一起主办各类聚会、校庆、婚礼、葬礼等。
	社区服务与公益活动			指公民履行义务参与选举投票以及参加公益活动，包括参加社区或慈善机构组织的公益活动、参加相关会议、培训和学习等。也包括对其他家庭提供的无偿家务帮助，指对家庭成员外的其他人员提供的各种无偿帮助，如照顾小孩或宠物、接人送物、修理物品、清洁卫生、购买物品等。
	宗教活动			包括在家庭的和到专门场所的宗教活动。
T5A/T5B	交通活动			指24小时内的所有交通活动，尤其指上下学或上下班路途上的时间。
T6A/T6B	其他			
T7A/T7B	没有活动			指没有活动内容如发呆或活动信息遗漏，晒太阳也算此项。

后 记

　　CFPS 项目于 2008 年进行第一次中等规模测试调查后,对问卷设计和访问管理进行了较大调整。至 2009 年进行第二次测试调查时,再次测试了招募访员、培训访员、组织实施等各环节工作,为 2010 年第一次正式调查积累了经验。其中,访员培训的内容和流程安排在 2009 年已经成形;到 2010 年,针对问卷和 CAPI 系统的改动调整后,经由 400 多名访员的不断培训实践,已经能够提供较为成熟的文本培训材料,故此编辑成册。

　　培训手册的编写由北京大学中国社会科学调查中心的同事共同完成,具体分工如下:第一讲,顾佳峰;第二讲,姚佳慧;第三讲,刘月;第四讲、第五讲、第六讲,孙妍;第七讲,邹艳辉;第八讲、第九讲,严洁;第十讲,丁华;附录 1、2 的脚本设计大纲与脚本示例组织,孙妍;附录 3 各类问卷是北京大学中国社会科学调查中心的成果。刘月负责统稿。

　　呈现在读者面前的培训手册是北京大学中国社会科学调查中心所有工作人员共同努力的结果。问卷内容每年仍需调整,培训手册亦需要相应改进,其中不足之处由主编和执行主编来承担。

2010 年 11 月

编者